本书为国家社会科学基金一般项目"20世纪30年代中美左翼文学交流文献整理与研究"（批准号：17BZW155）的阶段性研究成果。

20世纪30年代
中国文人论美国文学

张宝林　尹雯　主编

中国社会科学出版社

图书在版编目(CIP)数据

20世纪30年代中国文人论美国文学/张宝林,尹雯主编.—北京：中国社会科学出版社,2018.7
ISBN 978-7-5203-2867-8

Ⅰ.①2… Ⅱ.①张…②尹… Ⅲ.①文学评论—美国—文集 Ⅳ.①I712.06-53

中国版本图书馆 CIP 数据核字(2018)第 168639 号

出 版 人	赵剑英
责任编辑	陈肖静
责任校对	周 昊
责任印制	戴 宽

出　　版	中国社会科学出版社
社　　址	北京鼓楼西大街甲 158 号
邮　　编	100720
网　　址	http://www.csspw.cn
发 行 部	010-84083685
门 市 部	010-84029450
经　　销	新华书店及其他书店
印　　刷	北京明恒达印务有限公司
装　　订	廊坊市广阳区广增装订厂
版　　次	2018 年 7 月第 1 版
印　　次	2018 年 7 月第 1 次印刷
开　　本	710×1000　1/16
印　　张	25.75
插　　页	2
字　　数	372 千字
定　　价	108.00 元

凡购买中国社会科学出版社图书，如有质量问题请与本社营销中心联系调换
电话：010-84083683
版权所有　侵权必究

参编者姓名

(按姓氏笔画排列)

马爱媛　马淑杰　尹　雯　张宝林
李金霞　陈　辉　谈　珍　唐博琴

目　录

编者绪言 …………………………………………………（1）

上　编

一　我的美国文学观 ……………………………………（37）
二　现代美国文学专号·导言 …………………………（42）
三　世界文学史纲·第十五章 …………………………（47）
四　美国小说之成长 ……………………………………（59）
五　美国短篇小说集·导言 ……………………………（83）
六　现代美国诗概论 ……………………………………（91）
七　现代美国诗坛概观 …………………………………（136）
八　美国戏剧的演进 ……………………………………（156）
九　现代美国的戏剧 ……………………………………（170）
十　现代美国的文艺批评 ………………………………（187）

下　编

一　毕树棠 ………………………………………………（203）
二　常吟秋 ………………………………………………（205）
三　陈彝荪、杨冀侃 ……………………………………（207）
四　程小青 ………………………………………………（209）

五　戴平万	（210）
六　杜衡	（213）
七　冯乃超	（217）
八　傅东华	（218）
九　顾凤城	（225）
十　古有成	（227）
十一　顾仲彝	（229）
十二　郭沫若	（233）
十三　胡风	（236）
十四　胡适	（240）
十五　胡仲持	（241）
十六　黄源	（243）
十七　蹇先艾	（245）
十八　李初梨	（248）
十九　梁实秋	（250）
二十　林疑今	（255）
二一　林语堂	（258）
二二　凌昌言	（262）
二三　刘大杰	（264）
二四　刘穆	（269）
二五　鲁迅	（271）
二六　罗皑岚	（274）
二七　茅盾	（276）
二八　钱歌川	（278）
二九　钱杏邨	（285）
三十　邱韵铎	（286）
三一　瞿秋白	（288）
三二　施宏告	（289）
三三　施蛰存	（290）

三四	孙席珍	(293)
三五	汪倜然	(297)
三六	伍光建	(300)
三七	伍蠡甫	(304)
三八	吴宓	(310)
三九	徐迟	(311)
四十	徐应昶	(316)
四一	许子由	(317)
四二	杨昌溪	(319)
四三	杨铨	(325)
四四	叶公超	(326)
四五	叶灵凤	(332)
四六	郁达夫	(336)
四七	余慕陶	(338)
四八	曾克熙	(342)
四九	曾虚白	(344)
五十	张梦麟	(353)
五一	张越瑞	(362)
五二	赵家璧	(370)
五三	赵景深	(379)
五四	郑晓沧	(388)
五五	钟宪民	(390)
五六	周立波	(391)
五七	周起应	(392)
五八	祝秀侠	(394)
五九	庄心在	(399)
六十	邹韬奋	(401)

编者后记 ……………………………………………… (403)

编者绪言

一

近些年来，英国著名学者巴斯奈特、美国著名学者斯皮瓦克等都声言，比较文学作为一门学科，面临"消亡"之险。其实，类似的言论更多是想通过惊世骇俗的方式引起大家的警觉，切实促进比较文学学科研究范式的转型。在当下语境中，面对来自学科外部的挑战和源自内部的事实困境，比较文学研究急需不断推陈出新。这就需要研究者介入比较文学研究时，具备较为自觉的学科反思意识，而不是始终从陈旧的角度和理路出发，基于已经得到广泛使用的材料，来阐发一些已然非常老套的问题。确实，随着研究历史的延长和研究队伍的不断壮大，这一学科"新鲜"的研究对象也随之减少。但一个学科要保持旺盛的生命力，还需要研究者不断克服困难，立足新的研究视角，开拓新的研究理路，挖掘新的研究材料，找寻新的研究问题。

文学交流或关系研究，一直是比较文学研究的重要领域。从传统上来看，它大抵属于"影响研究"的范畴，注重"事实材料"的挖掘和阐发。它既然关注的重点是"交流"或"关系"，那就必然是互动的，而不是单向的，那就必然是动态变化的，而不是一成不变的，那就必然既容纳事实层面的交流，又涵盖思想精神层面的互动。人际往来、思想互动、文学译介、跨界叙事等，都是繁复的文学交流活动。要对它们展开研究，就应特别重视间性参照和对话关系。与此同时，文学交流的进程和文学关系的发生，可能还要受到许多非文学层面因素的影响。政治意识形态、突发事件、文人个体因素等，都是重要的干扰因素。充分考虑特定的时空语境和具体参与者的个体因素，尊重他者，互为主体，应当是文学交流或关系研究的基本立场。这一领域以往的研究，往往侧重于事实层面的梳理，而不够重视精神交流和思想互动这一层面。因此，要取得实质性的突破，除需继续挖掘和梳理丰富的事实材料以外，还需在材料所蕴含的生命内容和思想精神维度等更为深刻隐见的层面发力。

基于上述，理想的文学交流或关系研究，既需兼顾事实与精神、文学与非文学等不同层面，厘清语境、过程和结果，立体交叉地呈现交流的繁复图景，又需将史料学、学术史和思想史统一起来，处理好事实描述与关系阐释、意图考辨与效果分析等的辩证关系。当然，这只是较为"理想"的状态。要真正做到这一点，还需要从大量的基础工作做起。为了更好地研究双边互动交流，先需将单向的影响和接受关系梳理清楚。为了更为深入全面地体悟精神交流和思想互动，先需将基本的事实材料挖掘出来。

对于文学交流或关系研究而言，文献资料既是研究的基本素材，又是研究得以创新的基石。文献资料不仅可以呈现出文学交流或关系的原生状态，而且蕴含着丰富的生命内容。因此，对于研究者而言，它们就无疑具有两重价值：一是借助它们来还原"事实真相"，二是以它们为基本素材展开理论阐释。文献绝不是一堆僵死的材料，自身隐含着无限的阐释空间。当然，它们的价值，只能靠具体的阐释者挖掘出来。或许正是因为如此，文献资料的运用，就有可能沦为研究者满足某种需要的一种话语修辞行为，从而出现许多脱离时空语境的"误读"现象。这就要求研究者使用文献资料展开还原和阐释时，除了不能断章取义，还需充分考虑它们得以出现的具体时空语境。

做好文献资料工作，是文学交流或关系研究得以突破和创新的一个关键所在。尽管前贤时俊已经在这方面取得了不少骄人的成绩，但可惜的是，还有许多研究者依然尚未足够重视第一手文献资料的挖掘和利用。这就导致不少文献在引用过程中经常出现错讹，有些文献被反复引用，而另外一些同样有价值或更有价值的文献，一直埋没在历史的灰尘之中。

　　从互动交流的视角出发，不仅有利于考察世界文学相关之间的关系，而且便于深入理解和准确把握某一民族/国家文学中往往呈现出的"异质"或"世界性"因素。中国和东亚文学交流的历史非常悠久。至少迟至"启蒙运动"时代，中国文学已经被引介到了西方。自晚清以来，外国文学也开始大规模进入中国。随着经济的不断全球化，中国文学和世界其他民族/国家的文学之间，建立起了更为紧密的互动交流关系。无论是研究外国文学如何进入中国、参与中国文学自身的建构，还是思考中国文学如何走向世界、参与世界文学的整体进程，都涉及立足于"中"或"外"展开的文学交流或关系研究。正是因为中国文学与外国文学之间存在千丝万缕的联系，中国学者一直非常重视中外文学交流或关系研究，而这也构成了中国比较文学研究的学术传统和优势领域。

　　我们比较关注的是 20 世纪 30 年代[①]的中美文学关系，一直以搜集和整理这一时段中美文学交流的原始文献为基础，考察它们展开交流的多元语境、基本状况和具体过程，以期阐释这一交流如何参与中国文学的世界性和现代性建构，辩证分析其中蕴含的历史文化意义。在具体的研究过程中，我们始终围绕四个重点展开：一是通过各种途径搜集和整理 30 年代中美文学交流的重要原始文献；二是基于原始文献，结合其他辅助资料，整体把握这一时段中美文学交流的状况；三是在重视事实层面交流的同时，尽可能从精神层面研究一些典型的交流现象；四是考察中美文学交流对于中国文学发生和发展的意义。编纂这部 30 年代中国文人论述美国文学的文献资料集，即是我们在研究过程中做的基础工作之一。

二

　　文学既是一种精神创造，又是一种社会生产。伊格尔顿提醒我们：

---

　　① 本"绪言"的下文为避免重复，均将"20 世纪 30 年代"简写为"30 年代"。我们所谓的"30 年代"，遵从的是中国现代文学研究界的界定，指 1927 年或 1928 年至 1937 年，即"中国现代文学的第二个十年"，而不是指 1930 年至 1939 年。特此说明。

"文学可以是一件人工产品,一种社会意识的产物,一种世界观;但同时也是一种制造业。"[①] 无论将文学视为精神产品,还是当作物质产品,它们都是生产出来的结果。文学传播或者接受,归根结底,都是人作为主体的社会实践和精神实践。中国文人论美国文学,即是以美国文学为本事展开的物质生产、精神生产、知识生产和话语生产。既然是生产,就既要受到经济基础、传播媒介等客观物质条件的制约,又不无受到生产者精神状态、认知水平和生存体验等的影响,还无法摆脱社会网络中已经形成的文化传统、现实需要和各种复杂权力关系的主宰。这些制约、影响或主宰因素,本身就构成了文学生产得以展开的复杂语境。

30年代参与讨论美国文学的中国文人非常之多,并且,对于某个具体的话题,他们的看法也大相径庭。大致可以说,中国文人真正开始重视美国文学,就是从这一时段开始的。它之所以能在中国整体得到重视,而中国文人对它的整体或部分又存在不尽相同的看法,与这一时段中美文学展开交流的整体语境有很重要的关系。因此,为了更为深入地理解30年代中国文人论述美国文学的过程中出现的一些重要现象,我们首先有必要整体把握其得以出现的基本语境。

美国在建国之后短短一百多年中,各方面都取得了飞跃式发展。截至19世纪末,美国的经济强国、领土大国和军事强国形象,已经初步树立起来。进入20世纪之后,美国经济实力进一步增强。一战之后,随着英、法、德等西方大国的经济遭到重创,美国成为最大的债权国,在世界经济舞台上的绝对优势地位更加稳固,因而有了"黄金国"之称。美国在发展经济的同时,也扩充了军事力量,提升了政治影响力。可以说,一战后,美国的大国、强国地位进一步提升。

对于美国来说,政治和经济的独立早在1776年就基本完成,但因为其文化在很大程度上与英国、与欧洲同根同源,要真正实现文化的相对独立,则绝非易事。不过,自从政治、经济独立之后,尤其是随着硬实力不断增强,美国就开始努力追求文化独立。经过一个多世纪的发

---

① [英]伊格尔顿:《马克思主义与文学批评》,文宝译,人民文学出版社1980年版,第65页。

展，美国不仅凝成了个人主义、实用主义、多元主义和理想主义等主观文化形态，而且创造出了辉煌的美术、音乐和电影等客观文化产品。美国文化在整体呈现出鲜明个性、奉献出丰硕成果的同时，美国文学也得以蓬勃发展。尽管20世纪之前美国文学的独立性一直备受质疑，但不能否认，爱默生、惠特曼、爱伦·坡等重要作家，确实在为美国文学的独立而努力奋斗，与那些专事模仿欧洲风尚的作家形成了鲜明对比。进入20世纪之后，尤其是在二三十年代，彰显不同美学规范和意识形态诉求的作家同时登上文学舞台，使得美国文学呈现出了前所未有的多元格局和蓬勃发展态势。在这一时段，艾略特、福克纳、海明威、奥尼尔等文学大师辈出，美国文学开始引领世界潮流。与此同时，它也赢得了世界认可。刘易斯、奥尼尔、赛珍珠等作家接连荣获向来由欧洲人主宰的诺贝尔文学奖，便是一个重要例证。

总之，进入20世纪之后，美国实力得以大幅提升。这就构成了30年代中国文人对美国文学展开意义实践的重要语境。

30年代中国的内部语境，也至为复杂。这一时段尽管经常被称为现代文学的第二个十年，但也是国民政府在大陆的"黄金十年"。我们通常所谓的现代文学，大多是在中华民国这一政治形态下发生发展的。只有将这一时段中国文学的现代性放在民国的框架内加以阐释，考察它如何展开、如何受到压抑，我们才能发现其具体呈现形态和深层内涵，因为民国时期"特定的国家历史情境才是影响和决定'中国文学'之'现代'意义的根本力量"[①]。

在30年代，尽管国民党通过各种手段实施文化统制，干扰了文学艺术的正常发展，但它实际的管控能力非常有限，还是为文学的多元发展提供了部分可能性。这一时段的政治制度、社会经济状况、文化环境等等，构成了中国文人生产和传播美国文学的重要条件。借鉴美国文学资源来促进中国的文学现代性和社会现代性建构，已经成了30年代相当一部分人中国文人的共识，但由于权力场和文学场的分化，不同的文

---

① 李怡：《"民国文学"与"民国机制"三个追问》，《理论学刊》2013年第5期。

人面对美国文学时做出了不同的选择和阐释。当时的现代传播媒介已经较为发达，构成了美国文学能被大规模生产和传播的条件，但媒介呈现出分化状态，也事实上成了美国文学被多元生产的重要制导因素。另外，随着接受了留学教育和本土教育的青年文人不断涌现而出，美国文学的译介队伍迅速壮大，并且急剧分化。他们的译介，既建基于前期的译介状况，又是在新语境下展开的意义实践。因此，就30年代中国文人论美国文学这一现象而言，"民国机制"下的社会政治、经济和文化条件、译介队伍、前期译介基础等都是重要的语境。

罗志田分析近代中国思潮时曾指出："如果将晚清以来各种激进与保守、改良与革命的思潮条分缕析，都可发现其所包含的民族主义关怀，故都可视为民族主义的不同表现形式。"[①] 到了30年代，面对外部势力的不断挤压和内部情态的日渐窘迫，中国文人从事文学实践，无论是思考如何启蒙，还是探索如何救亡，无论是倡导阶级革命，还是呼吁"民族中心意识"建构，无论是张扬自由主义，还是彰显阶级或民族革命意识，其实都蕴含着强烈的民族主义诉求。这肯定会使他们的文学实践呈现出一定的趋同性。然而，我们除了注意到这一点，还需正确面对他们存在差异性这一客观事实，我们并不能完全以共同性来遮掩他们至少在话语实践层面表现出的多元性和复杂性。

如果按布迪厄的方式，我们将整个30年代的中国文坛视为一个"文学场"，那么，这个本应"遵循自身的运行和变化规律的空间"，明显受到了文学之外其他场域尤其是"政治场"的影响，呈现出了分化状态。在这个虽貌似规整但实际上呈现出分裂状态的场域中，各种具有不同诉求的"个体或集团处于为合法性而竞争的形式下"[②]。如何看待30年代中国的"文学场"分化，在很大程度上是个观念问题。长期以来，左翼文学往往被文学史研究者建构为这一时段文坛的"主流"。其

---

① 罗志田：《自序》，载《乱世潜流：民族主义与民国政治》，上海古籍出版社2001年版，第1页。

② [法]皮埃尔·布迪厄：《艺术的法则——文学场的生成和结构》，刘晖译，中央编译出版社2001年版，第262页。

实，如果回到当时的文学现场，我们很难理清何为主流。吴福辉就曾指出，30年代文学的主题词是"分解、转折、综合"，"到了这时期，文学形成更多的板块。每一板块都不小，互相冲突，互相渗透，你中有我，我中有你"①。

如果说现代化诉求是30年代中国文人积极生产美国文学的最重要动力，那么，"文学场"分化则是他们对美国文学做出不同生产选择的最基本背景。随着中国政治、文化情势日益变得复杂，美国文学成了不同倾向的文人激烈争夺并展开话语实践的重要场域。不同的文人出于不同的期待，对美国文学做出了不同的选择和阐释，并在这一过程中彰显出了不同的话语形态。这客观上将美国文学"打扮"成了不同的面貌，生成了形形色色的侧影。但从整体上来看，分化的文人做出的多型选择和阐释，确实使得美国文学在中国被更为全面地引介进来，从而导致中国文坛上出现了一幅更为完整的美国文学图景。

李泽厚说："中国近现代历史一直以政治为轴心在旋转，政治局势影响着甚至支配、主宰着社会生活的各个方面，从经济到文化，从生活到心理。"② 我们研究30年代中国文人的美国文学论，不能绕过文学之外的各种因素，因为在这样一个时代里，文学生产既明显受到各种非文学因素的干扰，又对它们做出了积极主动的回应。

三

在30年代，中国文人大大提升了对美国文学的关注度，它也以前所未有的旺盛态势进入了中国，参与了中国文学的现代性和世界性建构。然而，面对整体丰富多元的美国文学和繁复众多的可具体言说对象，中国文人不可能将其都纳入讨论的范畴。这就涉及如何对其做出选择和安排的问题。从这个意义上来说，30年代中国文人论美国文学，即是一个不断对其做出选择和安排的复杂过程。

关于如何选择，布迪厄曾指出："由于文学场和权力场或社会场在

---

① 吴福辉：《中国现代文学编年史（1928—1937）》，北京大学出版社2013年版，第1—2页。
② 李泽厚：《中国现代思想史论》，生活·读书·新知三联书店2008年版，第250页。

整体上的同源性规则,大部分文学策略是由多种条件决定的,很多'选择'都是双重行为,既是美学的又是政治的,既是内部的又是外部的。"① 就30年代中国文人论述美国文学而言,"美学的"和"政治的"、"内部的"和"外部的"因素,在同时发挥作用。他们关注和论述美国文学,既是为了借鉴他者的文学经验,促进自身文学的现代化,又是为了文学之外的诉求,比如说,配合政治意识形态斗争的需要。

陈思和论及近现代中国文人接受异域文化资源时,也谈到了选择问题。他说:"接受者在决定选择之前,很可能已经被选择对象改造了面貌,所以他的这一表面主动的行为,实际上仍然是被动的。"② 事实正是如此。30年代中国文人对美国文学做出的选择,表面上看都是主动的,但实际上已经深深受到外来因素的影响。他们所做出的选择,尽管立足于本土的现实状况,承续着本土的价值传统,但在很大程度上是以被外来因素"改造"了的心理结构为基本前提的。一方面,无论他们以何种尺度选择美国文学,这些尺度中有相当一部分本身就来自域外,而它们传播进来之后,为中国人提供了一种新的"观世眼光和审美方式"。另一方面,因为毕竟选择的是美国这一"他者"的文学,要对它的一切做出事无巨细的研究之后才做出选择,显然不太现实。因此,中国文人不得不关注苏联、英国、日本等国的文人如何选择和阐释美国文学,"我们"的做法和说法,在很大程度上就受到了"他们"做法和说法的影响。

许多选择貌似是自由的,但实际上,"这种选择的自由是有条件的,受到外部具体环境和固有的态度和价值观念的制约"③。毕竟,人是社会的存在,自然无法摆脱特定语境中各种非我力量的规训。然而,人在接受外在力量规训的同时,也可能通过各种实践彰显出自己的主体价值。在特定的语境下做出的选择,从长远来看,或许最有价值的应属

---

① [法]皮埃尔·布迪厄:《艺术的法则——文学场的生成和结构》,刘晖译,中央编译出版社2001年版,第248页。
② 陈思和:《中国文学中的世界性因素》,复旦大学出版社2011年版,第8页。
③ [英]杰弗里·巴勒克拉夫:《当代史学主要趋势》,杨豫译,上海译文出版社1987年版,第83页。

那些"抵抗性"的实践。正是因为有了它们，特定的语境就不会显得那么单调呆板，而是呈现出众声喧哗之势。就中国的 30 年代来说，它既是一个备受压抑、不得自由的时代，又是一个众声喧哗的时代。在这样一个处处充满矛盾的时代里，文人如何做出选择，做出怎样的选择，本身就意味着如何定位自己的角色、如何彰显自己的精神风姿。

许多 30 年代中国文人加入了言说美国文学的行列，而它反过来又成了中国不同文人、不同价值冲突的场域。赵稀方研究新时期的中国翻译文学时指出："翻译对象的选择，翻译的阐释权力，翻译的效果等无不来自于内部，它折射了中国内部的文化冲突。"① 他说的这种情况也符合 30 年代的中国。他谈的只是翻译的问题，其实，包括翻译在内的所有针对域外文学的话语实践，均是如此。因此，我们面对这一时段中国文人对美国文学做出的选择，需要充分重视中国内部的价值或者话语冲突问题，以及这些冲突既如何宰制了他们对他者的选择和言说，又如何在对他者的选择和言说中体现出来。

在 30 年代中国"文学场"严重分化的语境下，需要译介美国文学尽管成了许多文人的共识，但译介其中的哪些部分，对其做出怎样的阐释，却成了更有争议的问题。在不同的文人秉持不同诗学原则、具有不同政治和文化追求的时代，到底是选择以马克·吐温、辛克莱、德莱塞等为代表的现实主义文学，还是选择以惠特曼、霍桑、维拉·凯瑟为代表的浪漫主义文学，抑或是选择以庞德为代表的意象主义、以桑德堡为代表的都市诗、以奥尼尔为代表的表现主义戏剧、以海明威和福克纳为代表的新潮小说等等，都不是纯粹的文学问题。选择什么，舍弃什么，彰显什么，遮蔽什么，可能都牵涉文学之外的因素。然而，正是因为当时的文人基于形形色色的诉求做出了多元选择和阐释，美国文学才得以在中国呈现出多元形象。

就同样一个美国作家、同样一部美国文学作品，不同倾向的中国文人即可从中阐释出不同的东西。比如，开明书店 1933 年出版了胡仲持

---

① 赵稀方：《二十世纪中国翻译文学史（新时期卷）》，百花文艺出版社 2009 年版，第 2 页。

的赛珍珠《大地》译本。胡在译者"序"中尽管指出,"作者对于中国旧礼教却未免刻画的太过分了,而且她对于崇拜着林黛玉式女性美的中国人的性心理的描写似乎也有几分不自然",但整体给予此书比较高的评价,并认为"作者摆脱了'勤俭致富'这一种因袭的道德观念,偏以都市贫民的暴动作为王龙一生的转变点","正是作者的伟大的所在"①。但政治明显左倾的祝秀侠却对《大地》提出了严厉的批评。他认为,该书不仅歪曲了一些基本的事实,没有抓住和正确理解中国社会的核心问题,而且作者的写作立场本身存在问题:"《大地》是写给外国的抽雪茄烟的绅士们,和有慈悲的太太们看的。作过《大地》用力地展露中国民众的丑脸谱,来迎合白种人的骄傲的兴趣。"② 同样一个赛珍珠创作的同样一部作品,两位论者的看法为什么会大相径庭?论者个人的政治立场、看待中国问题的方式、对待域外作家书写中国问题的态度,等等,肯定都是重要的影响因素。赛珍珠及其《大地》成了胡仲持和祝秀侠共同讨论的对象,但二者不同的评价,其实暗含的是他们的接受或拒绝态度。

再比如,刘易斯 1930 年获得诺贝尔文学奖之后,中国文人掀起了一个言说他的小高潮。关于他有无资格获奖这一问题,不同倾向的文人看法殊异。明显左倾的余慕陶就认为,刘易斯的作品"意识固然谈不上,即如技巧若拿来比之辛克莱等等作品,不啻有霄壤之别"③。他热衷于译介辛克莱等政治更为激进的作家,因为瞧不上刘易斯对美国的温情暴露。与之形成鲜明对比的是,当时较为积极追随民族主义文艺运动的汪倜然,却从文学与民族性的关系角度来阐释刘易斯,并指出其"重要与价值","就在于它是美国的和表现美国的一切",因此,"对于要了解现代美国的生活、思想与精神的异国人,路威士的作品是不可不读的"④。

---

① 胡仲持:《序》,载[美]赛珍珠《大地》,胡仲持译,开明书店 1933 年版,第 3 页。
② 祝秀侠:《布克夫人的〈大地〉——一本写给高等白种人的绅士太太们看的杰作》,《文艺》1933 年第 1 卷第 2 期。
③ 余慕陶:《近代美国文学讲话》,《微音月刊》1932 年第 2 卷第 7、8 期。
④ 汪倜然:《辛克雷·路威士》,《世界杂志》1931 年第 1 卷第 1 期。

30年代中国文人论述美国文学,是对它做的选择,但从另外一个侧面来看,他们在世界文学的整个格局中讨论它,其实也是以特定的方式对它做出相应的安排。无疑,文学史写作,无论是大部头的史著,还是单篇的论文,是其中非常重要的一种形式。

文学史本来是个舶来品。初步具备了民族文学和世界文学意识的中国现代文人,在梳理中国文学发展史的同时,也开始有意识地梳理世界文学的谱系。世界文学史写作和翻译能够在现代中国迅速崛起,主要得益于学校教育。陈平原曾说:"说到底,体例明晰、叙述井然、结构完整的'文学史',主要是为满足学校教育需要而产生的。"[①] 1904年的《奏定大学堂章程》确立了"癸卯学制",第一次将文学史教育规定为中国现代大学教育的重要内容。"中国文学门"需要开设"西国文学史"作为补助课,而各种"西国文学门",需要分别开设所习语言的"近世文学史"。自此以后,世界文学史教育就成为大学乃至中学教育的基本内容。随着文学史教育和写作的兴起,有关文学史的"神话"也逐渐形成。

30年代的中国文人掀起了编撰世界文学史的热潮。在各类世界文学史著中,直接冠名为"世界""文学史"的,就非常之多,比如有余慕陶编《世界文学史》、李菊休编《世界文学史纲》、啸南编《世界文学史大纲》[②] 等。有些著作未用"世界"之名,而用"西洋",比如有方璧(茅盾)著《西洋文学通论》、于化龙编《西洋文学提要》、任白涛编译《西洋文学史》[③] 等。30年代中国文人除了积极编撰世界文学史著,还撰写了不少国别文学专史,发表了不少国别文学研究论文。这一时段出现了许多以美国文学为集中讨论对象的论著。论文类的著述非常之多,比如有赵景深著《二十年来的美国小说》、朱复著《现代美国诗概论》、克修著《现代美国文坛概况》、林疑今著《现代美国文学评

---

① 陈平原:《文学史的形成与建构》,广西教育出版社1999年版,第5页。
② 出版信息分别为:上海乐华图书公司1932年版;上海亚细亚书局1933年版;中华文化服务社1936年版;上海乐华图书公司1937年版。
③ 出版信息分别为:世界书局1930年版;世界书局1930年版;光华书局1934年版。

论》、顾仲彝著《现代美国的戏剧》① 等等。除了这些论文，更值得注意的是曾虚白著《美国文学 ABC》、张越瑞著《美利坚文学》和赵家璧著《新传统》② 等以单行本形式出版的美国文学专史。如此众多的文学史论著，无论在世界文学格局中整体厘定美国文学的地位和性质，还是在美国文学格局中评价具体的作家作品，其实都是对美国文学做出的安排。

进入 20 世纪之后，美国文学已经取得了骄人的成绩，世界范围内质疑美国文学独立性和创造性的论调，也随之逐渐减弱。然而，30 年代中国文人对其地位和性质，依然未能形成较为统一的看法，质疑或否定者依然不少。比如，曾虚白在《美国文学 ABC》第一章"总论"开首即写道："在翻开美国文学史的以前，我们应该先要明白了解'美国文学'这个名词，在真正世界文学史上是没有独立资格的。"他更是武断地指出，"至今还没有看见真正美国文学出现的曙光。"③ 曾虚白确实将不少精力投入到翻译欧·亨利、德莱塞等人的作品当中。这就是说，就事实层面而言，他并不怎么轻视美国文学。然而，至少在《美国文学 ABC》一书中，他确实针对美国文学发表了极端的言论。为此，该著出版以后，梁实秋立刻撰写了同名书评，严厉批评曾虚白对美国文学的"菲薄"态度。他写道：

> 我们可以说伟大的美国文学还没有出现，我们却不能说独立的美国文学现在还没有出现的希望。但是曾虚白先生大胆的说了："美国文学只是英国文学的一支，至今还没有看见真正美国文学出现的曙光。"（第六页）这句话可未免严重了！本书的序是作于民国十七年十一月二十七日。截至这一天为止，曾先生"还没有看

---

① 分别刊载于：《小说月报》1929 年第 20 卷第 8 期；《小说月报》1930 年第 21 卷第 5 期；《当代文艺》1931 年第 2 卷第 4 期；《现代文学评论》1931 年第 1 卷第 1 期；《现代》1934 年第 5 卷第 6 期。
② 出版信息分别为：世界书局 1929 年版；商务印书馆 1933 年版；良友图书印刷公司 1936 年版。
③ 曾虚白：《美国文学 ABC》，世界书局 1929 年版，第 1、6 页。

见真正美国文学出现",并且连"出现的曙光"都"没有看见"！这是一件怪事。①

与曾虚白在《美国文学 ABC》中明显轻视美国文学不同,《现代》杂志特意为现代美国文学出版了一期专号。在该专号的"导言"中,编者明确指出,"在各民族的现代文学中,除了苏联之外,便只有美国是可以十足的被称为'现代'的",还提请读者"应该极郑重的去注意"美国文学的自由和创造特征。②

30 年代中国文人对于美国文学的安排,除了体现为对其性质和地位做出整体判断,还涉及对其内部秩序的厘定。现在看来,艾米丽·狄金森和赫尔曼·麦尔维尔,无疑是 19 世纪美国文学史中两个非常重要的作家。遗憾的是,30 年代的中国文人很少关注他们,很少将他们作为言说的对象。曾虚白的《美国文学 ABC》论述了 15 位 19 世纪美国作家,但根本没有提到他们,反而给霍尔姆斯、怀氏安等现在看来并不特别重要的新英格兰作家安排了不少篇幅。郑振铎的《文学大纲》和李菊休编、赵景深校的《世界文学史纲》尽管提到了狄金森,但也不过一两行。当然,一个时代有一个时代的文学史,但忽视或遗漏狄金森、麦尔维尔等重要作家,无疑会影响到对美国文学做出整体判断。

美国文学的历史既是客观发生的"事实",又是被人为书写的"故事"。如何在中国语境下"重写"美国文学史,厘定其内部秩序,确实与书写主体的知识素养、审美情趣和价值诉求等有很大的关系。现在,或许谁也不会过分否认海明威和福克纳的价值,不会过于质疑现代主义文学的美学追求。但在 30 年代的中国,现代主义文学尚未赢得足够认可。许多人将其等同于小资产阶级的个人主义颓废文学。比如,在《新传统》③ 这部专门研究美国现代小说的史著中,赵家璧以社会主义现实主义作为核心评价标准,认为从马克·吐温、豪威尔斯起步,经由

---

① 陈淑(梁实秋):《"美国文学 ABC"》,《新月》1929 年第 2 卷第 5 期。
② 编者:《导言》,《现代》1934 年第 5 卷第 6 期。
③ 赵家璧:《新传统》,良友图书印刷公司 1936 年版。

杰克·伦敦、德莱塞等人开拓，直到帕索斯才足够"成熟"的现实主义文学，才是美国文学的"大道"和"正道"。在他看来，文学不仅应该坚持书写现实的立场，而且应该具备推动现实变革的力量。正是基于这一评价标准，他不仅质疑海明威和福克纳等作家的技巧创新，而且不满他们作品中流露出的迷茫和颓废情绪。

赵家璧认定现实主义是美国文学的主流和发展方向，现在看来，明显存在问题。在一战尤其是1929年经济危机发生之后，美国文学在延续本土革新图变传统的同时，也受到了苏联"无产阶级文学"观念的影响。这一时期的文学呈现出了"向左转"的特征，出现了不少左翼作家，以具体的创作实绩丰富了美国文学。但客观地说，在多元的美国文学格局中，左翼文学仅仅是一种重要的存在而已。其中真正具有价值的，是不但思想激进而且从事艺术实验并且取得一定艺术成就的作家作品。与此同时，美国文学并没有像赵家璧预判的那样，整体走向现实主义的"大道"或者社会主义现实主义的"正道"。两次大战之间最有影响力的，却是被他不同程度否定了的海明威和福克纳等现代主义作家。

四

任何言说都是建构。30年代中国文人论述美国文学，即是基于论述对象的部分事实和主体的立场、需要以及经验，对其实现建构的过程。这一行为表面上看，非常能够体现主体性，但实际上，因为可以参考的资料相对有限，再加上许多建构者自身把握美国文学的能力明显不足，编译域外学者的相关成果，沿袭外来话语的影响，就成了不可避免的事实。贺昌盛分析清末民初的外国文学研究时指出，"域外文学的研究虽然渐成其后，但几乎所有的研究者都未曾摆脱依赖域外既有文学史著及相关资料而加以编译撰述的困境，能在直接阅读的基础上发一家之见的著述少之又少"[①]。这种说法不无道理。我们考察30年代中国文人的美国文学论，即可找到不少例证。

[①] 贺昌盛：《晚清民初"文学"学科的学术谱系》，中国社会科学出版社2012年版，第187页。

上文已经指出，曾虚白在《美国文学 ABC》中极度否定了美国文学的独立地位。其实，他发表的诸多言论是有外来依据的。如果将《美国文学 ABC》与美国学者约翰·玛西著的《美国文学的精神》一书做一比较，即会发现曾虚白实际上是有选择地编译了后著的相关内容。比如，《美国文学 ABC》"总论"部分论析美国文学的总体特征时写道：

> 概括的说起来，美国人的文学作品是理想的、甜蜜的、纤巧的、组织完善的，然而，他们没有抓住人生的力量。他们的诗人，除了少数的一二人以外，是浅薄得只发着月亮般的光芒，只在技巧上求全。他们成功的小说家既不多，又是软弱，戏曲家，还没有产生。①

《美国文学的精神》第一章写道：

> American literature is on the whole idealistic, sweet, delicate, nicely finished. … Indeed, American books too seldom come to grips with the problems of life, especially the books cast in certain forms. … The poets are thin, moonshiny, (and) meticulous in technique, novelists are few and feeble, and dramatists are non-existent.②

再比如，《美国文学 ABC》在解释美国作家为什么无法抓住人生时写道：

> 他们的根本弱点是缺少天才；他们只注意在人生浮面的不相干的现象；他们对于小说的观念完全搅错了，虽然他们未尝不努力的工作。③

---

① 曾虚白：《美国文学 ABC》，世界书局 1929 年版，第 7 页。
② John Macy, *The Spirit of American Literature*, New York: Boni and Liveright, Inc., 1913, p.11.
③ 曾虚白：《美国文学 ABC》，世界书局 1929 年版，第 8 页。

《美国文学的精神》写道：

The trouble is that they lacked genius; they dealt with trivial, slight aspects of life; they didn't take the novel seriously in the right sense of the word, though no doubt they were in another sense serious enough about their poor productions. ①

大概对比一下上面两组文字，我们不难看出曾虚白对约翰·玛西的借鉴程度。但就是《美国文学 ABC》这样一部没有什么原创性的著作，又成了李菊休编、赵景深校《世界文学史纲》第十五章论述 19 世纪美国文学的蓝本之一。不过，该著还融合了郑振铎编撰的《文学大纲》这部至少论述外国文学时也未呈现出足够原创性史著的相关内容。此处仅举一列。

论及亨利·詹姆士时，《世界文学史纲》写道：

他从小受父亲的特殊教育，养成了一个以四海为家的性质。他愿意舍弃国界的限制，做一个世界上的人民，所以他的眼光辽远而经验宏大。他的作品可分为二期，第一期有《赫德生》(Roderick Hudson)、《雏菊磨者》(Daisy Miller)、《一个贵妇的肖像》(The Portrait of a Lady)、《美国人》(The American)；第二期的作品是《鸽的翼》(The Wings of the Dove)、《金弓》(The Golden Bow)。②

《美国文学 ABC》写道：

詹姆士从小受着他父亲的特殊教育，养成了他一种四海为家的性质。他愿意决然舍弃了国界的限制，做一个世界上的人民，所以

---

① John Macy, *The Spirit of American Literature*, New York: Boni and Liveright, Inc., 1913, p. 12.

② 李菊休：《世界文学史纲》，亚细亚书局 1933 年版，第 385 页。

他的眼光是更辽远，他的理智是丰富，他的经验是宏大。①

《文学大纲》写道：

他的作品可分为二期：第一期有《赫德生》(Roderick Hudson)，写一个意志薄弱的美国雕刻家的事；此外还有《雏菊磨者》(Daisy Miller)、《一个贵妇的肖像》(The Portrait of a Lady) 及《美国人》(The American)。他的第二期的杰作是《鸽之翼》(The Wings of the Dove)、《金钵》(The Golden Bowl)。②

通过对比，我们即可发现，第一段文字明显将第二段和第三段文字组合到一起，稍作了一点改动。另外，这个例子中还有一些非常有趣的现象，也可以揭示出当时知识生产的部分特点。《世界文学史纲》和《文学大纲》中詹姆士作品的译名非常相似，但也有些许差异。Daisy Miller 是詹姆士早期的代表作之一，以女主人公名为作品之名。按照惯例，人名需要音译，那么，Daisy Miller 应译为《黛西·米勒》或类似的名字。若是意译该名，Daisy 即为"雏菊"，而 Miller 则为"厂主（尤指面粉厂的）、磨坊主、碾磨工"。郑振铎将该著之名翻译为《雏菊磨者》，很明显，是采取了意译的方法。他这么做，大概是因为并不了解该著的命名方式。《世界文学史纲》却照搬了这一明显存在问题的译名。另外，它将《文学大纲》中的《鸽之翼》改译为《鸽的翼》。这是否又有有意避免抄袭的嫌疑呢？更为有趣的是最后一部作品的译名。The Golden Bowl 现在通译为《金碗》，郑振铎将其译为《金钵》，也未尝不可。但《世界文学史纲》将其译成了《金弓》。据我们推测，这种变化主要是两个原因导致的。第一，《世界文学史纲》的作者抄录《文学大纲》的相关内容时，不小心将 The Golden Bowl 抄录为 The Golden Bow，遗漏了该著英文原名 Bowl 一词中的"l"。第二，《世界文学大纲》的作者

---

① 曾虚白：《美国文学 ABC》，世界书局 1929 年版，第 113 页。
② 郑振铎：《文学大纲》第四册，商务印书馆 1927 年版，第 564—565 页。

自己犯了错误，却浑然不知，反而认定郑振铎将 Bow 译为"钵"有问题，因此对其做了改译。Bow 本来就有"弓"的意思。就这样，Bowl 成了 Bow，"钵"成了"弓"，《金钵》成了《金弓》，闹了个大大的笑话。

1932 年，左翼文人余慕陶出版了《世界文学史（上）》，引起了学术界的争论。他们指出，该著存在抄袭郑振铎、赵景深、本间久雄等中外学者相关成果的情况。比如，赵景深发表了《文剪公余慕陶》一文，对这种行为展开了激烈的批评。他写道："说余慕陶是抄袭其实是客气的，因为抄袭究竟还要用一点誊录的工作。他是剪窃，他只要用剪刀，飕飕的几下，于是大著成功了。"① 其实，赵景深参与校改的《世界文学史纲》，也明显存在他自己激烈批评过的现象，而该著"借鉴"他人成果的方法，也一点不见得比余慕陶高明多少。

当然，我们指出上面这些，并无故意冒犯前辈的意思，只是为了呈现 30 年代中国文人论美国文学时确实存在的一些现象。另外，我们也不能因此而彻底抹杀中国言说主体做出的种种努力和相对独立的价值判断，以及他们在做出相关判断的过程中呈现出的精神风姿。事实上，他们虽受到了各种外来话语的深刻影响，但也在努力基于中国语境，以自己的视角和立场，展开阐释美国文学的话语实践。

上文已经提到，赵家璧撰写的《新传统》一书论述现代美国小说时，明显坚持社会主义现实主义的标准。显然，这是当时刚从苏联传过来的"时髦"理论。尽管该著确实存在诸多不足，但跟上文提到的曾虚白、李菊休等人的史著还是形成了鲜明的对比。最为关键的一点是，它充分彰显了赵家璧作为史家的主体意识。首先，该著展现了赵家璧含蓄冷静、严谨认真的批评文风。无论他对具体的作家作品持何种态度，但在展开分析之前，他从不言辞激烈地从政治角度做出判断，也很少在未做论证之前就妄下断语。他善于引经据典，也能明确标注。仅在《美国小说之成长》一文中，他引文达二十多处，既有出自最新的报纸杂志的，又有出自文学史著的，涉及卡尔浮登、门肯等在当时美国文学批评界享有盛

---

① 赵景深：《文剪公余慕陶》，《申报·自由谈》1933 年 7 月 21 日。

名的批评家的诸多批评论著。其次，该著显示出赵家璧既具有宏观把握美国文学发展的意识，又具有微观展开分析的能力。再次，他努力追求社会主义意识形态建构，非常重视作家的思想倾向和文学作品的思想内涵，但他并未因此而彻底滑入忽视文学艺术本体性的泥沼，完全将文学视为负载和传播意识形态的工具。他试图坚持的是艺术性和思想性辩证统一的批评标准。又次，他已经开始关注斯坦因、海明威、福克纳等并不为当时的中国读者足够了解但在美国文学发展史上举足轻重的作家，具有一定的前瞻性。最后，他尽管叙述的是美国现代小说史，言说的是他者的故事，但具有鲜明的中国问题针对性。与直接以中国问题为叙述对象的作家、批评家一样，他借着言说他者，体现出了强烈的中国现实关怀意识。言说他者，在很大程度上成了他思考和表达自我的一种重要策略。

许纪霖曾指出，"'超然'和'介入'构成了现代知识分子形象上互补的两个侧面，这是现代社会的功能结构所规定和要求的"[①]。生活在一个处处充满着危机和变革的时代，30年代的中国文人尽管一直坚守着知识生产者和传播者的本位意识，但也利用自己得天独厚的文化修养和精神气质，在生产和传播知识的过程中，传达出了济世的情怀。面对现代民族/国家建设（社会层面和文化层面）的宏大问题时，他们不约而同地投射出了关怀现实的强烈意识和创造未来的美好想象。然而，由于政治、文化立场不同，他们就如何体认中国现实、如何设计中国道路等问题，又不断展开论争。他们既需努力处理民族与世界、阶级与国家、个人与社会之间的复杂关系，又不得不在现实政治面前做出选择。对于他们来说，直接发表关系国计民生的言论，或者亲自参与各种政治实践，固然勇气可嘉，但在政治实践成为敏感的事业而各种异端言论受到官方压制的时代，以言说外国文学的曲折方式介入对现实的思考、对未来的想象，也是一种重要策略。为此，30年代中国文人论说美国文学，既是他们针对美国文学本身的话语实践，又是他们借着文学来审视美国、选择美国文化的重要途径，还是他们通过言说他者来思考自我问

---

① 许纪霖：《大时代中的知识人》，中华书局2012年版，第47页。

题、设计未来走向的重要策略。

面对19世纪中叶以来不断失败的现实,中国文人将关注的目光投向了域外,试图借鉴外来的某种模式来实现自我更新。美国模式,对于不少中国文人确实产生了吸引力。美国在中国的现代化进程中部分扮演起了师傅的角色,但它又切实损害了中国的利益。这就导致中国文人对它形成了仰慕与厌恶、追逐与警惕交织的情绪。截至30年代,中国文人面对美国道路和文化,已经形成了较为自觉的选择意识。

文学在某种程度上要反映现实,参与国家形象构建。从这个层面来说,美国文学多多少少会反映美国现实的某些侧面。正是基于这种逻辑,30年代的不少中国文人将美国文学视为透视美国的一面镜子。比如,郭沫若热衷于翻译辛克莱的暴露文学,就因为在他看来,"坚决地立在反资本主义的立场,反帝国主义的立场","从内部来暴露资本主义的丑恶",便是辛克莱"最有辉煌的一面"。他说:"我在目前要介绍辛克莱的主要意义",便是想让读者通过阅读他的"作品中来领略领略所谓'欧美式的自由'"[①]。郭沫若的潜台词是,既然"欧美式的自由"仅仅是表象,就连其内部的人员都已展开了暴露,那么,中国选择未来道路时自然不能学习美国。他的论说逻辑背后,隐藏的是当时左翼秉持的阶级革命话语立场。

跟郭沫若等人崇尚左翼文学、彰显阶级革命意识形态有所不同,《现代·现代美国文学专号》的编者秉持自由主义的立场。编者有意凸显了美国文学的自由竞争态势和独立创造特征,塑造出了全新的美国文学形象,不仅矫正了国人长期以来对美国文学的鄙夷态度,而且"把文学译介当作参与中国文学、文化建设和社会改造的重要手段,具有鲜明的中国现实针对性,渗透着他们对中国文学、文化、社会演进和发展的思考"[②]。比如在"导言"中,编者谈及美国文学逐渐脱离欧洲传统

[①] 易坎人:《写在〈煤油〉前面》,载[美]辛克莱《煤油》上册,易坎人译,光华书局1930年版。

[②] 张宝林:《美国文学译介与中国现实关怀——论〈现代·现代美国文学专号〉兼容并包的立场》,《文学评论》2014年第3期。

从而具备"现代"质素、开始发挥世界影响之后,就指出:"这例子,对于我们的这个割断了一切过去的传统,而在独立创造中的新文学,应该是怎样有力的一个鼓励啊!"① 再比如,编者总结了美国文学的自由和创造特征之后,就指出,"我们是更迫切的希望能够从这样的说明指示出一个新文化的建设所必需的条件来。自然,我们断断乎不是要自己亦步亦趋的去学美国,反之,我们所要学的,却正是那种不学人的、创造的、自由的精神"②。如果说,前一段文字更多针对中国的新文学建设发言,那么,后一段文字直接指向中国的新文化乃至新政治建设。

考察 30 年代中国文人的美国文学论,我们能够明显感受到,许多文人在言说"他者"问题的同时,往往兼及中国自身的问题,有些论者甚至直接将二者结合起来加以讨论。比如,李长之撰写的《现代美国的文艺批评》③ 一文,第一节的题目即为"文艺批评和美国:顺路说到中国的急需"。在该节中,作者批评了中国文人唯西方观念是从的做法,认为这是"为自己的奴性作挡箭牌,以欺压本国同胞"。在他看来,中国文化建设的出路,更在于发扬光大和转换创新自身的传统文化精神。

有学者考察 1917 年至 20 世纪 50 年代间中国的"外国文学史建构"时指出,当时的知识界基于中国内部认识和变革社会的现实需要建构外国文学,因此"并非学术进步的内在动力使然,无关乎国际学术界对文学史的探讨情势、理论变化,和对象国的文学发展的实际状态出入很大"④。确实,中国自晚清开始的域外文学史书写有超越文学之外的诉求。尤其是当政治的势力和意识形态构建的诉求过分介入之后,文学史可能演变成了观念冲突的场域,甚至被按照预先设定的观念任意装扮。对于这一点,我们不能否认。但是,过分突出文学史写作的其他介入力量,夸大这些力量的宰制作用,而完全无视"学术进步的内在动力",

---

① 编者:《导言》,《现代》1934 年第 5 卷第 6 期。
② 同上。
③ 李长之:《现代美国的文艺批评》,《现代》1934 年第 5 卷第 6 期。
④ 林精华:《中国的外国文学史建构之困境:对 1917—1950 年代文学史观再考察》,《首都师范大学学报》(社会科学版) 2012 年第 1 期。

既遮蔽了现代中国文人言说域外文学时出现的某些重要历史事实,又抹杀了他们在特定历史语境下的复杂精神状态和多元价值诉求。现代中国构建出的异域文学图景,尽管"和对象国的文学发展的实际状态出入很大",但任何对域外文学"形象"的构建,都是基于某些最基本的事实。另外,说现代中国构建外国文学史"无关乎国际学术界对文学史的探讨情势、理论变化",肯定不符合实际。其实,他们在关注国际学术界的相关讨论时,只是选择了符合自己需要的部分而已。关于这几点,我们可以在30年代中国文人讨论美国文学的相关文字中明显体会到。

五

在中国文学追求现代性建构的过程中,文人们关注和论述美国作家,固然有学术进步的追求,固然有意识形态建构的目标,但也是为了吸收和借鉴他们的长处,以期促进自身文学的健康发展。30年代的中国文人对惠特曼、奥尼尔、辛克莱、艾略特、赛珍珠、刘易斯、休士等作家给予了非常高的关注,但同时冷落了爱默生、梭罗、狄金森、麦尔维尔、弗罗斯特等重要作家。一般来说,被中国文人广泛关注的美国作家,更有可能在中国发挥出更为广泛或深刻的影响,而那些备受冷落的作家,相对来说就难以产生巨大的影响。其实,情况要比这个更为复杂。在此,我们仅以30年代中国文人接受赛珍珠和弗罗斯特的相关状况为例,做一简要论证。

1931年,赛珍珠出版了以中国农村为题材的长篇小说《大地》,很快风靡了欧美世界。随着《大地》的热销,赛珍珠也由一名普通的传教士女儿,变成了举世瞩目的大作家。她及其小说在欧美世界引起极大反响的同时,也立刻引起了中国文人的关注。仅在1932至1935年间,中国至少出版了八个赛珍珠作品的汉译单行本,其中《大地》的译本就有四个[①],而报纸杂志登载的有关赛珍珠的评论文章、新闻报道等

---

① 分别是伍蠡甫译述《福地》(上海黎明书局1932年版)、张万里与张铁笙合译《大地》(北平志远书店1933年版)、胡仲持译《大地》(上海开明书店1933年版)和马仲殊译《大地》(上海商务印书馆1934年版)。

等，至少有七八十篇。在整个中国现代文学史上，像赛珍珠这样在短时间内引起中国文人如此高度关注的作家并不多。因此，我们说30年代初的中国文坛上出现了赛珍珠热，恐怕一点都不夸张。那么，她对中国文学又产生了怎样的或者多大的影响呢？

一个作家对其他作家产生的影响，无非体现在题材选择、主题思想、艺术技巧、形象塑造等层面。要是赛珍珠对30年代的中国文学产生了影响，恐怕主要在于刺激中国作家进一步以农村问题为创作素材这一层面。

20年代中国文坛就出现了乡土派作家，但30年代却迎来了以农村为题材的小说创作高峰。无论是通常被列入乡土写实派的王鲁彦、塞先艾、彭家煌等，还是社会剖析派的茅盾、叶圣陶、吴组缃、叶紫等，抑或是京派的沈从文、废名、萧乾等，都在30年代奉献出了重要的农村题材小说。我们推想，在赛珍珠及其《大地》受到中国文坛高度关注的时代，这些作家极有可能受到部分冲击，也有很多机会了解文坛有关赛珍珠的争论，进而以自己的方式传达对于中国问题的思考。况且，其中有些人亲自参与了有关赛珍珠的讨论。茅盾即是一例。他后来回忆说，自己曾于1935年给史沫特莱编选的《中国革命作家小说集》作过序文，写作了《给西方的被压迫大众》，并告诉美国读者："他们从赛珍珠的《大地》等小说中看到的中国农民和农村，是被很大地歪曲了的。"在他看来，赛珍珠不仅没有看清中国的问题，而且歪曲了正在斗争的中国人形象，因此"她这部书并不能提高西方人对中国的了解"[①]。

茅盾所否定的，不仅是赛珍珠构建中国形象的客观性，而且是写作者的身份和立场。正是因为认定赛珍珠只是个"异乡人"，以传教士的眼光书写落后保守的中国和中国人，旨在迎合西方人偏颇认知中国的需要，他才在很大程度上否定了赛珍珠写作的积极价值。当然，现在看来，茅盾对赛珍珠做出的判断确实过于苛刻。至于赛珍珠在写作的过程中是不是真的存在左翼文人所揭露的险恶用心，恐怕是一个需要进一步

---

① 茅盾：《1935年纪事》，载《我走过的道路》（中），人民文学出版社1984年版，第303—304页。

探讨的话题。他们之所以对赛珍珠非常不满,大概主要是因为她没有构建出他们希望向西方传达的正在崛起的中国形象、正在觉醒和抗争的中国人形象。

换个角度来思考,可能正是因为对赛珍珠存在这种逆向接受心理,许多中国文人也积极参与书写中国农村,并有意识地注入自己对中国农村和农民问题的别样思考。赛珍珠的《大地》以平淡疏远的眼光,讲述王龙如何通过艰苦卓绝的奋斗、适时把握机会最后成为地主的故事。王龙对土地的追求和眷恋,确实是中国农民千百年来的惯性思维和生活理想。赛珍珠抓住了这一点,也算是反映出了中国社会和中国人心理的部分真实。为此,赵家璧认为,"布克是多少抓到了中国人的灵魂的"[①]。可惜,这些能给赛珍珠的中国书写做出较为积极或者客观评价的文人,并没有参与小说创作。

但在30年代批评赛珍珠的文人看来,她对变革中的中国体察不够,她笔下的中国人生活理想过于落伍,生存状况严重失真。在这些人的笔下,中国和中国人则呈现出另外一副面貌。比如,以茅盾为核心的社会剖析派涉及农村题材,往往致力于剖析中国社会的性质,将揭示外国资本主义对中国经济的侵入、农村破产、丰收成灾、阶级压迫和农民斗争意识的觉醒等作为书写重点。茅盾的《春蚕》、吴组缃的《樊家铺》、叶圣陶的《多收了三五斗》、王统照的《山雨》和叶紫的《丰收》等,均是如此。赛珍珠小说的思想主题和形象塑造,根本不能满足他们的期待视野。他们实际上非常拒斥赛珍珠认知中国的方式、书写中国的态度、表达中国的内容。因此,在我们看来,30年代中国文人在接受赛珍珠的过程中,出现了比较典型的逆向接受现象。如果说,赛珍珠对30年代的中国农村题材创作有影响,那也是一种因为拒绝接受而形成的反向影响。

另外值得注意的是,一个作家的作品即便在"写什么"层面不能满足接受者的期待,但可能会在"怎么写"层面产生正向影响。不过,

---

① 赵家璧:《新传统》,良友图书印刷公司1936年版,第315页。

赛珍珠坚持的是传统的现实主义写作手法,技艺方面没什么创新。这对追求技艺革新的 30 年代中国小说家来说,也没什么吸引力。

整体来看,30 年代的中国现代小说家积极尝试技巧创新,而新形式、新技巧也成了他们评判小说创作的美学规范。在他们积极借鉴西方小说创作经验的时代,赛珍珠却转向了中国传统小说。在 1938 年领取诺贝尔文学奖时发表的演讲《中国小说》中,她说:"我尽管属于美国,但我的写作并非受惠于美国小说,而是受惠于中国小说。……我今天不承认这一点,就有点忘恩负义。"[1] 她所谓的中国小说,则是《水浒传》《红楼梦》等,而不是受了西方影响之后出现的"杂牌"小说。受到中国传统小说观念的影响,她将小说家定位成面向大众的"说书人",而"说书人"就需要尽可能叙述有趣的故事,以便吸引住读者/听众。正是基于这种理念,赛珍珠在《大地》中主要用白描手法,将贫民王龙变身地主王龙的"传奇人生"展现在读者面前,其间穿插了娶亲、生子、得财、纳妾等等事件。在 30 年代中国文人看来,无论是她的作家身份定位,还是文本展现出的写作风格,都显得有点不合时宜,并无什么可取之处。

到了 20、30 年代之交,尽管中国文人在激烈反传统之后,已经意识到自身文学传统的重要性,并提倡部分借鉴传统、回归传统,但那些已经被改造过的灵魂,实际上已经很难认同传统的文学技巧和创作理念。即便他们将"化古"作为自觉追求,但回归传统的力度依然非常有限。在这样的大背景下,赛珍珠显得过于保守、落伍的写作方式,自然很难赢得多数中国文人的认同。

因此,赛珍珠尽管是 30 年代中国文人热烈讨论的对象,但由于各方面的原因,她对中国文学发挥的正向影响非常有限。这一案例充分说明,即便一个域外作家在中国的特定时期成了热点话题,但不一定深入中国文学的血肉肌理当中。当时过境迁,又有别的热点出现之后,他/她只能进入尘封的历史,成为研究者试图还原和阐释的素材。

---

[1] Pearl S. Buck, *The Chinese Novel*, New York: The John Day Company, 1939, p. 10.

毫无疑问，弗罗斯特是现代美国的重要诗人，但在30年代的中国，他并未引起中国文人足够重视。当时中国文人以他为核心话题的论述寥寥无几。根据我们查阅到的资料，大概只有梁实秋在《秋野》1928年第3期发表的《佛洛斯特的牧诗》等为数不多的几篇。被关注的程度不高，也就导致他很难对30年代中国诗歌产生广泛的影响，但这并不意味着他无法或没有产生影响。像弗罗斯特这样没有被中国文人广泛关注的域外作家对中国文学产生的影响，因为现象不够鲜明，很难引起研究者关注。要是某一中国文人事实上接受了影响而又很少提及甚至故意回避影响源，那就使可能存在的影响关系变得更加扑朔迷离。在我们看来，叶公超这一中国现代诗学史上举足轻重的角色，就曾受到弗罗斯特诗学主张的重要影响。

叶公超晚年（1979年）回忆自己在美国接受教育的情况时，曾提及自己与弗罗斯特之间的师承关系。他写道：

> 我在爱默思大学念了三年书，受益匪浅。爱默思的教育，完全是人文教育。当时著名的诗人佛洛斯特（Robert Frost）就在该校任教，我跟随他念了二年书。他这个人只讲究念书不念书，不讲究上课不上课。到了四年级，他教我创作诗歌、小说。我也因此出了一本英文诗集叫 Poems。[①]

叶公超出生于1904年，1922年夏考取了爱默思大学。据此我们推断，他接触到弗罗斯特，大概是1924或1925年。他说，他当时对诗歌很感兴趣，并且跟随弗罗斯特学习，在其指导下创作了一些诗歌。弗罗斯特在指导叶公超创作诗歌的过程中，必然会传播自己的诗歌观念，而叶公超接受弗罗斯特指导并尝试创作，极有可能受其观念影响，初步形成自己的诗学观念。尽管我们无缘看到叶公超当时写作的诗歌到底怎么样，但依然可以推断：他在弗罗斯特指导下创作的诗歌，大概与弗罗斯

[①] 叶公超：《文学·艺术·永不褪色》，载陈子善编《叶公超批评文集》，珠海出版社1998年版，第265—266页。

特的诗歌路数相差不会甚远。因为相关资料的短缺,我们无法通过对比分析诗作来证明这种影响关系。不过,叶公超倒是在30年代写了《论新诗》等重要诗学论文,集中阐释了自己的诗学主张。将《论新诗》与弗罗斯特的诗歌实践做一简要比较,我们便会发现,二者存在些许相仿之处。

就诗歌形式而言,弗罗斯特主要遵循的是传统的诗歌规范,习惯于运用传统的押韵双行诗、四行诗、十四行诗等格律形式。但形式上的相对保守,并不意味着他在现代生活中没有形成现代感受。创作永远是一种用特定形式传达主体体验的重要实践。事实上,弗罗斯特的诗歌在寄情田园的同时,也折射出了现代人在现代生活中的悲惨命运和困顿灵魂,从内质来看,的确响彻着现代派诗歌的调子。在激烈反传统成为风潮的时代,重视和改造传统,本身构成了弗罗斯特最鲜明的身份特征。这其实是他的自觉追求。他曾说:"我偏重于走中间路线,也喜欢同跟我一样走中间道路的人交流。"[①] 总体来看,弗罗斯特在美国乃至世界现代诗坛的独特意义,就在于他有机地将传统的诗歌格律、形式与现代性内容结合到了一起。

中国现代新诗的创作实践和理论建设,经过"五四"时期的激烈反传统之后,从20年代中后期开始,就有人主张要重视和合理利用自己的诗歌传统。新月派诸诗人和卞之琳、戴望舒等现代派诗人,在这方面做了很多探索。然而,在借鉴西方自由诗的规范来建设中国新诗已经基本成为共识之时,倡导复归传统,自然会引起诸多争议。不仅诗歌批评家担心旧传统的引入会危及新诗的建设成果,而且,新诗的创作者也担心阅读旧诗会不自觉地受其影响,危害到新诗的形式和内容。在这种争议不断、茫然混乱的语境下,叶公超本着为新诗寻找出路这一追求,在1937年5月出版的《文学杂志》创刊号发表了《论新诗》[②] 一文,试图从理论上解决新诗与旧诗之间的关系、新诗如何借鉴旧诗传统的问题。

---

① E. Lathem and L. Thompson eds., *The Robert Frost Reader: Poetry and Prose*, New York: Henry Holt and Company, Inc., 2002, p. 331.

② 以下叶公超的诗论,均出自该文,不再一一做注。

叶公超诗论的精彩之处很多，但最引人注目之处，莫过于他部分回归传统的主张：新诗创作不仅应该重视传统文学的资源，而且应该在借鉴传统诗歌格律的同时开发出新的格律，找到适合现代情绪性质的内在形式。他明确指出："把自己一个二千多年的文学传统看作一种背负，看作一副立意要解脱而事实上却似乎难于解脱的镣铐，实在是很不幸的事情。"在他看来，完全抛弃传统，便意味着丧失了根基，丢掉了一种可以促进自我发展的重要资源。正是基于这种考虑，他认为，"新诗要出路，也许还得另外有人找更新的出路，也许得回头，稍稍回头"。怎么回头？他鼓励新诗人大胆地阅读旧诗，学习和借鉴传统的优秀诗人如何利用固定的形式和变化的格律表达复杂的内在情绪。中国旧诗最大的特点，便是遵循严格的格律和形式。在现代新诗建设过程中，格律和形式恰恰是许多人认为应该抛弃的枷锁。但在叶公超看来，许多人批评旧诗"以格律为桎梏，以旧诗坏在有格律，以新诗新在无格律"，其实是因为没有准确认识格律的意义；有些人对旧诗心存厌恶，主要是因为有些旧诗本身是坏诗，未能将格律与人的情绪融为一体、"臻于天衣无缝的完美"，反而使格律成为"一种勉强撑持的排场"。叶公超的核心观念是，"格律是任何诗的必需条件，惟有在适合的格律里我们的情绪才能得到一种最有力量的传达形式；没有格律，我们的情绪只是散漫的，单调的，无组织的，所以格律根本不是束缚情绪的东西，而是根据诗人的内在要求而形成的。"在他看来，中国新诗要发展，要有效表现现代生活，传达主体的复杂体验，就得创造新的格律和形式。

通过上面的简要分析，我们发现，叶公超的观念与弗罗斯特诗歌实践彰显的诗学原则之间，存在很多相似之处。其实，除了上面提及的部分，他们二人对诗歌语言、节奏、音组、句读、意义等的有些看法，也出奇地相似。此处不再一一讨论。因此，我们可以做出推断：叶公超在爱默思大学读书期间跟随弗罗斯特学习诗歌，在很大程度上接受了他的影响，并初步形成了自己的诗学观念；回国之后，他针对中国新诗建设和诗论界出现的问题，将自己的主张集中阐述了出来。

叶公超接受弗罗斯特诗歌观念的熏陶，并在其指导下展开创作实践，要是说不会受其影响，真的让人难以想象。就算他后来思考中国诗学建设问题时，并不有意从弗罗斯特那里寻找资源，他也无法彻底回避弗罗斯特这一对他曾经很重要而现在依然活跃在诗坛的角色。可以说，弗罗斯特的影响在某种程度上已经化入了他的血液，深入了他的骨髓，成了他思考诗歌建设问题的"先在结构"。然而，学术界谈到叶公超的诗学观念时，总将影响源归到艾略特身上①，而很少谈及弗罗斯特可能产生的影响。这一现象的出现，除了某些人的盲视和跟风，还与叶公超本人的姿态不无关系。

叶公超在30年代确实积极参与了对艾略特的译介，不仅撰写了《爱略忒的诗》《再论爱略忒的诗》②这两篇专论艾略特的文章，而且在他的《论新诗》等诗学论文中时常引述艾略特的观点。另外，他还鼓励卞之琳翻译了艾略特的著名诗学论文《传统与个人才能》，给赵萝蕤翻译《荒原》提供了诸多帮助。除此之外，许多学生的相关回忆文字，经常提到叶公超上课时屡屡提及艾略特③。与之形成鲜明对比的是，他从未专门论述过弗罗斯特，仅在相关介绍性文字和私人场合偶然提到。至少从表面上来看，他从未像重视艾略特那样重视自己的授业恩师。

遍查叶公超30年代留下的文字资料，我们仅发现有三条与弗罗斯特相关。第一，1929年4月出刊的《新月》第2卷第2期登载了叶公超的书评。他简要评析了美国诗人康拿德·亚琴（Conrad Aiken）编辑的《美国诗抄》，提到弗罗斯特是编选者选诗最多的四位诗人之一。第二，他在1932年12月出刊的《新月》第4卷第5期发表了短文《美国

---

① 参见董洪川《叶公超与T.S.艾略特在中国的传播与接受》（《外国文学研究》2004年第4期）、陈太胜《现代主义的倡导：叶公超的文学批评》（《文化与诗学》2009年第1期）、蒋睿《叶公超对艾略特传统诗学观的借鉴与超越》（《长江师范学院学报》2010年第2期）、文学武《叶公超与中国现代文学批评》（《上海交通大学学报》2013年第5期）等。

② 分别发表于：《清华学报》1934年第9卷第2期；《北平晨报·文艺》1937年第13期。

③ 比如，辛笛写道："在叶公超的《英美现代诗》课上我接触到艾略特、叶芝、霍普金斯等人的诗作。"参见辛笛《我和西方诗歌的因缘》，《外国文学评论》1995年第3期。再比如，赵萝蕤提到叶公超对《荒原》的深入理解，说美籍的"温德教授只是把文字典故说清楚，内容基本搞懂，而叶老师则是透彻说明了内容和技巧的要点与特点"。参见赵萝蕤《怀念叶公超老师》，《读书》1989年第Z1期。

〈诗刊〉之呼吁》,提到了几首"最初先后在《诗刊》上发表而后来才出名的诗",其中就有弗罗斯特的一首。第三,他在 1937 年 6 月出刊的《文学杂志》第 1 卷第 2 期发表了短文,评论英国著名诗人叶芝编选的《牛津现代英诗选》。他指出,叶芝选的美国诗人只有艾略特和庞德,存在严重的漏选现象。批评该现象时,他提到弗罗斯特在英国的知名度,并写道:"Robert Frost 虽然是美国人,写的多半是地道的美国农家生活,但英国读他的却很不少。我们只要翻开他的英国版的《诗选》(*Selected Poems of Robert Frost*) 来看看前面几篇英国年青诗人所作的短序就知道了。"这三则资料有一个共同特点,那就是叶公超仅限于客观现象的描述,并没有表露出自己对弗罗斯特的偏好或者其他。

除了在相关文字中偶然提及,叶公超有时候在私人场合也提及弗罗斯特。比如,朱自清在 1932 年 11 月 27 的日记中提到,他和众人到叶公超家吃饭,"饭后谈美国大学中课堂讨论办法,以为最有趣味。又谈公超业师福罗斯特"[①]。再比如,叶公超的学生常风回忆,他在清华大学读书时曾到叶公超家借书,发现有两本弗罗斯特的诗集,扉页上有诗人的签名和题赠;叶公超告诉他,自己曾在美国的爱默思大学读过书,而"佛罗斯特曾在阿默斯特教过多年书,常在附近农庄住,因此认识的"[②]。第一则资料说明,当时跟叶公超关系熟络的文人,大概知道他与弗罗斯特存在师承关系。在第二则资料中,如果常风的回忆准确,那么,叶公超仅仅提到"认识"弗罗斯特,显得有点轻描淡写。

在 30 年代,叶公超热衷于在公共领域大谈特谈艾略特,而很少提及自己的授业恩师,似乎有故意回避影响的嫌疑。这样的事情,在中国现代文坛实际上屡见不鲜。比如,胡适和闻一多都曾有意不谈意象派理论和诗歌对自己的影响。叶公超在 30 年代很少谈及弗罗斯特,当时的文人也不怎么注意他,而艾略特既是当时文坛热衷又是当下学术界青睐的对象。这自然就导致许多人将关注的目光投到叶公超与艾略特的关系上头。其实,如果我们将弗罗斯特与艾略特稍加对比,便会发现他们对

[①] 转引自傅国涌《叶公超传》,河南人民出版社 2004 年版,第 173 页。
[②] 常风:《回忆叶公超先生》,《新文学史料》1994 年第 1 期。

待传统的观念非常相似。不过，前者很少发表关于诗学的论文，主要通过诗歌实践彰显自己的主张。至少就诗歌形式来看，他践行了自己的传统观。后者发表了许多诗学论文，明确主张回归传统，虽在写作时主要走自由诗的路线，但通过引经据典等方式，彰显了自己与传统文化资源之间的关系。除了注意这一点，我们还需注意另外一个事实：艾略特是弗罗斯特之后出现的诗人，而叶公超接触艾略特也是在接触弗罗斯特之后。那么，我们是不是可以猜测叶公超如此青睐艾略特，离不开弗罗斯特当年为他塑造出的心理结构呢？换句话说，弗罗斯特本身是不是叶公超顺利走向和接受艾略特的催化剂呢？我们的回答是肯定的。因此，要真正透彻理解叶公超，我们还需对他和弗罗斯特之间的关系进一步展开研究。

六

本书编选的是30年代中国文人论述美国文学的相关文字。上面写这么多话，主要是为了让读者更好地理解本书收录的相关文献。在此，编者再简要谈谈本书的编选情况。

本书分上下两编。

上编共收入10篇完整的文章：前三篇总论美国文学；第四和第五篇综论美国小说；第六和第七篇综论美国诗歌；第八和第九篇综论美国戏剧；最后一篇综论美国文艺批评。这十篇从不同维度综论美国文学的文章，大概可以反映出30年代中国文人对美国文学的基本看法。之所以选择这些而没有选择其他，主要是因为这些具有一定篇幅的文章，呈现出较为鲜明的个性，具有一定的代表性。关于诗歌、戏剧和小说，分别选择两篇文章，主要是为了达到互补和对话的效果。

下编节录了鲁迅、茅盾、瞿秋白、胡风、周扬、郭沫若、梁实秋、林语堂、钱歌川、叶公超、张梦麟、赵家璧、曾虚白、傅东华、杨昌溪等60位30年代中国文人论述美国作家作品的相关文字。

我们选择出的60余位文人，在政治倾向、文化素养、审美情趣等方面，呈现出巨大的差异。他们有些在中国现代文学史上举足轻重，有些尽管就文学成就本身而言并无很大建树，但在现代中国的美国文学接受史上，却意义非凡。将他们论述美国文学的文字整理到一起，可以较为全面地呈现出30年代中国文人认知和言说美国文学的整体图景。将某一中国文人论述美国文学的相关文字集合到一起，大概可以显现出他或她选择和阐释美国文学的基本取向。将不同文人针对某一美国文学现象可能不尽相同的看法安排在一个文本里面，也便于立体呈现美国文学在中国被多元接受的图景。

节录文章，一不小心，可能就会出现断章取义的情况。为此，我们在节选的过程中，认真通读了全文，尽可能摘录了能够准确传达原文思想而不至于产生歧义的段落。与此同时，我们在节录的段落中，大都删除了介绍作家作品的文字，而重在呈现作者的基本观点。

本著收录的文献，有些摘自谈及美国文学的论文和书籍，有些摘自美国文学译本的译者"序言"、"后记"和"赘语"等等。所有文献均为第一手资料，摘自30年代公开出版的期刊和书籍。这些文献里面，比如李初梨引用辛克莱的"文艺宣传论"、鲁迅论马克·吐温和辛克莱等，已得到研究者广泛关注，但还有相当大的一部分尚未引起研究者足够重视。直接论述美国文学的论文和书籍，自然是30年代中国文人如何认知和想象美国文学的重要佐证。但各个译本中的"序言"等"副文本"，也同样值得关注。各个译者在这些"副文本"中，除分析作家作品，还往往直接提及自己选择某个作家、某部作品作为翻译对象的理由。

我们在编录相关文字的过程中，除将原文的繁体转换成了简体，还对部分原文做了适当改动。一是校改了由于作者笔误或排版印刷导致的部分明显错误。二是为了保持统一和遵循现在的惯例，在外国人名（包括所有作家名和部分作品名中出现的人名）的名和姓之间均加了"·"，在译为汉语的作品名上均加了书名号，将英文作品名均改成了斜体。三是在不影响原文意义理解的前提下，改动了部分标点。以上三种情况，因为涉及的面很广，我们并未一一标明改动之处。还需说明的是，除了上述，对于有些作者原文中不甚符合现代规范的句式、措辞和译名等，我们并未加以修正，而是保存了原貌。

　　编者为了方便读者进一步查阅相关文献，均在各篇文章和出自同一篇文章或同一部书的段落后面，撰写了简短的"编者按"。"编者按"的主要内容有文献作者简介、文献来源（出版社、期刊刊期、出版时间、页码范围）和简要说明等。

上　编

一　我的美国文学观

在翻开美国文学史的以前，我们应该先要明白了解"美国文学"这个名词在真正世界文学史上是没有独立的资格的。它只是英国文学的一个支派，正像苏格兰文学和爱尔兰文学的不能脱离英国文学一样；或者又可说它是在地理上别一个国家里所产生的英国文学，正像意大利人梅脱林克的作品始终是法国文学，波兰人康拉特的作品也只算是英国文学的一样理由。

我们更应该知道，美国文学史是一个极简短的历史，直到十八世纪的初叶才是它真正开始产生文学的时期，虽然英国殖民始于十七世纪的初年（一六〇七年），美国独立的宣言公布于十八世纪的中叶（一七七六年）。当殖民时期中（一六〇七——一七七六），万端草创，真是筚路蓝缕，忙着跟土人奋斗，跟野兽搏战，再加之以饥饿、热病等种种困苦，那时的美国人只知为生存而努力；到了后来，诸事粗定，又接着跟母国争政治上和商业上的利权，再加之以跟法国和印第安人的开战，所以这时候所产生的文学，只是开垦的纪录，政治和宗教的历史，没有幻想，没有情感，因此没有真正称得起伟大而有价值的文学作品。

从"印花条例"（Stamp Act）公布之后（一七六五）以迄在华盛顿奠定国都（一八〇〇）时的半世纪，在美国历史上是叫革命时期。这是个战争和建设的时期，政治的紧张吸引了大部分群众的注意，雄辩家和演说家应着潮流的需要，接踵而生。现实的问题占据了思想界优秀分子的心灵，他们没有功夫静坐在书楼里，让他们的幻想去逗留在文学作品所不可缺少的真的、美的、善的境界里。有一种大力逼迫着每个人要做，不准他梦，叫他工作，不准他说嘴。所以在这时期中文学还是暗淡得很。

直到十九世纪的初叶，美国的国基既定，并且各方面都有长足的进展，于是文学界也产生了灿烂的明星。然而，我们若说美国的怎样发展，毋宁说是英国文学的老根上浇上了法国浪漫运动的肥料，顿时增长了特殊的生活力，所以它伸长到这新世界里来的枝枒上也跟着开出了炫人目光的奇花。从此把垄断一切思想的清教余毒，慢慢地扫除干净，引进了真正有文学价值的浪漫精神。

到了十九世纪的末叶，科学的影响改变了欧洲大陆跟英国文学的色彩，把浪漫派的海市蜃楼改成了描绘人生真相的写实派。这种潮流的激荡，当然也随着大西洋的海流送到了美国，所以浪漫派作家而外，近代的美国也产生了多量的写实派。

就现在为止的美国文学而论，我们该承认，他们还没有发现过怎样伟大的作家，可以在世界文坛上，与文学先进各国的大师争永生的光芒。然而，我们该明白他们是得天独厚的娇子，因为他们的种族是各种民族糅合而成的，他们的血脉里流着赛克逊、脑门和丹麦的血液，他们的祖先有意大利人、德国人和塞尔德人；这种杂和的结晶，将来当然有产生异常天才的可能，决不可拿他们很简短一世纪的成绩来断定这个广大的国家是文学的荒碛。

现在我们且把它已有的成绩作个鸟瞰式的观察。

第一点，我们应该指出普通做美国文学史者的错误，他们把一切凡有作品的作家都乱七八糟地收在文学史里。政治家像林肯、弗伦格林，演说家像克莱（Clay）、惠勃思脱（Webster）等都在美国文学史上占有重要的位置。然而他们是实行家，是戴着充满了理智的头脑，提起笔或张开嘴时只想用技巧的措辞来发扬他们政治上的主张，我们决计不能承认这种作家是文学家。不论他是浪漫派、写实派、唯美派、象征派，或其他无论什么派，凡是真正的文学家，是象牙塔里的讽咏者也好，是十字街头的呐喊者也好，没有一个不有轻灵的想像和泛溢的情感的；这种怀着作用的宣传作品，只靠着冷冰冰理智的力量去号召群众，在文学上决没有永生的价值。

把这些芜杂的分子打扫干净了，我们才可以准确地观察真正的美国文学。可是，我们上面已经说过，美国文学只是英国文学的一支，至今还没有看见真正美国文学出现的曙光。当然的，文学是生命的纪录，那一国的文学当然会映射出那一国生活的现象。美国的诗人虽幻恋着夜莺（美国没有的鸟）的歌声，却也没有忘记了他自己本土的反舌鸟；他们的小说里，描写纽约、奥海奥、麦萨区萨次等地的生活也未尝不是十分生动；然而，不论他们的幻想粘附在本国的那一个城镇，我们始终感觉到他们仍旧婉转地依靠在英国文学坚强的膀子里；他们再也拉不开它的拥抱；它把他们从黑暗中救出来，叫他们做心悦诚服的追随者。

概括地说起来，美国人的文学作品是理想的、甜蜜的、纤巧的、组织完善的，然而，他们没有抓住人生的力量。他们的诗人，除了少数的一二人以外，是浅薄得只发着月亮般的光芒，只在技巧上求全。他们成功的小说家既不多又是软弱，戏曲家，还没有诞生。

为什么美国文学不能抓住他们美国的人生？这的确是个极有趣味的问题。屈罗洛泼（Trollope）以为，因为在美国市场上英国的作品过多，美国作品好比幼稚的工业，自然地在剧烈的竞争里被屈服了。然而，事实告诉我们美国作品的产量未尝低落，美国作家也得着极优异的待遇。他们的根本弱点还是缺少天才；他们只注意在人生浮面的、不相干的现象；他们对于小说的观念完全搅错了，虽然他们未尝不努力地工作。

在美国幻想家的梦境里，的确发现过很多巧妙的东西，然而他们的脸蛋总不肯正对着人生的重要问题。他们的国家是新生的，是强有力的，是粗糙的，可是他们的态度却是高超的、细致的、技巧的，这不是极端相反了吗？从欧文（Irving）的第一部罗曼斯起一直到霍威尔斯（Howells）的非浪漫小说止，每一部作品中最可取的长处，总就是美国民族最缺乏的善德。他们的性质多少不免偏近于阴性；他们是幻想的、巧妙的、深沉的；他们的技巧是松泛的、搀杂的；他们对于美国人生和一切人生的骚动却是漠然。除了几个特出的作家，像卫德孟（Whitman)、陶罗（Thoreau）、麦克·吐温（Mark Twain）、怀氏安（Whittier）、罗威尔（Lowell）和爱摩生的一部分作品确是拨开了些人生的真相以外，其他美国的一切作家，精神是美丽而精细的，可是很少表现出他们曾感知人生的现实，也很少感受了人生巨大的意义，抖动着他们的心弦。

在西方开垦的勇士，写的作品却像躲在书楼里的书虫。大海里奋斗的水手却是爱好日本画的专家。开矿的工程师，雕刻着精巧的花岗石。在沙漠里用汽机征服荒碛的伟丈夫却会在美丽的花园里歌咏着美丽的小蔷薇。富有经验的法官，审着最悲惨的离婚案，却会做极美妙的恋爱小说。这些是美国作家表现人生的一斑！

单提小说讲，美国作家的小说自然也有各种不同的好处，然而要找一部完善的，简直很难；精巧了不免软弱，坚强了不免粗糙。欧伦·濮（Allan Poe）、霍桑（Hawthorne）、霍威尔斯（Howells）、詹姆士（James）等的作品，形式上是很可爱的，可是细考它们的质地却是十分薄弱，没有都大的生活力。在那一面找，确乎美国也有几部强有力的小说，然而在技巧方面又未免太不讲究了；比方说，《黑奴呼天录》，感动力虽是伟大，可是全部的组织和字句的应用未免有很多的疵累。因此美国作家的小说，虽有惊人的产量，始终不能攀登文坛上第一流的位置。

或有人说，美国是个物质文明的世界，在那里面的人，整天的谋利奔忙，脑筋里只充满了金钱的映象，精神上贪恋着一切物质的诱惑，处于这种环境里，决计产生不出特殊的文学作品的。然而，我们以为这种见解是没有认识文学的意义的人说出来的。文学是什么？我们简单地回答："是一切人类灵魂的呼声。"除非金钱的毒焰，烧死了每个美国人的灵魂，我们不相信美国产生不出真正国性的伟大文学。我们该明白它只是踏进文艺之园未久的少年呀！

编者按：该文摘自《真美善》第3卷第1期第1—9页，1928年11月16日出刊，署名"虚白"。该文后来被曾虚白收入《美国文学ABC》（上海世界书局1929年出版）一书，为其第一章"总论"。曾虚白生于

1895年，卒于1994年，毕业于上海圣约翰大学英文系，1923年在上海与其父曾朴创办真美善书店，1928年至1931年主编《真美善》杂志。在该杂志，他翻译发表了爱伦·坡的《意灵娜拉》（第1卷第3期）、德莱塞的《走失的斐贝》（第1卷第5期）和欧·亨利的《马奇的礼物》（第1卷第12期）等。上海真美善书店分别于1928年和1929年出版了他译的爱伦·坡等著《欧美小说》和德莱塞著《目睹的苏俄》。上海中华书局于1931年出版了他译的魏鲁特尔（Thornton Wilder）小说《断桥》。

二　现代美国文学专号·导言

在这里，我们似乎毋庸再多说外国文学的介绍，对于本国新文学的建设，是有怎样大的帮助。但是，知道了这种重要性的我们，在过去的成绩却是非常可怜，长篇名著翻译过来的数量是极少，有系统的介绍工作，不用说，是更付缺如。往时，在几近十年以前的《小说月报》曾出了《俄国文学研究》和《法国文学研究》，而替十九世纪以前的两个最丰富的文学，整个儿的作了最有益的启蒙性的说明，那种功绩，是我们至今都感谢着的。不幸的是，许多年的时间过去，便简直不看见有继起的、令人满意的尝试；即使有，也似乎始终没有超越了当时《小说月报》的那个阶段。现在，二十世纪已经过了三分之一，而欧洲大战开始迄今，也有二十年之久，我们的读书界，对二十世纪的文学，战后的文学，却似乎除了高尔基或辛克莱这些个听得烂熟了的名字之外，便不知道有其他名字的存在。对各国现代文学，我们比较知道一点的是苏联，但我们对苏联文学何尝能有系统的认识呢？这一种对国外文学的认识的永久的停顿，实际上是每一个自信还能负起一点文化工作的使命来的人，都应该觉得惭汗无地的。于是，我们觉得各国现代文学专号的出刊，决不是我们的"兴之所至"，而是成为我们的责任。

由于在一个专号里说明整个西洋近代文学的趋势是断然的不够，我们才把各个民族分别的来介绍。照我们预定的计划，每卷中介绍一个，那么，使七八个重要的民族都齐备，却已经是三四年的工程了。三四年，这在事事必求速成的国人看来，是多么悠久的时间呀！但我们觉得，即使花三四年的时间来达到一个初步的目标，多少是要比十几年的蹉跎好一点。基于这个坚信，时间的距离是不会使我们害怕的；我们只要进行，即使是像骆驼那么迟缓的进行着，我们相信也会有收获的一天的。

在这么许多民族的现代文学之中，我们选择了文学历史最短的美国来做我们工作的开始，为着这，在计划的当初，我们是曾经听到许多朋友们的怀疑，甚至于责难。这些怀疑与责难，大部分是出于对美国文学的轻视，以为美国的文学是至今还没有发展到世界的水平线，若比到欧洲的几个重要的民族，仿佛还有点"瞠乎其后"的样子。我们固然愿意承认这种观点也有相当的理由，但是，这种反对却并不能说服我们，使我们把从美国文学着手的计划放弃。

这一种先后的次序，固然未必是包含着怎样重大的意义，但究竟也不是太任意的派定。首先，我们看到，在各民族的现代文学中，除了苏联之外，便只有美国是可以十足的被称为"现代"的。其他的民族，正因为在过去有着一部光荣的历史，是无意中让这部悠久的历史所牵累住，以致故步自封，尽在过去的传统上兜圈子，而不容易一脚踏进"现代"的阶段。美国则不然。被英国的传统所纠缠住的美国是已经过去了；现在的美国，是在供给着到二十世纪还可能发展出一个独立的民族文学来的例子了。这例子，对于我们的这个割断了一切过去的传统，而在独立创造中的新文学，应该是怎样有力的一个鼓励啊！

现代的美国文学中有两个应该极郑重的去注意的特征——

第一，它是创造的。

一个民族，即使是古旧的民族，若放到一个新的环境里去，是往往会有新的文化产生出来。美国文学，即使在过去为英国的传统所束缚的时期内，它就绽露了新的东西的萌芽。例如，文学上的象征主义以及这一系列的其他新兴诸运动，主要的虽然是法国的产物，但是根底上却是由于美国的爱伦·坡的启发。在爱伦·坡还没有被美国的读者所了解的时候，那新生的萌芽是到法国去开出灿烂的花来了。再如，革命的诗歌，甚至连最近的苏联的诗歌也包含在内，也都直接或间接地渊源于美国的惠特曼。像上面所举的两位还是属于过去的时代的美国作家,虽然他们本身的伟大性,是够不上其他民族的文学的匠师,但是他们的影响之大,特别是在启发文学上的新运动的这一点上,却不是同时代的其他民族所能照样的办到。只有新的美国,由于它的新的环境,才有可能是一切新的东西的摇篮。

时间过去,这些新的环境是比在任何别的地方都更迅速的发展。美国是达到了作为二十世纪的特征的物质文明的最高峰。电影,爵士音乐,摩天建筑,无线电事业,一切人类在这个世界上所造成的空前的贡献以及空前的罪恶,都不约而同的集中在北美合众国的国土上。在文学方面,由于阿美利加主义的醒觉,作家们是意识的在反叛着英国的传统。主观条件和客观条件二者是密切的结合了,以致,美国文学能够为独特的文学的那种前途,便几乎是没有一个欧洲国家所能够企望办到的。

美国文学不但已经断然的摆脱了别国的影响,而且已经开始在影响别国文学了。

试举左翼文学为例。在世界的左翼文学都不自觉的被苏联的理论所牢笼着、支配着的今日,只有美国,却甚至反过来可以影响苏联。且不论辛克莱一班人所代表的大规模的暴露文学为苏联所未曾有过,只看新起的帕索斯的作品在苏联所造成的,甚至比在美国更大的轰动,就已经够叫人诧异了。美国的左翼作家并没有奴隶似地服从着苏联的理论,而是勇敢的在创造着他们自己的东西。

诚然,美国文学的创造,是至今还在过程中,而没达到全然成熟之境。但是,我们看到这是一种在长成中,而不是在衰落中的文学;是一个将来的势力的先锋,而不是一个过去的势力的殿军。假如我们自己的新文学也是在创造的途中的话,那么这种新的势力的先锋难道不是我们最好的借镜吗?

第二,它是自由的。

在今日,假如我们翻开世界地图来,而把在独裁政治统治下的国土画上荫线,我们就会发现干净的土地是一天天的在缩小,而美国却是至今还没有被那些荫线所涂污的少数的国土之一。人类用无量数的生命去换来的自由，现在又从新被剥夺了去，而在美国，它却幸运的至少还保留着一点文学上的自由。我们坚信，只有自由主义才是文学发展的绝对而且唯一的保障，而美国文学，也许是比任何别国的文学都较多的还留着这重保障吧？我们不相信独裁政治是世界必然的趋向。但即使退一步，承认这种政治也许会暂时获得全世界的统治，那么，据合理的估量，也许美国还应该是最后遭殃的一国吧？这一点，又给予了现在的，以至未来的美国文学之发展以极优越的机会。

在现代的美国文坛上，我们看到各种倾向的理论，各种倾向的作品都同时并存着；它们一方面是自由的辩难，另一方面又各自自由的发展着。它们之中任何一种都没有得到统治的势力，而企图把文坛包办了去，它们也任何一种都没有用政治的或社会的势力来压制敌对或不同的倾向。美国的文学，如前所述，是由于它的创造精神而可能发展的，而它的创造精神却又以自由的精神为其最主要的条件。在我们看到美国现代文坛上的那种活泼的青春气象的时候，饮水思源，我们便不得不把作为一切发展之基础的自由主义的精神特别提供出来。

上述两点，一方面固然是说明了我们首先注意到美国文学的理由，另一方面，我们是更迫切的希望能够从这样的说明指示出一个新文化的建设所必需的条件来。自然，我们断断乎不是要自己亦步亦趋的去学美国，反之，我们所要学的，却正是那种不学人的、创造的、自由的精神。这种精神，固然不妨因环境不同而变易其姿态，但它的本质的重要，却是无论在任何民族都没有两样的。因此，在我们把介绍国外文学的第一次微薄的成绩呈献于读者诸君之前的时候，除了请求坦白的指正以外，我们敬以最大的诚意，向国内的文化界表示着如上的愿望。

编者按：该文摘自《现代》第5卷第6期第834—838页，1934年10月1日出刊。该期为"现代美国文学专号"，除"导言"和"编后记"之外，还有4篇概论性文章、3篇文学批评论、11篇作家论、16篇小说、5篇散文、1部戏剧、30首诗歌、87位作家的小传、30种美国文学杂志的编目、12则"文艺杂话"和24幅插图。《现代》前期由施蛰存独立主编,后期杜衡也参与编辑。该"专号"的"导言"和"编后记"一向被认为是施蛰存所作,经常被收入施蛰存文集或全集。那么,它们到底是不是施蛰存撰写的或者是由他独立撰写的呢?这涉及该期的编者问题。笔者曾专门讨论过这个问题,并认为,它们极有可能是杜衡的手笔。参见张宝林著《还原与阐释:20世纪30年代中国的美国文学形象构建》第五章第一节,即将由中国社会科学出版社出版。

三 世界文学史纲·第十五章

一

美国文学，在世界文学史上没有独立的资格。美国文学史直到十九世纪初期才真正开始产生文学的时期，虽说自从一群清教徒乘了"五月后"踏到美洲的大陆上时，美国的文学便开始了。

在殖民时代的文学，大都讨论荒原的开辟和征服，以及其他的实际问题，应有宗教的文学。可是富于想像和创造力的诗歌、小说和剧本等完全不见踪影。到了一千七百七十六年，美人脱离了英国而宣告独立时，重要的作品才开始次第出版。

从"印花条例"公布之后，至华盛顿奠定国都时的初世纪，在美国历史上是叫做革命时期。革命时代的第一篇不朽的文字，就是《独立宣言》（*Declaration of Independence*），那是约菲生（Thomas Jefferson, 1743—1826）作的。其中充满着雄辩和勇气。

这时代的代表作家是富兰克林（Benjamin Franklin, 1706—1790），他做过印刷者、出版家、政客、公使，并且是个科学家、哲学家。"电"是他首先发明的。在他的《自传》（*Autobiography*）里，完全把他的人格和经历都反映出来。

直到十九世纪，美国的国基既定，各方面都有长足的进展，文学界出现了不少的不朽作家，和其他各国并列文坛的重要地位。

华盛顿·欧文（Washington Irving, 1783—1859）的文学事业开始是一部诙谐作品《纽约史》（*History of New York*）。他是个很和蔼、很宽厚的人，在他的作品里，找不到什么开辟荒芜的伟大事业，除开语调温文尔雅，态度诙谐以外。他著名的作品是《纽约史》、《拊掌录》（*The Sketch Book*）、《旅行述异》（*Tales of a Traveller*）、《格拉那达的陷落》（*The Conquest of Granada*）、《大食故宫余载》（*The Alhambra*）等。

考贝（James Fenimore Cooper，1789—1851）幼时的旷野生活，养成了他爱好自然。他直接认识森林和洋海，可是对于印第安人只是客观地认识他们的外表和动作。他的《奸细》（*The Spy*）和《最后的一个莫希根人》（*The Last of the Mohicans*）等作品，使人读了惊心动魄。欧洲的孩子读了他的小说，每以为可在纽约城附近看见红印第安人的出没。其实那地方在一世纪内，已经变成世界最繁盛的都市和村镇之一了。可是海呢，却还是像从前一样的汹涌澎湃着。

霍桑（Nathaniel Hawthorne，1804—1864）是新英格兰清教徒的后裔，他自己虽不是清教徒，但生性是注意良心问题的。他以写短篇小说为生，但美国的读者并不欢迎他，他自称为文坛里最微贱的人。长篇的《红字》（*The Scarlet Letter*）出版后，他的文名却飞扬于美国全国了。他的著名作品还有《七个屋翼的房子》（*The House of the Seven Gables*）、《大石脸》（*The Great Stone Face*）、《怪书》（*A Wonder Book*）、《丹谷闲话》（*Tanglewood Tales*）、《勃理特达尔的罗曼斯》（*The Blithedale Romance*）等，代表杰作是《红字》。

史拖活夫人（Mrs. Harriet Beecher Stowe，1812—1896）的大作《黑奴吁天录》（*Uncle Tom's Cabin*）所得到的影响真非作者所能梦想到的。林肯称她为"引起这次大战争的小贵妇"。这是写美国南部虐待黑奴的故事，她表同情于当时被制于白人奴使鞭挞之下的黑奴生活，写得使人读了不由得不生出怜悯与不忍的心肠。后来竟因此引起美国空前的大战，即所谓"放奴战争"。她还有一部小说《古镇的人》（*Old-Town Folks*），但是没有什么特别动人的地方。

二

十九世纪的末叶，科学的影响，改变了欧洲文学的色彩，把浪漫派那封建的英雄主义、个人主义改成了描写人生真相的写实派。这种澎湃的潮流，当然也没有例外的跟着大西洋荡到了美国。因此美国也产生了不少有力的写实派作家。

马克·吐温的真名是克里曼斯（Samuel L. Clemens, 1835—1910）。霍威尔称他为美国文学的林肯（Lincoln），再没有一个美国作家有他那样广博的知识和那样理解多方面的美国生活。他开始是新闻记者，以"滑稽"著名。他把旅行时的通信著成一部书，《傻子旅行》（Innocents Abroad），这虽然有些滑稽的地方，然而大部分是忠实的、独立的、严刻的观察和实在经历的报告。他的大作是《赫克莱培来·芬》（Huckleberry Finn）和《汤姆·莎耶》（Tom Sawyer），讽刺故事最好的是《毁坏了赫特莱堡的人》（The Man That Corrupted Hadleyburg）和《神秘的客人》（The Mysterious Stranger）。此外如《夏娃日记》《王子与贫民》等亦俱有名。

霍威尔（William Dean Howells, 1837—1920）是十九世纪后半美国文坛的领袖。他的人格很崇高，自顶至踵都是艺术家的气氛。他的作风从第一部到最后一部，都是整洁如一的。可是他非常柔怯，缺乏力量，理智牵制着热情。他写了不少的小说（谨慎的写实主义），其中不过三四部是天才之作。他的作品是《一个近代的例子》（A Modern Instance）、《西拉士·拉潘的兴起》（The Rise of Silas Lapham）、《吉顿人》（The Keutons）、《文学与人生》（Literature and Life）等。

亨利·詹姆士（Henry James, 1843—1916）从小受父亲的特殊教育，养成了他一种以四海为家的性质。他愿意舍弃国界的限制，做一个世界上的人民，所以他的眼光辽远而经验宏大。他的作品可分为二期，第一期有《赫德生》（Roderick Hudson）、《雏菊磨者》（Daisy Miller）、《一个贵妇的肖像》（The Portrait of a Lady）、《美国人》（The American），第二期的杰作是《鸽的翼》（The Wings of the Dove）、《金弓》（The Golden Bow）等。

此外还有不少的作家，应该一举的。哈特（Bret Harte, 1838—1920）是以写美国西方的冒险奇迹著名。他的浪人和矿工都写得很好。

他有许多作品已经被人遗忘了，然而《法拉特的斥逐》（The Outcasts of Poker Flat）和两册《简练的小说》（Condensed Novels）是不会被人忘记的。阿尔德里契（T. B. Aldrich）是一个杰出的诗人，短篇小说以《马格里的小鸦》（Margery Daw）为最好。史托克顿（Frank Stockton）的短篇小说也很有名，最好的是《贵妇乎虎乎》（The Lady or the Tiger）。把南方的生活，活泼地写出来的还有几个作家。如开倍尔（Cabell）的在新亚兰士老居民的生活中找罗曼斯的题材，赫里斯（Harris）的把黑人描写在《李摩士叔叔》（Uncle Remus）和《格莱士顿》（Edward Eggleston）里的。弗利曼夫人（Mrs. Mory Wilkins Freeman）的《母亲的革命》（Revolt of Mother）也很不错。克兰（Stephen Crane, 1871—1900）的南北美内战故事《红色勇章》（Red Badge of Courage）也很有艺术的天才。诺利士（Frank Norris）死得很早，他是一个写实主义者。

现在还生存的作家中，可称为最优的要举花尔藤夫人（Edith Wharton, 1862— ）了，她的作品时常把纽约城或者富裕的纽约人避暑的乡间来做背景，她的《夏天》（Summer）是写新英格兰乡间的悲剧，她以短篇小说著名。她的《天真烂漫的时代》（The Age of Innocence）是写七十年代纽约的社交界的。

三

美国在革命时代，第一个诗人是法莱纽（Philip Freneau, 1752—1832）。他以几篇罗曼的短诗得名。他的《印第安人的坟场》（The Indian Burying-Ground）和《野生的耐冬》（The Wild Honeysuckle）飘逸着清芬的诗的香气。然而当时第一个美国的重要诗人仍是白利安特（William Cullen Bryant, 1794—1878）。他初学法律，后来为《纽约晚报》的编辑五十多年。他是一个论文家，又是批评家，而以诗人的名为最著。他的诗，技巧很好而且思想清新。最好的诗是《莎那托西士》（Thanatopsis）、《给一只水禽》（To a Water-fowl）、《晚风》（The Evening Wind）等。

美国文坛的怪杰爱伦·坡（Allan Poe，1809—1845）曾在白利安特的事务室左近的一个编辑室里做新闻记者，他的诗虽然是薄薄的一小本，却表现着极优美的形式，音节铿锵而意义深奥。他的《乌鸦》（*The Raven*）一诗，大约是暗示运命或其他黑暗东西的象征。《给海伦》（*To Helen*）和《依士拉菲尔》（*Israfel*）最有名。在他的散文、小说和评论上，都充满着诗意。

朗弗落（Henry Wadsworth Longfellow，1807—1882）是美国的桂冠诗人。他在民主的座坛上，说着最谦和的话，他是人类中最和蔼谦虚的人之一。他做过霍桑的同学，到外国游历了很久，译了不少的欧洲文学介绍到美国来。他写了许多美国的传说如《希亚瓦莎》（*Hiawatha*）之类，他著名的作品是《生命之歌》（*Psalm of Life*）、《村中铁匠》（*Village Blacksmith*）、《伊文格林》（*Evangeline*）、《一个路旁旅店的故事》（*Tales of a Wayside*）。他所译的但丁的《神曲》是很艰苦的工作，他自己又作了一部相仿佛的《神的悲剧》（*The Divine Tragedy*）。

罗伟尔（James Russell Lowell，1819—1891），做过《大西洋月刊》（*Atlantic Monthly*）和《北美评论》（*North American Review*）的编辑，又当过哈佛大学（Harvard）的教授，驻西班牙和英国的公使。他咏自然的诗如《柳下》（*Under the Willows*）之类是值得赞美的。他的讽刺诗《皮格罗杂记》（*Biglow Papers*）非常感人。

何尔姆士（Oliver Wendell Holmes，1809—1894）是继罗伟尔而起的诗人。他初学法律，后改医科，为解剖学的教授。他写过三部小说，还有不少的散文，但以诗为最有名。他最好的诗是《狄根的杰作》（*The Ducon's Masterpiece, or the Wonderful On-Hoss Shay*）。他的文学和政治的见解是很封建的，然而他是反对神学最有力的人。

爱玛生（Emerson，1803—1882）是美国有名的散文作家，但是他也写诗。他的《蜜蜂》（*The Honey Bee*）一诗，充满着快乐的情调。他的《婆拉马》（*Brahma*）是一首深沉的哲学诗。

怀特（John Greenleaf Whittier）是教会里的人，他写了很多的宗教诗。他极反对奴制，如他的《奴隶的船》（*The Slave-Ships*）等都是发表他的政见的。他的杰作是《雪地》（*Snow Bound*），颇有艺术的价值。

在当时一般诗人成了名并且已经老了的时候，有一位年龄也不相上下的大诗人突然被人发现了。他就是"优美的白发诗人"惠特曼（Walt Whitman，1819—1892）。他的后半生因为白发苍苍的缘故，所以谁也称他为白发诗人。然而他的《草叶集》（*Leaves of Grass*）却蕴蓄着年青的、强壮的、充满精力的诗，在美国诗坛上那样雄伟的诗是很少见到的。《草叶集》是他许多年来诗的生活的总集。他歌咏民主，歌咏自我，他曾写了很好的诗赞颂林肯。他伟大的地方是把一切旧的韵律的拘束完全打翻而创出一种新式的散文诗。

惠特曼之后，美国大部分的诗好像是低落下去了，然而间常还有不少的好诗跃现于文坛的一角，如果把它收集起来，也可以出一本精美的诗选呢。

泰劳（Bayard Taylor，1825—1878）以他的《东方的诗》（*Poems of the Orient*）著名，他还译了歌德的《浮士德》。

狄金生（Emily Dickinson，1830—1886）以富于想像而幽默的诗著名，如《禁果》《我为美而死》之类。

阿尔德里契（Thomas Bailey Aldrich，1836—1907）以他的《婴孩的铃子》等诗歌得名。

拉尼叶（Sidney Lanier，1842—1881）以壮丽的诗闻于时，他的《朝阳》是非常绚丽的。

李莱（James W. Riley，1849—1916）的《我的老情人》等亦传诵一时。

四

十九世纪美国的论坛，以爱玛生（Ralph Waldo Emerson，1803—1882）为领袖。他的家庭，好几代都是清教徒的传道师，他也是一个传道师，可是不属于宗教的。他眼看着美国崇拜物质上的财富的大危机，于是使用他雄辩的文笔宣传反对。然而他的思想常常在问题快要达到解决之前，骤然中断。但他的信人类，乐观主义在这彷徨疑难的一世纪，影响极大。他一生努力他的主张。他的演说，雄辩滔滔，自然而忠实，他喜欢用诗的解释、比喻、警策的句子和诙谐来润饰。有无数爱玛生的句子，已经成了日常的成语给人们引用。他那可爱的声音和人格，感动了同时代的人们，虽然现在早已消灭了。他的作品《人生的行为》（*Conduct of Life*）、《自然》（*Nature*）、《论文集》（*Essay*）、《代表的人》（*Representative Men*）等，读了使人如在听他清晰的演说。

梭留（Henry David Thoreau，1817—1862）是爱玛生的朋友，当时简直没有人注意他，现在才渐渐的为人家所认识。他的《瓦尔登》（*Walden*）是他在森林中两年生活的自白。他崇拜朴素和天真，他观察自然的态度是直接原始的，并不像职业的自然学者那样呈露他的专门知识。他的思想是急进的、革命的，他主张如果政府有组织地去压迫劳苦大众时，人类有反抗的义务。有一次，他自己实行抗付租税，被捕入狱，幸得朋友代他偿付，才只过了一天狱里的生活。

爱伦·坡（Edgar Allan Poe）已经在上面说过，他是文坛的怪杰。他在短促的一生里，没有一天不是和穷苦相挣扎的，直到死后才被世界承认他是美国最伟大的文人。美国作家谁也不及他对于欧洲文学上有那样大的影响。欧文使欧洲文坛认识了美国文学，而他却使欧洲文坛受了美国文学重大的影响。在他二十四岁时，描写了一篇小说《瓶中所得的稿本》（*Ms. Found in a Bottle*），仅得到一百元的稿费。这是他一生所写的东西得到最好的报酬，他的困苦生活只能靠劳顿艰苦的新闻事业。他的小说和故事被称为心理的。他创造侦探小说，他说一篇侦探小说，不是犯人究竟捉到或定罪与否的问题，完全是一个心灵的论理部分，对于事件前后事实的分析问题。《鲁莫格的谋杀者》（*The Murders in the Rue Morgue*）和《被盗的信》（*The Purloined Letter*）是这一类最好的小说。他的散文，好像诗歌或者音乐似的，有立刻引起人家的情绪和感觉的能力，如《来琪亚》（*Legeia*）和《影》（*Shadow*）是其中最优美的这一类散文诗。史文朋评他为"最完美的才人"，"他常常把他的意思完全写出来，写出些坚实圆满和永久的东西"。他又是一个万众信服的批评家，他的文学评论虽然是发表在报纸上，也有永久的文学价值的思想。他表示出一千八百五十年以前美国的文艺思潮，又能够把自己的和别的好作品去吸引群众，和他同时代的人很少有这种勇气和力量。

还有上面说过的诗人罗伟尔和何尔姆士都是当时很有力的论文家。何尔姆士是个较为高雅的新颖可爱的半哲学的幽默家，他的《早餐桌上》（The Autocrat of the Breakfast Table）是用方言把美国生活写出一幅幽默的图画。罗伟尔的批评论文很著名。他极热烈的主张解放黑奴。

五

一千九百〇八年，有一位少年批评家玛西（John Macy）在美国文学传统的大本营《大西洋月刊》（Atlantic Monthly，1877— ）开始吐露他的见解。他的中心思想是发源于惠特曼所抱的文学论，而加以新的社会学的考察，好像宣言新时代已经到来，科学的写实主义，代替了没有勇气和严肃的耽美主义、人道主义。同时美洲合众国的中产阶级、农民阶级起来反抗波士顿、纽约等地的财阀，形成思想的核心。

有人批评美国的文坛"他们热闹到好像提琴家联合合众国的全土，大开合奏"。批评家布洛克斯（Van Wyck Brooks，1886— ）的《美国的成年》（American's Coming of Age）是表现美国国民达到成熟期的作品。

刘易士（Sinclair Lewis，1885— ）的《大街》（Main Street）出版后，把美国新世纪的小说划了一个时代。他还有《白比特》（Babbitt）是写平常人的生活。

花尔藤夫人以写新英格兰农村的恋爱悲剧 Ethan Frome 和《泥屋》（The House of Mirth）著名。她出了一本战争小说《一个儿子在前线》（A Son at the Front），最近又出了一本小说，名《赫德孙河支柱》（Hudson River Bracketed）。

得利赛（Theodore Dreiser，1871— ）的前期作品是《理财者》（The Financier）和《巨神》（The Titan），是描写美国人崇拜物质的代表作。他的后期作品，写青年女性的穷苦命运，有《美国的悲剧》（An American Tragedy）等。

一千九百一十年到美国参加欧战的一千九百十七年间，许多泼剌的材料供给"美国文艺复兴"的研究。小剧场运动和民众剧运动也在这个时期。新的文艺杂志《小评论》(*The Little Review*),诗的杂志《诗》(*Poetry: A Magazine*)同在一千九百十二年创刊于芝加哥。又有一群急进的青年,在同年创刊《群众》(*The Masses*)杂志于纽约,给与当时一般青年的感化很大,后来《群众》又改名为《新群众》,至今尚在出版。

美国在参战前的文艺园地,虽然已经放下种子,灌肥沃水,然而可以说完全没有开花。批评家罗孙费特(Paul Rosenfeld)评美国新文学,在久睡后好像和欧战同时睁开眼睛,可是那并不是立刻起来开始行动。

六

一千九百一十四年的欧洲大战爆发后,美国的思想界、文艺界,都以美国参战的是非为论战的中心,这在历史上看去是非常重大的。文学家在这次大战的狂飙下,在发疯的爱国主义的威胁下,许多作家都惊惶失措,改变了常态。

有许多老作家是在说:"愿天心厌乱,惩罚好战的德皇,使世界永久和平。"他们对于和平是爱好的,对于战争是厌恶的,可是对于这次大战却是拥护的。此外又有一派社会主义的文学家,他们同是主战的。他们希望在这"德谟克拉西的战争"后,社会主义运动可以有长足的进步,因为大战之后,资本家是疲乏了,同时劳动者在大战中得了军事的经验,无形中养成了自己的实力。当时小说家辛克莱(Upton Sinclair, 1878—)也是这一派的代表。至于反对战争的文艺家,却没有宣言反对这次毫无意义的战争,有些只是祈祷和平,说一切战争都是破坏的,流血总是悲惨的。但是有一班青年作家以《群众》杂志为他们的喉舌,极端反对这次大战,大声疾呼"你们以为这真是争自由的战争吗?不是的!真的争自由战争是在这次大战之后方才能来的!"

约翰・李德(John Reed)的《美国肥的神话》,在指出百分之二美国人的确是肥了,然而百分之九十八的美国人却是一天一天的瘦下去。他用数目字指出来,在一千九百十年到一千九百十五年,美国的富人有百万以上稳定进款的，由六十人增加到一百二十人。有五十万以至百万稳定进款的，由一百十四人增加到二百〇九人。有十万以至五十万稳定进款的，比战前增加一倍。在十万以下的，数目不增不减。这可知道靠战争得到大利的，真是少数中的少数。所以李德最后的一句是"民众的忍耐是有限度的。当心革命！"批评家勃伦（Randolph Bourne，1886—1918）的《在战斗之下》（Below the Battle）、《战争和智识阶级》（War and the Intellectual）、《偶像的黎明》（Twilight of Idols），痛烈地批评美国的智识阶级，并且认战争是罪恶。

这次大战期中，是美国诗坛最放光明的时期。会做诗的人在这时当然做的更多，平常不做诗的人，碰到这件人类历史上的大事，自然百感交集，要借诗来发泄一下，如战壕里的兵士和战地医生等，这时都做了许多诗，五光十色，和文艺运动相呼应。他们在自由诗、写实派等等主张之下，选择题材的范围，扩大到战场以外一切的问题，陆续出现开拓新诗境的作家，如圣得堡（Carl Sandburg）、阿美·罗伟尔（Amy Lowell）等可以代表当时的盛况了。

圣得堡的父亲是铁路工人。他十七岁前做过割麦、拖牛乳车、洗盆子、拉舞台上的布景等工作，他可以算是惠特曼以后美国诗人中的代表。一千九百十六年出版的第一册诗集《支加哥的诗》（Chicago Poems），大有浩荡革命的气概。后来又出了《烟和钢铁》（Smoke and Steel）。

阿美·罗伟尔是当时最伟大的女诗人，她曾译了中国的诗歌介绍到美国，她自己也出过几册诗，其中一册《女人和鬼》（Women and Ghosts）也都是有力而且有趣的。

一千九百二十年的文艺界是最鲜明最有力的时期，多宁批评这是美国小说发达到顶点的一年，小说文学的形式，到了准备为批评人生、批评社会的武器。至于诗歌方面，从一千九百十四年前后，产生新的势力，显示一种先驱的现象后，直到一千九百二十年，阵容更加整齐而且严肃。

戏剧家奥尼尔（Eugene O'Neill，1888—　）的突然获得盛名也在这个时候。既成作家中如花尔藤夫人、得利赛、加南（Hamlin Garland，1860— ）、赫立克（Robert Herrick，1868— ）、达金顿（Booth Tarkington，1869— ）、辛克莱辈也被这潮流送到十字街头尽他文学的使命了。他们反抗镀金时代美国的文明、虚伪的罗曼主义，要把文学筑在荒野、边界的严肃的实生活上面。

加南的作品有《旅行的大道》（Main Travelled Roads）、《中部地方的姑娘》（A Daughter of the Middle Border）。

得利赛的新作品有《十二人》（Twelve Men）。

达金顿是小说家，又是戏剧家，他的《阿里斯阿丹士》（Alice Adams）是一千九百二十一年著的。

贾克·伦敦（Jack London，1876—1916）是劳动者出身的，他的作品充分地表现对于劳动阶级生活的理解与同情。他重要的作品是《野犬吠声》（The Call of the Wild）、《伦敦地狱》（The People of the Abyss）等。

辛克莱以一部小说《林莽》（The Jungle）得大名，他的小说很多，如《石炭王》（King Coal）、《屠场》（The Jungle）、《煤油》（Oil!）、《波士顿》（Boston）、《山城》（Mountain City）等。

安得生（Sherwood Anderson）是新进的青年写实作家，他的作品是反对美国近代生活的无秩序、混乱和无用。他的短篇集名《俄亥俄温尼斯堡》（Winesburg，Ohio），他还有《可怜的白人》（Poor White）、《蛋之胜利》（The Triumph of the Egg）等。

赫格希默（Joseph Hergesheimer）的作品有《爪哇赫特》（Java Hedd）等。他的描写很真切，观察也很正确。

这时杂志界也创刊一种周刊评论《自由人》（The Freeman），虽然只有四年的生命，却可与《国家杂志》（The Nation，1865— ）、《新共和国》（The New Republic，1914— ）两个人道主义、代表进步的政治的周刊鼎立，并且文艺栏还刊登生气焕发的论文和欧洲大陆的作品。还有关于社会经济问题的评论杂志《日规》（The Dial）也于这时改为纯文艺杂志，开始他的新路了。可惜该志不善经营，在一千九百二十九年停刊，收起她那光芒了。

新文艺运动，过了一千九百二十年，好像找不出进一步的开拓，因为小说家安得生的自叙传《一个小说家的故事》(*A Story-Teller's Story*)、诗人克雷姆波（Alfred Krymborg, 1883— ）的自叙传《行吟诗人》(*Troubadour*)、女作家格拉斯倍尔（Susan Glaspell, 1882— ）的《到神庙之路》(*The Road to the Temple*) 等作品出版，人道主义的声浪似乎渐渐的唱起来。然而另一方面，诗坛上有哲斐斯（Robinson Jeffers, 1887— ）的作品 *Roan Stallion*, *Tamar and Other Poems* (1925) 点缀着。剧坛上有罗孙（John Howard Lawson, 1894— ）、莱斯（Elmer Rice, 1892— ）、格林（Paul Green, 1894— ）等活动着。小说界有痕明魏（Ernest Hemingway, 1897— ）写了《太阳又起来》(*The Sun Also Rises*, 1926)，一跃而为读书界的宠儿。辛克莱等自不在说，依旧写他的暴露现社会丑恶的文章。

编者按：以上为李菊休编、赵景深校《世界文学史纲》第十五章，摘自中国文化服务社 1936 年版第 379—405 页。亚细亚书局 1933 年出版该著时，封面上标明是"李菊休、赵景深合编"，中华文化服务社版的该著封面上只标明"李菊休、赵景深"，但封里标明是"李菊休编、赵景深校"。根据赵景深 1932 年 4 月 25 日为该著撰写的"序"，该著确为李菊休编、赵景深校。正如编者在本书"编者绪言"第四部分所指出的，《世界文学史纲》有关美国文学的论述涉嫌抄袭当时已经出版的其他论著，并且出现诸多舛误。

四　美国小说之成长

在三十年前要把美国文学当做"美国的"民族产物般研究，是一件很困难的事。从美国初有文学作品起，一直到十九世纪的末期止，不但所有作品中的文字、风格以及故事等等，随处模仿着英国作家，而被英国的传统所笼罩着；读者对于著作家的态度，也跟了英国批评家的好恶而转移，著作家毕生的目的，就只在如何才能写得跟英国人所写的没有分别而已。一七八八年一月十七日《美国杂志》（*The American*）上登着这样的一段话：

> 还有一件事情：要使得文学作品得到名誉必须"渡过大西洋"。因此所有的作家应当先把他们的原稿送到英国去，再回来当做英国的出品出售，然后能得到很大的声价。凭你写得怎么样好，没有一件作品是可以在国内得到估价的。

这一种奴性的见解，自然地使所有跟从英国传统的作家，被大众读者所爱好，而使想突破这种母国束缚而独创"美国的"文学的作家，随处受社会人士和出版家的唾弃。美国政治上的独立，虽然宣布于一七七六年，可是美国文学，却一直到十九世纪末叶，还只配称做殖民地文学，和加拿大文学、澳大利亚文学，同样是英国的一支，而缺少了文学所应有的独立的民族性的。正如约翰·麦西（John Macy）在《美国文学之精神》里所说："美国文学是在这国度里所产生的英国文学而已……你可以在美国政治、美国农业、美国公立学校或是美国宗教中说出它们的特点，但是在美国文学里，有什么东西是真正美国的呢？"（The Spirit of American Literature p. 4）

从殖民地的文学到民族的文学

二十世纪以前在政治上早成为独立国家而在文学上所以还在殖民地状态中，我们可以找出三个较切实的理由。这三个思想上的、言语上的、经济上的理由，就支配了一百五十年来的美国人在文学作品中所表现的殖民地心理。

研究美国历史的人，谁都知道美国的最大部分人民是由英国移植过来的。其中抱着一个妄诞的理想，要到新大陆来发财的当然也有；可是大多数却是为了当时英国的皇帝杰姆斯第一（James I）继伊丽莎白而执政以后，信奉英国正式教会（Orthodox），把所有的清教徒和异教徒一样的虐待。许多人受到酷刑，许多人被逐出国。当时比较有自知之明的人，知道与其在旧世界上受到皇帝的虐待，而有被放逐的危险，不如自己到新世界上去碰碰命运，反能获得信仰上的绝对自由，并且物质生活也许可以得到意外的满足。于是在伦敦公司（London Co.）和泼莱毛斯公司（Plymouth Co.）的劝诱下，大批的清教徒，和包含长老会、浸礼会和明友会（Quaker）的异教徒，从一六〇七年从佛琴尼亚州（Virginia）的杰姆斯市（为尊崇国王杰姆斯而取的名字）起，逐渐的布满了全美。

这些教徒，都是属于出身微贱的中等阶层。他们是畏缩，守旧，无智识；一方面但求物质生活的安全，一方面只看到宗教是他们生命的重心，因而文学艺术，就在情理中的被他们所疏忽掉。我们从过去世界文学史上知道贵族阶层倒是产生文学的重要条件之一，希腊悲剧的繁荣，庇立格尔（Pericles）是一个忘不掉的保姆，文艺复兴期的意大利，罗伦佐（Lorenzo de Medici）也有栽培之功。回头看美国，当时穷不聊生的人民虽没有，贵族阶层倒也是这个新兴的国家所缺少的东西，只有一大群庸俗的中间分子，组织成了整个的美国社会。于是正如茂杜克教授

（Murdock）所说："既没有有闲而爱好艺术的人去吹嘘或是责骂当时的诗章，也没有人去帮助一般在挣扎中的作家。除了一些暂时翻阅或是对于工作有些微实益的书以外，简直没有购书的群众。"

而这些暂时翻阅的读者，又都被自己的私见所束缚，迷惑于旧传统的英国作品，以致有限的作家中，为了迎合他的读者，便谨慎的走着旧路，再不敢去自己垦掘荒地了。卡尔浮登（Calverton）说得好："美国的清教徒的小资产阶级心理既不鼓励艺术，也并不把文学在宗教的以外去好好培植。他们常常带了一种远离了爱美的目标去抬高价值的理想。就是这辈小有资产者对于艺术价值的不重视，加上殖民地心理的影响，在有限的艺术企图上，便不鼓励独创而鼓励模仿。因而使美国文学，在二十世纪以前不能到达成熟的程度。"（见 *The Liberation of American Literature* p. 88）

言语上的被束缚，也是一个很重大的原因。因为要产生自己的文学，一定要先有了自己的言语。用自己的言语才能表现自己的人物、自己的背境，以及自己的思想。美国人的言语和文字，从开始移植到新英格兰起，一直把从大西洋彼岸带来的英文作为标准。在文学作品样样模仿英国的情形下，变换文字，当然被一般教徒们所反对的。像杰福特（William Gifford）主张用希伯来文去替代英文，以及勃立斯提特（Charles A. Bristed）建议用希腊文去从事文字革命，当然要遭到社会上的攻击。但到一七八九年，字典学家韦勃斯特（Webster）却在他的小书《英语论》（*Dissertation on English Language*）上说："在将来，美国的言语从英文分离开来是必需要而不可避免的事。……许多地方的原因，如新的国家，新的人民组织，在艺术上和科学上新的思想组合，还有许多欧洲人莫名其妙的土人的方言，会把许多新字加入到美国语言中去。这些原因，隔了不久就会产生一种与英文不同的北美洲的言语，像现在荷兰、丹麦和瑞士的言语和德文间相差的一样。"当时韦勃斯特想要"趁此机会，去建造一个民族的言语，像建造一个民族的政府一样。因为一个独立的国家，我们的荣誉需要我们自己有一个组织，不但是政府上的，而且也是言语上的。"（见 H. L. Mencken: *The American Lan-*

guage p. 1）

韦勃斯特这种预言，据门肯那部伟大的著作《美国的语言》里说，应用到文学上去的第一批人是劳威耳（Lowell）和恢特曼（Walt Whitman）。恢特曼自己曾经在《美国初步读本》（An American Primar）里讨论他那部《草叶集》（Leaves of Grass）说："我想整部的书是一种言语上的试验而已——用新的字和新的语法去表现精神肉体和人，一个美国人，一个世界主义的自我表现而已。"但是在恢特曼尝试下所得的收获是很渺小的。他的作品既不被当时的读者所重视，他更不能领导时代去从事言语上的革命。（恢特曼的被认识，还是十九世纪末期的事。）

文字上的阿美利加主义既不能通行，美国文学当然没有能力可以冲破了这外表的束缚去建设自己的园地。把维多利亚风的英国的文字和英国的风格作为创作的工具，根本就限制了美国文学的生长，而美国文学便在文字的难关没有打破以前永远做了英国的殖民地文学。

美国文学迟迟成熟的又一个更重大的原因，便是经济上的落后。作为一切艺术产生的主要条件的物质基础，既然处处受英国的支配，表现上层意识的文学作品，当然脱不掉殖民地的心理。

美国所受英国在经济上的支配力，从伦敦公司起一直到世界大战时期为止。虽然因独立战争的结果，美国在政治上已获得了独立的地位，并且福尔敦（Faulton）发明汽船，斯谛芬斯（John Stevens）建筑铁路，恢特尼（E. Whitney）又发明轧花机，工业革命在美国人的生活上曾大起变化，可是经济关系上还是受制于英国。像一八五八年美国的哥林轮船公司（Collin Line）的船只，终于售给英国公司，许多海上运输的商务，都落在英国人的手中，已足证明经济上的落后了。

文学作品没有能力可以脱离这主宰的经济势力而自己建立起来，当然是情理中的事。所以卡尔浮登说："虽然有最勇敢的企图想建立起美国的文化，但是这种文学上的自由运动所获得的结果甚微。因为这个国家比英国以及欧洲其他各国在经济上的地位较逊，所以殖民地心理既形强化，它在文化上的不成熟，轻轻的文字上的表示是摇动它不得的。"

上面讲的三种限止美国文学独立成长的障碍物，到二十世纪的开始,才逐渐融解,大战以后,乃趋消灭。看近几年来,美国文学已被欧洲评坛把它和法兰西文学、德国文学,用同样严肃的态度,当做代表一亿二千万美国人民的意识而研究着尊重着,就明白过去许多文学史家用鄙视的态度不把美国文学放在眼里,已成为过去的史迹了。

现在的美国文学,因为经济上不但不受英国的支配,反而用它的金圆政策在支配着别人,人民既有充足余钱买些书来读,民族的自觉(National Consciousness)也深刻的表现在美国人的心理上,以及美国人的作品上;它摆脱尽了前世纪殖民地的意识,在创造着自己的文学。而文字上,直到帕索斯(Dos Passos)和福尔克奈(Faulkner),虽然依然沿用着英国的文字,可是已打破了传统的文法,变动了文字的拼音,吸收了许多黑人的、德文的、法文的以及各地的方言和 slang,创造了自己的韵律,织成了自己的散文。现在我们拿一本《八月之光》(*The Light in August*)和《渡河》(*Over the River*)来相比,把《一九一九》(1919)和《镜中人影》(*Portrait in the Mirror*)来研究,我们立刻就可以辨别前者是美国人的小说,后者是英国人的小说。这不但说从文字的格调上可以感觉到,创作方法和故事的题材同样显示着清楚的分野。目前在老大的英国,一边把维多利亚的作风当做一切写作的最高标准,而严谨的追随着,一边诋责了心理的写实主义,否定了社会的写实主义,而竖起新浪漫主义的旗帜来。(参看拙译华尔波尔作《近代英国小说之研究》末段,《现代》第五卷第五期。)新进的美国,却已浩浩荡荡的依着写实主义的大道,在独立的创造起"美国的"小说来了。

今日的美国小说清除了那许多荆棘,走上了这一条正道,是经历过许多阶段的。在依着这条大道进行的作家中,许多人是属于过去的,许多人至今还在努力着,还有许多人在把自己更振作起来,这些英雄都是使美国小说成长的功臣,前人开了路,后人才能继续的扩张而进行。而马克·吐温(Mark Twain)的开辟荒芜的大功,更值得称为近代"美国的"小说的始祖。

早期的写实主义

马克·吐温在美国小说史上的功业决不如《康桥美国文学史》

(*Cambridge History of American Literature* Vol. Ⅲ. p. 1)上所说,"在优秀的传统以外从事写作,是显然的想去迎合大众"那样简单。他那部在出版后六个月内销行三万一千本的《国外的无知者》(*Innocents Abroad*),确实是第一本美国的散文。在他以前,没有一部小说能这样的摆脱殖民地心理而写得如此独创而富有边疆精神过;加以他那幽默的风格,更帮助他的作品获得了广大的读者。

在丰足而快乐的美国西部所产生的那种轻快诙谐的美国幽默,是和英国传统根本相反,而早被勃列特·哈特(Bret Harte)称为美国文化所产生的第一颗美丽的果实的。它开始显形于传闻轶事中,后来便口头传述,通行于酒吧间、乡下人的集会里,以后便流入大庭广众间演说家的口中,这一切都出之以滑稽的故事,最后便侵入了报纸。他最大的特点是独创而新奇的,他的个性和特点那样的浓厚,外国的读者都称这一种幽默故事为"美国的故事"(An American Story)。

马克·吐温领导的"美国的故事",替美国的文学开了一条正确的路。详尽的个性描写的写实方法,多少的把当时风行的浪漫主义减色了许多,而他的那种错误的拼音,反传统的用字,以及故事的悖理逆行,隐语的无意义,一方面引起本国读者的乡土趣味,一方面和东方的英吉利传统的作家对立了起来。当时斯推特曼(Stedman)就说这一种"读者趣味的可怕的堕落"是美国文学的大危机。他的所谓"堕落",就是指西部那种由马克·吐温所领导着的幽默文学而言(见 Walter Blair: *The Popularity of 19th Century American Humorists*)。

马克·吐温的幽默小说虽然受到同时代人们的攻击,可是从历史的观点上看,马克·吐温的"边疆写实主义"(Frontier Realism),或称初民的写实主义(Primitive Realism),终于替今日的美国写实小说树了第一块基石。在这块坚固的基石上,我们才能够看到建筑起的灿烂宫殿来。跟着马克·吐温便发展到霍威耳斯(Howells)的"缄默的写实主义"(Reticent Realism)。

霍威耳斯在美国文学史上的地位,虽然也有人称誉之为和法国的左拉、俄国的托尔斯泰同样的重要,但是一读他的作品,例如《西拉斯·莱普曼的发迹》(*The Rise of Silas Lapman*),我们就感觉到虽然所取的材料都是典型的美国的,但是他所着重的那些经验,是和美国人的生活还不很适合。在《命运的转机》(*A Hazard of New Fortune*)里,读者也有着许多重要问题被疏漏了的感觉。其他的四十几部作品中,同样的表示出作者虽然有了针对现实的企图,可是没有十二分深入事物的中心而获得写实的效果。他游移于两个不同的世界中:一个是隐射西部而由平凡的人所组织成的平民的世界,一个是隐射东部而由安乐享福的人所组织成的上层中产者的世界,所以霍威耳斯的思想是很动摇而矛盾的。像他在政治生活中的不彻底的过激主义同样,在文学生活中,他的写实主义是自己形容说是一种"缄默的写实主义"。在他自己所认定的范围以内,他也许可以称为写实主义者,可是他从不越出"缄默"的范围。《康桥美国文学史》的第三卷八十七页上批评霍威耳斯说:"像一个很谨慎的选择文字的圣人一样,他是一个选择的写实主义者,每一本小说的结果都是快活的。许多角色都白头偕老,而一切有关性生活的话,也没有一处不故意的回避了",也说得很中肯。就从他鄙弃巴尔扎克,说他的书是"把事实表现得那样的袒露而显得是很猥亵"的一点,就可以看出他对于写实主义的认识还嫌缺乏。而当高尔基带了一个不是他妻子的女人同到美国,霍威耳斯就因为这一点私人道德上的琐屑事件,而取消他会见的决定,也相当的可以证明这个缄默的写实主义者是如何的没有脱去过去见解上的束缚了。

话虽如此,霍威耳斯对于阿美利加主义和写实主义在美国的成长,和马克·吐温是同样值得纪念的。他虽然没有把他那时代的生活忠实的记录下来,而有许多不彻底的地方,至少他已看到一个美国作家所应写的题材必得是美国的事物,而写小说的基本条件是脱不出对于事实的忠实观察和热情抒写的。尤其在编辑《哈普杂志》(*Harper*)时扶助许多后起的作家如诺里斯(Frank Norris)、克伦(Stephen Crane)、迦兰德(Hamlin Garland)等,确是替后进者指导了一条正当的路向。日后暴露文学的掀起,更应当归功于霍威耳斯。

暴露文学

美国小说经过了马克·吐温的边疆的写实主义和霍威耳斯的缄默的写实主义，到了十九世纪的九十年代，美国的写实小说又深进了一层：在写实的企图以外，带上了些社会的意识，那便是美国文学史上最不易忘记的暴露运动（muckraking movement）。

当时美国的经济组织已逐渐的复杂，不但东部的大工业已发长成相当的势力，就是西部荒僻之区，因为横断铁道的完成，现在也被新工业所侵入。大量生产替代了手工业，农村的人民被大都市所吞服，于是二百年前从英国来的一部分小有资产者，现在如暴发户般，忽然占有起千万的金元来。造船业，汽车业，制造工业，大农场，不到数十年，美国已产生了一大批"上层的中等阶层"。这一群人的产生，把整个的中等阶层分化成为两部分，这上层的中等阶层便和下层的形成了对立的形势。而下层的中等者既感觉到自己处处受威逼，同时眼看到上层中等者发财的方法，有不少是足资攻击的，于是为了自身利益起见，不得不想方法去暴露他们的弱点，根本上动摇他们在社会上的潜势力。这一种双方冲突的结果，便造成了十九世纪末叶到二十世纪开始期间内的所谓"暴露文学"（muckraking literature）。

暴露文学的战场，一大半是在当时已十分流行的文艺刊物上：《万人杂志》（*Everyman's Magazine*, Sep. 1910）上，有人写文章这样讲，"所有老板的老板便是毛根（J. P. Morgan）"。《国家周刊》（*Nation*, May 16, 1907）上抨击独占政策是必得打倒的。《斯克立勃纳月刊》（*Scribners'*, Feb. 1906）说："我们美国人并不是嫉忌心重的民族，但是当有几个邻近的人，他们聚集了那么许多过度的财产，而威逼的去减少我们所希望得到的大众财产时，我们倒开始有些担忧了。"还有《读书人月刊》（*Bookman*, Oct. 1898）也很早的就在警告富人政治的危险。这时期重要的作者有斯谛芬司（Lincoln Steffenes）、邱吉尔（Winston Churchill）、飞利普斯（D. G. Phillips）、怀特（W. A. White）等，其中以斯谛芬司的态度最为激烈，而在他的《自传》（*Autobiography*）中，简直明白的纪录了暴露运动的升起和沿落的经过。

这一种运动的中心思想是：他们觉得工业制度并不是一样不可取的东西，但是当工业制度的利益完全到了私人的手掌中而不能为社会谋利益时，就应当把社会重新改组过，使它的利益平均分受。换句话说，就是问题是在管理方面，假如生产的工具，是为了整个社会谋利，机械的时代并不是不可取的。所以暴露运动可以称为社会的改良主义者。

这一种文学运动，对于美国二十世纪的文学，是有极大影响的。因为它在写实主义以外，又替美国小说开辟了一条社会主义的道路。从斯谛芬司、怀特、飞利普斯、邱吉尔引起了一般人对于社会上政治家、事业家和大商人的兴趣，因而发展成日后许多带有社会意识的政治小说和商业小说，把美国人的目光，第一次由"个人的"转变而为"社会的"了。

从暴露运动里产生了两个比较重要的小说家。他们的名字，我们已很熟悉。一个是还在继续写作而快做加利福尼亚州长的辛克莱（Upton Sinclair），另一个是已死了多年的杰克·伦敦（Jack London）。

这两位作家，都是中等阶层出身，年轻的时代，同样经历过相当的苦楚：杰克·伦敦在渔舟上谋生，辛克莱每天写八千字的小说去换钱来上哥仑比亚大学读书；处女作虽然大家没有一鸣惊人，但是当辛克莱的《屠场》（Jungle）、伦敦的《野性的呼声》（The Call of the Wild）获得估价以后，大家逃过了贫穷的难关，而在可观的收入下，同样过着很舒适的生活。除了这些生活上和事业上的相同点以外，在美国文学史上，这两个名字也并列的代表着早期的社会的写实主义者的。

虽然杰克·伦敦在晚年为了金钱的目的，每年出版四部书，"只知道追求金元，金元，金元"，更相信安格罗－撒格森人是人类中的精华而否认世界人种有共通的可能，这些都足以证明他并不是一个正宗的社会主义者，可是在许多作品中，确曾包含着浓厚的社会思想。他给辛克莱的信上叙述他自己的那部《马丁·伊顿》（Martin Eden）说是"抨击个人主义"而颂扬社会主义的。《深渊里的人们》（The People of the Abyss）写作的时候，伦敦为了求得自身的体验，曾在伦敦贫民区域中过了许多别个作家所不愿过的日子。他在写给华林斯（Anna Strunsky Wallins）的信上说："星期六晚上，我无家可归的出去了一整夜……在大雨中走着，皮肤都淋得湿透了，不晓得什么时候才会天亮……星期日早上我回到家里，三十六个小时继续的工作，只有一晚上睡了一忽，今天我写了，改了，誊了四千字，现在方才完毕。"这一种为了求作品的现实性而自己去体验小说中的生活，是值得我们佩服的。《铁踵》(The Iron Heel) 的内容可以说是已趋向了过激主义，而在《阶级斗争》(The War of Class) 一书的序文里，他更说："我曾在煤矿硝酸厂里作工，又曾当过水手，在失业队伍中曾等了几个月要工作做。就是这些劳工的生活是我生命中所最敬重，而也是我终身所要抓住的一点。"可是这些只是他的理论而已。像他晚年脱离社会党而躲避到田园书籍里去一样，在文学上，结果只是一个自我主义者。

至于辛克莱，他是激烈的抨击美国的社会制度，而暴露上层中等阶层中的丑相的。他的忠于事实的态度，也不下于伦敦。为了写《玛那萨斯》(Manassas)，他读了五百部书，所以全书中描写南北部交恶的材料是再充实而实际也没有的了。为了写《屠场》，他知道书本还不够，便去视察码头，参观工人的家庭，更和医生、律师、政治家、警察等谈话。他的小说，一大部分是攻击社会上的某一种制度，或是某一种人的。《石炭王》(King Coal) 抨击美国的煤矿的秘密，《威廉·福斯》(William Fox) 攻击电影托拉斯的并吞制度，《屠场》暴露包装肉食的工厂对于公众卫生的害处，《钱魔》(Moneychanger) 描写银行界的秘密，《波斯顿》(Boston) 以无政府党萨哥和樊才谛（Sacco and Vanzetti）的案件作故事而替他们抱不平，他如《卖淫执照》(Brass Check) 主张新闻纸应享自由，《宗教的利益》(Profit of Religion) 提倡把宗教放在较合理化的立场，《鹅步》(Goose-Step) 是煽动教员罢工去改造大学的。这许多书所写的都不是虚构或夸大的浪漫史，所以像《屠场》一书出版后，罗斯福总统就制定了处理食物的法律，去防止如辛克莱所说的那种不道德事件的重现。但是这两位作家，同样只看到了现行制度所造成的罪恶，感到有暴露它的必要，所以在替被压迫者哭求着读者的同情和怜悯以外，是别无他求的。

但是回头看整个的暴露运动，要讲把典型的美国生活作为美国小说的主要题材，这一个时期可以说是有史以来第一次丰盛的收获。许许多多美国的大资产家，做了小说家的模特儿，包含铁路主人、土地商人、股票掮客、包装肉食商、州长、大总统、电影托拉斯。把他们如何的用贪鄙的手段去发财，如何的利用卑污的金钱去获得社会上的地位，尽情的描写；又根据了自己日常生活经验和观察所得，更把当前的社会问题，作为写作的主要题材。只是从斯谛芬司起直到辛克莱止，这一种社会的写实主义的企图，因为他们只动摇不定的站在改良主义者的立场上，创作方法，又没有找到一种适合于这些新鲜题材的格调，文字和用语又都采用了维多利亚味的英文。这许多在自身的思想上和艺术上的不健全，到许多抨击大工业家的杂志，被大工业家用金钱收买和威逼时，随即风扫落叶般顷刻消沉过去了。

逃避的中代作家

时间转入了二十世纪，美国的文学，才用独立的姿态显现于世界文坛，但是在发展到这一地步以前，也曾经过一度的相反的倾向。

原来美国从南北战争（一八六一）以后的数十年里，大工业制度以惊人的速度向前发展。最初的原因是为了在南北战争期内，要求很大的供养物，如钢铁棉毛织物铁路材料及军需品，还有大量的面粉腌肉及其他农产物等去维持战场上的军队，政府方面便加速的建筑铁路，开采煤矿，建设工厂，发明新式机器和节省劳力的方法。数十年间，田产的价值远不及铁路、工厂、金矿、城市的官厅建筑以及各种工业上的投资；到暴露文学发现的时候，大工业家和大资本家已渐渐地替代了大地主的地位，机械打倒了手工，都市的人口，吸入了所有乡村的优秀分子而日渐膨胀着，更为了交通的便利，与外国人的交易愈忙，重要的口岸都已变成了国际都市。到一八九八年，由古巴革命而引起的对西班牙战争，在南北美洲已称霸主的美国又获得柏托里科岛、圣胡安、菲列滨群岛等许多东方的新利益，而中国拳乱（一九〇七）之时，美国和欧洲各国联合了干涉中国的内政，更获得许多意外的收入。当二十世纪初叶美国在外交上和经济上这样的获得胜利而渐渐跨上世界强国之列的时候，社会的生产条件发生根本上的变动，表现思想的文学，当然也跟了政治的和经济的条件，而逐渐独立起来。

为了大工业的过度发展，和金元外交的节节胜利，不但上层中等阶层不因暴露运动而稍稍敛迹，更为了他们所经营的事业规模的扩大，来往金钱数目字的增高，这些高距在上的工业家，已和生产的工具逐渐疏远，而只有大量金钱和他们发生关系。于是这些托辣斯、交易所的经纪人以及银行家等，便在社会上又形成了一种"拟贵族的阶层"（pseudo-aristocracy）。他们比上层中等阶层更深入了一步，除了产生的条件稍稍不同以外，和欧洲的贵族阶级简直同样的富有而会享福。这一群人，既不用如过去一辈企业家般自己日夕的工作，每天在度着悠闲日子的生活中，便自然地发生了文艺上的雅典。他们当然不喜欢马克·吐温、霍威耳斯，更不高兴伦敦和辛克莱一辈人把美国的实际社会真实复现于小说中。为了谋自身的利益起见，他们就想用文学来作为逃避这烦乱的现实社会的工具。一九一二年四月十八日的《国民周刊》上有一段话很可以代表当时的风尚，说："这是很可能的事，我们已经逐渐的对于有作用的小说感到厌恶了。"支持这一种见解的拟贵族既在社会上占着领袖的地位，这一种观战的人生观（above the battle），在二十世纪的开始一二十年里，便在美国的文坛上也曾发生了一部分的势力。

这方面的作家中，有几个名字是值得一提的：维拉·凯漱（Willa Cather）、华顿夫人（Edith Wharton）、凯贝尔（Cabell）、赫格夏麦（Hergesheimer）。他们同样的不把美国的生活真实的描写，同样的不看重目前的现实而回头到过去去找安慰，同样的脱离社会而独个儿躲在自己的象牙塔里。

维拉·凯漱女士的著作，简直在每一部故事都放在悠远的空间和古老的时间里。只有《我们中的一员》（One of Ours）写大战时期青年人的幻灭，比较上取材于近代的。此外，如《石上人影》（Shadows on the Rocks）写十八世纪魁拔（Quebec）地方法国殖民的情形，《主教之死》

(*Death Comes for the Archbishop*) 的背景是一八四八年新墨西哥的传道时代,《我的安托尼》(*My Antonio*) 是讲美国西部刚开发的那几年。作者除了用感伤的笔调抒写过去许多开辟殖民地的英雄,虔诚传道的教士,和孤苦卓绝的吉卜赛女子的一生以外,又用了追怀的情绪,把读者带回到一个晦暗不明的世界中,远离了二十世纪的机械时代,在幻想里重新筑起一个理想的社会。

这社会和她自身所生活的不但相差数十年,构成这理想社会的人物,像修道成仙的亨萧夫人(Mrs. Henshawe)、客死异乡的凡兰主教(Father Vailant)等都像梦中经过的黑影一样,要找他们的血肉是不存在的。可是包容这些虚幻故事的文字,因为写得既细腻又甜蜜,在轻快明朗的散文中,带上了音乐的韵调,所以作者的每一部书,都可以说是一连串美丽的图画。这种为了在思想上不能应付目前的现实问题,而逃避到过去的回忆中去,在形式上用美丽的文字去填补这空虚的内容,正是当时一部分美国读者所要求的东西。

著《无知时代》(*The Age of Innocence*) 的华顿夫人也是走着这一条路的。她是出身于富有的家庭,又嫁了一个大银行家的丈夫,来往的人都是些自以为贵族的分子,因此她的生活背境和她的先辈亨利·詹姆斯(Henry James)很是相像。她既生活于这种奢侈而富有的环境中,她替自己一群人说话,当然是意想中的事。在《国家的习俗》(*The Custom of the Country*) 和《欢喜之家》(*The House of Mirth*) 这两部书里,就明显的表示了她贵族的立场,而在《树果》(*The Fruit of the Tree*) 里,更证明她对于目前的工业制度是没有明确的了解。到一九二〇年《无知时代》出版,华顿夫人不特背弃了写实主义,更走向浪漫的感伤主义上去。她跟维拉·凯漱一样,想描写七十年代纽约的荣华而追述当时那种安居乐业的古老日子,去给读者一种幻想间的安慰。

赫格夏麦虽然不像华顿夫人般出身贵族,可是他一样的走上浪漫谛克的路。他的理想是美的和奢侈的,在《林达·康登》(*Linda Condon*) 里面,他就写一个青年对于一个追求而不可得的女子的理想。在《三个黑便士》(*The Three Black Pennys*) 和《爪哇头》(*Java Head*) 里,赫格夏麦更把浪漫的理想回头发展到过去去。在这些故事里，作者不特布置了一种极奢侈的生活，并且在小说中的房屋，衣着和家具上，极尽装饰的能事。和赫格夏麦名字时常连系在一起的是凯贝尔，他和上述的三个人同样主张一个艺术家对于社会的任务只在乎创造一个美丽的理想，使得生命更能持久而已。

这一群人，跟了拟贵族阶层的产生，替他们制造了许多逃避现实的浪漫故事，至今还有作品逐年的在出版：如维拉·凯漱的《石上人影》、华顿夫人的《某种人》(*Certain People*)、凯贝尔的《我们中的几个》(*Some of Us*) 和赫格夏麦的《菩提树》(*The Limestone Tree*)。这一群作家不但在文字上包含了浓厚的维多利亚味，作品的内容，也没有脱去殖民地心理，所以维拉·凯漱至今在英国极受推重，被华尔特曼 (Waldman) 称为在大陆上唯一被崇拜的美国作家；华顿夫人不但在英国受教育，并且更崇拜英国的风度，他们根本上是反对阿美利加主义，而是热诚倾向到英国去的。在美国文学逐渐独立而写实主义已证明是主要创作方法的二十世纪，这一派作家的出现，在美国文学史上，只可以当作大风雨将来临前的一种片刻的安静，而和他们同一时代的另一种势力对抗着的。

写实的中代作家

因为大工业制度的发展而有拟贵族的产生，在同一条件下，下层中等阶层的小有资产者便被拟贵族的倾轧而渐趋没落。那些过去足以自己支持的小工业和小商业，受到托辣斯和大银行的威逼而不能立足了。于是三百年来，在美国主占一切的中间层，例如小商人、富有的农户、小职员、知识阶级，到二十世纪的开始，已加速度的失势。为这没落中的小有资产者代言的文人，看到这无可抗拒的运命，便除了把自己这群人的生活，忠实的表露以外，只有充满了悲观失望的气息，在慨叹着自己的不幸。诗人方面有鲁滨逊 (Robinson) 描写一种灰色的哲学，艾梅·劳威耳 (Amy Lowell) 和桑德堡 (Sandburg) 也倾向悲观主义，康拉特·爱肯 (Conrad Aiken)、爱里特 (T. S. Eliot)、杰弗斯 (R. Jeffers)，也觉得一切都绝望，而批评家门肯（H. L. Mencken）对于人类的将来更不抱一线希望。小说家方面便有德来塞（Theodore Dreiser）、安得生（Sherwood Anderson）和刘易士（Sinclair Lewis）。

这三位小说家出现的时期和上述的凯漱、华顿、赫格夏麦和凯贝尔同时，所以普通是一起被称为中代作家的（Middle Generation），可是他们走的路却完全不同。前者是不脱英国传统而主张逃避现实的浪漫主义者，后者是从事于现实的纪录，而要把美国小说，在文字上、内容上和写作方法上当作一种民族的产物而努力开辟着新天地的英雄。

从马克·吐温的"边疆的写实主义"经过霍威耳斯的"缄默的写实主义"和辛克莱一群人的暴露文学，到二十世纪德来塞出现，美国的写实小说，因为社会物质条件的具备，和殖民地心理的隐灭，已冲破浪漫主义的烟雾，又开拓了"真实的写实主义"的园地了。虽然它的真实只限制于个人而没有发展到社会方面去，但是特莱塞却已经够称为美国"真实写实主义"（Candid Realism）的先锋。

德来塞的写实主义，是个人主义的写实主义，他代表了美国农村和都市里数千万小有资产的个人主义者，为了受到各方面的压迫而难以生活，在替他们吐露着那种悲观失望的情绪。像珍尼·葛哈特（Jennie Gerhardt）和克莉姑娘（Carrie Meber）等，都是压扁了的中产分子。他们在目前的社会里，只有忍受一切的运命而走向末路上去。

德来塞处理这一群压扁了的人物的写实手段，比霍威耳斯的要高明得多。他是不带一分偏见的把一切的生活的真相，都原原本本的表现着。他所选择的主要人物，许多是以前的小说家所不屑注意的，像做茶房的克立夫（Clyde Cliff），穷女孩克莉，沦落天涯的葛哈特，这些人物，作者都用最真诚的同情心描写他们的悲惨生涯，而用动物生活的目光去观察人类的生活的。

德来塞很受十九世纪末期法国个人主义的写实作家的影响，当他读到巴尔扎克的著作时，他说："对于我，这是一种文艺上的革命。"（见Rascoe：*Theodore Dreiser* p. 39）

由于这种反浪漫的文艺观，他摆脱了殖民地意识的束缚，而第一个不承认在美国的文学中有所谓英国传统的存在。在他的作品中，不但充满了美国味的背境，行动着典型的美国人物，并且追随了恢特曼和马克·吐温，在文字上也逐渐养成了一种独特的美国格调。这一种伟大的贡献，和安得生同样的被门肯称为在现代美国小说中第一次运用"美国语"的作家。

在创立美国格调上，安得生比德来塞更进一步。他是更有勇气的去自己创造。他大量的引用许多穷人所讲的口头语以及土语等等到小说中去，像《温斯堡，渥亥俄》（*Winesburg, Ohio*）和《可怜的白人》（*Poor White*）里我们时常碰到许多英国小说里所绝对没有的造句和新字汇。这一种对于英国文字和英国造句的革命，是美国文学独立运动中一部主要的工作。虽然当时一般守旧的读者和英国的评坛呵责他所写的为 Bad English，可是安得生相信要适合新的内容是非创造新的形式不可的。

当时在巴黎，已有两个和英国的传统恶斗了许多年，至今都已自己创立了特殊式样的老作家：乔也斯（J. Joyce）和裘屈罗·斯坦因（Gertrude Stein）。他们已证明了依然用旧的文字而利用新的组织和新的意味是可以造成一种绝对不同的文学的。于是美国的革命文人，为了要摆脱英国文字的束缚，便从英国掉回头来，到巴黎去找寻新的启发。安得生也是其中的一员，他在文字实验上，受到裘屈罗·斯坦因很大的影响。关于这，《托克拉斯自传》（*The Autobiography of Miss Toklas*）的末段讲得详尽。至今伯那·费（Bernard Fay）还说安得生的文字是继续了斯坦因的系统的。

安得生和德来塞同样出生于贫苦的家庭，同样取写实的态度，而他们的作品是同样替这正在没落中的小有资产者诉苦的。《温斯堡，渥亥俄》写的是小城市中在灰色生活里挣扎着的小市民。他的自传《一个说故事的人的故事》（*A Story-teller's Story*）更明白表现了他自己的一伙人，如何的受到大工业家的压迫而困苦的生活着。安得生以为目前一切的混乱不平和痛苦都是大工业制度所造成的。在过去的手工业的小城市里就比较有希望得多。他在《一个说故事的人的故事》里面说："啊，你们，斯谛芬斯（Stevenes）、弗兰克林（Franklin）、拜耳（Bell）、爱迪生（Edison）你们这批工业时代的英雄们，你们是我们这时代的神祇……你们所有的成功，就说纺织厂吧，那些都是毫无意义的可笑的东西。在从前，人们要可爱得多，现在是一半被忘却了。但是到你们被人家忘记以后，他们是还会被人记住的。"这一种反对工业制度的态度，就把《可怜的白人》来看，也全是讲中西部的美国如何由机械替代了手工，而麦克伏爱（H. Macvoy）的发明如何的不但不能增加人们的快乐，反而把过去的一切快乐生活都破坏了。所以安得生小说中的人物，一大半像在《阱口》（Trap Door）里那位教授所说："像是一个丢落在暗室中的人正在摸着墙壁。"他们虽然被工业家逼得要死，可是死又不愿意，而生又是一件极大的受苦事。眼看自己的生命一天天的被压扁下去，还是挣扎着，一直到死。

狄那摩夫（S. Dinamov）在批评安得生的文章里，他说他记得看见过一幅讽刺画，有一大群疲乏饥饿的平民躲在一间半开着门的破屋里，门外站着两个人，画底下写着这样几个字："安得生和德来塞观察着人类的受苦。"狄那摩夫说："是的，他们确是在观察着，但是他们没有告诉人们应当怎样做，人类的生活怎样才是值得的，所以安得生和德来塞就是这样的两个个人主义的写实主义者。"

在德来塞和安得生以外，近代美国已有成就的三大中代作家中，得诺贝尔奖金的辛克莱·刘易士，也是一个重要的写实主义者。他是个近代美国生活最忠实的记录人。在《大街》（Main Street）里，在《白璧德》（Babbitt）里，他描写小城市和大都会，各种的商业、医生、教堂以及社会事业。假如我们要看美国人民如何生活的实际情形，刘易士是最能使我们满意的。凯奈科特（C. Kennecott）所见的高非草原地（Gophere prairie），可以在数千百个美国的社会里见到。刘易士详细记录的白璧德的生活更是数千百万美国小商人的模型。

像德来塞和安得生一样，刘易士小说中的人物也是彷徨着的中等人，凯奈科特在无路可通的时候，想到文化里去找他在实生活上所找不到的希望，有时更把性的实验来作为解决难题的方法。白璧德用新的理论到新的园地里去找寻光明，但是同样都失望而回。前年出版的最近作

《安·维克斯》(Ann Vickers),那位抱负非凡的女事业家,还不过是做了良母贤妻来结束她的企望。这一群没有希望而徘徊歧路上的人物,刘易士在一九二八年七月廿五日的《国家周刊》上,在《我和劳尔麦》(Mr. Loremer and Me)那篇短文里面说,"事实上,白璧德、凯奈科特和里克波(Dr. Rickerbough),比世界上任何人都更为我所喜欢。他们都是好人,他们的笑是真正的笑。"这一段话很可以证明作者在讽刺、攻击、讥笑这一群可怜的中等人以外,是和安得生、德来塞同样对于他自己的一群人是付与十二分的同情和爱怜的。

刘易士作品中美国色彩的浓厚,也不让于德来塞和安得生的。他能够得到诺贝尔文学奖金,也就为了他是百分之百的阿美利加主义者。

刘易士个人是否值得拿这一笔诺贝尔奖金,那是另一个问题。但是在美国文学史的立场上看,正如刘易士在一九三〇年十二月在斯朵霍姆(Stokholm)领奖时开口的几句话所说:"对于他个人,这是一件小事情,但是这一笔奖金第一次降到他所热爱的祖国来,是值得纪念的。"(见 Carl Van Doren: *Sinclair Lewis* p. 8)

原来美国从世界大战以后,因为坐收渔翁之利,所以从二十年代起,忽而在政治上和经济上,都擢升到领袖地位。在国际舞台上,自威尔逊总统后,居然以世界霸王自居,而纽约城的飞黄腾达,更取伦敦而代之,使垣街上的财阀,操纵了全世界金融的运命,军事上的设备既不让于英国,出口贸易更逐渐的超越她。这一种物质条件的完成,一方面使从西班牙战争以后,日夕酝酿中的美国的文学,更得到了成熟的机会,摆脱了所有的殖民地意识,在形式和内容上,都创造了自己的风格,而另一方面,以前国际上轻视美国文学的态度,跟了政治上和经济上的目光而转移。一九三一年诺贝尔的奖金不送给高尔斯华绥、托麦司·曼、纪特、高尔基,而赠给写百分之百的美国小说的刘易士,至少表示美国文学已被人们当做美国的文学而和英国的文学、法国的文学、德国的文学,同样的尊敬着而研究着了。

新进的悲观主义者

但是美国在世界金融市场上的黄金时代,只是昙花一现,过了二十五年代，情形逐渐的不同。美国的繁荣，既建筑在世界的市场上，当世界的整个情形陷入了无可救药的病态中，于是美国不景气的程度，也跟了世界的情形而由浅入深。哈定、柯立芝时代的繁荣，既成为过去的事迹，于是穷苦、饥饿、失业慢慢地侵入了美国的都市，摇动了美国的乡村，不到几年，就是有钱的人也见到好景不长，而感伤起那"短短的冬日的太阳"来了。

这一种不景气的现状，到一九二九年十月廿九纽约交易所大风潮的爆发而陷入不可收拾的绝境，至今还在每天每天的尖锐下去。胡佛总统既不能如他所愿般的在屋角里找回繁荣，罗斯福上任一年，虽然取得了国会信仰而实行独裁，失业罢工依然是不可遏止的继续下去。

这一种不景气的现象，使社会愈趋混乱。机器既攫夺了人工，大量生产的结果，又不能为大众所共享，于是贫富的悬殊相隔愈远，占着美国社会中最大部分的小有资产者，便更感到生活的困难。代表这群人讲话的年青作家，正如克勒支（Krutch）在《近代风化》（*Modern Temper*）中所说，"抛弃了他先人的各种道德上的美学上的价值而变做了悲观主义者了"。他们的悲观主义比起德来塞、安得生一辈中代作家来更形深刻，因为新进作家（Younger Generation）不但看到自己的没落，并且预测到自己的湮灭了。

青年作家海敏威（Ernest Hemingway）正是所谓"失落的一代"（The Lost Generation）的代表。在他的两部长篇和许多短篇里，有一个海敏威的英雄在排演着各种故事。这种故事，不但是采自海敏威自己的经验，也是他同时代许多青年人的生活的写照。他的人生观就是冲（drift），不相信一切的法律，习惯，他老是在人群里冲着，后来不知如何的就冲进了军队。在当兵的时光，倒规规矩矩的工作着，这原因并不是因为他存了什么责任心，更谈不上爱国主义，只因为这样平平常常的做去倒比有意闪避的易于度日。这一次大战，使他对于已成的法律更形轻视，而感觉到保持个性倒是一件大难题。大战以后，他想把生活简单化一点，因此有时牺牲许多别人以为宝贵的东西，虽然他没有办法约束他的感情，但是他可以减少这种感情在外表上的显露，他不能不思想，但是他可以不去顾虑那些由思想所得的结果。他怀疑所有道德上的美学上的标准，不顾一切的哲学，但是对于好的生活，他有他的见解。他觉得他的最大的安慰是身体上的动作，钓鱼、打猎、看拳斗，以及斗牛，这些事情不但可以使他停止去思索，也可以使这一刻的生命更行充实。他对于这一个时代的人类感到怜惜而不齿，他喜欢一种即刻反应的直接而非理性的动作，因此他对于运动家和斗牛者特别的崇拜，他说："没有一个人的生活比得过斗牛者更澈底的了。"从这里，我们可以知道他的许多著作中，如《午夜之死》(*Death in the Afternoon*) 里讲斗牛的故事，一方面是他自己生活的供状，一方面也表示了这一代青年的思想。他们对于这一个混乱的局面，既随处得不到满足，而一切的哲学都是无意义，一切的事物都是觉得颓废，便转向到个人的动作里去找安慰——跑冰、打球、拳斗、看牛斗或是性交。这一种不含任何目的动作，是没有思想的，毫无顾虑的，纯粹是为动作而从事于身体上的动作的。

这一种创造一个人为的环境，把小说中的人物故意的逃避他所不愿意顾虑到的那种实在存在的社会力量，而用束手无策的态度去应付这混乱的局面，无怪批评家希克（Granville Hicks）要说他："逃避变做了屈服而躲闪变做了怯弱了。"

在一九三一年十月的美国《读书人月刊》(*American Bookman*) 上孟森（Gorham Munson）已在说："现在好像海敏威的时髦性已经开始萎谢，而在美国新进的小说家中有一颗新星在上升，他便是福尔克奈（William Faulkner）。"这一位新作家，过去的本诺特（Arnold Bennett）曾批评说是"写得像个安琪儿。……"他曾受到安得生、弗兰克（Waldo Frank）和乔也斯的影响，但是他所独创的那种丰满而新鲜的散文，证明他是一个自己的文体家（stylist），比海敏威要高出许多，而在力量和氛围方面，更是高出于费苏格拉尔德（Fitzgerald）。安得生和海敏威的文字，我们已经觉得他是够美国的。但是过去许多字汇都是够美国的作家中，没有一个人像福尔克奈般创造了美国的散文，而值得尊称为一个文体家的。福尔克奈的散文，正像美国的文化一样是受了许多外来的影响而产生的另一种东西。他应用简单的字汇，写得独创而特殊，流畅而美丽，许多对话是黑人的。这些黑人的对话是每部书中最美丽的一部分，而在对话以外，更混杂许多黑人口里所说那种不合英国文法的话，有时更发明许多像德文般用许多字拼合而成的新字。在叙述故事的时候，更把对话，心理描写拼合在一起，这一种形式上冲破英国束缚的勇气，比海敏威和安得生的更值得纪念，而乔也斯那种看不懂的缺点倒是没有的。

海敏威的许多小说，早已用了很写实的 sketch 拼合而成，但是福尔克奈的做法，是更进了一步的把许多的 episode 重新组织成一个新鲜的个体。福尔克奈的故事结构，在无计划中有一个计划。故事行进时，他分段的表现着，从一个目光，移转到另一个目光，使读者不止在一个角度里看到一件事物的一面，而在许多角度里得到一件事物的多方面的真相。这一种新奇的写实方法，《我在等死》（*As I Lay Dying*）的那本书可以说是美国小说中第一次的试验品，他连串了六十个断片，写十五个人对于彭德斯（Addi Bundus）的死的所见，所感，所忆。这一种方法可以使读者从许多零碎的、多方面的、实生活的断片里，找一个最客观最真实而最具体的事实。所以希克在《福尔克奈的过去和未来》（*The Past and Future of W. Faulkner*）一文里说："在《我在等死》和《八月之光》（*The Light in August*）里，许多地方表现了描写近代生活的写实的天才"，而华尔特曼（Waldman）在《近代美国小说之趋势》（《现代》五卷一期）里面，更说："他已经进展到一种将来在美国产生的小说的纯粹艺术的路上去了。"

福尔克奈的小说不但在形式上是美国的产物，他的故事和思想，也是写实地美国的。在这不景气的年头，整个的美国社会，既趋向破灭、衰落、失败、混乱，福尔克奈的七部长篇小说中，便完全取用了近代社会中那些残暴和受苦的生活作为主要题材，而死，更是一切故事的中心。在《兵士的薪金》（*Soldier's Pay*）和《莎托列斯》（*Sartoris*）里，写死亡和私通。《我在等死》中写疯痴、衰败和死亡，《声音与愤怒》（*Sound and Fury*）中写自杀、痴呆、奸淫，《八月之光》中写疯狂以及谋杀。所有美国报纸上值得放在 headline 上的许多可怕的黄色新闻，都可以在福尔克奈的小说中找到，而在福尔克奈小说中所能找到的，也只有这些可怕的东西。真如希克在《伟大的传统》(*Great Tradition*) 一文中所说："除了几个例外以外，福尔克奈的男男女女都是在这个疯狂世界上混乱的破坏中的变态的人物。"

那么为什么福尔克奈专门讲些病态的和死亡的故事呢？福尔克奈自己家庭的衰落以及大战的幻灭，当然是最大的理由，但是看福尔克奈小说中许多在大战以后失落一切财富和社会地位的家庭——莎托列斯、康泼登（Compton）、海托浮（Hightower），以及在这不景气现象之中被生活所刺激而走向谋杀、奸淫、堕落的各种人物，就知道今日的美国社会中真是随处可以找到这种悲剧的。福尔克奈那种痛恶愤嫉的人生观，悲剧继续着悲剧的连演，无法把这些凶汉恶徒谋一个总解决的苦闷，正代表了一九三〇年代在这疯狂的世界中挣扎着的现代人的悲哀。

新进的社会写实主义者

当海敏威和福尔克奈合唱着哀歌，在悲吊着这一个快将隐灭的快乐日子的时候，美国新进作家的又一阵营中，产生了一颗明亮的晓星。这一位作家在美国小说史上的地位，是把从马克·吐温以来发展着的写实主义，又深入了一层，而把美国的文学当做一种民族产物来看，也显示了成熟的到达。在过去挣扎了一百五十年的殖民地文学以及未来的前程无量的美国文学间，他是一个承前启后的桥梁。他的名字，便是杜司·帕索斯（John Dos Passos）。

杜司·帕索斯虽然和别的青年作家同样的参加过大战，同样的身历过近数年来不景气的压迫，但是他却没有存过畏缩逃避的侥幸心，也并不悲观失望的在诅咒这时代，他是在烟雾弥漫的今日，看到了一线生机的。这一线的生机，是《四十二纬度》(*42nd Parallel*) 和《一九一九》(*1919*) 两部长篇伟著中的中心思想。在前一部书里，有一种力把所有的人物都赶到欧洲的大屠杀场上去，当一九一九休战以后，它没有在威尔逊到了巴黎以后停止它的进行；在后一部书里，这股伟力使每个人在经过极度的贫乏和幻灭以后，又从新看到了新的希望。帕索斯小说中间的男男女女，好像狄克（Dick）、威廉（William）、屈兰特（Trent）、依凡令（Eveline）等，都像在大潮流上浮游着的竹片木屑一般，个人的力量是谈不上的，所有的命运，都操在这一股潮流的手掌里。个人的苦乐生死，既不能摇动它的去向，悲观和颓废的人生态度，同样不能阻止它的行进。于是，二三十年来美国读者被德来塞、安得生、刘易士、海敏威、福尔克奈所连续射入的悲观失望的印象，到帕索斯出来，才见到了一线光芒。

帕索斯在处理这一种新鲜题材所用的方法，也是过去作家所望尘莫及的。他发明了在每章小说的前面写一段新闻片，隐示这故事发生前整个社会的动静，而在故事的中间，又夹叙当这个时代，社会上许多领导人物的生平短史，例如工业家毛根、殖民地掠取者凯斯（Keith）、现代文明的祖先爱迪生、过激主义者约翰·里特（John Reed）等，还有写他自己的生活经验和感想的"开末拉所见"（The Camera Eye）。这种把社会上的实际材料，作者本身的生活经验，和各层社会间的许多男男女女的历史，完全打成了一片，是马克·吐温、霍威耳斯一辈人所意想不到的。他替美国的写实主义，又开辟了一条新路，不是缄默的写实主义，也不是个人主义的写实主义，而是社会的写实主义。在他的小说里，我们不看到个人，只看到整个的活的社会在向前行进着，书中几个比较清晰的人物，他们的任务，也只是在完成这社会的使命而已。这一种完全脱胎于活的社会的活的写作法，便把浪漫主义的最后渣滓全部沥清掉了。

于是一百五十多年来，为了思想上、经济上、言语上的落伍，停顿在英国的殖民地意识上的美国小说，从马克·吐温起开始挣扎，经过霍威耳斯、伦敦、辛克莱的努力，到二十世纪开始，由德来塞、安得生、刘易士而逐渐建立，如今到了福尔克奈、帕索斯，而成为一种纯粹的民族产物了。这里，美国的人民活动在美国的天地间，说着美国的话，表露着美国人的感情，在美国的散文中，包容着美国的韵调，讲述着美国实际社会中许多悲欢离合的故事。

近数年来，不但中代作家中如德来塞、安得生……在不自满于自己过去的作品而努力前进,在新进的青年作家里还有许多写不胜写的名字,如麦克·亚尔蒙(Robert McAlmon)、肯敏斯(E. E. Cummings)、尼亚戈(Peter Neagoe)、威廉谟斯(William Carlos Williams)等许多人,在向着阿美利加主义或各种新时代的主义进行着。今日的美国小说,不再是英国的一支,而是世界上最活跃最尖端最有希望的一种文学作品了。

编者按:该文摘自《现代》第5卷第6期第839—859页,1934年10月1日出刊。赵家璧完稿于1934年8月24日,后被作者收入《新传统》一书,为该著的第一部分。赵家璧生于1908年,卒于1997年,1932年自上海光华大学英文系毕业后,进良友图书印刷公司任编辑,主编了《中国新文学大系》《一角丛书》《良友文学丛书》等。在20世纪30年代,他积极参与了对海明威、福克纳、安德森等美国现代作家的译介工作,相关译作和论文发表于《现代》《文艺风景》《世界文学》《新中华》《译文》《文学季刊》《文季月刊》等,于1936年出版了我国第一部美国现代小说研究专著——《新传统》。

五　美国短篇小说集·导言

H. 富克尔（Walker）在牛津大学《世界名著丛书》本《短篇小说选》的导言里说，若把英美两国的短篇小说名著合选在一起，美国的作家至少可以占到三分之一的比例，至于诗歌的合选，美国的作家恐怕占不到十分之一罢。这是说明了美国的短篇小说在英语的短篇小说中所占地位的重要。

不；不但在英语的短篇小说中，就是以全世界的短篇小说而论，美国的短篇小说也占着极重要的地位。因为，我们晓得，美国和法国的短篇小说是近代短篇小说所由发展的两个主要的源派，而法国则等到一八五二—六五年间 K. 波特莱尔（Baudelaire）翻译了 E. 爱伦坡的作品方才完成了近代短篇小说的艺术，而产生了 G. 莫泊桑之流的大作手。那末我们即使说美国的短篇小说是近代短篇小说的鼻祖，也不算过分夸张的。

这里所选译的只有十一个作家，当然不能代表美国短篇小说的全部，但是美国短篇小说对于近代短篇小说所贡献的各种成分，却都有了代表了：——

（1）形式与技巧上的完成——W. 欧文、N. 霍桑，及 E. 爱伦·坡。

（2）幽默的成分——马克·吐温及 O. 亨利。

（3）地方色彩即乡土小说——F. 布雷·哈德。

（4）心理分析或性格解剖——A. 皮尔斯及 H. 詹姆士。

（5）生理的解剖——T. 德莱塞。

（6）大战后美国生活的反映——W. 卡脱及 S. 列易士。

再从时代思潮上着眼，也已各个作派都有了代表：——

（1）前期浪漫主义，即初期国民时代（1800—1840）的代表——W. 欧文。

（2）后期浪漫主义，即后期国民时代（1840—1861）的代表——N. 霍桑。

（3）南方浪漫主义的代表——E. 爱伦·坡。

（4）南北战争后所谓镀金时代的（1865—1900）代表——马克·吐温。

（5）美国写实主义创始的代表——F. 布雷·哈德、A. 皮耳斯及 H. 詹姆士。

（6）写实主义确立时代（1900—1920）的代表——O. 亨利。

（7）自然主义的代表——T. 德莱塞。

（8）大战后的代表——W. 卡脱及 S. 列易士。

美国自从独立运动得到胜利，脱离了英国的羁绊，同时也就渐渐打开了清教主义的笼罩，文化中心由北方清教主义的根据地新英格兰移到了南方的纽约，一般精神都倾向于国力的提高和国运的发展，它的在文学上的反映便是前期的浪漫主义，而在短篇小说部门中的代表便是华盛顿·欧文（Washington Irving, 1783—1859）。

当欧文诞生在纽约的时候，美国的独立运动还没有完成。他目击着独立战争的经过，由此替他的作品贮蓄了不少的感兴。少年时因为身体衰弱，便到欧洲去作长期旅行，同时在那里担任过几次外交官的职务。一八〇九年开始在 *Salmagundi* 月刊上发表 *History of New York*（《纽约史》），便开始显露他的幽默的天才。一八一五年旅居英国后，他不久就专从事于著作的生活。他的杰作 *The Sketch Book*（《随笔》，林译《拊掌录》）出版于一八二〇年，当即在英美两国都博得不少的赞美。继此而出的有 *Tales of a Traveller*（1824）（《一个旅行家的故事》）及旅居西班牙时所作史书多种。一八三二年回居纽约，是早已声名大著的了。

他的作品包含着不少十八世纪的浪漫气分，它的一般特色是感情的，主观的，想像的，内容则充满着民间传说，神秘，悲哀情调及异国情调等等。但他具有他的特殊的风格，特别在短篇作品里，他曾创造了一种独特的优美动人的情调，就成了短篇小说所不可缺少的一个元素。所以短篇小说的体裁虽不完成在欧文手里，欧文却曾给短篇小说打下了一重坚实的精神的基础。

拿但尼尔·霍桑（Nathaniel Hawthorne，1804—1864），虽然比欧文不过迟生二十年，美国文学的发展却已进入了另一阶段。这个时代包括美国南北战争起来以前的二十余年，当时美国一面是在继续的大发展之中，一面却已遭逢到极大的苦难。因为物质上既然突飞猛进，同时社会的罪恶必然也要跟着增加起来。加以经济上政治上逐渐显露南北分裂的危机，于是在这一面努力于大自由、大解放、大活动、大发展的时代，同时也就是一个大混乱、大不统一、大不安的时代。在这样的局面当中，社会自然要求着一种精神的指导，而这种指导既然不免要和当时的物质的要求背道而驰，所以终于不能不充溢着浪漫的色彩，这就成了后期浪漫主义了。

霍桑生于马萨诸塞州（Massachusetts）的撒冷城（Salem），是个清教徒的旧世家的后裔。他自小就受到新英格兰那个清教主义根据地的环境的影响，所以对于清教主义与人类生活的关系有着一种异常深切的了解。有一个批评家甚至曾说霍桑的小说就是清教主义的化身。但是他并不像真正的清教徒那样严肃的说教。在真正的清教徒，艺术是不容存在的；他们以为艺术的美就是恶。在霍桑，则把道德和艺术调和得非常融洽，以致他的作品里虽然包含着深切的教训，却使你无论如何不会觉得讨厌。这一点，我们读了他的最大杰作 The Scarlet Letter（傅译《猩红文》）就可以明白。

无论他的短篇小说——代表的集子是 Twice Told Tales——或长篇小说，他都用象征的方法。他表现在作品里的一般态度和当时一般精神指导者的态度都不同。当时的哲学家，如 R. W. 爱默生（Emerson），对于社会是抱乐观的，霍桑则是个悲观主义者。他一面向理想的和灵的方面去竭力探索，一面也对当时的现实世相加以精细的观察。结果是觉得现实的黑暗和理想的光明太相矛盾太难调和了。因此他的作品里面一般地充满着黑暗的阴郁而又流露着闪电一般的光明，使读者读了之后自然觉得现实之可唾弃和光明之可追求。这就是他用最高艺术手段施行教训的方法。

同是这个时候，南方出了一个怪杰，代表了美国后期浪漫主义的另一态相，而完成了短篇小说的技巧。这人就是爱得加·爱伦·坡（Edgar Allan Poe, 1809—1849）。原来当时美国的文化是荟萃在北部，南部则在一般大地主的支配之下，大家努力于蓄奴治产，教育文化等等精神的产物全被蔑视，因而和北方的宗教道德的传统完全绝了缘，文学只能从民众当中产出，而坡就是这种文学的代表之一。

坡的父亲是爱尔兰人，母亲是苏格兰人，因而他遗传了前一人种的神秘和热情，后一人种的丰富的想像力。再加上他生长在南部温暖的气候当中，不受宗教上道德上一切的拘束，所以他就成了一个具有特独作风的作家。他的短短的生世也很多波折。他生在波斯盾，生后父母就弃世，寄养在维基尼亚（Virginia）一个同姓的商人家里，虽则也曾得他培植，进过几年学校，但不得他的欢心，被派到商店里去工作。他不耐这种生活，自己跑到波斯盾去尝试文学的生涯。后来又去投过军，犯事被革。从此就一径靠投稿为生，和贫穷不住的挣扎。但是这对于他的作品当然也有影响的。

他同时是一个诗人，批评家和短篇小说作者，但他的短篇小说给与世界的影响最大。他的短篇小说集子有 *Tales of Mystery and Imagination*（《神秘和想象的故事》），就是这书的名字已称暗示我们他的作品的特质了。他的短篇小说里面充满着恐怖感，病的气氛及幻想等等。也有一种讽喻的作品，如本书选译的 *The Tell-Tale Heart*（《告密的心》）。他又是后来侦探小说及冒险小说的首创者。他在短篇小说的技巧上的贡献最大。他指出了"整一的效果"（Effect of Totality）为短篇小说的必具条件。他对于情节的展开和性格的描写都不很注重，专注重全篇的气氛，因此他用做诗的方法做小说，他的小说也就同他的诗一般，作风简洁而能给人以强力的整个印象。在这一点上，他被承认为近代短篇小说的先驱者。

当南北战争以后进入跟物质的繁荣一齐开始抬头的写实主义的时期中，我们头一个遇见的著名短篇小说作者，就是以幽默著名的马克·吐温（Mark Twain）。本书所选译的一篇 The Celebrated Jumping Frog of Calaveras County（《天才的跳蛙》）就是他在一八六五年发表于纽约某杂志而成名的杰作。

马克·吐温原名撒母耳·蓝朋·克莱门斯（Samuel Langhorne Clemens，1835—1910），生于东南部的佛罗里达（Florida）。少时只受过片段的教育。十七岁时在密西西比河（Mississippi）上一只船里工作，后来才跟他哥哥到西部去。从此他给各日报投稿。及从欧洲旅行回来，仍继续他的写作生活，同时到各处旅行，讲演，所到的地方颇多。当这七八十年代的所谓"镀金时代"（The Gilded Age），美国正在狂热地从事于矿山地域的开拓，表面上是欣欣向荣的。他却睁着一双冷眼，凝视着现实，看透了人类行为无可掩饰的动机，乃至基于社会的因习和阶级的偏见等等上面的恶俗的道德观，心里感到了深刻的愤慨和憎恶，却用幽默装着讽刺，一一的将它们刺着。在体裁上，则因短篇小说跟定期刊物发生了更密切的关系，自然不得不新闻通信化，但正唯如此，倒替短篇小说开辟了一条新路了。他的短篇集子有 Sketches New and Old（《新旧随笔》）出版于一八七五年。

同时同是为这镀金时代的反映而却采用比较严肃的态度的，则为乡土小说的作者法兰西斯·布雷·哈德（Francis Bret Harte，1836—1902）。他生于阿尔班尼（Albany），少年时过着一种不安定的生活，做过小学教师、矿工和排字人，但始终倾向于新闻事业，到十八岁时，就跟旧金山一家报馆定了约，替它写短篇小说。一八六四年他开始写 Condensed Novels，又四年后创办 Overland Monthly，他的最好的短篇小说大半都是这上面发表的。后来终老于伦敦。他的代表作品有 The Luck of Roaring Camp and Other Stories，Miggles，The Outcast of Poker Flat 及 Tennessee's Partner 等，题材多取于加利福尼亚的矿工生活，而以含有浓厚的地方色彩著名。他并不怎样掩饰人们的恶，但他有一种伎俩，能够显出即使万恶的败类也未尝不包含着几分的善，而表现时又丝毫不违背自然。

但是写实主义在它发展的过程中，必须要经过性格解剖或心理分析的阶段，方始可算确立，于是应运而生的就有 A. 皮尔斯和 H. 詹姆士。

安卜罗斯·皮尔斯（Ambrose Bierce，1842—1914?）生于俄海阿（Ohio），在南北战争时当过军官。一八六六年他到加利福尼亚，又六年后旅居英国。未到英国之前，他就写过许多的随笔和短篇小说，但并没有人注意。一八七七年至一八八四年间，由英国回到加利福尼亚，编辑了一种杂志。一九一四年时居墨西哥，从此再听不见他的消息，据说就是那一年死在那里的。他的短篇小说集著名的有 Tales of Soldiers and Civilians，为心理分析小说的开始。它们的情调也有悲剧的，也有讽刺的，但都非常精细而深刻。

亨利·詹姆士（Henry James，1848—1916）生于纽约，但大部分受教育的时期都在外国。及到一八八〇年，他就决计久居于英国，只不过偶尔回到美国来几趟。他的短篇小说集有 The Better Sort（1903）。他因旅居在欧洲及英国受了不少的刺激，所以一般作品都表现着对于一种有教养及有洗练趣味的世界的渴求，往往把文化空气稀薄的美国社会和富有传统美的欧洲文明作种种的对照，而所有用的方法则是性格分析，从此开拓了心理小说的一条大路。

但是到了 O. 亨利的手里，美国在短篇小说中的写实主义方才算是确立。O. 亨利本名威廉·雪德尼·波脱尔（William Sydney Porter，1862—1910），生于南部之格林斯卜罗（Greensboro）。父亲是一个穷苦的医师，因而他小时候不过受过一点极粗浅的教育。青年时做过地产公司和银行的小职员，又因人牵累下过狱。在狱中时他开始做短篇小说给各杂志投稿，不久，就成为一个流行极广的作家。他的题材大都是近代都市中的下层薪给者的生活，常能引起读者的轻妙的笑和不可及料的泪，把握题材擅长发明力和布局的技巧，故虽在社会意义上价值不如那些同时代的社会抗议的作家，却不能不认为都市生活的精密的反映，因而具有了历史的价值，同时又完成了美国短篇小说最高的技巧。他的短

篇作品著名的有 *The Four Million* 及 *The Voice of the City* 等。

稍后，用着比较严肃的态度及自然主义的观察点去解剖近代都市的丑恶面的，则有提奥多·德莱塞（Theodore Dreiser, 1871— ）。他小时候因家境贫苦，就投身于新闻界，从此做了差不多二十年的文字生活才得成名。他因受过长久的新闻记者的训练，所以也用新闻记者的态度做小说。他是彻头彻尾的一个自然主义者。无论在长篇小说或短篇小说里，他都用严格的科学家的眼光去解剖人生和社会，而认定人类的一切行为都是生物化学的（bio-chemical）作用，无所谓善，也无所谓恶。他又认出人生是不住的奋斗，而奋斗的结果往往是产生悲剧，所以他又是一个悲观主义者。在短篇小说上，他大胆打破了从前那种讲究布局的作风，而自创一种新风格，因为他已经看出现实的人生是并不如小说家所意想的那么有结构的。他的短篇小说集有 *Free and Other Stories* 及 *Chains* 等。

经过了世界大战之后，美国一般文艺作品中所表现的是对于以前的繁荣理想的幻灭意识和败北主义，这里只选两个代表：

威拉·卡脱女士（Miss Willa Cather, 1876— ）生于温彻斯脱（Winchester），从事过新闻生活好几年，又做过 *McClure's Magazine* 的助理编辑许多年。她的短篇小说集 *Youth and Bright Medusa* 出版于一九二〇年。她的写实的观察非常忠实，但一般的含着悲剧的情调，往往把现代生活烘托在过去时代的背景上。

辛克莱·列易士（Sinclair Lewis, 1885— ）以 *Main Street*（1920）一部小说著名，短篇集有 *Selected Short Stories of Sinclair Lewis*（1935）。他是一个眼光锐利的第一流的讽刺家。他的题材是彻底地现代生活的。他自己并没有什么明显确定的主张，但是他对于现世相的各方面表示着深刻的不满和愤激。一九三一年他得了诺贝尔文学奖金，他在美国文学界的地位从此固定了。

以上不过指示美国短篇小说的一条极其粗略的线索，且因篇幅的限制，被遗漏了的作家当然很多。但是读者倘能依着这条线索去读本书所收的几篇小说，并从此推广出去读其他作家及其他作品，想来就不致茫无头绪了。

编者按：该文是傅东华为他与于熙俭合译的《美国短篇小说集》撰写的"导言"，摘自上海商务印书馆1936年版第1—13页。该著初版于1929年。傅东华生于1893年，卒于1971年。他在20世纪30年代译介美国文学的成绩非常丰硕，除翻译琉威松、门肯、卡尔浮登等人的文学批评论著，还翻译了辛克莱、德莱塞、杰克·伦敦、霍桑、加兰等人的多部小说。他几乎在每部译著之前，都撰写介绍作家作品的文字。

六 现代美国诗概论

本篇论文，是把美国诗艺复兴时期前后六十年间，所经过的诗艺思潮，概述一下，尤其是注意于"新"诗艺复兴。本论主旨，是要把各个小段落时期的特色阐述，各个著名作家的诗概论，并予以估量。外加，国家的文化的情景，以丰富此种估量；名家小传，以帮助读者对于作家之认识。

美自建国以来，尚未逾百六十载。她虽享有天然的富产，广大的领域，各种气候的环境，实业发达，科学昌明，教育政治经济均甚兴盛的地位；然而她缺乏深久的文化背景，以及高超纯一的国粹。她好像是一只大火炉，溶化熏陶各具特殊国民性的侨民，于大美国主义之中。然而她有丰富饱满的精神，活泼猛进的能力，新鲜朝气的心志。现代美国诗艺之特色，亦可说是它诗人努力于实现艺术上独立自由的地位，不再受英国诗艺的束缚；是它诗人努力于创作新诗品新艺技，以增进国家意识，以表现美国，以描写时代精神，以发展美国诗艺在世界文坛的机会。我们研究现代美国诗艺，便能洞悉内心的美国，是什么东西。

现在我把各个小段落的时期，分述如下。

A 美国南北战争后新英吉利派和维多利亚派衰落时期

南北战争（一八六一——一八六五）后，新英吉利（New England）派诗人的势力，渐归崩解。他们的黄金日子已经过去，此后是他们势力衰落的时期了。为早期文艺复兴的诗界泰斗——新英吉利派诗人——未能响应政治上实业上种种新兴势力,他们就此退隐于自备的藏书室中。像朗弗罗(Longfellow)、勃兰杨脱(Bryant)、泰罗(Taylor)等,离视本国情景,弥乐于咏唱欧洲,或则放弃创作的机会,专事翻译名著。"他们处身在一个没有他们职位的时代,只得响应故旧的音乐。"

至于崩溃诸大诗家及其模仿者之新势力,算是国家意识的发达,西部的勃兴,社会情状的复杂。但是他们一派的势力,犹能在革命的波浪中,维持到一九一二年。在这四十多年中,该派诗人及崇奉英国维多利亚派诗人,还能咏唱美丽的诗歌,还是熏陶于旧文艺,响应着旧音乐,使用旧体诗。在一八七〇——一八九〇年中,那般模仿朗弗罗、丁尼生(Tennyson)、爱麦逊(Emerson)的诗人,仍旧紧持传统的诗题诗体。就全部作品看来,他们是专尚体裁和文雅的一派诗人,缺少那种表现国家之伟见和精力,并且归宿身心于藏书室中。

至于一八九〇——一九一二年中,执诗坛牛耳的残余诗人,是何等作家呢?新派诗人爱梅·罗伟尔(Amy Lowell),称这个时期的残余诗人,为"我国的知更雀,最擅于摹仿英国画眉雀夜莺,这种摹仿的效力,仅使他们的歌唱宝贵,而且他们的摹仿,很是谦逊的"。她再说:"其时的美国,是与格尔大(Gilder)相叹息,与魏尔柯克斯(Wilcox)相哭泣,与柴克斯塔(Thaxter)相跳舞,与裘内(Guiney)的喇叭相吹嬉。其时的美国,正崇拜这般笼中的歌鸟。"但是一般创造美国诗艺复兴的革命者,正在新英吉利、中西部、潘雪尔维尼亚(Pennsylvania)、阿开散斯(Arkansas)各地,惨淡经营,努力预备,要打倒那般投稿于《世纪》《大西洋月刊》的诗人。酝酿既熟,其爆发的力量,正是猛烈无比,竟打开了美国人士的意识;那般"笼中的歌鸟",竟于一九一二年扫出庭门,不再受人们的听聆。新英吉利派后裔和维多利亚派模仿者之势力,从此崩溃无遗,新派诗人就于新时代的舞台上,举行就职宣誓典礼,并奉那位在内战前后,未被人们所赏识,未被文坛有力份子所推崇的惠特曼,为新诗运动者的泰斗。

B 惠特曼(Whitman)

许多批评家,现都推崇惠特曼为美国现代诗鼻祖,因为他的精神主义思想，可以代表美国的真精神。荷马可以代表古希腊的英雄时期；但丁为欧洲中古时代的代表；莎士比亚可以代表伊丽莎白的时代；惠特曼可以代表新兴的美国。他的诗歌是讴唱美国，也是颂称现代人。并且，他的体裁开创了现代诗人艺术的先河，为"自由体诗"的先进作家。所以欲了解现代美国诗，我们须要稍知他的思想和艺术。

在南北战争之前数年，惠特曼已出现于文坛，但声名尚未大著。在一八六一年，他的《草叶集》（Leaves of Grass）是第三版刊行。不久，发行者失败，该书亦被公众所遗忘。但是惠特曼能于晚年亲见他的巨著，七版刊行，并于一八九二年将全部诗集出版，把第一版的十二篇尝试诗，扩充到四百首左右。

现在惠特曼的势力是非常伟大，他能伸张到文坛各方面，促进艺术上各种潮流。他被英德法意各国大众人士所赞颂。他被称为预言家（或作代言家解），先知先觉，叛徒，热烈的人道家，解放者。《草叶集》的全部统系，是包括的；它的模型，是精要的，毅力的，自由的。

但是，惠特曼于一八五五年《草叶集》出世时，仅为少数大思想家如爱麦逊所欢迎。稍后，他被几位英国文学家所欢迎。至于习俗的文学教师，以及批评诗词的专家，类多不能赏鉴他。其时有少数美国新进少年，如塔罗倍尔（Traubel）等，组织惠特曼学会，以崇拜这位咏唱自然和自由的伟大诗人。

其时的美国人士，又是漠视这位民主精神的诗人。这因他们尚不是诗人理想中的美国公民。其时美国人的理想，还是中流社会的理想。像雪莱（Shelley）、玛志尼（Mazzini）、林肯等辈的理想，还没有深及大部分美国人。那般管理学校、主持出版界的中流社会思想家和教师，是不合于民主，不了解民主的人们。一般人民类为政客所欺骗，不能完全欣赏惠特曼所讴咏的民主主义。若说他能为美国的诗人，这唯靠美国人能否超脱于经济的精神的奴隶地位，组织一个真正的民主国家。在他《阔斧歌》中，他所咏唱的民主国家组织，是为将来世界的自由人民所实现：

在那处，这个城是与最具强力的演说家及诗人并存，

在那处，这个城存在，它为这般演说家及诗人所宝爱，它亦宝爱并且了解这般人，

在那处，没有纪念物存在，以志英雄，但在平常言辞行事中，怀念先烈，

在那处，俭约贤明各在其位，

在那处，男子女子轻视各种法律，

在那处，奴隶绝迹，做奴隶的主人亦绝迹，

在那处，民众立能兴起，去反对在位者永不停止的肆无忌惮，

在那处，烈心肠的男女，听命于死的啸唤声，像海洋流出它扫荡的生力的波浪一般，

在那处，外界威权终来在内部威权占先着之后，

在那处，公民常是主脑是理想，总统，市长，总督以及其他官吏，尽是雇员，

在那处，儿童被教到自身为律，依赖自己，

在那处，恬静是彰显于各种事业，

在那处，种种潜想心灵之举，是受鼓励的，

在那处，女子参与公众仪会于街上，像男子一样，

在那处，最为忠信的朋友城存在，

在那处，最为纯洁的男女城存在，

在那处，最为健全的父亲城存在，

在那处，最优美身体的母亲城存在，

在这里，这种伟大的城存在。

惠特曼以为，"一叶草是不亚于星球绕行的工作"，他要实现这种主义，故于初期著作的时候，选择平凡的东西，可厌恶的东西，"最为普通，最贱，最易的东西"，以做他咏唱的诗材。他的中心题旨，是普天的同情心，是爱情想像；这种爱情想像，能使伟大艺术家，与人类一切悲乐同体化，能使伟大艺术家，深解自然界之奥妙。对于那般起自人

类盲目冲突的虚假境界，那般分离人类，使之不能亲善合作于公共事业的阶级、哲理、学派，惠特曼一心要全部把它们打开。

惠特曼以仁慈同情的心肠，去围抱贫困者，疾病者，失败者，被压迫者，堕落者，以及其他众生。他怀念着：

> 凶恶而无智的人，垂死而疾病的人，堕落而恶劣的人，粗鲁而野蛮的人，疯狂的人，狱中的囚犯，腐化而恶心的人，恶毒者污德者，阴毒险恶者，贪婪者，谎语者，放荡者（凶恶的可憎的人们，在地球上究竟负有何种职位呢？）壁虎，在泥泞中爬行的动物，毒物，瘠地，恶人，渣滓的可怕的腐物。
>
> 我看见一般傲慢的人们，他们丢掷侮慢凌辱在劳工贫人黑人等辈的身上。
>
> 这般东西——一切卑鄙痛苦，没有终止，我静坐而观看，我看见，听见，我静默。

他相信不妥协的个人主义及民主主义：

> 我唱个人，一个单独分离的个人；
> 但我也唱民主一字，民众一字。

他具有和恰的精神。他说：

> 我的敌人现已死去，像我一样神圣的人，现已死了；
> 我看他苍白的面容，静躺在棺中——我走近他，
> 我抚躬轻吻那棺中的白面人。

他的个人主义，常在普遍的友谊善意中表出。他说：

> 我在梦中，看见一个城市，不被世界各国所攻破；

我想这个是朋友的城；

无物能比精壮的爱更大——精壮的爱

领导一切；

城中人民的动作面貌言论，随时现出这种精壮的爱。

他信仰个人的心灵，能够穷探人生经验：

航行！仅向深洋航驶！

喂，心灵，探险无惧，我与你你和我；

因我们须到航行家素不敢去的地方，

我们并愿冒险船只，我们的本身，以及一切东西。

　　他是平民家的心地，真纯的钟爱人类。人生所接触的万事万物，据他看来，都是富有情感的，都可做诗歌方面最真实的题材。人类种种工作娱乐，都能给惠特曼以诗兴。他虽很爱自然，也酷爱城市中一切繁闹情景。他以为人类种种事业的图景，是最富情感性，如果这种富有情感性的心像，诗歌中包含得越多，则诗歌的感动力，越是广大而强烈。他以为那种描写民族的心像，在诗中表现得越多越真切，它们定能握持着民族的想象。

　　惠特曼对于诗词尽力的地方，第一是，他坚持着模型的自由——他摒弃通用的英国式诗格。他自己创作一种节奏，以表现他的个性。他照了歌剧方面朗诵式的模型，去创造他的节奏；他使节奏的统系，依照了自己的思想情感。他那种伟大的节奏是在诗及散文间自由地滚流；他借重于音乐方面的发展，就是，从严格句点的节奏到自由无限制的节奏。他的文辞表现，是最为忠实。他从不损污一个真实的观念，把它拘束在一个规定的诗句或节诗中。他视若先得葛路西（Benedetto Croce）所阐述的美学原理，就是，一般美术的体型，是包含在观念中。论起惠特曼的节奏，它起伏有似海浪。他要洋海灌输精神奥妙于他诗中。他说：

海呀，我愿你让给我浪的波状和浪的特性，
　　或吹送你的气息到我诗上，
　　遗下你气息的香味在我诗中。

　　第二是，他摒弃一般现成的"诗"辞套句。他以为言语文辞，适宜于应用，须为本国的现代的言语文辞。第三是，他重述"诗人为预言家，诗为宗教"的古昔观念，他把神圣的热忱灌输到诗中。诗不再是藏书室的装饰品，诗须到户外，去唱颂种种伟大信仰——信仰生，死，爱情，战争，山，树，河，太阳，天空，地球；并且诗须用伟大节奏，去唱颂伟大信仰，这种节奏，是跟随风浪的节奏。在《解释歌》中，他不独写出自己的信条，并喊出以后新时代的宣言：

　　诗艺女神，来罢，迁出希腊和意哑奈（Ionia），
　　请你划去那种非常透付的旧账；
　　脱劳哀（Troy）战事，爱铅理士（Achilles）的忿怒，以及意你哀司（Aeneas）奥迭赛斯（Odysseus）的漂流；
　　请你招贴"移居""出租"于你潘奈散司（Parnassus）的雪石上……
　　因你知道，一个较优美较新鲜较忙碌的地球，一个较广而新兴的领域，正等待你，正需要你。

　　所以惠特曼的使命，是歌咏这个新兴的美国。他以为，"诗歌或其他著作，能为读者尽最深巨的服务，是以精壮的纯洁的丈夫气，及恳挚精神，充满读者的心胸；并是以善心给与读者，做他基本的资产和习惯"。他信仰："合众国无上的发展，定为精神的英雄的发展。帮助这种发展的起程，促进这种发展——甚至使人民注意到这种发展，需要这种发展——是我所做诗词（按指《草叶集》）头中末的宗旨。"
　　但是他那种向前看的精神，对于自己的使命，还是不能满足，他以为人生真理的归宿，是在无限无疆中：

今天晨曦未上时，我登一小阜，注视群星汇集的天空，

我对我的精灵说，"当我们成为这般天体的围抱者，并当选遍尝天体内万物的快乐以及万物的智识时，我们将觉完全满足吗？"

我的精灵回答说，"否，我们仅仅乎平越这个天空，仍须继续到那边去"。

C 改造时期（一八七〇——一八九〇）

在这时期，铁道向西敷设，使美国边境确定；银行事业，渐为国家性的；集中的原则，显著各种组织。文学趋势，是向实写主义及表现国家精神的途径走，并有离开地方主义的倾向。其时的美国，是处在崇尚实利主义的情状中；政治上丑事，社会间恐慌欺骗，也是繁多。道德的品质正是极弱，国家陷于冷淡无情腐败而压抑的境地。

在这个时期中，有四种作品去表现新兴的势力：——派克（Pike）郡短歌，故乡诗歌，报界诗歌，西部南部诗歌。

一 派克郡是一个位在密索里（Missouri）州边陬森林的郡，地为新兴，粗鲁而野塞。描写该地的短歌，起于一八七一年，这种短诗倒具有独立的精神，超脱了新英吉利派维多利亚派诗人的势力。做这种短诗的作家为约翰·海（John Hay）、勃兰忒·哈脱（Bret Harte）。美国人士既稍稍厌倦新英吉利派诗歌，对此新兴的作品，很是热烈欢迎。

二 故乡诗歌 那种描写派克郡的短诗，是太偏于粗野，不能餍足一般家庭的需要。于是一种格外优美温感的诗歌，就此产生，以应需要。代表这派的诗人是蓝利（James Whitcomb Riley）。他是一位多情亲爱的人，善使人流泪，或破涕为笑。他溺爱于追忆前尘。他虽不是农夫，然能感动乡镇人士的心地，他迎合读者善善恶恶纯简为美的心理。他要写那种俗语而富有戏剧性的诗歌，以供乡村学校缝纫组合的诵读，他的诗辞很浅近，易为儿童所懂解。

三 报界诗歌 铁道建筑，电线敷设，都会新闻事业成立，诗歌方面就起有一种新变更。这种新变更，是被报界所实现。报界诗人所占的

地位，是温和的文坛"狄克推多"，他须以良善的意识，卓著的体裁，精博的文学智识，以及仁爱而多情的判断力，去维护这种地位。其中以诙谐仁慈优雅见称，善作儿童及野田生活的诗人，宜推费尔特（Eugene Field）。

四　西部诗歌　这个浪漫的美国的富有激刺性的愉快的西部，是由密拉（Joaquin Miller）的作品中表出。读他的诗，无异于旅行美国西部，到那日落海洋的地域，到那积雪荒野的山地，到那忠实的红番人地方，到那掘金者冒险者的地方。他的作品大都是表现自然界景色，以及在那地人们的可怕可怜故事。他所描写的情人，是自然界的儿童。他所描写的世界，是一种特别的个人的世界，自然的原始的世界，并不是有组织团体性的世界，或是机关化阶级化的世界。

南部诗歌　优美高超的南部精神，是由蓝那（Sidney Lanier）传出。这位诗人，弥乐于自然界，志切于求得高尚的理想，并在艺术宗教的世界中，找寻欢乐安慰希望。他是乐观派诗人，信仰科学为人类侍女；在他所作《西方的赞美诗》中，他咏唱美国的命运；他虽憎恨并且攻击商业的贪攫主义，但愿见工业人道化，工业应当为一般人民谋利益而经营。他的名诗，或是描写自然界，或是表白人类的爱、死、宗教、报复等意识情绪。他的诗品，是基于他音乐的智识。他使用画家的眼，音乐家的耳，诗人的想像力，去做他的诗。

所以在一八七〇到一八九〇年中，我们于分区方面，看见合众国：密拉、蓝那二氏，各表美国发展上的片面观。蓝那表现那种优美而志高的南部精神，密拉则描写那种宽松精壮浪漫冒险的西部民主精神。蓝那所做那篇神奥的《羯林姆沼泽》（The Marshes of Glynn），密拉所描写的原始精神，以及他们俩理想中伟大博爱的民主国家，都可表现惠特曼的势力。至于前三种的作家，或以诙谐擅胜，或以悲伤感人，或以深情兴奋。但是，像惠特曼所歌唱的人类及宇宙观，他那种神圣的怜悯心，他那种伟大情景的描图，他那种畅泄的情感，他那种真纯博爱的民主思想及精神——在这三种诗人的作品中，我们鲜见他的遗痕。在这二十年中的诗人，除惠特曼及蓝那外，鲜注意到那个时代所新兴的种种事业种种问题。所以美国生活，颇有许多地方，未在诗词中表出。

D 现代精神、遨游主义、国家思想（一八九〇——一九一〇）

在十九世纪末期以来的美国历史，可说是很兴奋的。在政治方面，美国得到扩张势力于国外的胜利。罗斯福上台后，内政改良整顿，国家正义与国家大事的意识，亦渐彰明于人民心里；加以巴拿马运河告成后，美国人对于国际间关系，以及本国在海外命运之意识和兴趣，亦渐浓烈。在文学方面，其时的诗，亦乐于表现国家的思想，国家的情景，并考虑万国文艺思潮，以及美国文艺在国际上的地位。

a 英法文艺的现代精神及其影响于美国文学家

在一八九〇年的英国，为人们常所谈论的艺术题目是：颓废，时代精神，为艺术而作艺术。至于这派诗人的特色，是在他们着重浪漫的探索，努力在艺术的爱情的感觉的梦境中讨生活，这种梦境，在他们看来，可以医治时代工商业主义或帝国主义的流毒，可以医治人生种种束缚种种疾病。

此外，与颓废派、维美派、天主教的神秘派，不相同道的作家，是一般抱着教导世俗崇拜理智的作家，是一般歌咏帝国主义以及注重实写主义的诗人。

欧洲的诗人，亦致力于种种运动，法国则有象征主义（symbolism）的运动。象征派诗人的理论，以为真理美幸福是寓在象征中。因此人生就变成轻视实际的一种努力，人生就变成在梦境中生活的一种努力，人生就变成实际即是梦境的一种努力了。风俗道德鲜受这派诗人的尊重；他们也不常表现国家的精神，描写社会的情状。若论唤起神秘的意识，使用实际热情友谊做象征，去领导他们到正当的梦幻的境地，这就是他们的宗旨。

上述种种势力，究有何种回声，震响在美国呢？其影响可是不甚伟大。像马台（Moody）、何维（Hovey）等辈诗人，虽曾觉到这般运动，虽曾欣赏英法诗歌，并且曾英译过象征派诗歌，但是他们并不因此竭力模仿，仍旧照着自己的天才走。其缘由是在美国生活的牵制力，并在美国坚强的民主精神,以及团体意识。美国诗人须要表现美国,或表现美国人对于人性的真切认识。至于不合民主精神的隔离性,孤远自赏的虚假阶级性,轻视群众舆论的自夸性,在美国几难立足。

b 遨游主义

遨游派诗人的作品,与那般崇尚丁尼生、朗弗罗派的东部诗人之作品,其间显有不同之处。前者表现"归返自然"的旨趣。代表遨游主义的作家是卡门(Bliss Carman)、何维二氏。他们所做三小本诗歌,叫做《遨游诗》(*Songs from Vagabondia*, 1894)、《遨游诗二集》(*More Songs from Vagabondia*, 1896)、《遨游诗末集》(*Last Songs from Vagabondia*, 1900),颇为一般读者所欢迎。在何维所做开篇诗内,他喊出他们的宣言曰:

> 除去一切磨损而钳制的桎梏!
> 脱去那般缚人的链索!
> 在此处艺术和文学,
> 音乐和醇酒,
> 番石榴树和小杖,
> 美丽可爱的少艾,
> 都欢乐地结合,
> 此处是高儿康大(Golconda)(意谓宝藏),
> 此处是印第安(Indies),
> 在此处我们是自由的——
> 像风一样的自由,
> 像海一样的自由,
> 自由呀!

这是美国大学生的诗,在假期中去寻找行动上或恋爱上的冒险,他们恋慕着造化的美和神秘,他们对于一切习俗,都要搁置不谈。这种诗是浪漫者的诗,寓有勇壮健全活泼的精神。他们的探求,是寻冒险及自由人的各种快乐。他们最高的爱，并不是宗教的，但是自然的、人性的爱。这是强烈的快乐的青年的诗，是反抗新英吉利派诗人以及模仿英国派诗人的诗词。

  c 国家思想

  代表国家思想宣扬社会精神的作家，在这个时期中，是有二位；他们是马台、麦克很（Markham）。

  马台憎恨美国商业的粗暴，以及外表的丑陋。他名著的题材，约有三种：即神秘的，社会的和国家的。在《搁劳斯太海滨》（*Gloucester Moors*）、《我是妇女》、《兽》三首诗中，我们可以找得马台的社会评论。他热烈要求人类的工业的公道。在《搁劳斯太海滨》一诗中，他描写地球像一只船，残酷地为少数横暴而愚蠢的人所统管，毫无目标终境。这般统管者，毫无为巨群伤心人谋利益的宗旨。至于这般巨群的可怜人，"方肿溃于奴隶栏中，无言可说，无事可做"。这诗是批评资本主义侵蚀工人的惨事。诗人马台说，"当船主们经过时，我注视他们，这只船顶好没有船主。"《兽》是实利主义，机械，工业，这只兽类为人所获，而人自身就为该兽的奴隶。但是尚有希望在，就是，这只兽类必须供给佳日与人类，把"爱邓"（Adam）的咒骂，从人类方面拔起。《我是妇女》描写妇女在社会上的地位，她是重要的，易于感受的，精神的人，又是人们的母亲和安慰者。在《踌躇时间的感怀诗》（*An Ode in Time of Hesitation*）中，一则他怒恨美帝国主义者竟与西班牙交战，一则他表现真正的爱国热忱，绘写那庄严伟大的美国。他对领袖者说："你们领导群众的人们，须要当心呀！我们可以宽宥轻率，但是我们定要谴责劣贱。"在《获物》（*The Quarry*）中，他赞颂美国，努力阻止中国被欧洲贪狠的帝国主义者所瓜分。（据美国人看来，这种事业之得成功，是靠约翰·海的力量，他是诗人兼外交家。）在《一位殉难于菲列宾的兵士》（*On a Soldier Fallen in the Philippines*）挽诗中，他从内心，喊出他反对那般强占领地的美帝国主义者。

  在一八九九年，爱特温·麦克很的声名，闪耀于美国，当他所著《荷锄头的人》（*The Man with the Hoe*）刊登于旧金山《观察》（*Exam-*

iner）。这首诗被人深赞称为"以后二千年间的战声"，"他充满了雷声巨力尊严"，"他具有预言的回震声"。麦克很把个人对于社会正义的热情表现于诗。他总结并且精神化其时所流行的不安宁；他照着那位荷着锄头者的外形，绘描矿工、场厂工人，以及一般得不到工作上快乐又无希望的劳动者。他把社会良心加在社会意识上面。他把横逆凌辱的表现以及其时热烈的酝酿，在这首诗中结晶起来。他的见解是新时代的见解，具有严肃的美，但是这种见解的活血，是从数百万陷在深渊中奋斗的人们方面得来的。

在一九一〇年，马台死亡，本节所述的过渡时期，亦同年告毕。这般美国诗人，为惠特曼伟大的国家思想所刺激，并为欧洲文艺思潮所鼓舞，他们创植了新诗艺的始基。本期的诗，是靠着几位诗人的努力，得使国家思想代替了地方主义；本期的诗是觉悟到本身在国际艺术界的机会，亦觉到本身在国际政治界的责任；本期的诗，对于社会情状，是变得格外人道化；本期的诗，倍增了遗世不朽的诗量诗质。在本期中，这般诗人是努力于表现，或代表或领导美国人民，自身亦不病于艺术，不弱于感觉，不麻醉于象征主义的赏鉴。这般诗人仍是国家的人道的康健的。这种精神，在美国艺术上，却是很堪希望的。

E　诗艺复兴（一九一二——　　）

"新"诗爆发于美国，具有意外的精力异常的类别。一九一二年十月《诗词杂志》（*Poetry: A Magazine of Verse*）第一期出版。这个月刊的主旨，是介绍前所未曾闻名诗人的作品，并引见各组诗人、各种学派、各种"运动"于读者。他的出世是在文艺复兴的暴风雨未发作之前。电光雷声，早已骚扰文学界的天空；几个月后，洪水泛滥，不可阻塞！下文所论的新诗人，从此登上文艺舞台，站在战胜者的地位，喊着"打倒旧体诗律拥护自由体诗（free verse）""心像（imagism）主义万岁""新英吉利复活万岁""肃清文坛封建思想拥护一般被压迫者的利益""实行男女诗人文艺上的合作""揭破社会上一切罪恶"等等口号。在一九一七年，"新"诗列在"第一等国家文艺"；他的成功，是扫荡一切的，他的销路，是破天荒的。以前未读诗的人们，此后都拜读"新"诗，并且觉得能够赏鉴他。他们此后可以不用一部专载希古生字古典注引的辞典，以助他们的欣赏诗歌了；他们从此可免于谙习拉丁遗闻，以及希腊巨神种种爱情的珍闻了。人生是他们的语汇，并不是文学。"新"诗作品，是用读者自己的文字，向读者说话。此外，"新"诗不独是对他们说出他们前所未闻的东西；"新"诗是更为接近于他们的土地，更为密切于他们的心坎。惠特曼所邀请的"诗艺女神"，此刻已降临那个"较优美较新鲜较忙碌的地球，较广而新兴的领域"，其地的人民"正需要"她哩。

a "新"诗运动概论

文学界革命之举，从史家看来，也是常事。如果诗人喜欢发挥他的个性，表泄他的天才，描写时代精神或未来社会，他须需要自由。他有自由之权，去选用或创造模型（patterns），以表现其思想情绪；他有自由之权，去选用或竟创造，那种真能确切表现其意义情绪的"诗辞"（poetic diction），他有自由之权，以发表其个人的思想，或表现社会情状，时代精神，以及有关人类及自然的各种事物。如果他觉得老人所习用的模型"诗"辞，题材，不能满足他的需要，他当然要起革命，以求自由创作的机会了。他就要把那种呆板的（stereotyped）束缚他创作力的模型破坏了；他就要把陈旧的辞藻的修饰的"诗"辞废弃了；他就要把狭小的千篇一律的"传统的""封建"的题材肃清了。另一方面，他就要努力于建设创造的工作。

美国文艺复兴时，一般诗人的努力，就是要再造美国诗。一方面，将新英吉利派维多利亚派的残余势力推翻，将惠特曼的民主精神，及艺术特质，恢复起来，或者稍为异别而醇化之，将世界文艺，足资借镜攻错助兴者，广为翻译或述作，总期完成一个真能表现美国及时代精神的诗艺。在模型方面，他们有倡用自由体诗者。在这一点，他们是追宗惠特曼的自由体诗。惠氏最早的弟子和模仿者，是法国诗人，他的体裁，是由法而传至英，由英而回到美。新诗人中也有使用传统式的模型，如十四行诗（sonnet）、四行诗（quatrain）以及无韵诗（blank verse）者，但是各家的作风仍是不同，好像"新酒放在旧瓶里"，只要他们真能供给诗人以适当的表现工具。内有诗人曾听得扑罗文司（Provence）派诗人的抒情歌，曾研究早期意大利十四行诗及短诗的精致结构，曾精读希腊诗，曾欢迎东方作风者。心像派诗人除提倡自由体诗或称"无脚韵的音调"外，尚有实行"多音的散文"（polyphonic prose）者。在文字方面，他们提倡自然的朴纯的字，去表现思想，因此，他们可以真诚热烈地表现他们的情感。对于这一点，美国新诗人得着二种鼓动力。一是"色勒特的文艺复兴（Celtic Revival）"。爱尔兰文艺复兴健将夏芝（Yeats）说："我们要废去的，不仅是美辞。我们要剥去任何虚假的不自然的东西，我们要得到一种像言语的体裁，其纯简是像最纯简的散文，又像心声。"一是惠特曼的倡用新字。他说："我们必须有新字，新可能性的言语——一种可以表现美国的文字……新时代新人民当然需要新语文……他们将有这种新语文——在新语文未发达之前，他们将不会意满的。"在题材方面，新诗人觉到，人生一切情状，宇宙现象，都配做诗词方面合法而正当的材料。他们响应时代的精神，从实在方面去找一切材料，他们的见解也是变更了，他们的眼界也是扩大了，能见到前代诗人所不能见的东西。他们求知的欲望，也是增强了，所以他们有翻译或述作印度、波斯、天竺、中、日、德、俄各国诗文之工作。所以"新"诗运动，是趋于精神上模型上较大的自由，并是格外认识，伟大的诗艺是富有国际范围世界性的。

我现在姑把几个名辞的意义，以及心像派诗人所主张的信条，释注如左：

（一）节奏（rhythm）与自由体诗　新诗人中有不满意传统式节诗的韵律（stanzaic）的构造（metrical），而创有自由体诗。他们的宗旨，就艺技而论，是要使节奏的运用，能具柔适的变易性。节奏在诗艺方面，占有重要地位，故特提出，略述其本质，及其与自由体诗的关系。

节奏是较脚韵（meter）愈为亲切伟大而优美。脚韵意示测量，但是节奏则暗示行动生气，因为这个名词来自希腊古字，意谓"流动"。所以节奏为诗歌方面那种似浪流动的连续声音。人体的生存，也有节奏可按。如果血液循环的节奏有了缺点，则心部或已致疾病。人体节奏破裂，即足致死。我们的情绪，可以变换身体的节奏，使他或徐或疾或增或减。这种个性的节奏，是一种品质，属于种种习常的心地和情感，这种种习常的心地和情感，是为诗人于恬静中记忆得之，因而浸入于他们所作诗词的行动中。

这种个性的节奏，倒是一件真实的东西。各个诗人的节奏，是不相同的。节奏是精神的外形，精神是节奏的灵魂；彼此不能分离。"借尸还魂"的事，在人生实际上，是一件怪事，所以真正天才的诗人，当然不会摹仿别位诗人的节奏，以表现其情感思想及精神的。现代节奏，可说是个性的，因为他们是"机体的"（organic），有关于诗人本性的。

所谓"自由体诗的运动"有价值的地方，就是因为他系一种方法，去实验机体的节奏。当诗人做自由体诗时，他们过于重视机体节奏的价值，不将别种的节奏理论，来限制机体的节奏理论。有规则的回归重音（regularly recurrent stresses）是有帮助的价值，他们的价值，是拿他们的音乐，来降伏我们心中的实际家，释放我们心中的想像家；节奏能给诗型以结构上的均衡（structural symmetry），——这两种理论，常为许多做自由体诗者所忘却，或置之不顾。所以做自由体诗的作品，其可贵之处，是教授节奏的使用，须具有柔适变易性。

仅有少数诗人，能做自由体诗。许多下等的做诗者，类多不谙英美诗古体的均衡模型，又不能流利纯熟地写那种隔句押韵的四行诗。他们抓着自由体诗盛行的机会，大做其投机的作品，"鱼目混珠"，自命为诗人，以愚公众。但这是冒牌的诗人；他们只把长而清晰的散文句子，随手割成各种长度，纷乱地写在白纸上。这种把散文支离割断的诗句，当然没有真诗的音调，因为没有那种真纯诗情的提高力，去产生之。因此，这般诗匠不能永久维持读者的兴趣。许多最热忱于主张自由体诗的人们，许多学用自由体诗的能手，现仍回到使用那种较为均衡的模型，较为有规则的重音节奏了。

（二）心像派诗人对于节奏的观念和他们所持的信条　心像派对于节奏的思想，很是有趣，并且他们亦有写自由体诗者。在一九一四——一五年中,他们的著作和宣言,刊布于世。在罗伟尔一派的诗人,为三个英国人罗兰斯(D. H. Lawrence)、爱尔定顿(Richard Aldington)、弗灵脱(F. S. Flint),三个美国人为爱尔定顿夫人,笔名 H. D.,弗兰却(J. G. Fletcher)、爱梅·罗伟尔本身。最初的领袖为磅特(Ezra Pound)。下为他们对于节奏的理论,发表在一九一五年出版的《几位心像派诗人》(*Some Imagist Poets*)一书中。他们说,一个诗人应该:

创造新节奏——以表现新性情,——不应该去抄袭模仿旧节奏,因旧节奏,仅仅回响旧性情。我们并不坚持着"自由体诗",为做诗唯一的方法。我们为自由体诗奋斗,当他是一种自由的原则。我们相信诗人的个性,或能常于自由体诗中,优为表出,以较于惯例的习用的模型中。在诗方面,一种新音调,意含一种新观念。

他们的观念,即时引起批评家的喧叫。所以在一九一六年第二集《几位心像派诗人》一书中,他们就写了一篇序文,详释他们对于节奏的理论。自该集诗选出版后,这般诗人,各向公众解释他对于节奏的理论,各有独到而饶趣味的地方。心像派诗人可说是尽情阐明自由体诗了,但是精髓之点,可由上段所引第一次宣言中见之,尤其是这一句"在诗方面,一种新音调,意含一种新观念"。

因为心像派诗人,代表现代诗发展上数种趋势,所以现在援引他们在一九一五年所宣示公众的美术信条。这派诗人的主张,以为凡是诗人,就应该:

使用普通言语的文字,但须用确切的字,不是几乎确切的字,更不是全然修饰的字。

予以绝对自由于题材的选择。拙劣地描写飞机汽车,这不可算是好的艺术;优美地描写既往,这也不可说是坏的艺术。我们热烈相信,现代生活的美术价值,但是我们愿意指出,没有东西再像一九一一年的飞机为乏味陈旧了。

现示一个心像（因此"心像派"的名称产生）。我们不是一派画家，但是我们深信，诗歌应该确切地表显个别的细点，不应该写述笼统的一般，无论这种笼统的一般，是如何庄严而朗声。为了这层理由，我们反对了宇宙派诗人，在我们看来，这位宇宙派诗人，似乎规避他艺术上真正的困难。

著作坚硬明晰不糊涂亦不迂阔的诗。

最后我们多数深信，专注是诗之本质。

这几条原则，并不是新的，更不是革命的。心像派诗人，仅把这般废绝的原则，重新申述，他们说"他们真是一般伟大诗艺的主要原则，亦为一般伟大文学的主要原则"。但是许多保守派以及反动派诗人的批评，斥此种原则为邪说。然而，心像派诗人那种畏于类似"宇宙派诗人"的心理，或许常使他们规避人类普通经历以做诗的材料，并使他们过分着重感觉的写意主义（sense impressionism）；他们所主张"坚而清"的诗，有时或许缺少暗示的和音（suggestive overtones）以及富于感动力的内容，这种诗真是坚冷光泽如陶器了。

（三）多音的散文　心像派诗人亦有尝试一种模型，叫做"多音的散文"者，它是一个杂种的形体，介乎诗与散文间的作品。罗伟尔女士介绍他于美国诗中，她所著《铅姆犗兰特的堡垒》（*Can Grande's Castles*）表显她运用这种体裁，很是优长。在序文中，她说多音的散文曰：

> 在《刀叶片和罂粟花种子》（*Sword Blades and Poppy Seed*）一书的序文中，我曾说过，我由法国诗人保罗福脱（Paul Fort）的作品中，找得这种模型的观念。但使这种模型适宜于英语，我不得不把他多所变更，现可视为新的模型了。其中最大的变更，是在节奏。福脱的艺技，几乎完全是将有规则的诗段，散布于有规则的散文段落中。但在他诗歌中，却有一种暗示，使我相信，这两种模型，可以格外密切的调和起来。

对于多音的散文，第一点应该注意的，就是它的节奏，是无规则的，像散文的节奏大都是无规则的，但若诗人善用脚韵应音（sound echoes）以及诗句时，多音的散文就比散文具有更为流畅更为热烈的妙处。多音的散文又像诗一般，常用脚韵，并使声音平均。这真是多音的文体呀！但是多音的散文，不常给脚韵应音以一定的间隔，而且有许多脚韵应音，是精妙地隐藏真面目，因此难被认识，仅为诗之组织一部分罢了。要做这种模型，到那精美不生厌的地步，须有高超的技能。

b　新诗的精神

现代批评家，对于美国现代诗，是有各种不同的见解，每种见解，各有独到之处，可供读者对于现代诗认识之参考。一位英国批评家，穆雷（John Middleton Murry）的见解，以为美国诗，或许是太依靠了叙述的或戏剧的兴趣及骇人听闻的主义。恩脱慢亚（Louis Untermeyer）为美国批评家，并为诗人，兼做游戏诗文者。他的见解，以为现代美国诗是好的，因为它是直接从惠特曼来的；现代美国诗是好的，当它是真正时代性诗人的声音，这位诗人，快乐地广大地甚至疏散地，接受这个新世界的环境，社会的工业的新习俗，自由的新意识。罗伟尔的见解，以为美国诗是好的，或趋于好的途径；这种好的程度，是与诗人的作品，能否表现他对于社会的道德的"现在和此处"一种深刻的认识，以及诗人能否忠诚致力于美的成就，超脱于异国文学的势力，为正比例。爱肯（Conrad Aiken）的见解，以为现代美国诗，从其质量和公众兴趣而论，是异常康健，而富精神的诗；在这时期的美国诗，是充满了显著的能力、丰富的生产力、广博的范围、浓厚的色彩，以及文艺思潮的混乱。一般保守家的见解，以为现代美国诗的好处，就是在目前最不显著的东西——传统的诗歌，这种诗歌是优雅的、动情的、纯正道德的、温和理想的作品。

c　各派诗人概论

新诗人中，就其作风而论，则有新实写主义派、心像主义派、抒情派。新实写主义派诗人为鲁宾逊（Robinson）、福劳斯忒（Frost）、麦斯脱士（Masters）；心像主义派诗人为磅特、罗伟尔、爱尔定顿夫人、弗兰却；抒情派诗人为密兰（Millay）、替斯但尔（Teasdale）。就地域而论，麦斯脱士、林特散（Lindsay）、散姆特堡（Sandburg）为中西部勃兴的代表诗人。每派中各位诗人，自有特殊的质性。下文是将以上各位诗人予以介绍。至于中西部诗人中善于描写黑人生活的散兰脱（Sarett）、熏陶于艺术生活的爱理奥脱（Eliot）、富有诙谐人生观的诗人如斯蒂文司（Stevens）、崇我而喜讥讽的诗人如波顿汉姆（Bodenheim）等辈，概暂从略。

一 心像派诗人

这派诗人所揭示的信条，已于新诗运动中述及。提倡者为磅特，领袖为罗伟尔，最能遵守信条的文字和精神者为爱尔定顿夫人，最重色彩联想者为弗兰却。

罗伟尔（1874—1925）

罗伟尔女士，以她热切的探究精神，以她令人诧愕的多才多艺，著名于时。她是新诗运动的宣传家，亦是诗人。她介绍心像派诗到美国，尝试多音的散文，辩护自由体诗。她厌弃那种用疲的文辞。在她人格方面，我们可以找得一种感觉锐敏的美雅的女性，混合着一种男性的精力。因此人家常称她为诗坛的罗斯福。因她辩才之卓越，新诗运动深得其助。她的方法体裁诗风题材均甚优良，她被认为美国女作家中最是多才多艺的妇女。

她曾说："诗人须学习他的职业，像一个做细木工人同样的风尚，同样的吃苦……诗词应当存在，因他是创作的美……诗人常须找寻新画景，使读者觉到活力的思想。"她主张废弃旧的心像，旧的语句，艺术店存货；她宣说，好的诗词能为一种活气的热烈的艺术。她憎恨于使用诗歌，以教授道德观念；纯粹的为人之道，是不能系结在人生，或那般有教训式的诗上。她以为一个诗人，如把道德的格言，去文饰他的艺术，他就要降下地位；但是，如他能想到或认识经历事实中所含那种较深的意义，并于适当的地方，把这种意义应用到个人方面，这就不算错的。

她比其他心像派诗人，为格外能自觉，格外审量，格外有力；她愈多"看见"这个客观的世界,并且"看见"得格外完备,以较其他心像派诗人。她为抒情诗和叙事诗的作家。但在叙述历史的古传的个人轶事的方面,她格外能够发挥她丰富的天才和能力,她爱好色彩声调以及行事。她所做丰富性的叙事诗,是与她伤感性的抒情诗,对照得甚显。她畅用一己的想象、性情、学识等才能,去致力于诗艺。她努力于演讲及做诗,以传家风,但卒以心病而猝死。

磅特(1885—)

磅特,被许多批评家称为发动"革命"或"复兴"的一位诗人。他激起那种格外自由的现代的冲动性于诗歌中,他是推进这种冲动性的一个力量。卡尔·散姆特堡批评磅特的作品曰:"磅特为现代人士中,最能激动的新冲动性于诗词中",其理由是在他热烈的教授心——那种激励鼓舞领导后进的爱。他可算是有数感动后进的良导师了。他的方法,是激烈地破坏一般深根的偏见,但他亦激励每枝青芽的新生命。他的心智,是富有想象的创作的天才,使他表现例证及箴言,并供给世界以美诗。他须要成立一派,所以他聚集一组诗人,由他们方面,他使自己的势力逐渐扩大;现今的美国诗人,仍能觉到他的势力。

至于磅特反抗维多利亚派诗人文字上奢侈之热情,是从他研究中古时代扑罗文司的抒情诗而起。他那种翻译扑罗文司、早期意大利、衰落时期的拉丁以及中国等处文学名著之工作,是与他创作同时进行,因而分享他特殊的性质。近来他嗜好古时作家,所以他的作品,具有专门太过的色彩,他与文学组派,逐渐分隔,并与创造将来的种种势力离开。他的艺术,现不由人生方面,充实其活力,唯在古籍方面,借助力量,以进善其作品。

至于他已有的著作,在批评家看来,是有完善的美。他为诗艺界一个领袖,一位革命者,他可在文学史中占一位置;论他诗人的身份,亦可感动后期爱好自由体诗歌者的心坎。

弗兰却(1886—)

他是一位画家的诗人,一位风景画的诗人,一位丹青妙手。他的想象是锐敏于感觉以及思省世界上种种美的色相。他于诗歌中,咏唱他爱好地海天的神奇变化。他亦描写自然界种种色相,被居屋城市船只所限制所包围的情景。他由十一种色彩会唱(symphonies)中,表现他那般为崇美热忱所激起的沉思心像。他对于地球上万般色相,都生个人兴感之情。他说:"我是世界上的遨游者……我足须走到风神之乡……我愿独自外出,去享受幽静的快乐。"他具有灵敏的耳朵,去听字的和韵,以及音律的长短快慢,以完成他个性的节奏。

这位诗人虽是富有色感的特性,沉乐于描写种种情景,然而他于三集《心像派诗家》中出现之后,就致力于深奥的思想情感。他所做与人类格外有密切关系的作品如《林肯》一诗,是具有庄严的精神;《生命之树》是充满了一种感动人心的神秘主义;描写美国景色及个人所怀情感的诗是《花岗石和浪沫》(*Granite and Breakers*)。

希尔达·杜丽得尔(Hilda Doolittle or H. D.)(1886—　)

这位女诗人,被称为最富心像的心像派作家。这位新诗人,对于诗艺,是崇尚精确简括,个性的节奏,直接现示的心像,剥去一般无用的文饰。所以她的诗体,是像碑铭式的简括无华。她那种严肃的本性,为磅特的严厉训练所增强。她的诗歌,是富有希腊诗风。研究希腊诗时,她觉得自身无异在故乡,所以她于诗中显出这种同属的精神。希腊诗人常是户外的诗人,他们的神明就是造化的产物,是造化势力的人身化。女诗人所表现的精神上动机,是超脱文明的束缚,她为造化的骄女。她于《隐蔽的花园》(*Sheltered Garden*)一诗中说,"噫,抹删这个花园,忘记这个花园,在一个可怕的风神施虐的地方,去找新的美。"她鲜描写户内的生活,爱与憎,以及主观的情感。她的题材是描写人类心灵的经历及志气——她所写的花草树木石头风山是心灵冒险的象征,这个心灵是掷弃超越化醇平常人生的日事及情感。她的作品,具有石铜雕刻物的特性,好像是希腊花瓶或庙宇的一块碎片,虽为遗物,但甚可爱,并为一种不朽之美的精妙标记。

二　抒情派诗人

这般诗人,少注意到时代的精神、艺术和人生的理论,以及盛行于时的各种运动。他们仍唱那种生、死、花、鸟、时光、亿年之旧歌。他们所用的体裁,大多是旧式的,他们咏唱通常不变的人性大观,人生所有种种狂欢恐怖,以及世间人生之美和可怜。他们的诗,可说是无时代性的诗,任何时期,都可产生的。诗人中有女性的作家,也有男性的作家。现在我姑把二位女诗人介绍如左:

密兰(1892—)

密兰,女诗人,为现代年轻抒情派中最有才能者。虽她的作品是并不多,然而诗品倒很伟大,她唯一长诗《复兴》(*Renascence*)是作者十九岁时所写成的;这首诗为现代名诗之一,充满了少女时期的神秘感,富有真切的智慧,神圣聪明的惊奇心。她的心志,是要找寻真美善,尤其是美。她可说是九艺女神的骄女了。在她诗词中,读者可以得到清晰锐利透辟的心智,精妙热烈的想像力,恳挚的情感,以及灵敏的美感性。她全部的诗表示一个特殊可爱而力强的女性人格,她最佳的抒情诗,可为女子作品中最为丰富最为珍贵的诗品了。

替斯达尔(1894—)

这位女诗人,要于体裁最简单的抒情诗中,表现她的情感。她的抒情诗具有精妙优美的音乐,严格纯简的心像。她的节奏,并不是阔大的一种,而且她的题材,亦依照个人的情感为范围。读者觉得,在诗词的背后,是隐着一种直接的思想,清白的心地,但是诗的动机,则来自情感,而非思想方面;至于这种情感,亦发自普通人生的经验,并不发自那种接受的或反抗的心智热情。她的诗,能够表达一位优雅的女性,反映造化及人生之美,爱情的狂欢,痛苦和死亡的恐吓,以及一般东西的暂时性。她有一个音讯给读者,就是在那首《声》诗中的二句。她说:"寻求美——唯她是与人类同战死神。"

三 东部诗人

心像派诗人及自由体诗的作家,失于偏重艺技,抒情派诗人,失于偏重美术的孤远性;这两派诗人,鲜注意到美国社会的精神的组织;他们的艺术,算是较为纯粹的。现代读者,如要研究美国社会的精神的组织，他须阅读那种内容较为充实，见解较能代表社会，意义较为高深的艺术；因此他须赏鉴东部及中西部名家著作。至于东部与中西部之间，当有不同之处，这种不同之处，可由代表这两部的诗词中找得之。

代表东部的诗人为福劳斯忒及鲁宾逊二氏。他们的诗，对于政治社会方面实际情状，表示消极及保守的色彩。福劳斯忒退隐于乡村自然及自诉心曲的境况，鲁宾逊则致力于心理的分析，以及英国文学的境域，过其文隐者的生活。

福劳斯忒（1875— ）

劳勃脱·福劳斯忒虽为新英吉利的主要解释者，然他于一八七五年三月二十六日诞生于加利福尼亚三藩市。十岁时，氏父亡，氏母携子女回到氏家八世居住的罗兰斯（Lawrence）。一八九二年氏卒业于墨薛邱雪芝（Massachusetts）州罗兰斯中学后，就学数月于大忒毛户司（Dartmouth）学院。氏不惯于学校生活，并愿专心于诗艺，因此改就罗兰斯某工厂，当锭子管理员。其时他已经学做诗词；数首作品已经刊登于《独立》。但是他那种奇异而含有泥土味的诗格，不为主编者所嗜好，但氏继续做诗约二十年，不顾种种挫心的冷遇。

一八九五年氏与旧同学发爱忒（White）结婚。他做教师、制鞋者、周报等各种事业约有三年，在一九〇〇年居住于新海姆泼夏州豆兰（New Hampshire, Derry）做农夫。以后十一年中，氏勤奋农事，欲从坚硬石山的田地中谋生，但惜未能成功。他处身于清寂之乡，土地吝于供给诗人以生活；文艺界继续遗忘他的生存。氏于是要变换环境，故于教书数年后，即出售田地，于一九一二年九月，偕同妻子及子女四人到英国去。

在英时，氏遇着磅特及其他诗人，与他们相处有时，他把前所被却的诗，于集成后，交与一位英国发行家，翌年该本诗集，即行出版，名为《一位儿童的意志》，很受读者的欢迎。一九一四年，《波士顿之北》（North of Boston）出版，氏之声名从此大著于英美二国。一九一五年三月，氏回美国，居于新海姆泼夏州一个小山；一九一六年出版了《山谷》（Mountain Intervals）。从一九一六年以来，他教授于爱姆汉司脱

（Amherst）学院，其中有数年，氏教授于墨起肯（Michigan）大学。每年中他费去几个月于教育界，做"一种诗的发光体"，他有时担任短期演讲，其余时间，度其生活于魏忙忒（Vermont）田舍中。各大学各团体赠氏许多荣誉。《新海姆泼夏》于一九二三年出版，氏得潘力柴（Pulitzer）奖金。

《波士顿之北》出版后，读者承认新英吉利真正的诗人出现了。福劳斯忒所咏唱的新英吉利，并不是英国文学的区域：前期的新英吉利诗人，类多是模仿英国文人的作家，在精神上诗艺上，他们是受英国文坛的支配。福劳斯忒是与他所描写的孤寂田舍、多尘覆盆子、孤独人民、涸渴溪流，以及山谷，是同样的土著。他爱好实事的美，但是他不甘于仅说实在，唯求事实的真理。他是一位默静、安恬、同情的诗人，无论他的讥讽诙谐悲绪，都是染着温顺的色彩。许多人说福劳斯忒即是新英吉利。

《波士顿之北》据诗人自述，为"一本人民的书"。在这本书内，读者不独看见许多乡间人民，也能捉着他们的思想，听见他们说话的声调。他把邻人说话的声调节奏，醇而化之，所以诗本中人物的说话，可在纸上听得。这般诗品因为能够坚确地实现"一般诗词，是复发实在的言语音调"，所以能有迅敏的感动力。

此外，《波士顿之北》充满了种种背景，其活现的情状及戏剧性，是与其地的人民一样。他奕奕描写一座石墙、一座空茅舍、一棵苹果树、一座山、赤杨。这本书深为富有种种实在，更是富有种种精神的价值，因他那种最为具体的事实，都可做精神价值的象征。诗人所绘的景色，所写的人物，都是切近本地的；他们在这种实写主义中，正是根深蒂固的绘写出来。但是福劳斯忒并不是一个摄影家的实写派。他说："实写主义派是有二种——一种是供给一只多染尘土的蕃芋，以便表示这是实在的蕃芋；又一种则满足于一只刷清楚的蕃芋。我偏喜第二种……我看艺术为人生尽力的地方，是把一件东西，剥除到形体而已。"

至于诗人自传的作品，我们可由《新海姆泼夏》一首长诗中看出。这首诗，虽是描写诗人所处身的州，但就该州的特性而论，也就是诗人的特性。他所描写的州，为一个节俭、自吝、自尊、有定见、不妥协的州，这个州具有"各物的标本"，但是"没有很足的东西可以出卖"。这个州，是紧握着她的田地山脉，紧握着自己与纽约、意利诺（Illinois）、各姊妹州平等的州权，甚至于心中窃喜，以为自身较大邻为佳，虽她的身材是苗条瘦长。如果我们相信他的诗，那末福劳斯忒个人的态度当是一样。他或许对自己说："我是一个模范农夫，教师，旅行家，公民，诗人；我没有充分的东西可卖出；但我心的内部，也有几座山及山谷，又有一片小海，可以望过，并且我名亦著，我须继续前进。"这般态度亦合情理。凡有诙谐性的人们，须承认自己在宇宙界的地位，实是不甚重要；但是他也具有权利，去自植其重要于宇宙体统中为一分子。

鲁宾逊（1869— ）

鲁宾逊于一八六九年十二月二十二日生于埋姆（Maine）州海特太突（Head Tide）村庄，氏父原为米商，后在银行界任职。一岁时，氏家迁至近城轧特拿（Gardiner）。一八九一年氏进哈佛大学约二年，后以父病家贫，就此辍学谋生。一八九六年，氏自刊第一次诗本《急流及黑夜在前》（*The Torrent and the Night Before*），其时氏之人生观是："世界并不是一个牢狱，但为一个精神的幼稚园，在那园里，数百万儿童正用错误的木板，去努力拼出上帝。"一八九七年，他出版《夜中的儿童》（*The Children of the Night*）。

此后，鲁宾逊服务于纽约，以维持其生活，约有数年，一方面仍旧做诗不辍，故于一九〇二年出版《甲必丹克兰瓣》（*Captain Craig*）。但在一九五〇年，罗斯福总统因赏识他的诗才，委氏为墨西哥领事，氏不愿离纽约，罗斯福为之设法，在海关谋一位置；氏于一九〇九年，辞去海关职务，专心著作。在一九一一年，氏择定佳地于新海姆泼夏。从此度其暑假于别墅，但在冬季，氏则住于纽约，过他读书看戏的生活。他终身不娶，他为国家艺术文艺会会员。一九二二年，耶鲁（Yale）大学赠氏名誉文学博士学位；一九二一，一九二四，氏得潘力柴奖金。

鲁宾逊对于新诗运动的努力，是在他创用锐确的语句，明白清晰的言语。新诗所以能迅快成功，是因他不受传统的铺张扬厉的"诗辞"所束缚。新时代诗人所使用的语文，并不是下等诗人的文字，但为民众的语文。在平常言语中，新诗人又现出精力及平凡的奥妙了。鲁宾逊对于时代的贡献，就是他喜绘或同情的研究历史上传奇人物，以及他的邻人，内有许多人的生命，从世俗的眼光看来，是失败者。鲁氏对于失败者的描写，是一种深刻的反映，以对待他时代所崇尚经济的成功主义，残酷不仁的实效主义，以及成功主义。

其次，他具有探求真理、不息于询究、不甘于盲从的精神。他虽被人认为持着消极态度以对人生，但他的哲学仍是积极的；他的哲学是坚毅不挠的探求一个较深的信仰，一种较大的光明。这种哲学是在《甲必丹克兰鞨》一诗中表出："你只要凭你精诚，你就持着上进的左券；飞求真理，地狱定没有暴风雨来挫败你的飞腾，没有讥笑可以扰落你的忠诚。"

鲁宾逊深饶兴趣于人类失败的心理；他以恳挚同情的心智，去研究一般失败者。至于这种同情的心智，是被他好奇心敬畏心所感动，并为辣辛的诙谐所辉煌。他所描写的心理，是介乎精神上成功与失败之间的境地。他所注重的奋斗，并不是卑贱的但为英雄的奋斗，如果不全是英雄的奋斗，至少也是一般感觉锐灵的人们，努力奋斗于完成自身显明的命运；这种奋斗的结局，或则归于接受和妥协环境的要求，或则归宿于悲剧的精神反抗。至于诗人鲁氏所用的体裁，是叙述的体裁，是诗人自身做叙述者；但在较长的诗中，读者可得独话会话，人物于长话中透露其疑惑，或记载彼此的行动，这种长辞，并不为闲谈，但为浓烈光亮自表身世的谈话；好像一道爱克斯光，透入受苦者的心灵中，把他藏隐的根本神秘，泄露得清清楚楚。所以鲁宾逊的方法，是近乎心理学分析家的方法，他用自述的独话或会话，去打透表面上种种虚假，露出庐山真面目。被他分析的人物，站立前面，现出他们那副悲壮的美相。这种方法，有时是非常的简单，有时则精细分析，言繁辞长。

至于他政治见解，则是消极的摆脱幻象的见解，能深烛美国民主政治之肤理。他研究国人时，他的性情是含有讥讽的哲理的预言的风味。

他对于浮浅的民主政治，下一种警告式的询问：

你们是否把你们一切的本性品格，去付你们的所有物吗？

民主的答语，是透露贵族的气味：

少数人定须救助多数人，否则多数人将要堕落——依旧争论于那个喧哗的坟墓中。

他对于"群众为奴""刚厉为益"以愚民众而利少数人的陋习，深致其鞭挞：

那个最后的全体一致登了位，或可完满地整齐你的见地了；
那个可怜自卑的个性被废，倒称为自由为效能，别人将称此为地狱哩。

由此可见诗人爱护个性，崇尚真正的自由，不愿全体人民都变成机械化，而且一个民族的发展，亦全靠各个分子，凭他的个性，自由地忠诚地向着公共的目标走。

在《主人》一首诗中，除深赞林肯之为人外，他并批评美国士，不能认识像林肯一般伟大人物的高超人格；因为这般美国人，是以商人的眼光，去测验时代和价值。在《假神》一诗中，他把世间一切为人所造的假神或偶像，自说其心地："我们一般假神，是难免于死的，制造来专是为你们所杀戮的。"

在他得奖的名著《一个重死的人》里面，我们得有奇异的叙事和感奋的哲理。诗人以为世上是没有成功，失败为一般人的命运，心灵的高贵是以心灵尊贵性的失败所测量，不是拿心灵微小性的成功所能定价的。诗中主人奈许（Fernando Nash），是一位天才的音乐家，自败自负。在他死前，他觉悟到：

一种伟大的快乐告诉他，就是在热情、骄傲、大望、疑惑、忧惧、失败、悲伤、绝望之后，他能从苦难中达到安乐，这种安乐宁静，是超越理解的。

罗宾逊称赞这位英雄曰："这个人虽有种种弱点和过度，然他具有不可侵侮的优美品质，唯有死的火可以消灭之。他具有在精神上与伟大前辈感通的苦心孤诣。并且他怀着与前辈齐名并荣的热忱，他不被诈伪所限制，亦不被失败怨艾拯救所降服。"上面的话，可说是诗人的自道，因他亦曾经奋斗而最后获得胜利。

于鲁宾逊五十禧年时，诗人迈斯脱士赞颂他曰："就技艺专家而论，鲁宾逊是一位名家，就思想家而论，他是精妙而卓越的一个，就美术家而论，他始终能保持其信仰而不变。美国诗人景仰他，去奋斗努力于精神化美国，他现到事业成功之境，……"

鲁宾逊是一位怕羞而孤高的、思想及生活严正的、观察锐敏的、热心像百炼钢的人，他站在适当的不妥协的地位，是一位伟人、透彻的锐见的艺术家。有人称他为"美国文学界最所骄傲的人物"。他独自打辟径地，后起的诗人往往跟随他。

四　中西部诗人

中西部的诗是最能代表时代精神。这般诗人，是比较其他美国诗人为格外热切，格外活泼，格外本着少年的热忱，去握持世界的事实。麦斯脱士和散姆特堡为实写派诗人，为中西部一般残暴欲念以及美之史家。林特散是一位乐观者，咏唱美及纯良政治之二种福音。理哑那特（Leonard）俨然指出美国人对待黑人的种种横暴罪恶。散兰脱则离开时代中一切扰攘，注意到黑人的生活，回到过去的原始梦境，他独是浪漫的诗人。

至于中西部诗艺勃兴的意义，是有二种：第一种是精力，他们咏唱实际的人生，而离开摹仿的生活；第二种是美国精神的表现。他们不是藏书室般的民主家！他们歌唱那正在工作，正与资本家相战，正在骛高的美国，他们唤起华盛顿林肯的灵魂，来帮助成立一个新的实业的民主国。他们努力于实现美国美术化，努力于亲见美国的工作和游戏，亲见美国正像一般爱国志士所期望于她的。在道德方面，麦斯脱士及散姆特堡意愿一种格外广义的自由。他们不甚赞成清净教徒式的抑压，意愿情绪得到自由的活动。虽是他们的诗是有活气，颤动着实业的人类的国家的情识，这种诗词亦是剧烈的向上的革命的伟大精神（Titanism）之表现。

麦斯脱士（1869—　）

麦斯脱士于一八六九年八月二十三日生在铅姆散斯（Kansas）州轧奈忒（Garnett）。他为古时清净教徒及殖民先进的后裔。童子时，氏家迁到意利诺州，氏在诺克斯（Knox）学院求学，后在罗维斯顿（Lewiston）地方父亲办事处从父研究法律。氏与其父同做律师约有一年，后至芝加哥，做律师。

未到芝加哥之前，麦斯脱士已做有许多旧体旧题的诗；二十四岁时他已做有四百首诗，表显他的博学并露出艾伦坡、济慈、雪莱、史温朋的势力。在《斯博姆力外集诗》（*Spoon River Anthology*）出版之前，他的著作可说是次等的。一九一四年，氏著有《斯博姆力外集诗》，以《希腊集诗》（*Greek Anthology*）为先例。这本集诗，约有两百首，假定为死者自志的碑铭。他为中西部一个乡镇中死者自传其一生经历的作品。在他们开诚的宣露真相中，读者可以知道，有许多死人是互有关系的；他觉得自身无异于重睹那个乡镇。该乡镇所有种种诡谋伪善争斗磨难以及稀少的快乐都呈露于眼前。在这一个灰褐色的乡镇中，一般单调乏味的生活，一般主义的失败，一般求达较高目标的奋斗——都在这本集诗中总合起来。在这本集诗中，读者还可听见各种声调，各种心地，连诗人自己的也是在内。论起这本书的价值，确是很大。他不独专描写一个乡镇，就是中西部一般乡镇亦总合在内，因此他的含意是普遍的，是全部社会的剖面观。这本集诗出版后，销路极广，在数月中再版了又再版。读者却忘了麦斯脱士是把社会间种种鄙贱的欺骗伪善，泄露出来，因为他们深饶兴趣于见到他们的邻人，被作者暴露得体无遗肤。然而，如果麦斯脱士仅着重于该镇的幻梦，如果他过分重视那般不健全的琐事，他当要遗下一种奇观的失去均衡性的著作了。但该书能使读者从泞泥满足的地上，望着群星灿烂的天空，而结局于胜利的理想，因此他有不朽的价值。麦斯脱士的著作，是继续探求一把透达真理及洞澈人生的钥匙。

他这种要看人生到真处的热欲，促他做成《末日书》（Doomsday Book）。诗述一位二十八岁的女郎，叫做爱力诺·梅理（Elenor Murray）的，刚从法国看护欧战伤兵回美，然回后未几，即遭惨死。诗的情节是逐渐露出她生死的秘密，照着三十个人的见解：理想家、神秘家、玩世家、讥讽家、佛罗特派（Freudian）心理家、艺术家等辈。他们对于这桩离奇案子予以自由探究的精神，各自发表意见。验尸官则论断美国社会的弊病。该书是代表一种见解，表现人生片段，除对于伦理学及现代世界种种目的下一研究外，并努力于得到英雄生活的见解：英雄的生活，照麦斯脱士看来，是教一个人，须服从自己的根本情绪，一任社会如何来报复你。该书亦是描写民主国普通民众现代有力的叙事诗。

在一九二四年，麦斯脱士做有《新斯博姆力外集诗》，它的开场诗是《静寂的山谷》，诗人于此文中，表示其个人的感怀及希望。现在把它草译如左：

> 静寂的山谷
> 幸福的希望在何乡，
> 朋友的信心在何乡，
> 爱情的忠诚在何乡，
> 从未降临的丰乐在何乡，
> 人生种种悲伤在何乡，
> 那般不息的争斗在何乡，
> 那种变成泪的笑在何乡，
> 那枯燥长日中烘干的泪在何乡呢？
> 一般，一般都消灭在这个小山外的幽谷中！

他们的幸福是种在浅泥中,
那般幸福的根就干枯了。
他们的信仰是像水,
而苦楚的星就落在里面。
他们的忠诚是破了,像一个水壶,
又像一个乞丐的空杯,
直拿到双手瘫痪的日子。
他们的安乐来去像夏季。
他们的挣扎与欢笑是由静到响由响复静!
黑夜的声响是虽喊而实未喊,——
一般,一般都消灭在,并且拿到,这个小山外的幽谷中。

战胜战败现均逝去了;
诈骗信托现均无存了;
爱情的礼物现是没有了;
欢然接受怒然摈弃的东西各是没有了。
他们不再在这里追寻,
不再在这里愿望,
不再伤损,不再医疗,
不再计划,不再创造,
不再杀害,不再奔逐,不再淫欲,
不再嫉忌,不再贪求;
不再惊疑倒究吃食或节食,
否认或确说,
作或不作,
站后或冒险;
不在惊疑倒究行事而不顾,
或行事而思利;
或奋求心灵的真理。

他们放下尘世的负担在这个小山的脚下，
过此小山就是那静寂的山谷。
淳心的人们在何处，
赐给快乐的人们在何处，
蒙着慈悲的眼睛在何处，
显出真理的眼睛在何处，
一双起死回生的玉手在何处，
那对不会憔悴于亲吻的嘴唇在何处，
不出恶言的双唇在何处；
那般知道圣园秘密而表达于不朽文字
的爱憎者歌唱者梦想者究在何处呢？
他们是像白翼的鹭鸟
从海洋高飞到天空，
好像海浪的追逐鹭鹰，
而在天空的阳光中消隐。
一般，一般都消灭在这个小山
外的幽谷中！

那个定将关闭的地狱在何处，
那般定被打破的死神钥锁在何处呢？
……
寻求正义之举是在何处，
清流般的见景是在何处，
那个不需太阳的城是在何处，
那种永久的人生是在何处呢？
看吓！这般的希望是在这小山旁
村庄的我们，这个村庄是在
幽谷的这边吓！

麦斯脱士探究真理与人生意义的结果，是使他摆脱幻像，然而他仍旧信仰希望于他所描写的乡镇人民。他虽承认人类的罪恶，鞭打美国那种虚伪错误的文明，然而读者或许觉得这位诗人那副伟大的心胸，深挚的同情，以对一般备受磨难挫折的人类，当他们茫然行动于幻境中，被形形色色以及梦幻所激动。在最后公道的法庭前，诗人麦斯脱士是做一般被告者的律师，一面承受被告所犯的事由，一面辩护他们，为了他们处在永不停息的善恶美丑交战中所遭的种种悲痛苦难。

他作品的伟大深刻性，是在麦斯脱士能过热烈的生活，艰苦的思想。他的想像，好像是种种欢乐悲伤的战场——他所描写人物的种种情感，即是他自己的情感。他的中心哲学是：爱好民族，以及热烈探求幸福，和合理的愿望。他注重于尘世的路径，觉得幸福为充分的目的；超过这种密接的境界，就是神秘的辽远的地方了。他是一位实写派诗人，不惧于人生的丑陋，但是他的实写主义，是超过仅仅的实事，有限与无限对于他是同样的真实，同为梦境中稀薄的材料。他使诗中人说：

> 斯博姆力外，你可知道使人生为恐怖为惨楚的
> 究竟是什么东西呢？
> 这是由于大人与小人间的冲突，
> 小人想人生是真实的，
> 所以他们工作，节省，立法，
> 控告，兴兵，
> 大人则知道人生是梦，
> 尘世活动的大部分是
> 纯愚并为白痴的饶舌。

他屡屡歌颂人生——这件华服的幸福，徒然赠给人们，有许多人穿得很是笨拙的：

> 噫生命，噫无穷的美吓！——

现要离你，我知道你从不会被人充分钟爱过，
我愿以心灵的无上智愿，
重新活过你吓！

他在许多诗中，鞭打一种不可宽宥的罪孽，就是污辱人生的罪孽。宏大的机会以及我们蹉跎这种宏大的机会——成为诗人讥讽的材料。他又以锐利如金刚钻的文笔，去讥讽去鞭挞一般狭隘自是的乡愿，一般故步自封并阻碍冒险者以及自由、坦荡、光明儿童之途径的冥顽不灵家。在《新斯博姆力外集诗》中，他使盘姆斯（Emmett Burns）总结他对于这个大错世界的情感：

路过者，你可知道谁是最圆滑的阴谋家
谁是最优等的专制者？
他们是这般人，口说这是对的，这是错的，
登上他们所谓的权位，
于是拿法律去藩篱这种权利。
难道没有方法去打击这般浅薄心肠的人吗？
路过者，你跟随我：
你须少壮，须要智慧，
漠然于善恶，
以及他们所定的法律——
务求真理
而死！

在《安那·罗忒兰琪》（*Anne Rutledge*）一诗中，诗人现示人生为无穷尽的胜利的东西：

那种不朽音乐的声浪，
是从我这个无价值不闻名的人弹出；

"与人无恨，与世以仁。"
从我产生了数百万人对于数百万人的宥恕，
从我产生了那个正义真理满容的国家。
我是安那罗忒兰琪，长眠在这般野草之下；
为林肯毕身钟爱的情人，
不是由缔盟中与他结婚，
但是由死别中与他结合。
噫共和国吓，从我尘胸中，
愿你永远发扬无穷！

她与林肯的情史，为美国人所称传的佳话，此是一段伤心史。于她临危时，林肯在她病室中，深谈数小时，女之家人，都在室外。女死后，林肯悲哀异常，几至发狂，此后林肯一生行事，深受此段伤心事迹的影响。

这位歌咏美国史材的诗人，虽是讥讽美国及其人民，但亦热忱光荣他们的。他本大无畏的精神，恳挚的心怀，去描写他的时代，及地方上的材料。他的作品，是值得我们所赏鉴的。

林特散（1879— ）

范契儿·林特散于一八七九年十一月十日生在意利诺州斯拨灵费尔特（Springfield）。氏母为一位热心禁酒家。氏家住在意利诺州总督府之旁，故氏于著作之暇，时能由窗外眺总督之出入来往，其中有一位殉难的总督为约翰·批·爱尔翔替尔特（John P. Algteld），他为诗人的名诗所赞扬不朽。氏毕业于当地中学后，就学于海伦姆（Hiram）学院，于一九〇〇——一九〇三年间，研究艺术于芝加哥艺术院，一九〇四年则在纽约艺术学校。氏担任青年会教职二年后，于一九〇六年春季作步行之举，经过福罗立大（Florida）、乔其亚（Georgia）、卡罗林奈斯（Carolinas），宣传"美的福音"并计划他社会艺术的规略。此后他又步行美国各处，有一次到新墨西哥，有一次经过潘雪尔维尼亚，再有一次经越石头山。像一位真正振兴宗教家，氏努力于唤醒所遇者去注意美感。他歌唱、讲述、朗诵自己的作品，以易膳宿，他所散赠人家的小册子，是叫"换易面包的诗"。他的任务是，传布"美的福音"，使人民深悟"美的神圣"与"神圣的美"。氏心中所愿宣传的道理，并不是隘狭的美术节略，但是提倡那种融合阔大精神的民主发展的美国生活与各种美善成为一致的艺术。他努力把人民生活中最佳的质素，输入于诗中——美国人的政治宗教，工作，娱乐。氏以其诙谐理解热情节奏咏唱政治宗教工作娱乐于他的诗中。

氏于一八九七年起做诗，但在许多年中，只刊出小册子，鲜受人们的注意。然在一九一三年，氏出其《仆斯（Booth）将军进天堂》于《诗词杂志》后，声名遍闻于时。此后氏做诗多种。氏广游各地，在美国各大学吟诵其诗词，并作演讲，氏于一九二〇年，曾到英国吟讲。一九二五年氏才结婚，现住于斯巴克奈（Spokane），生有子女二人。

有一位批评家，称氏为"饶钹者，预言家，牧师，游行诗人，次等画家，诙谐家，民主主义信徒，并为美国文坛中最有趣味的人。当他朗诵诗词时，诗中所具乐队式的精彩，实无比敌"。他又说："在林特散名著中，我们找得二种性质的结合：就是求美的热情与求正义的饥渴。他那种仁慈的心肠，那副同情的丰富的想像力，使他得到领悟各种人物的心地。"

《仆斯将军进天堂》一诗，是描写将军坚毅仁爱的精神，救拔并率领世间一般贫苦颠沛残废堕落不幸的人们，于耶稣的血中，洗涤罪孽后，共进天堂。诗人林特散景仰仆斯将军之为人，于此诗中，他露出仁慈乐观而又诙谐的精神。至于诗韵，亦像乐队的音调。

林特散住居南部很近，故能赏鉴黑人的种种特性，他的艺术亦稍受影响——色彩的暗示，奇诞的迷信，振兴宗教的癖好，以及奇异节时的音乐。在《刚果》（The Congo）一诗中，他把这种种特色表现出来。"黑人的野蛮性"，"黑人的饱满精神"，"黑人的宗教希望"做他诗题的资料。在"黑人的宗教希望"一节诗中，我觉得帝国主义者文化侵略的势力浸漫于非洲，变换黑人固有的宗教信仰。该诗以飞鹰残啼着黑人固有宗教伤失的微声作结：

树林，动物，人类均是得救了，
惟有野鹰敢在明月孤凉深远的山间，
在寂静中喊出康哥的声调：——
刚果主神孟姆抱（Mumbo）瞿抱（Jumbo）将责罚你。
孟姆抱——瞿抱会责罚你，
孟姆抱……瞿抱……会……责罚……你。

在《中国夜莺》一诗中，读者可以找得东方的色彩和传奇，神秘感，声色动人的音乐，前尘因果的学说。那双栖在三藩市华侨洗衣商腕上的夜莺，于本诗的末尾时，好像是代替他主人的心灵，说述前尘的身世：

我现已忘记你所说的巨龙，
你那座已失的巍巍官门现是朦胧了。
我隐约知道故昔是有英雄，
有种种超乎心力所能忍受的困难，
深林中有豺狼
但在棚中亦有羊群
杏树顶上有鸟巢……
常青树……桑树……
人生，忙碌，快乐都是遗忘，
我只半懂时岁加上时岁……
人生是一捆火炬，不久即成灰烬，
五月六月，于是沉死的十二月，
沉死的十二月又到了六月。
谁能终止我混乱的梦呢？
人生是一个织机，织出幻像……
我记得，我记得
昔时是有各种可怕的面罗花编……
在那幽隐的亭台深处……

情人热烈满色的面孔
互相偎着
各诉衷情。
他们无穷地回响
在我心的红窟里面。
"爱人，爱人，爱人"，
他们彼此相说。
我想他们说危险是过去了。——
我想他们说安乐是最后到了。
我只记得一种东西：
"春是永远的前来
春是永远的前来。"

他的仁慈是无限不竭的，这使他不仅钟爱人类并且对于一般恶劣的虫类亦是慈悲为怀的：

我要一切活的东西，在他们自满中留存。
我不愿杀死一个虚荣的蚱蜢：
虽他吃破我衬衫一个孔，像一扇门。
我任他出去，给他一次机会。
或者当他在幻癖时啮我帽，
发出他的抒情歌哩。

他复富有同情性的想像，以对人类求美的欲望，如《爱力滕与魔鬼》(Aladdin and the Jinn)。他的慈悲心，普愿一般贫苦无告者，得到均等的机会，愿"露，雨，月光下降，以祝福人类"。他不愿世上有眼睛疲乏的人们。他说：

毋任少年的心灵窒息，

在他们做奇妙事迹和充分夸示自豪之前。
世界的一种罪恶，是他的婴儿变得愚蠢，
他的贫苦者，变成牛样，软柔而眼重。

他憎恨一般领袖人物，以神圣高贵的名义，去做种种罪恶。他们欺迫人们为狼为猪；惨杀战士于战场，使战壕中发出碎脑的臭气，使战士的神经脉管撕裂，那荒野黄金色的平原满种了躯肉。他们劫掠名城，使万户哭号使孩童亡命，使母亲喊出但愿速死的惨声。诗人林氏认这般行事为莫大罪孽。

这位斯拨灵费尔特诗人，是于林肯惨遭暗杀及俭葬在斯拨灵费尔特十四年后诞生。他由父老及林肯故居方面，深知林肯生时遗闻及其为人。故于欧战时他做有《阿勃兰很·林肯深夜中独行于踽踽》一诗，宗旨是在恳吁世界和平博爱，并描写美国及世界于欧战时所有那种不安宁的精神。林肯是一位爱好和平的人；他是美国最完美的民主家；他的精神，在美国人看来，是代表各民族各阶级间的同情，代表公道，代表坚决的正直，代表人生或资产虚耗的可惜。欧战既兴，美国亦参战，林肯不能安睡在坟中，觉得美国人民对于他的主义精神，尚不能宣扬而光大，而且人类尚不能实现世界和平博爱的理想，所以他在深夜中行走。"当生病的世界呻吟呼号时，他如何能安睡呢？……一般黩武者的罪恶烧着他的心……在他肩上，担着痛苦愚蠢伤心。""他不能安息，等到那种精神的黎明来临……谁会带下白色的和平，使他再能安眠于山坟中呢？"

诗人林特散所宣传的主义，是"美的福音"、"神圣的美"与"美的神圣"。他要使一般村庄，都成美的中心地，一般人民，都是美术家。他见到这个世界，是包藏了许多丑恶黑暗的势力，或可说他是被许多丑恶黑暗的势力所支配。这般势力，正压迫着一般人们，去崇拜唯物主义，去做拜金主义的信徒，去过机械化的生活，所以他抱着美化人生的宏愿；可是现在人生美化尚未成功，诗人仍需努力宣传吧。

散姆特堡（1873— ）

卡尔·散姆特堡于一八七三年正月六日生在意利诺州辩尔斯堡

（Galesburg）。氏父母为瑞典人，移居美国，教育并不高深。氏少年时，氏父作工于郆尔斯堡铁路工厂。氏求学并不贯续；十三岁时，氏工作于牛奶车上，以后六年中，氏做理发店阍人、小戏院布景移动员、砖场矮车手、陶器旋盘工徒、旅馆洗盆者、麦田收获帮手。这种种事业养成氏后来为工业美国的桂冠诗人。西班牙与美国战争时，氏从军于意利诺州第六步兵队，差遣到炮吐力高（Porto Rico）约有八月。战事告毕后，氏聚有百元，回到家乡后，进郎排特（Lombard）学院为特别生。

氏于一八九八年至一九〇二年中，求学于该学院，以担任该校司阍打钟帮教维持其学业。氏为校中篮球队长，并任学校月刊年刊主笔。氏与校中斐烈泼·格灵·拉忒（Philip Green Wright）教师相结识，加入拉忒所创立的"贫苦著作家俱乐部"为会员，该会会员诵读自己的诗文，互相批评。

毕业后，氏作旅行之举，并为公司经售人。一九〇七年至一九〇八年氏为威斯康新（Wisconsin）社会民主党一位地方组织员。一九〇八年六月十五日氏与斯戴钦（Steichen）婚。从一九一〇年到一九一二年氏为密尔何奇（Milwaukee）第一个社会党市长西台儿（Seidel）的秘书。到芝加哥城后，他为《芝加哥日报》新闻记者。一九一八年，氏旅行于挪威瑞典，为新闻联合社访员。返美后氏仍服务于《芝加哥日报》。

氏于学校毕业后，继续做诗，一九〇四年自刊第一集诗，约有二十二篇。十二年后，氏之天才方受文坛之注意。是年《诗词杂志》登载氏诗多篇，包括他名著《芝加哥》，氏获该杂志奖金。一九一六年氏出版第一全集《芝加哥诗集》，一九一八年《打谷者》（*Corn Huskers*），一九二〇年《烟与钢》（*Smoke and Steel*）。近年来氏的诗词都用自由体诗。

氏旅行美国各部，演讲，诵读自己作品，咏唱民谣，收集他《美国诗袋》的材料共有多年，该书于一九二七年出版。此外，氏作有儿童故事二本；一九二六年氏出版林肯小传叫做《草原时代》（*The Prairie Years*）。

一九一九年至一九二一年，氏获得美国诗社奖金的半数。一九二三年母校赠氏以名誉文学博士学位。一九二八年，氏为哈佛大学铅派（Kappa）诗人。氏有女三人，现居于意利诺州爱尔姆汉斯忒（Almhurst）。

那个伟大的中西部，是由散姆特堡宣说出来。他是钢厂屠牛场稻麦田草原繁密城镇旷地等等的大区域。这位诗人是代表工业美国的声音：《芝加哥诗集》《打谷者》《烟与钢》震唱着发电机那种洪大的呜呜声，打杂器那种绵缪的节奏，建造工人的闲谈纵笑声，现代机器那种伟大不息的精力。氏诗深得惠特曼的影响。

《芝加哥诗集》充满了激动性；他滚沸着直接的鲜明的诗，充溢着惊人的能力。氏的言语是纯简而有力；他自由使用俚语。因此抗议之声迭然兴起，说他是粗鲁而野蛮，说他的作品是丑陋而失真，说他的语文是不优雅，不适宜于诗。然诽谤者忘却散姆特堡之所以残忍，是当他描写那种残忍的情状，他那种粗俗的言辞，是因他极爱人生；他那种激辣的责骂，是本他健全憎恶虚假的结果。在他弹丸式字句的力量后面，是燃烧着他极大怜悯的热爱，他那种神秘感的爱情，是超过他憎厌罪恶的精力。

他有那种无敌的不移的系土精力，像一大块花岗石，显出那历经风雨的表面于泥土之上。像这块大石，散姆特堡具有慈和亲密的爱，以对一般温柔生长的东西——草茵，苔菜，花卉，儿童，受苦者。他描写地球及生命的可爱性，他深切同情的怜悯一般"贫苦者，忍耐而操劳"，敲门后的儿童，战壕中流血的兵士，这般无告者的痛苦使他悲伤得很。

他深知芝加哥，而《芝加哥诗集》给示读者以该城的写真。他可以看见该城及其人民、街道、公园、阔湖以及沙阜，被这个艺术家绘写得有声有色。至于《打谷者》则描写诗人诞生的西部意利诺乡间风景，描写他曾经搭车的铁道，逗留过的逆旅，做短工作时曾经认识的劳工儿童妇女马畜。读者可以想见那种五谷满地的草原，荡动着像海一般，并且这种草原产生一般纯朴而忠事田地眼界广大的农夫。《烟与钢》描写工厂工场中情形，其主要动机，是注重于人造的机器，与机器造成的人。该书格外剧烈地着重于描写一般憔悴瘦弱的人们，他们离开了合法的人权，不能享受造化及艺术这两方面丰富而美的生活。

上面三本诗集，诚是一种史诗，给读者一个很中心化区域的故事。

诗人所用的方法，可是抒情的。读者可由此三本书中，觉到一种真切深挚的爱情，做中心的动机——就是诗人钟爱那草原的乡村，草原的城镇，以及一般操劳辛苦的人。这种爱情，使他的诗词具有丰富性。

现在我草译他《篱笆》一诗，以见诗人认定自然及时间为最伟大民主家之用意：

> 现在河前的巨座落成，工人们
> 正动手做藩篱。
> 杙篱是铁条做的，配以钢尖头，
> 他们能刺死任何倾落在上面的人。
> 藩篱真是杰作，可以关出暴徒
> 流氓饥民以及寻找游戏场所的儿童。
> 除死神雨露以及明日之外，无物
> 可以经过铁条的钢尖头。

又草译《承雷口》(*Gargoyle*) 以见诗人对于工业的象征主义：

> 我看见一只嘴嘲笑。溶化的红铁流满在嘴上，那嘴的笑声
> 充满了钉的急鸣。这是小孩所梦想的嘴。
> 一只拳头打击该只嘴：礟铁的绞关节被电腕电肩胛所
> 驱赶。是小孩所梦想的臂。
> 拳头打嘴，打了再打。
> 嘴流出溶铁而笑他钉声急鸣的笑。
> 我看见拳头捣击得越多嘴笑得越甚。
> 拳头是继续捣击，嘴则不息的回应。

> 我宣扬新城市新人民
> 我告诉你已往是一桶灰烬。
> 我告诉你昨日是已降的风，

是一个西沉的太阳。
我告诉你世界上没有别物
惟有许多明日的汪洋
惟有许多明日的天空。

上面这段诗是卡尔散姆特堡所抱的宏愿。现在他正年富力强，我们日后定能多看他的汪洋与天空呢。

结 论

现代美国诗，可说是已超脱了模仿的殖民地的时期，而到精壮复杂优美的实验时期了。有人说，现代美国诗，是缺少前期文艺复兴时代那种清明醇朴的美。但是我们如果知道，有一部分的美国"新"诗，是一种反抗的文学——反抗丑恶，反抗机器化的进步，反抗标准化的"成功"，我们才能了解并且鉴赏他的质性。现代美国诗人，已重定诗艺的中心点，再向着实在看；他们从实在方面，创造新的美，这种新的美，是与新真理同行的。许多男女诗人，风会云集的涌兴，唱歌他们对于时代的见解，代表新时代的精神。总集他们的作品而研究之，这无异于观览一幅描写美国生活思想事业风景的华美绣幔。描写黑人生活及特殊精神的作品我们可以找散兰脱的诗及泰兰（Tally）教授所采集的《黑人民谣》（*Negro Folk Rhymes*）、琼孙（Johnson）所汇集的《美国黑人诗集》（*The Book of American Negro Poetry*）。描写民间生活的歌谣，可由罗马克斯（Lomax）采集的《牧童歌及其他疆界短歌》（*Cowboy Songs and Other Frontier Ballads*）、《牛迹及牛帐歌》（*Song of the Cattle Trail and Cow Camp*）以及散姆特堡的《美国歌袋》中见之。描写并同情于一般被压迫民众的诗文也是繁多；如麦克很的《荷锄头者》、哑攀海姆的《奴隶》、路易·恩脱慢亚的《铅烈朋在煤矿中》、散姆特堡诗歌的一部分、许发（Schauffer）的《地球上的贱民》（*Scum of the Earth*）等等。妇女界的生活思想见解可由数十位女诗家的作品中见之。美国的高山、巨海、湖泽、草原、田野、繁市、高耸云霄的巨厦，读者亦能由弗兰却、散姆特堡等辈的作品中探求之。

其次，文学像人生，是人类心灵的表现，而作家的心灵是读者最有兴趣的东西。至于研究现代美国诗，我们不独是要了解美国社会情状，人民生活，民主精神，实业势力，自然景色，人物理想，以求我们对于美国所有种种真善种种虚假种种丑恶种种美点的认识；并且要与表现这般东西的作家，做精神上的朋友。他们各本特性及教育，对于时代的问题，人生的究竟，自然的美怖，社会的情状，作一个真诚的贡献。所以除了研究诗材之外，我们可得各种精神上的朋友，探求各个作家的性情人格，这是何等饶有兴趣的事吓！

现代美国诗，就其质量及作家而论，可说是很健全，值得我们研究而欣赏的。

编者按：该文作者为朱复，原载于《小说月报》第21卷第5号第811—839页，1930年5月10日出刊。该文是现代中国最早全面论述美国现代诗的文章。作者将南北战争视为美国现代诗的起点。但下一篇选文——邵洵美著《现代美国诗坛概观》，却将1912年《诗》杂志的出版视为美国现代诗的开端。

七　现代美国诗坛概观

前　言

　　讲到现代美国诗歌，许多人都从一九一二年《诗》杂志的创刊说起。他们承认恢特曼（W. Whitman）的《草叶集》是为他们播下的新奇的、自由的、又有力量的种子；而对于以前的一般抒情诗人，却只有讥讽与指摘。他们觉得郎弗罗、爱麦逊等不过是英国维多利亚时代诗人的应声虫；雪莱的赞美便是他们的讴歌；济慈的忧郁便是他们的悲伤；丁尼孙的眼睛对着的所在便是他们命运的方向。他们觉得这般诗人非特没有可以表现的个性，并且还缺乏观察的能力；对于自然是完全隔绝的，所有的感兴都从书本中得来。只有恢特曼，才是他们的诗父、先知、前驱、革命的英雄，和灵魂的解放者。

　　但是我却用另一种眼光来看。我以为一个伟大的成就，决不能单靠着反面的工作；破坏并不是建设的母亲；解放以后，我们仍旧需要着一种秩序，而一种秩序的获得，背后犹免不了一番苦工。我以为一般人所取笑的那个美国诗的模仿时期，却正是他们走向最后光荣的正当过程。美国的历史是这样短，他们并没有什么"文学遗产"可以继承。于是这一般诚恳的祖宗，凭了他们多少年的经验与学问，一方面尽力把英国诗的精华选择与模仿，俾能得到一部酷肖的副本；一方面又尽量把古典的名著移译与重述，以充实这一个完美的宝藏。一八六七至一八七二的六年中间，他们已把但丁的《神曲》与《新生》、荷马的《依利亚特》与《奥德赛》、歌德的《浮士德》等完全译出。以后几年，政治陷入紊乱状态，另外一般诗人如台勒（Taylor）及吕德（Read）等便开起门来在技巧上用工夫，完备了新诗创造的一切工具。

所以恢特曼也不是个偶然的产物；他虽然从书室里跑到了田野中间，他虽然用自由与粗糙的词句代替了严密与柔和的格调，但是他的精神与素养仍旧遥远地和先拉斐尔派一般热烈的诗人相呼应。他不过是情感更热烈，思想更敏锐，所以当异国的弟兄尚沉醉于美的追怀时，他已在歌颂着平凡的伟大了：

> 我相信一根草不见得比不上星辰的伟大，
> 一只蝼蚁，一粒沙，一个鸟蛋，也和它一样完美，
> 这一头癞虾蟆也是上帝的杰作，
> 这连串的黑带子也尽可以拿去点缀天堂。
> 我手上的关节可以使一切的机械失色，
> 还有这条牛，低着头吃草，胜过一切的塑像，
> 而一只小老鼠的神奇可也能够叫人信服造物的万能。

我们知道这般诗人都是纽英兰的居民，眼前是一望无际的平原，向远看，一枝草尖可以碰到天顶，因此他们的精神更活泼，思想更自由，气量更宽大，见解更透彻。纽英兰的经营渐渐向西发展，诗人更感到宇宙的浩荡与希望的无穷。东西方居民的会面，也便是东西方文化的携手，恢特曼的歌唱这时候已得到了各处的酬和了。

于是我们有了赞美田园的佛罗斯特（R. Frost）、叙述故事的鲁滨逊（A. E. Robinson），以及记载民间生活的马斯特斯（E. L. Masters）。《诗》杂志由门罗女士（H. Monroe）集资私人出版，诗人便像花蕾等到春天，满园开放了。因为早先已有了健全与完美的准备。所以新的思想、新的格调、新的辞藻、新的形式的出现，竟像是一种自然的现象。

知道了美国诗歌过往的历程，我们便可以明白现代美国诗歌必然的趋势。

《诗》杂志出版以来，陆续发现了许多新的诗人。这些新诗人里

面，虽然同样地采取着自由或比较自由的格调，但是各人有各人描写的对象；各人有各人走向的目标；同时，各人也有各人对于时代的反应。为了叙述上便利起见，我把他们分开在六个小标题下来讲；也许有人会说我太主观，但是也许有人会喜欢我这种方法。

乡村诗

  我不把乡村诗依了习惯叫作田园诗，是因为后者染着一种浪漫的色彩；容易使人误会到理想的成分要多过现实。我所谓的乡村诗，换句话说，可以叫做平民诗；不过这平民是乡村里的平民。因为在这些诗里面，描写的是乡村里的人物，景地；而同时又是用乡村里所能了解的语言写的。

  这一类的诗，我们可以把鲁滨逊、佛罗斯特、马斯特斯来代表。他们的生活和乡村的接近，当然是使他们有这种倾向的重要原因；但是他们革新的精神，却更是我们所要注意的地方。我们知道，在他们以前，恢特曼早已对因袭的辞藻表示了厌恶，他要从平民中间去发现诗句。他曾喊出：

  凡是最平凡的，最鄙陋的，最亲近的，最容易的，便是我。

  但是他所成就的，不过是论调的狂放与格律的自由。他运用的辞藻虽然已比较显明，而所谓平凡、鄙陋、亲近、容易，却仍旧没有达到。他的诗歌虽然能叫更多数人感动，但是仍难使简单的平民了解。鲁滨逊、佛罗斯特、马斯特斯等便是继续了他未完成的工作。

  这三位诗人并不生在一个地方，预先也并没有商量过一定的计划，但是他们的工作却似乎有了很适当的分配。

  鲁滨逊所专长的是人物的描写与性格的表现。他的通顺与浅易的词句中所流露的是真实与生动。这人物是乡村里每天会碰见的；这声音笑貌是他们每天会听到的；这一举一动他们也早有了熟悉的印象；所以这首诗是活的，是属于他们的，他们认识这里面有他们自己，有他们的朋友与亲戚。

  我们要举起例子来，随手便可以得到，因为他的诗几乎每一首都是一样的真切与透彻。譬如他的《米尼佛·季维》中的几节：

  米尼佛·季维，专爱埋怨的孩子，
  诅咒着季候，他的身体消瘦；
  他悲伤他竟会诞生世上，
  而他总有他的许多理由。

  米尼佛爱慕着那过去的时代
  利剑的辉耀与骏马的驰骋；
  一个勇敢的卫士的幻象
  会使他快乐得足蹈手舞。

  ……
  米尼佛·季维，诞生得实在太晚，
  他抓一抓头继续地冥想；
  米尼佛咳一咳嗽，说这是命运，
  他继续地喝他面面的黄浆。

  假使我们走到乡村里的小酒店中，这一种追慕着过去，诅咒着命运的米尼佛是时常可以见到的。单看这全首里的三节，一个平凡的人物已活跃在纸上，这便是鲁滨逊技巧的成功处。

  他的诗，富有戏剧的力量，这也许是更能感动人的原因；他诗中的人物，不只是有形状，思想；简直还有声音与动作。他知道怎样可以提高读者的兴趣，怎样可以指使读者的情感。所以他后期的诗歌，便倾向于长篇的叙述；亚塞王的故事，是他最喜欢的材料。他并不改动情节，但给予每一个人物一个新的生命，一个明显的性格。这些古代的英雄与佳人，第二次得到了血和肉；不是和我们一同生存在社会里，只是有声有色地活现在我们的舞台上。他知道怎样选择题材，来表出生活的空虚与内心的苦闷；所以他有时虽也受些白郎宁的影响，但是对于人生的观念却完全相反：一个觉得宇宙间是充满着甜蜜与光明，一个觉得宇宙间是散布着痛苦与障碍，于是他所抱的态度便只是——

> 他曾像一个乐天的罗马人向前走去
> 尽使这道路上铺遍着苦痛与恐怖——
> 或者，他也曾提到了女人迅疾的论调，
> 诅咒上帝而死。

佛罗斯特是一位更深沉的诗人。他也写实，但是他的着手处和鲁滨逊的恰好相反：对于后者的动，对于他是静；后者的热是他的冷；而后者紧的地方，却正是他宽的地方。鲁滨逊要描写的是人物，要表现的是性格；而他所要描写的乃是景地，所要表现的乃是情致。假使鲁滨逊的诗是电影，那么，他的诗是图画。我不说他的诗是照相，因为他是一位艺术的写实诗人。他自己曾经解释过："写实主义者有两种典型——一种给你看的是带泥的山芋，证明这是真的；另一种给你看的是洗净的山芋。我自己以为是第二种……我觉得艺术对于人生的工作是洗涤，要使形式显露出来。"所以他的土白是提炼过的。他的随便处，正是他的严谨处，试看他的《田园》一诗：

> 我是出去理清那田园里的泉流；
> 我只要去把几张树篮子拿掉
> （也许我要等到水完全干净）：
> 我去得不会长久。——你也来好了。
>
> 我是出去牵回那条小黄牛
> 它站在老牛边上，它真是小，
> 老牛把舌头舐它，它会立不稳。
> 我去得不会长久。——你也来好了。

轻淡的描写反而表现出缠绵的情致，这是一首最纯粹的诗。所以一般批评家都把他放在鲁滨逊的上面；后者虽然能运用自然的题材，但他却能领悟自然的真趣。便因为他理解的透彻，于是景物的描写时常澄清得变成情感的抒发；一般人对于他的欢迎便不及对于鲁滨逊的热烈了。但是纽英兰特殊的氛围却将在佛罗斯特的诗中永垂不朽。

没有鲁滨逊的热烈的情感，没有佛罗斯特的空洞的哲学；用详细的观察、忠实的笔法，去记载当地一切风俗、习惯、生活的是马斯特斯。他不想讲什么故事，也不想显示什么神秘，他只去把村妪恳切的谈话、农夫简单的念头或是街巷里飘来的一些声音，写成诗。地方色彩与乡土风光使一切人都明白了平民生活的真相，田野间的伟大。这一种介绍的劳绩，都应当归功于马斯特斯的《匙河诗集》。《匙河诗集》出版于一九一四年，史丹特曼（Stedman）正提出所谓美国诗的复兴运动。"除了恢特曼是我们的正宗，"马斯特斯在一篇文章里说，"美国没有需要复兴的诗。"所以这个运动并未给这般诗人多大的影响；但是在另一方面，新的试验已逐渐被一般人所认识。《匙河诗集》便被称为一部划时代的作品。

城市诗

机械文明的发达，商业竞争的热烈；新诗人到了城市里。于是钢骨的建筑、柏油路、马达、地道车、飞机、电线等便塞满了诗的字汇。

"以前的诗，音调与情感，都是温柔的。现在的诗是坚硬的了，有边缘，又有结构；又有一种勇敢的突出的思想的骨干。诗人已不再以催眠读者为满意；他要去惊动他、唤醒他、震撼他，使他注意；他要威逼他当读诗的时候要运用他的心灵。"（梵·多伦 Van Doren 为《得奖诗选》序十二—十三页）。

所以新诗人的文字是粗糙的，题材是城市的，音节是有爆发力的。他和读者的关系，是人和人关系；他已不再是个先知，也不再是个超人；他不再预言了，他只说明；他也不再启示了，他只广告。

这一种大锣大鼓的宣言，当然未免过火。生吞活剥地采用新的字眼不能便成功新诗。法国的新诗人高克多（J. Cocteau）也说："一个天才吞了火车头，会吐出来些神奇的东西；但是平常人吞了火车头，吐出来的仍是火车头。"

城市诗的前驱，商业美国的代言人，以《支加哥诗集》成名的桑德堡（C. Sandburg）也始终没有像上面那样炙手的喊叫。不错，他的文字是简单的，音节是有力量的，他引用俗语，给人一种鄙陋的印象；但是，我们要知道，他是生活在这一个时代里，而他是在表现着这一个时代。

况且即以他的那首《支加哥》来看，一连串的粗俗的字眼都安排在他们最适当的位置。假使把梅司非尔（Masefield）的《货色》里的象牙、孔雀、金刚钻、香料，放在这些杀猪屠、造铁器的、堆草的一般人的旁边，我们一定会感觉到前者的病态，与后者的康健。这城市是充溢着罪恶，他便也出之以鄙俗的口吻；他诅咒，他了解。

桑德堡本来是一位技巧极成熟的抒情诗人，他的《十条诗的定义》仍旧说"诗是启示"——

八　诗是一个幻形的抄本说明那些虹是怎样创造的与他们为什么要消逝。

九　诗是玉簪花与龙干的调和。

十　诗是门户的一开一闭，让一般张望的人去猜想在那一刹那间他们看见的是什么东西。

但是他已经得到了新的启示了。我觉得《支加哥》诗中，非特是新的题材，新的字汇，更有极完美的新的技巧。在开首的五行里，表示出这城市的鄙俗与复杂；接下是许多长的句子，使我们直觉地感到他的怒恨的申诉与痛快的咒骂。于是来了一位懒汉，四个分行排的形容字使一个可怕得像是挂着舌头要咬人的狗的懒汉变得更可怕。紧接着的六行中，一共有九个"美"字，一张悲惨地狞笑着的脸便活现在我们眼前。这种生动的表现法是旧诗中所没有的。新诗里更有专用排列的形式来暗示内容的，我当在后面详细地论及，这里不说了。

桑德堡的成功当然得力于恢特曼的地方不少；但是，技巧方面，他是显然地进步了。

正式地描写城市与讴歌机械文明的却是哈德·克兰（Hart Crane）。他写铁桥，写工厂，写发电机，写飞艇；他又叫飞艇有了生命，叫发电机有了思想，叫铁桥有了性格……但是他并不是模仿浪漫主义的技巧，把一切无生物来人化；他创造矿质的灵魂。

在《桥》一诗中有关于发电室及工厂的紧张的调和：

> 这电气哼出来的怨声驱使着一个新的宇宙……
> 无数的涌起来的柱子在黄昏的天空追踪，
> 在那庞大的电气室的朦胧的烟囱底下
> 星辰刺眼以一种尖利的阿木亚的代名词，
> 许多新的真理，许多新的讽示在发电机的
> 天鹅绒的欺骗里，皮带又在疯狂地拨弹……

他又有诗句，说明飞艇的高翔的经验：

> 迅速的旋转，羽翼脱出了银色的小屋，
> 紧张的马达，咬破了空间，汹涌到天上；
> 穿过闪耀的太空，展开着，夜不闭眼，
> 羽翼剪断了最后的几丝光亮……

这些服务的怪物，他们郁闷的发泄与反抗的暴力都被人类所利用了。城市中充动着动、力、伟大的形式与错综的颜色，暗示着大毁灭的革命：诗人的兴奋，是这群惊天的兽类的供状。

抒情诗

并不是因为太新的形式不适宜于抒情，但是有许多诗人情愿运用着旧式的体裁；一半也许是因为他们对于传统的格律已经惯熟，一半也

许他们以为习闻的韵节更容易拨动一般人的心弦。在英国有台维斯（W. H. Davies）、霍斯曼（L. Houseman）等；在美国也有爱肯（C. Aiken）及蒂丝黛儿（S. Teasdale）、魏丽（E. Wylie）一般人。他们相信旧瓶子可以装新酒；他们又觉得故意要使形式显示新奇的时候，会把诗意打断：抒情诗像是轻烟，又像是香气，你不能使他的活动有一忽的静止。但是时代是决不会忽略这般诗人的；这般诗人也能深切地感觉到这时代的变迁。这是一个转动的时代，同时也是一个更可以肯定的时代；所以他们的调子比以前更活泼，同时又更是直线的。这当然又是现代美国诗中的一种典型。

像爱肯和魏丽，他们在十七世纪中是经过一番锻炼的，这里有纯净与透明的意味；尤其是前者的作品，几乎变成音乐了。但是他的音乐和史文朋（Swinburne）的音乐是不同的；他不会挑拨人的心思，而会迷醉人的灵魂，他不会叫血肉颤动，而会叫花草低头。他们爱好纯净与透明，不能不说是他们要使这一个复杂和烦躁的时代得到一种相当的调和；但是现实似乎变成了空虚，热烈的情调变成了冷淡的忏悔。

所以这些诗人里面，我总喜欢蒂丝黛儿，她并不向克劳叟或是韦白士脱的词句里去接受感化，而同情于狄更孙（Dickinson）及李丝（L. Reese）两大美国女诗人的系统。前者和英国的罗瑟蒂兄妹同时，但是生前没有被人发现；到了最近，竟使一切诗人惊异她的力量，而感受她的影响。他们词句的含蓄和意像的丰富，读者谁都会感觉到这是两库蜜饯的宝藏。在种族上，在性别上，蒂丝黛儿和他们都是一样的；所以她的诗便十足表现着美国女子的最可爱处：他们丰富的情调，他们饱满的线条，他们自由的意志，他们透明的幻象。她曾在一部诗选的序里说："虽然恋爱这一种情欲经过了多少年没有透穿的变换，但是我们对于它的观念却变换了，而且是高速度地变换了。这一种新观念的成立，可以推源到女子经济的逐渐独立及教育的平等，以及使一切情感理智化的那种普遍的情形。"恋爱本身不变，但是人们眼睛里的恋爱是变了：这是现代抒情诗的最好的解释，同时也是用旧格调写新歌词的最好的理由。

我问这满天的星斗
把什么来给我的情人——
它拿沉默来回答我,
沉默的高深。

我问这黑暗的海水
渔翁去打鱼的地方——
它拿沉默来回答我,
沉默的渺茫。

啊,我可以给他哭泣,
我也可以给他歌唱——
但是,我怎能给他沉默,
生命是如此地悠长?

从这首诗里,我们便可以明白现代的女子已不惯沉默了;她们要的是动作、声音与光亮。在蒂丝黛儿诗里,这三样东西全有;她技巧的成熟,使我们不想要求格律的自由。所以这一派的抒情诗,在现代诗里,仍占据着一个很光荣的地位。

意象派诗

要动作更自由,要声音更准确,要光亮更透明,这是意象派诗(Imagism)。意象派是一个有组织的诗歌运动;这在英美是不多见的,英美没有分学派的习惯。即从这方面看,我们便可以知道,他们是除了希腊、希伯拉等以外,多少还受着法国的影响;而高蹈派(Parnassians),尤其是象征派(Symbolism),是给予他们启发及参考的。

要说明这一个诗派的源流,和它运动的经过,自身需要一篇很长的叙述;在本文里,我不想使史实占据太多的篇幅。但是这一个运动是如此地有趣,它和现代诗有如此密切的关系,我不得不先约略说一说它的主义,它的哲学背景,然后再论到这一派的诗。

正像高蹈派和象征派一样,他们是反对放诞的浪漫主义的。在理它不能算是美国的运动,但是因为这运动的创始人里面有一半是美国诗人,况且这个运动在英国当时只有少数人的附和,而在美国则竟引起了极大的波浪,所以我暂时把它归给了美国。

最活跃的当然是邦德(Ezra Pound)及艾梅·劳威耳(Amy Lowell),但是他们的元首仍应当推举休姆(T. E. Hulme)。休姆是英国人,哲学家,他死得很早;不过他留下的一些残稿及五首短诗,却尽足以代表这个运动的哲学基础及作品的典型了。他痛恨浪漫主义,他说:"自从他们把神的'完美'介绍给人类,人与神的分别便模糊了。"

我们可以称他是一位新古典主义者。他在一篇短文,曾说明浪漫主义使人得到一种空浮的影响,及古典的真义:

> 古典作品里的坚硬对于他们(一般读者)只能引起嫌恶了。不是潮湿的诗已不再是诗。他们不懂正确的描写是韵文的一个正当的目的。对于他们,韵文总应当带来些不着边际的字眼的情感。
>
> 对于一般人,诗的要素是在领他们到某种疆域以外。近情的与确定的对象的韵文(如济慈诗中有的),他们也许以为是很好的写作,很好的技巧,但是他们不承认是诗。浪漫主义败坏了我们,使我们沉湎于空虚的形式,而否定真正的上品。
>
> 古典的始终是日常的光亮,不是一种在陆上海上找不到的光亮。
>
> 但是浪漫主义的可怕的结果是,我们既习惯于这一种奇怪的光亮以后,竟然非此不能生活了。她对我们的作用像是麻醉剂。

他对现代诗的要求便是(1)毁灭人像神的观念;(2)扫除空灵及对于"无疆"的迷信。"最大目的是正确,明显,及确定的描写。"

根据了他的议论,又经过了一些修改,意象派诗的规则便决定了。

1 去运用普通语言的文字,但是务须选择准确的字眼,不是类似准确的，也不多专为装饰用的字眼。

2　去创造新的韵节——新的心景的表现——不是去抄袭旧的韵节，这只是旧的心景的回声。我们不坚持说"自由诗"是写诗的不二法门。我们为它奋斗即为自由的主义而奋斗。我们相信诗人的个性在自由诗里比在传统的形式里可以表现得更好。在诗里面，一个新的音节即是一个新的意思。

3　去允许取材有绝对的自由。恶劣地写出飞机和汽车不能算好的艺术；能美妙地写出旧的东西便也不是坏的艺术。我们热烈地信任现代生活的艺术价值，但是我们应当指明天下没有比一九一一年的飞机更没意味和更老式的东西。

4　去呈现一种意象（因此叫做意象派）。我们不是一群画家，但是我们相信诗应当把特点准确地显示出来，不应当去在意那些空虚的普通情形，无论它怎样壮丽与响亮。所以我们反对那种广大无边的诗人，我们觉得他是在偷避他艺术的真正困难的地方。

5　去写出坚硬与清楚的诗，避免模糊与不确定。

6　最后，我们大部分人相信思想集中是诗的要素。

他们觉得日本的俳句是一种最凝固的形式；他们的诗里面便更多那些实质的字眼。休姆的《秋》也许是第一首的意象派诗，所以虽然他不是美国人，我也拿来举例：

在秋夜里一个冷的感触——
我走远去，
看见赤色的月亮倚靠在篱笆上
像是个红脸的农夫。
我不停了讲话，就点一点头，
周围散布着沉思的星辰
有白脸像城里的小孩。

因了这一首诗不知产生了几千万首同样的诗。邦德有一个时期沉默了，运动的领袖便轮到劳威耳；正像前者去感动了英国的杂志编者，后者带了一个最大的惊异给美国的诗坛。意象派的典型诗人，当时自定的是六位：劳伦思（D. H. Lawrence）、茀林德（F. S. Flint）、爱尔廷登（Richard Aldington）、H. D.，茀雷丘（J. D. Fletcher）、邦德与劳威尔；恰巧前面三位是英国人，后面三位是美国人，所以又有人说这荣耀是要由两国平分的。

但是劳威耳以后专注重在所谓"多音的散文"（polyphonic prose）；茀雷丘又专注重在自由诗（vers libre）；H. D. 便被目为最纯粹的意象派诗人。

她对于古典文学极有研究——这几个人中间，几乎每一个都认识希腊文拉丁文。有人竟然称她是"生在现代的古希腊人"。所以我总觉得意象派诗人受到古希腊诗的影响最深，用实质去描写实质，用实质去表现空想。

> 卷起来，海——
> 卷起你尖顶的松树，
> 冲你的大松树
> 在我们的石上，
> 丢你的绿颜色在我们上面，
> 覆你的枞木的水池在我们上面。

从这首诗里，我们可以看出什么叫做意象，和它的运用。也有人觉得这首诗像是一个断片，但是你仔细一看便可以发现它的完全，个人的情感与这情感的表现，外形的简洁与内在的透明。

这一群诗人都能忠于他们的主张；尤其是 H. D.，她始终没有变换过表现的方式，只是技巧更纯净，思想更精密。

但是这个运动已是历史上的光荣了；许多诗人，除了 H. D.，已不再完全写意象派的诗。所以我觉得这个运动的最大的意义，是在充分表现了幻想在诗里面的重要：理想是理知的，而幻想则是灵感的。我觉得这个运动的最大的功绩，不在为我们留下许多透明的雕刻，而在使后来的诗人更明白如何去运用他们的天才。

现代主义的诗

爱好新奇许是人类的天性，他总会去想出许多的方法与理由；于是现代诗里面，即又有所谓"现代主义的诗"（Modernism）。这派诗的首领是肯敏斯（E. E. Cummings）；他最忠诚的宣传者是格雷夫斯（Robert Graves）与赖衣廷（Laura Riding）。他们把他和莎士比亚比较，甚至把他和创造主比较。他们的主张是要充分表现"字"的个性与它的功用。因为文字的历史已极久长，他们已被各时代与各方面的人来运用过；所以每一个字都会使我们发生一种或几种联想，于是一首诗的真正或是唯一的意义，便始终不能完全传达给读者。他们要使读者可以从一首诗的排式上与读音上直接得到一种确定的意义。

这议论是无可非议的；但是他们表现的方法，却使我们怀疑我们因此会失掉了许多诗的要素，而以为他们不过是在作文字上的游戏。他们的技巧既是完全在文字，所以便无从去向不认识他们文字的人解释了。尤其是我们中国字是决不能像他们一样拆开的，因此我在本章里便只得举原文作例，约略看一看现代美国诗里有这一类的玩意。

    SUNSET

    stinging

    gold swarms

    upon the spires

    silver

      chants the litanies the

    great bells are ringing with rose

    the lend fat be! Is

      and a tall

> wind
>
> is dragging
>
> the
>
> sea
>
> with
>
> dream
>
> —s

　　这是一首讲太阳下山的诗。开始的那个字不依照英文传统的习惯用大写；这词句的排列法完全特殊；词句的构造法不依文法。最后一个 S 似乎是从上面那个 dream 字拿下来的。为什么要拆开来另行写，为什么在前面还要加个短划，他都有解释。

　　据说这首诗全在 S 上用花巧，因它在各个字上读音的轻重使我们得到各种的印象。这里面有热的字，有冷的字，说是要给我们一种太阳下山的感觉。最后一个 S，说是暗示我们读这首诗的一个口诀。我想真要了解这首诗，除非把查地图的本领，调琴弦的本领，称斤两的本领，试热度的本领，完全用出来。究竟为的是什么？

　　所以这一派的诗，我觉得，始终只能当作一种理论的参考。和现代主义的诗相近的是斯坦因（Gertrude Stein）的作品。有人呼作"野蛮主义的诗"（Barbarism）。它利用动词的时态，几乎用算学方法来排列，使我们得到一种对音乐的原始的感觉。她也是要屏除字眼的历史性的。读者，像是听着野蛮人的鼓声；但是因为动词的变化，于是我们情感便也有了各种的跳动。她觉得时光是永远不变的，所变的是我们对时光的意识。她的诗里面便要屏除这一种的意识。

世界主义的诗

　　格雷夫斯等曾经为了要庇护肯敏斯，而对一般现代诗人加以批评和调笑。他觉得一般现代诗人，正面地或是反面地，对于时间的观念总太着重，而失掉了真实性；因为不论你是歌颂时代，或是反对时代，或是超越时代，你总是忘记不了时代。他们说桑德堡不过是改换了字汇；意象派诗不过是改换了表现的态度；林德赛（Vachel Lindsay）、邦德等不过是改换了题材：只有现代主义的诗才改换了一切（改换了一切！）。

他们又说一般超越时代的诗人，为要表示他们的前进，于是从外国去找字汇、材料与空气。他们呼作"文学上的国际主义"（Literary internationalism）。他们所指的是邦德和爱里特（T. S. Eliot）。

不错，国际主义，但是，我们更应当呼作"世界主义"（Cosmopolitanism）。所以邦德和爱里特，尤其是后者，是不被国界所限止了。他们的作品简直还不受时间的限制。为他们，字汇、态度、题材、形式、音调，不过是工具；他们所显示、传达及感动我们的，乃是"情感的性质"。字汇、态度、题材、形式、音调，均会变换；但是情感的性质算是千古不易的。他们发现了诗的唯一的要素了。

全历史是他们的经验，全宇宙是他们的眼光；他们所显示的情感，不是情感的代表，而是情感的本身。古人的作品中也许有不自觉的流露，但是他们却可以意识地去运用。

最伟大的作品当然是爱里特的《荒土》（*Waste Land*）。有人说，这首诗是过去和将来的桥梁；又有人说他是在这首诗里给予一切以一个新的解释；但是我却觉得这首诗乃是一个显示，一个为过去所掩盖而为将来所不会发现的显示。

这首诗里的技巧。我们所能看到的是关于：（一）用典；（二）联想；（三）故事的断续；（四）外国文的采用；（五）格律和韵节。

用典——在《荒土》里，用典方法的特殊，可以说是爱里特的创造。这首诗长不过四百零三行，但是引用的典故竟多至三十五家的作品。有的时候引用一种空气；有的时候引用一种结构；有的时候好像为古诗句作注解；有的时候几乎把所引的典故来修改。他觉得诗人可以分作三种：有的是去发展技巧的，有的是去模仿技巧的，有的是去创造技巧的。他又觉得创造是不可能的，否则一定是和时代脱离的，而将为文化的废物；模仿是太平凡了；所以只有发展，真正的创造便是发展。况且以历史讲，也无所谓改革，或是进步；只有发展。他的用典，便是去发展技巧。他自己承认,这样用典,是受的邦德的影响。但是我们很容易看出他们不同的地方。邦德是极聪明的诗人。他给我们看的不过是他精心的收藏;而爱里特却会把一切的力量聚合拢来,完成他伟大的人格。譬如在《荒土》的第一章里:

> 非现实的城,
> 一个冬天的早晨在棕黄的露里,
> 一群人浮过那伦敦桥,这许多,
> 我想不到死曾经放弃了这许多。

最后一句话是但丁在《地狱篇》中说的。但是爱里特引用这句话,不在说出有许多人没有死;而在说出是什么样的人没有死。因为在《地狱篇》里,当但丁说了那句话,维吉尔便对他说:"这些人活着不被人赞美也不被人咒骂,他们不做什么事也不信任人家。"甚至死都不敢收留他们;他们便只得无目的地,昏懵地去鬼混。这是他用典方法的一斑。在这里,我们已可以看出他所引用的不是古人的描写,而是那描写的意义;这意义在人类的本性中是有永久地位的。

联想——弗罗乙德(Freud)的学说的确给予现代文学一个极大的影响。从描写心理的变化,进而分析潜意识的动作。有许多人批评现代诗,便说里面有种联想是太个人的;有种联想除了诗人自己便没有人可以看懂。《荒土》是一首写毁灭的诗;干旱是毁灭的象征。他喊再生,喊着水——他把水来象征自由、繁殖与灵魂的食量。他于然引用了许多典故,忽然有这两句:

> 一年前你先给我许多玉簪花;
> 他们便叫我玉簪花的女子。

这当然是他个人的经验,谁也不会明白是什么一回事。大概和水一定有关系。在同章的第一段讲起在花园里遇雨的话,那一段里的女子不知是否和讲这两句话的是同一个女子？不过在这两句话的前面，他引了华格纳的歌剧里的四句歌，中间两行是"我的爱尔兰的女子，你在那里了？"这联想也许从这上面来的。同时玉簪花是一种春天的花，古诗里惯常把它和被杀的神道一起讲；所以它有时被认作是再生的神道的象征，跟了来的，是花草的重放。现代诗里这一类的联想最多，而爱里特则更能给他们一种自身的生命。

故事的断续——爱里特不是讲故事，而是讲故事的性质。所以在他的诗里，你时常会看见一个古人出现在现代的社会里。他在《邦德诗选》的序里说："但是他的确把他们当同时代人看，他在他们里面获到了在人类的本性里一种永久的东西。"他又说："地鼠掘土，老鹰穿天，他们的目的是一样的，是去生存。"这是最好的解释。所以他故事断的地方，却正是连的所在。

外国文的采用——为了他们时常采用，所以格雷夫士等便讥为"文学上的国际主义"；说他们的目的不过在表示新奇与前进。我在前面已经辨明过了。不错，有许多现代诗人喜欢采用外国文，以表示他们的渊博，及故意流露一种异国情调。但是爱里特和邦德的采用外国文，却正和他们引用典故一样，为的是丰富他们的表现：是一种发展技巧的工作。他们采用希腊文、拉丁文、希伯拉文、梵文、中文、德文、法文，几乎使读者要疑心永远会看不懂他们的诗。但是，事实上，在我们未曾查明典故及认识文字以前，他竟能使我们直觉地感到他意义的传达了。

格律和韵节——他绝对承认内容和形式是绝对不会分开的东西。所以《荒土》里的题材、典故、联想、援引、格律和韵节，是一个必然的整个。"这是一个战后的宇宙：破碎的制度，紧张的神经，毁灭的意识，人生已不再有严重性及连贯性——我们对一切都没有信仰，结果便对一切都没有了热诚。"（见威尔生 Edmund Wilson《论爱里特》）这个宇宙已变成了一片荒土，"草已不再会绿，人已不再会生育"。所以这首诗的格律有无韵诗，有自由诗，有韵诗，有歌谣。这首诗的韵节有干燥的，也有潮润的；有刚强的，也有柔弱的。一个无组织的秩序，一种无分量的平衡。

这种诗是属于这个宇宙的；不是属于一个时代或是一个国家。我们读着，永远不会觉得它过时，也永远不会觉得它疏远。

现代美国诗中又有和爵士音乐一样轰动的黑人诗；像林德赛等，他们是从黑人里去寻材料的；像休士（Langston Hughes）等则是黑人自己的表现。但是我相信这种诗是走不出美国的，至少走不出英语的圈子。这是在世界主义的诗的脚底下蠕动的小动物；正好是一种对照，但他们有他们自己的生命。

结　论

美国的一切是在高速度地进展，美国人的知识便走着一种跳跃的步骤。暴富的事实常有，破产的机会增多；一切都在不停地变化，社会的不安定是一种显著的现象。信任已不能在人与人中间存在，一切东西都要拿目的来做标准。无论什么都可以商业化，灵魂真的有了代价，诗集便竟然能和通俗小说去竞争。所以即使有少数的人或者凭了卓特的天才，或者受了外国的熏染，有过一时期的兴奋；但是结果美国的诗坛的分成了两条路。

一个诗人，无论他怎样清高，他心目中总有他自己的一群读者。这种观念时常使他的作品受到一种影响。丁尼孙并不比爱里特不严重或是不诚恳；但是因为读者的分别，于是诗便也两样了。丁尼孙的读者，贵族比较多，无形中他们的趣味便变了丁尼孙的趣味：他的《公主》（*Princess*），诗虽然如此著名，但是我们决不能相信这是丁尼孙真正的作品。因为他的读者贵族来得多，所以他的诗的韵节便格外美妙，词句便格外浅显，题材也格外的浪漫。产业革命以后，读者便换了一般资产阶级。到了现代，一则为了制度的改革，一则为了交通的便利，读者便变得异常复杂，诗人已无从去认识他的读者；于是有的便选了一部分作为对象，也有的简直为他自己写了。诗人便有所谓"向外的"与"向内的"。鲁宾逊，与爱里特以及后期的威廉·卡洛斯·威廉谟斯（William Carlos Williams），便代表了这两种诗人。所以前者的作品出版，有时候可以销到几十万本，而后者的作品则几乎有使一般人不能了解的情形。前者是去迎合一般人的趣味，而后者则是去表现他自己的人格。前者是时髦的，而后者则是现代的。前者是在现代文化中生存的方法，而后者是在现代文化中生存的态度。前者是暂时的，而后者是永久的。

大战也给予现代美国诗一个极大的影响：不是战壕里的经验，而是战后的那种破碎的状态。所以他们没有像英国的沙生（Siegfried Sassoon）及白罗克（Robert Brook）的战争的记载，而只有像爱里特一般人那种幻灭的叙述。太容易的死亡，使他们对现实生活绝望，于是进而推求事物的永久性质；所以像爱里特的作品，我们可以说是对过去的历史，可以说是对现在的记录，也可以说是对将来的预言。

但是在一个工商业发达的美国，暴发户的众多；他们为要挤列进知识社会以增加自己的地位，于是不得不把一切的知识来生吞活咽；出版界便尽多一种常识的书籍，后期的鲁滨逊便是这些暴发户所崇拜的诗人；浅明而容易背诵的诗句，生动而浪漫的题材，这是一种现代美国人的高尚装饰。

我以为艺术品的成功，虽不一定要把来完全商业化，但是一种经济的鼓励是需要的。翡冷翠的成为"西方的雅典"，不能不归功于米地西（Miedici）一家人；结果的种子，是他们对金钱的爱好与对艺术的爱好。艺术有了"人趣"，它才会在人类里生长。

现在的美国诗坛已有了它富裕的赞助者，和努力表现自己的趣味和人格的诗人；桂冠从此将为西半球的荣耀了。

编者按：该文为邵洵美著，摘自《现代》第 5 卷第 6 期第 874—890 页，1934 年 10 月 1 日出刊。邵洵美生于 1906 年，卒于 1968 年，诗人、散文家、翻译家、出版家，曾主编《狮吼》《金屋》等杂志。

八 美国戏剧的演进

一 英国殖民时代

英国的清教徒（Puritans）乘着"五月之花"（May Flower）赴美，由北方的海岸勃利马斯（Plymouth）登陆，于是遂奠定了美国文化之基。他们所信奉的清教主义（Puritanism）实为美国文化的一大原动力，但因其教义倾于禁欲，所以演剧等一切娱乐皆在禁止之列。美国文化初期，对于演剧的发生，陷于极其不利的状态，其原因也就在此。

幸而在南方那块纪念处女女皇的维其尼亚（Virginia）地方——当时有一部分英国人是从南方登陆而到美国去的，他们是查理一世（Charles Ⅰ）时的王党（Cavaliers），与由北方勃利马斯上岸，目的在建立一个清教主义的理想国，而求信仰得到自由的清教徒有所不同，他们之赴美，初意只在冒险与牟利。——并没有颁布演剧的禁令，所以当一六六五年，在维其尼亚的东海岸亚可马克郡（Acomac County），竟上演了《熊与仔熊》（Ye Bare and Ye Cubb）一剧，这是一篇讽刺着祖国与殖民地的作品。

到一六九〇年哈佛大学的学生可尔曼（Benjamin Colman）作了一部叫作 Gustavus Calman 的剧本，一七一四年纽约市项特尔知事（Governor Hunter）又作了一部 Androboros, a Biographical Farce in Three Acts，即 The Senate, The Consistory and The Apotheosis。

又大学里在开学、耶稣圣诞等纪念日，也常常有种游艺的表演，最初是用着一种演说的形式，后来竟用了纯然戏剧的形式来写作了，耶鲁大学的比德威尔（Barnabas Bidwell）所作的一部美国最初的家庭悲剧，即其一例。

清教徒的反对演剧，重点不在脚本，而在表演，因为他们觉得剧场浪费金钱，堕落道德，至于大学中的演剧，则反加以奖励。他们以为学校剧，是一种文学的表现，而非舞台的艺术。

当时清教主义虽有禁令，一般大众的演剧热，却反而非常的盛，为要满足这种要求，戏剧都在"道德讲话"（Moral Lecture）的名义之下被演着。即在清教主义的中心地波斯顿等处，都极其流行。因此，颇为当道所注目，而加以干涉，于是观众益为激昂，群起反抗，终至使州立法院把演剧的禁令解除了。

在上述的环境中所产生出来的一篇最重要的纯粹的美国剧，就是罗其亚兹（Robert Rogers）作的《旁蒂支》（*Ponteach*），又名《野蛮人》（*The Savages*）。这是一七六六年刊行的，其作者及其内容都是纯粹美国的，所以说是最初的美国剧。内容是写美国的土人与侵入边界的白人间所发生的问题，对于历史的过程表现得很明白，所以又可以视为美国史剧的始祖。

这以前只有一种以写剧作为副业的业余剧作家，从此以后，随着剧场的设立，便有专门剧作家产生出来了。

福莱斯特（Thomas Forrest）在《旁蒂支》问世的翌年，即一七六七年，为美国协社（American Company）那个新剧团，拿去在其前年于非拉德尔非亚（Philadelphia）设立的有名的搜斯瓦克大戏院（Southwark Theatre）上演，而作了《失望》（*The Disappointment, or The Face of Credulity*）一剧。这是美国人所作的最初的喜歌剧（comic opera），内容是嘲弄当时传说的海贼黑髯（Blackbeard）把自己所掠夺的不义之财藏在德拉威亚河（The Delaware）畔的那回事。

但我们追溯美国戏剧的起源，却不可忘却高德夫利（Thomas Godfrey, 1736—1763）了。上述的福莱斯特的作品，一般虽被认为美国最初 comic opera，但在《失望》演出的二年前，已经出版，可是在它以后才被专门剧团美国协社上演的《巴夏王》（*The Prince of Parthia*），实为美国正式戏剧的先驱。

二 独立革命时代

由脱离英国的束缚，以求自由独立的天地，而冒险到美国来的那些Pilgrim Fathers的建国精神与夫开拓丰富的自然，而大规模地发展其经济生活的种种事实看来，皆足以知道美国人当时的革命精神。这种时代与社会的背景，自然要反映到它的戏剧上去。如《华伦夫人》（Mrs. Mercy Warren, 1726—1814）所作的二幕而成的笑剧《群》（The Group, 1775）、《呆人》（The Blockheads, 1776）和勃拉肯利奇（Hugh Henry Brackenridge, 1748—1876）所作的《彭克坡之战》（The Battle of Bunkers-Hill, 1776）、《凯伯市袭击中蒙将军之死》（The Death of General Monlogomery in Storming the City of Quebec, 1776）以及李柯克（John Leacock）所作的《英国暴虐之崩溃》（The Fall of British Tyranny, 1777）等剧，皆足以表现当时的时代情形与社会背景。

以上所举是表现美国人当时的独立自由精神的作品，反之，讴歌英国之统治的王党派的戏剧也未尝没有。即是在英军巴果因将军治下的波斯顿（1775），英国屯驻了七年间的纽约，以及美国军退却后一年间的非拉德尔非亚（1777）等处所上演的戏剧，大都充满着反独立的气分，譬如巴果因故意作来嘲弄美国人的《波斯顿的封锁》（The Blockade of Boston），和不知谁做来骂倒美国军队攻击华盛顿（Washington）、布脱纳姆（Putonam）和沙利万（Sullivan）的《勃洛克林之战》（The Battle of Brooklyn）等皆是。

此外还有一种不属于任何派别的中立物，如曼福特（Robert Munford）作的《爱国者》（The Patriots）、派克（John Barke）作的家庭剧《维其尼亚》（Virginia）等都是与革命没有关系的。

在这种状态中，尤其是在革命时代，代表美国戏剧界的王者，要算台勒（Royal Tyler, 1757—1862）。他在一七八七年所作的《对照》（Contrast）一剧，是当时最成功的剧本之一，表现着美国文化的独立的气概。这原来是十七八世纪在英国流行的社会戏剧（Comedy of manners）的一种，说少年美国是比古老英国、古老欧洲为优。题名《对照》，意即在此。

三 南北战争时代

美国的戏剧从一八〇〇年代至南北战争时代，是浪漫主义的时代。当时剧本所取之题材，以英国及其他外国的为多，而少纯粹美国的。且多系模仿之作，有独创性的很少。

当时的戏剧有所谓美国型（Yankee type）、社会型（Social type）和纽约、非拉德尔非亚、波斯顿等处流行的地方都市型（Local city type）等。

美国型是指那些表示机敏、婉曲而富于急智的美国人气性的剧本，例如比支（L. Beach）的 *Jonathan Postfree, or The Honest Yankee*（1807）；波子佛夫人（Mrs. Margaret Botsford）的 *The Reign of Reform, or Yankee Doodle Court*（1830）；杜利瓦奇（O. F. Durivage）的 *The Stage-Struck Yankee*（1845）；林兹黎（A. B. Lindsley）的 *Love and Friendship, or Yankee Notions*（1807—1808）；伍德华斯（Samuel Woodworth）的 *The Forest Rose, or American Farmers, A Pastoral Opera, with Music by John Davis*（1825）等等。

社会型则为讽刺批判当时的社会，或对社会现象加以推赏宣传的剧本。如莫瓦特夫人（Mrs. Anna Cora Mowatt）的 *Fashion* 便是当时最好的社会剧，其讽刺社会可与上述美国最初的社会剧作家台勒的 *Contrast* 媲美。作者不仅是一个当时少有的女流作家，同时还是一个可以现身说法的女优。她的第二作 *Armand, or The Child of the People* 便是热烈地表现 Americanism 的作品，颇博得当世的好评。在她以外，还有一位西德尼夫人（Mrs. Sidney）也是社会剧的作家，其名作为 *Self*。

当时还流行着一种以伟人华盛顿等社会的首领及宪法为主题的历史剧，也得附带在此说明一下。

至于所谓地方都市型，即是将各地方各都市所特有的生活编成剧本的，如布西可尔特（Boucicault）的 *The Poor of New York* 即是。他如消防队、垃圾夫、女裁缝、商店老板、印刷工人等，都是都会生活中喜剧的典型人物，而常被用为戏剧的材料的。

除上三种典型而外，还有模仿外国剧，取外国的题材而作剧的。在那些剧作家中，我们是找不出美国文化的特色来的。

总之，美国的戏剧，虽逐渐发达，但在一八七〇年以前，是以演员及舞台为本位的，剧作家是被置于附属的地位的。所以给剧作家的刺激力薄弱，脚本的产出也因之不利。

当时在美国演剧最盛的地方，要算纽约和非拉德尔非亚。尤其是在非拉德尔非亚，作家辈出，被称为当时美国戏剧的首府。这两个地方是清教主义的本源地，在新英格兰以外，不免受着清教主义的禁欲的支配，因为非拉德尔非亚自始就是富于清教主义精神及文艺精神的南方文化的中心。产生在纽约的剧作家的团体叫作"Knickerbocker School"，在非拉德尔非亚的叫作"Philadelphia School"。属于前者的作家为莫瓦特夫人、伍德华斯、佩因、威利斯等人。属于后者的为史托恩（John Augustus Stone, 1801—1834）、康拉德（Robert T. Conrad, 1810—1858）、史密斯（Richard Penn Smith, 1799—1888）、白德（Robert Montogomery Bird, 1806—1884）、朴克（George Henry Boker, 1823—1890）等人。就中以最后的两个人最为优秀，不仅是这派的翘楚，而且是南北战争前美国剧坛的最有名的作家。

四 新剧怀胎时代

美国的南北战争，实为美国国家的发展上一大转机。因为在这以前差不多半世纪间，美国国民所苦恼的政治上及道德上的各种问题，即是以奴隶制度为中心的南北的抗争问题，都由这次的南北战争而完全解决了。同时美国的国民便得逐渐地在经济和产业方面，尤其是对于西部边境的开拓，竟日新月异，长驱迈进地发展起来。随着科学文明、物质文明的进步，交通机关、运输机关的发达，西部的荒野全变了繁华的城市，世界各国纷纷移民，于是大自然的宝库，都由他们开发出来，产业上得了未曾有的发展，以迄今日，竟造成了一个这样大的金元王国。在这种各民族的大移动、大混乱的时代中,自然不会有具体的文化,同时也不能有具体的戏剧产生。从来为作者及演员所支配的剧场,到这时代却落到商人之手,全成为商品了。所以在战后那种诗剧已从舞台绝迹,日常的话剧便代之而兴,剧的表现的形式一部分虽很近代化了,但并不是由于艺术的见地而改良的,其实不过是迎合世俗的嗜好而已。因此,戏剧的内容,比以前低落下来,英国同时代的那种营利主义的通俗兴味剧,竟风靡了美国的戏剧界。当时所演的剧本大概都是模仿英、法、德一带的外国剧,或竟至是从外国翻译出来的东西。

但是这个时代,内部有科学的发展,产业的勃兴,因之发生了物质的、现实的倾向;外部有挪威的易卜生、法国的左拉等卷起了写实主义的大波浪,余波及于美国,使其诗坛和小说界也现出写实主义的新倾向来。因之戏剧界,也不能够不受波及,它虽也具有同样的倾向,但受着营利主义的毒很深,不免有流为卑俗之嫌,不过这时却产生了几个作家,颇为未来的新时代,做了一番预备的工作。兹将这些作家的倾向及其事业,列举出来,藉以略窥当时剧坛的大势。

马凯(Steel Mackaye,1842—1894)是当时一个很有声名的作家,占有独特的地位的。他不仅有作脚本的才干,而且能兼做演员和舞台监督,对于将美国剧用艺术的方法表现出来,比其后在欧洲的戏剧界所发生的审美剧运动还要更先地努力于那种思想的实现,很有不少的贡献。

赫尔恩(James A. Herne,1799—1901)是一八九〇年代美国剧坛上一个最有名的剧作家。那正是美国最初的写实主义小说家霍威尔斯(Howells)出世的时候,美国直到这位作家出来,才开了一个端倪,把读者从那浪漫主义的固定形式之中救出,他相信日常生活之中都有真实存在,实够得我们来描写,用不着去从不自然的生活环境中取材料。赫尔恩很为这种见解所感动,便努力照此实行,于读了许多易卜生、托尔斯泰等近代作家的作品以后,遂抛弃了他以前所爱好的兴味剧,而从事于写实主义的戏剧的著作。他作的 *Margaret Flaming* 及 *Griffith Davenport* 二剧,就是受了易卜生他们的影响而作出来的。他的作品全部看起来有两种倾向,一是带着兴味剧式的倾向,而如实地表现田园生活的东西,一是表现写实主义的倾向的作品。前者的代表作为 Short Acres 及 Sag Harper。后者即上举之二篇 Margaret Fleming 及 The Rev. Griffith Davenport。他也和马凯一样是一个剧作家,同时又是一个演员而兼舞台监督。他在一千八百九十年代的美国剧坛上所给予的影响,其舞台监督的地位,比其剧作家的地位还要来得高,评判还要好。

至于说到美国的新剧,也就从此放出了一线曙光。当时值得我们注意的人物,有霍瓦德(Brondson Howard,1842—1902)、吉来特(William Gillette,1855—　)、非支(Clyde Fitch,1865—1909)、霍衣特(Charles H. Hoyt,1860—1890)、白拉斯可(David Belasco,1883—1931)、托马斯(Auguttus Thomas,1859—　)诸人,现分别介绍如下:

霍瓦德是被称为美国戏剧长(Dean of American Drama)的,他是来敲这新时代戏剧之门的最初的一人,常将美国剧作家的利益置诸念头,而不绝地为他们奋斗,一八七九年企图谋得戏剧的正当保护,一八九一年为同人组织剧作家俱乐部(Dramatic Club),从此便确立了美国戏剧的地位,而造成了今日之局面。当时有如哈特(Bret Harte,1839—1902)一流的作家辈出,描写土人的生活,而生出了地方色彩的文学来。这毕竟不外是根据事实,排斥假想的写实主义的精神。这种精神在舞台上也表现出来,而成为这个时代的特征了。其先驱者就是霍瓦德,虽然他并不是一个真正的写实主义者。他最有名的作品是 Shenandoah,他在那篇剧本的序文上的声明,实足以表明他的创作的态度,描写的手法,因之也可以看出他在美国戏剧史上的地位来。譬如他说:"从来的剧作家多以美国的代表的伟大人物为题材,今日美国的剧作家则不用伟大而卓越的人物,比从前的剧作家更精细地想表现出美国的社会来。"由此看来,可知他的态度和手法都是极其近代的,而他的作品也真个捉住了新剧运动的精神呢。上说的这篇东西,取材于南北战争,而写出爱国心与恋爱的葛藤,可以视为新历史剧,又可以视为新社会剧。此外不仅是开拓了新的手法,而且最初用了新的美国平民的题材的作品,则有 Old Love Letters 和 The Henrietta 等剧。

吉来特的 Secret Service 是继霍瓦德的 Shenandoah 而出现的优秀的作

品。这也是取材于南北战争,比霍瓦德之作更要来得写实多了。吉来特原来是个伶人,所以他的作品是很有舞台效果的,他在九十年代之终以至二十世纪的初头,实为美国剧坛的宠儿。

非支是一个多产的作家,在他比较短的生活中,成功了五十六篇翻译剧,二十一篇创作剧。他对于风俗人情,语言服饰,都有极锐利的观察力,特别洞察人的心理,尤其是女人的心理,作剧注意舞台效果,所以自他一出,在美国剧作家中所流行的那种英法古典剧的干燥无味之风遂绝。他原缺乏真挚与深刻,而未能完全脱离兴味剧式的传统,后以随着时代的进展,受了匹纳诺、萧伯纳等英国戏剧革新运动的刺激,也就很倾向于写实主义了。他在美国剧坛的功绩,是贡献了许多的健全的娱乐,同时显示舞台技巧的一个优秀的模范。

霍衣特专取日常琐事为题材,而创出了一种美国式的喜剧来。不过他对于人生的观察不很深刻,其幽默也不免浅薄,而流为皮相之见。但他的作风却是将舞台的与戏曲的两方面融合为一了。

白拉斯可继承着前人对于使美国剧充分地美国化之努力,而加以完成了。他的作品多取材于中国、日本一带,甚至连道具都用外国的,但支配着作品全体的,还是美国式的理想与同情。他对于背景、道具及衣裳等等,表现极真,很带有写实主义的倾向,但内容仍多浪漫主义的、兴味剧式的东西,正与英国的名伶爱文(Henry Irving, 1838—1905)、特利(Elen Terry, 1848—1928)一样,用着极写实的背景与演出法,而所演的脚本则系莎士比亚等所作的浪漫剧。

他的代表作为《蝴蝶夫人》(*Madame Butterfly*),这是以其友人郎氏(John Luther Long)的故事为样本,以及从法国作家绿蒂(Pierre Loti)的《菊子夫人》一书得到暗示而作成的剧本。意大利卜其尼(Giereoms Puccini)的名作歌剧《蝴蝶夫人》,就是由白拉斯可的剧本而歌剧化的。

托马斯是与白拉斯可并称的使美国剧美国化的作家。两人的作风也很相同,不过他们对于剧中人物所表的同情白氏偏于情操,而托氏偏于理知而已。

在这个时代之中，美国的戏剧虽伴着时代前进，很受了些写实主义的影响，但这个只现出在舞台表现之上，至于戏剧的内容，仍是浪漫的及兴味剧式的东西。即是当时的戏剧，不过是娱乐本位及兴味本位，尚谈不到深的意义呢。在这个时代，关于美国戏剧发展的过程上不可忘记的事，就是脱离了外国的羁绊，而成为美国独特的东西，由空想的世界而走到了实际的社会中来，及至白拉斯可和托马斯等作家，虽不免幼稚一点，却能科学地、心理地来表现性格了。其次我们所不能忘记的事，就是当时的剧作家多半是演员兼舞台监督又兼剧场经理，真所谓一个完全的剧场人，因此，戏剧亦不单是文学的读物，而早又达到成为诉诸眼睛的舞台艺术的本来面目了。只是当时的戏剧还多是以娱乐为本位，以兴味为本位，不免有商品之嫌，未能达到真正发展之域，殊为遗憾。

这种美国剧坛的形势，直可与十九世纪末英国剧坛的情形相比拟，白拉斯可与托马斯诸作家也很可与英国的匹纳诺（A. W. Pinero）与钟斯（A. Jones）等相抗衡，虽然美国的新剧运动的勃兴比英国要迟得一二十年。

五　新剧勃兴时代

美国的新剧运动，其起因有二：一为时代的要求，一为易卜生等所惹起的欧洲新剧运动的波及，因此，它那剧本的形式，终不能脱离易卜生式的思想剧（drama of idea）的典型。当时长足发展的科学，对于物理的现象上所用的解剖刀也曾用于社会的现象上，而加以分析与批判。结果，对于现实的种种社会现象，生出了革命的思想来，那成为时代之反映的新剧，也就用了这种思想为题材，而对于以性与遗传、劳动与资本主义等等思想为中心的现实的社会现象，有了精确的观察和严格的批判。这种思想剧，自然不会写外部的斗争，而要写内部的斗争，与其说是动的，不如说是静的。

向着这样内部的观察而进，那些表面上看不见的社会力（social force）或生活力（life force）自然成为主要的题材。为要表现这样的题材，一种象征主义也就产生了。以上便是美国新剧的由来，同时也就是它的特质。现在我们再看它发展的过程吧。

说到美国的新剧运动，我们最不可忽视的，就是助长新剧之发展的小剧场运动，这种运动肇始于一八八七年法国巴黎安特瓦纳（André Antoine）所经营的自由剧场（Théatre Libre）。这个小剧场后来竟成为全欧新剧的实验室和养育场了。换言之，即是反抗营利主义、娱乐本位的旧剧而成为非营利的、认真的剧本之活动的舞台了。因为有了这种用武之地，于是许多新时代的剧作家才应运而生。小剧场对于新剧的贡献于此可以想见。这种小剧场运动，在形式上以及在实质上之成为美国新剧的养育院，是从一九一一年至一二年间开始的。不过在这以前，一八八七年法国产生小剧场的时候，在美国便开始了建立艺术剧场（an art theatre）的计划，即是当时表演家拔马（A. M. Palmer）所发起的，一八九一年马克·朵威尔（Mac Dowell）又继其志而想设立文艺剧场（a theatre of arts and letters），直至一八九七年才建设了那个克利特里昂独立剧场（Criterion Independent Theatre），二年后又重新企图了独立剧场（Independent Theatre）。以上种种艺术剧场的计划，毕竟都不外是受了一八八七年巴黎自由剧场的精神上的影响。一九〇三年至四年之间在美国纽约、支加哥一带，便有艺术剧社的组织，而所谓新支加哥剧场及新纽约剧场也就不到四五年随之而成立了。一九一一年又在支加哥创设了毛利斯·布郎小剧场（The Little Theatre of Maulice Brown），在波斯顿创设了洒蒙夫人的玩物剧场（Mrs. Lyman's Toy Theatre），在纽约创设了永斯洛甫安姆的小剧场（Winthrop Ame's Little Theatre）。这都是与新剧发生直接交涉而新产生的小剧场。从此以后，美国的小剧场便如雨后春笋似的产生了。在欧洲这种只起于大都会的知识阶级之间，在美国则不然，不仅都会上的繁华区域有小剧场的建设，即其都会的贫民窟中、市外、乡村、海岸等等偏僻的地方也都有了。尤其是为农民而设立的小剧场，实为美国西部的特点。

此外对于美国的新剧与有力的，便是大学附属的实验剧场。这是其他外国所没有的一种小剧场。直到最近德国的大学里才有这种尝试。美国这种大学附属的独特的剧场，原是一九〇五年哈佛大学白衣卡教授所兴起的，其最初的剧场名叫四十七号实验剧场（Forty Seven Workshop Theatre），是天下闻名的。从这个小剧场里产生了许多的剧作家、剧评家、表演家出来，对于新剧的贡献极大。今日世界闻名的美国大剧作家奥尼尔、莱斯诸人，皆曾就学于此。后来这个剧场竟成了许多学校实验剧场的模范，从大学以至小学，都把演剧认为教化上最重要的东西而采用了。市政府也设有演剧科以从事于社会教育，其影响之大，于此可见。

在前头说的这种新兴戏剧上演的机运之中，最初以思想剧的作家而出现的，就是马凯（Percy Mackaye，1875—　），他起先是以诗剧（Poetic drama）的形式，而写思想剧的。他把戏剧看作社会教化的重要工具，同时剧场决不是娱乐场，而是集会所，是学园，是殿堂。他后来之提倡民众剧，成为户外剧的先驱者，也就是由于这同样的动机。他不仅写剧本，还作了许多文章攻击营利主义、娱乐本位的旧剧，所以对于新剧运动贡献很大。

一九一〇年应莎翁纪念剧场开幕时悬赏征求，在一千五百篇中以第一名当选的《吹笛者》（The Piper）的作者匹巴第女士（Josephine Preston Peabody，1874—1922），也是以诗形写思想剧的一人。

以外穆第（William Vaughn Moody，1869—1910）是代表其出生地西部地方的精神，而反抗东部地方的传统及清教主义的新时代诗人的先驱者。他把这种精神和思想通表现在诗和剧上了。他想写的三部作《审判的假面具》（The Masque of Judgement）、《拿火来的人们》（The Fire Bringers）和《夏娃之死》（The Death of Eve）。第一部发表于一九〇〇年，第三部竟未作成便死了。这是表现着神与人的关系，与夫神与人根本同一的信仰，即人亡神亦必亡的反清教主义的思想。他在这些诗剧之外，又作《大分界点》（Great Divide，1906）及《信仰治疗者》（The Faith Healer，1909）两篇散文剧。《大分界点》描写着清教主义的理想与新文化、新自由精神的冲突。《信仰治疗者》是贱民宗教心理的研究。这两篇东西是代表当时美国的戏剧而遗传于后世的名作。

其他在这新剧运动勃兴的初期以思想剧作者见称于时的，还有雪尔登（Edward Brewster Sheldon，1886— ）、克洛则斯（Rachel Crothers，1878— ）和凯宜容（Charles Kenyon）诸人。

六 新剧隆盛时代

从美国新剧运动中产生出来的一个最大的作家，便是奥尼尔（Eugene O'Neill，1888— ）。他是禀着创造的富于剧的想像之爱尔兰人的血而生的，父亲是一个戏子，母亲是一个钢琴家。他的艺术的天禀，得自父母之遗传，生后七年即随着父亲的剧团出外旅行，尔后便入学读书，十八岁入大学，但在学仅一年即退学，而远出旅行，不数月因病还乡。后在他父亲的剧团中做了不久的事，因感于康拉德（Joseph Conrad，1856—1924）的海洋小说，遂乘桴浮于海。在海上生活中得接近人生的现实，而感到海的伟大及其背后所蕴藏的神秘。后来他把从海上生活所得到的大教训携到陆上来，去从事戏剧的表演或新闻的通信。随后因患病而中辍。过了半年医院生活，待病瘥可之后，才开始试写剧本。时在一九一三年，他才二十五岁，翌年入哈佛大学在白衣卡教授指导之下，进四十七号实验剧场从事演剧的研究。一九一六年加入普洛永斯汤小剧场运动的团体中，致力于戏剧的创作及表演有年，奥尼尔之有今日的成功，即奠基于此。

他初期所写的多是些独幕剧，如《卡利浦之月》（*The Moon of the Caribbees*，1918）描写作白人下等性欲之牺牲的黑人心理，颇能表现入微，堪与爱尔兰大戏曲家辛恩的《骑马下海的人》（*Riders to the Sea*）匹敌。这些作品都是从他实生活的体验出来的，所以极富于真实性，再加以他天才的表现力，结果都得到很大的成功，而成为近代独幕剧艺术的典型。

直到一九二〇年他感到独幕剧不足以发展他的怀抱，才开始写长篇的多幕剧，最初成功的是《天外》（*Beyond the Horizon*）。这是一篇写人性的悲剧，曾得到勃利兹奖金（Pulitzer Drama Prize）。

奥尼尔在这以前做的剧本都是写真主义的作品，直到一九二〇年写的《蒋芝皇帝》(The Emperor Jones) 和《毛猿》(The Hairy Ape) 等作才显著地带着思想的、象征的、表现主义的倾向起来。他把他的哲学写进剧中去了。这是美国最初的带着表现主义的色彩的戏剧，所以很为人所注目。

一九二八年他做的《奇异的插曲》(Strange Interlude) 一剧，实为近代剧坛最成功的作品之一，全剧有九幕之多，表演一次要费五个钟头。奥尼尔在这剧中随着他思想所至，创造着一个假想的世界，写一群人由青年至老年的生活。

一九三〇年写的象征主义的作品《发电机》(Dynamo) 是暗示着机械文明与宗教之结合的作品。至于奥尼尔的最新作即一九三一年发表的《丧服适于侬莱克特拉》(Mourning Becomes Electra)，这不仅是在他的作品中，就是在近代剧中都是最长的东西，前后三部，可以连演三晚。在这个剧本中，他初试着精神分析学，所以大为世间所注意。

在奥尼尔之外驰名世界的美国剧作家就是莱斯 (Elmer Rice, 1892—)。他所作的《计算器》(The Adding Machine)。这是受着德国表现主义的作品、奥尼尔的《毛猿》和匈牙利剧作家莫尔耐 (Molnar) 的《莉莉翁》(Liliom) 等的影响而作的，批评美国人为机械文明失了人性，不仅不是进化而且是在退化，实系一种讽刺的表现主义的剧本。剧中主人公为零 (Zero)，其他的登场人物则为一先生 (Mr. One)、二先生 (Mr. Two)、三先生 (Mr. Three) 等，没有人格的数字，完全是机械的东西。主人公零在某公司里做了二十五年的会计，因改用计算器而遭辞退。因此怀恨杀了经理，事发被判处死刑，升天以后，其爱人亦自杀追踪而至，他因为天国没有牧师不便举行婚礼，而拒绝了他的爱人。后来他即在天国当会计，不久又被逐到地上来。全剧的大意就是这样，主人公完全没有一点人性，不外是一个机械化的零一般的计算器而已。

莱斯后又作了一篇写实主义的《街景》(Street Scene)，不仅是一九二九年英、美剧坛杰作之一，而且被评为一切美国近代剧中最大的杰作。

此外表现主义的剧作家还有罗松 (John Howard Lawson, 1895—)，他曾在欧洲研究了好几年的戏剧，直到一九二三年才携着《布洛麦尔》

(*Roger Bloomer*) 的草稿归国，上演之后，一跃成名。一九二五年发表的《进行曲》（*The Procession*）一剧，是用他独特的手法写出来的表现主义的作品。内容极其简单，而对于那混乱的箭兹（jazz）式的美国生活却完全表现出来了。

格拉斯帕尔（Susan Glaspell, 1882— ）是美国现代一流的女作家，她的小说可与柴霍夫媲美，名声还在她的剧作以上。不过《亚利孙之家》（*Alison's House*, 1930）一剧，获得勃利兹奖金，被评为一九三○年中英、美剧坛最大杰作之一，而她的剧作家的地位，也由此固定了。她的作品侧重心理的表现，在这一点上，独步于现代美国剧坛，没有谁能及她。

格林（Paul Green, 1894— ）、赫瓦德（Du Bose Heyward, 1885— ）、可勒利（Marc Connelly, 1891— ）三人都是以黑人剧而名震天下的。其他在美国剧坛活动的，尚有悲剧作家霍瓦德（Sidney Howard, 1891— ）、安得生（Maxwell Anderson, 1888— ）、亚金斯（Zoë Akins, 1886— ）及格尔（Zona Gale, 1874— ）等。喜剧作家有凯利（George Kelly, 1887— ）、巴利（Philip Barry, 1896— ）等。左倾作家有以《无钱的犹太人》（*Jews without Money*）著名世界的哥尔德（Michael Gold, 1896— ）及巴所斯（John Dos Passos, 1896— ）等，此处限于篇幅，未及一一详细介绍，仅将这些作家的姓名提出，以供研究的线索而已。

编者按：此文为钱歌川编译，曾在《新中华》杂志连载三期，前三部分载于第1卷第17期（1933年9月10日出刊）第57—60页、第四部分载于第18期（1933年9月25日出刊）第59—62页，最后两部分载于第19期（1933年10月10日出刊）第57—60页。第19期文末有钱歌川"附注"："此文所述全依据日高只一的著书，特此声明。"钱歌川生于1903年，卒于1990年，早年曾留学日本和英国。他在20世纪30年代译介美国文学的成绩非常丰硕，涉及爱伦·坡、马克·吐温、戴尔、奥尼尔、辛克莱、安德森和刘易斯等。

九　现代美国的戏剧

　　欧洲大战对于文学直接的影响是摧残作家，不知多少含苞初放的天才文艺作家给这暴风雨的大战吹折了、葬送了；间接的影响是道德和社会的观念，生活的标准，对于人生的态度莫不起剧烈的变化。所以欧洲大战是欧洲文艺的致命伤，至今都还不能恢复到先前荣盛的境况。可是对于美国直接的影响小，间接的影响大，因为美国参战的时期既短，而战争又发生在远隔大西洋的欧洲大陆上。

　　不过欧战不论在那一国或那一种的文学史里都是一垛划分两时期的公同界石。单就美国的戏剧来说，二十世纪初叶是由英雄的闹剧一变而为浪漫剧，一九〇〇年《蝴蝶夫人》(*Madame Butterfly*)的上演开浪漫时期的先声。戏剧家如垒尔（Edwin Milton Royle）、塔金顿（Booth Tarkington）都亲身经历过这番变更。又如特列（Richard Walton Tully）、诺勃劳克（Edward Knoblock）、穆勒（Philip Moeller）等都属于纯粹的幻想浪漫派，或寄意于异域的传说，或托据于历史的事实，而加以浪漫色彩的渲染。但欧战终了，人们似乎从幻想里清醒过来，年轻的人对于旧的威权都起了怀疑，对于欧战时全国一致的目标起了反动，一切道德的和社会的标准开始动摇而掀起混乱。年轻人用锐利的眼光检视一切，评估一切，对于虚伪的威权不留余地的攻击，勇于自信，勇于建设道德的社会的法律的制度的新的标准。这一切反映在戏剧里，戏剧于是又转了一个新的趋势；总起来可以分成两点：一是新写实主义的兴起，一是描写荒野民间生活的戏剧的勃兴。

我们先讲第一点。欧战后美国的青年对于社会上一切都作精审的评论和估价，反映到戏剧里的是婚姻制度的检讨，父母子女的关系的检讨，个人与社会的关系的检讨。这些当然都不是新的题材，不过用新的方法来检讨，来写出，来上演，有时候仅不过加重语气拍子，使字句意思更有力量罢了。所以以全体而论，欧战后的美国戏剧并不是十分前进的。它是跟从在时代后面的，亦步亦趋地。冲突是戏剧的生命，但往往实际的冲突已经解决，戏里才演到；足见美国一般戏剧家的思想比较落后，眼光见不到还没有发生的一切冲突。好在人类大半是顽固的，道德或社会的改革已经实行了出来，人们还不肯实实在在地承认；这一方面证明人类道德或社会的实行出来的改革本来都是不彻底的，又一方面证明美国的作家比较保守的多。攻击婚姻制度的剧本实际上并不能影响婚姻制度的改进。攻击社会的制度和道德的旧观念在舞台上比在小说里来得猛烈，但一部分是因为我们看戏的时候是以人群的标准和传统观念来观察的，在看小说的时候是用个人的标准来评断的。

新写实主义的倾向最显露的表现是在人物的描写里。这真实的人物描写是从对于人类制度作真实的检讨里得来的。作家们对于个性的描写加以特别的注意，个性的真实和个性的发展成了全剧的中心。戏剧在形式上并无多大的不同。大战后美国的闹剧根本没有改变。社会剧比较进步多些，尤其是家庭的戏剧。所谓家庭的戏剧是指关系极密切的人中间的纠纷和冲突；不过这些纠纷和冲突并没有多大社会的意义，仅仅是个人与个人的利害关系的冲突而已。

现在让我把欧战后美国重要的戏剧家一一介绍在下面：

有两位女戏剧家引进反抗的戏剧到美国的舞台上来：一位是左娜·盖尔（Zona Gale，生于一八七四年），一位是苏珊·葛莱斯泊尔（Susan Graspell，生于一八八二年）。盖尔是小说家，也是戏剧家，一九二一年她把自己的小说《萝萝·伯特小姐》（*Miss Lulu Bett*）改成剧本，赢得该年的普立兹奖金。萝萝·伯特小姐是个孤零的女子，寄居在她出嫁的姊姊和姊夫家里，助理他们的家务；她姊夫常常烦扰她，她只好忍受。后来她起来反抗，跟情人逃走。不幸她后来发现她的情人是个有妇之夫,她在这方面又完全失望,回家来更感觉得生命的虚空,还得接受家人的嘲笑。这出戏的结局最先演出时是她独自一个到社会上去奋斗,虽然有人当时还向她求婚。后来结局改过了,她的第一个情人得到了自由,又回来找她。盖尔把两种不同的第三幕都印出来,任人赞成或反对。这两个结局都不很好,都不能给观众很深的印象。

一九二四年她的第二出戏《匹特先生》(*Mr. Pitt*) 上演,这是由她的小说《出身》(*Birth*) 改编成功的,不过在戏里她把匹特先生的行为更写得具体而清楚。匹特先生是个糊壁纸的工人,他很想做好一点的事,天生是个高贵而向上的个性。有一位贵妇看出他是个出身高贵的人,但他卑贱而无望的妻子却永不了解他,厌恶他改变生活的企求。这出戏演得不很成功。

葛莱斯泊尔和她的丈夫乔治·克仑·考克(George Cram Cook)是美国著名提倡小剧场运动的 Provincetown Players 剧团里的重要人物。一九一五年该剧团第一次公演时,节目单上有两出戏,内中一出就是葛莱斯泊尔的《抑制的欲望》(*Suppressed Desires*),一出讽刺自夸的独幕剧。在这剧团刚成立还没有立定足跟的时候,他和奥尼尔(Eugene O'Neill)两人供给了不少独幕剧给剧团。独幕剧中最好的要算《小事件》(*Trifles*) 一戏;这是一出很紧张的发生在乡下人家的暗杀剧,那丈夫给人暗杀了,那妻子被嫌疑而捕逮,当警长和捕房律师正在检查出事地点时,有两位女邻居把犯罪的证据毁了。这是出很紧张的戏,描写并不上场的妻子的性格非常灵巧聪明。

一九一九年她的三幕剧《伯妮丝》(*Bernice*) 上演,这是一出很有力量的戏。伯妮丝的丈夫对他妻子很不忠实,从欧洲回来也不立刻去看她。角色中印象最深的要算伯妮丝的女佣阿婢,她从小就跟女主人在一起。她告诉伯妮丝的丈夫克莱诺立斯说他妻子自杀了。这虽然暂时使他有点悔恨,但他觉得一种奇异的快乐,因为她的自杀正可以证明伯妮丝的爱他是比他从前所猜想的还要深厚,于是他与她的隔膜就打破了。他把秘密告诉给玛格丽特,他妻子的挚友听。后来阿婢告诉玛格丽特说伯妮丝并没有自杀,不过伯妮丝要她去告诉诺立斯她自杀了。玛格丽特骇异得不得了，她很想把这秘密告诉给诺立斯听，但她看出那谎言对于诺立斯有很好的效果，因为他觉得他妻子这样爱他，情愿为他而死，他一定要做个好人值得他妻子的爱；所以玛格丽特迟疑不决，不敢告诉他。于是她明白伯妮丝对他传播死的消息是为救他而起的，因为她明白只有惊骇的消息可以使他改好。这是一出看了不易给人忘掉的戏。在出演的时候作者自己扮演阿婢。

一九二一年她又上演一出重要的戏，叫《继承人》（The Inheritors）。此戏讨论的是一时代的自由主义者即下一代的保守派。那题材跟本奈特（Bennett）与诺勃劳克的《哩标石》（Milestone）一剧相同，不过葛莱斯泊尔是以美国为背景。美国西中部的拓荒者西拉摩吞于一八七九年由于他的朋友法谢凡列的怂恿创立一大学，鼓吹他的自由思想，这位法谢凡列是匈牙利放逐出来的思想很激烈的人。到一九二〇年他儿子法谢凡列伯爵手里，便和董事会变成负责任的保守派。但到第三代孙女手里，又成为明显的过激者。最有趣的是一位教授，他的态度是一半激烈一半保守。这出戏在美英两国的舞台上都很成功，代表葛莱斯泊尔的自由言论的爱好和辩护。

一九二一年 Provincetown Players 剧团又上演她的《边缘》（The Verge）一戏。这是一出很特殊的戏，内容讲一个患精神病的慢慢变成癫狂。她有强烈的愿望要创造生命的新的形式。她先试验花，培植花的新种。她后来拿同住在她屋子里的两个男人来作试验。在最后一幕她把一个男子杀死，当礼物送给另一男子。于是自己拔出手枪，一面唱着"上帝，我走近你"那首歌开枪自杀了。美国有名女艺员玛格丽特·威格列（Margaret Wycherly）扮演主角时，把疯狂的态度一点一点增强起来，表演得很好；不过剧情里所表意思：以受苦和破坏来创造新的生命似乎不很合理。一九三〇年她写成《爱里孙之家》（Alison's House）一剧得该年普列兹奖金。一九三三年她和马孙（Norman Malson）合写《滑稽的艺术家》（The Comic Artist）一剧，成绩却不甚好。

总之，葛莱斯泊尔和盖尔两女戏剧家对于舞台的爱好是毫无疑问的，不过她们的戏没有系统和一贯的联络，仅仅是试验品而已。这句话的证明可以她们的作品拿来和下面我所要提的戏剧家打比。

吉尔勃特·恩末列（Gilbert Emery）生于纽约州之那不勒斯城（Naples），他的祖先是从纽英伦（New England）迁过来的。他毕业于安麦斯特大学后，先写短篇小说和短诗，后以第一等副官游历欧洲大陆，欧战期间他也一直在欧洲。战后回国，脱离军界，充当演员，所以他对于舞台情形非常熟悉。一九二一年新的家庭戏剧《英雄》（The Hero）上演，描写一小城市的家庭生活非常真实，并且全剧的组织非常严密，戏剧的效果非常紧张。剧情是如此的：有两个弟兄，一叫安德鲁，一叫奥兹瓦德，奥兹瓦德到欧洲打仗去了，把一切未了的债务和不诚实的抵押责任都交给他哥哥。欧战完毕，奥兹瓦德戴了铁十字和漂亮的姿仪赢得他嫂嫂和一位比利时避难女郎玛莎的芳心。奥兹瓦德的性情脾气并不因欧战而改变，仍然过着优游自在的生活，不顾一切的浪费着金钱，一点也不想做点事业。当哥哥暗示他应该做事，解释他听经济方面已告拮据的时候，他妻子和母亲都来反对安德鲁对付弟弟的失当。可是奥兹瓦德有他自己的主意，不为所动。当奥兹瓦德的嫂嫂海斯德表示只要他愿意，她可以弃了丈夫来跟他，但奥兹瓦德的性情，除了对于自己的利益外，一点不感兴趣，他很明显的拒绝她——这一场戏写得非常的出色——他说："海斯——让我给你一个劝告。你钉着你的丈夫罢——你有了他也就够好的了。"他把她送出房去，因为他要偷他哥哥负责的一笔教堂的经费，拿了钱他预备到法国去找自己喜欢的女人去。海兹德带了一床毡子进来，看见他偷这笔钱。同时玛莎也进来，看见海斯德在他房里，幕就在这紧张的情境里下来了，全场静默，只说了一个字。

这出戏的好处就是处处能利用悬迟不决的写法。第三幕开启，人人心里以为祸乱来了；但剧情急转直下，出人意料之外。第二天早上海斯德正和奥兹瓦德争论，要他把钱留下来。他拒绝她，恐吓她要把她的秘密宣布出来，正在此时安德鲁回来了，我们盼望着全剧人物的崩溃，但忽然间救火钟响了，奥兹瓦德先出去，玛莎接着追出去，但玛莎追不到，回来报告说是幼稚园起了火。于是夫妇两人都奔出去，不一会儿夫妇两人用奥兹瓦德的大衣裹着抱了他们的儿子回来。原来奥兹瓦德因救那孩子和幼稚园另一学生，自己却葬身火窟里了。海斯德乘这机会，谎言教堂的钱是她给奥兹瓦德，叫他去存银行的。安德鲁相信她的话，于是奥兹瓦德便成了英雄了。三个角色各有不同的个性是值得我们称赞的。当此剧写成的时候，戏馆老板要他把结尾改为奥兹瓦德回来和玛莎结婚，他拒绝了；这样此戏才保存了文学上的价值。

一九二三年《污点》(*Tarnish*)一戏演出才得到真正的成功，虽然整个讲起来，不及前一出戏来得有意义。它的主题是恋爱胜过环境、嫌疑和人类的弱点。主角兰蒂·台维斯，她的坚强又精致的个性被衬在抱怨的母亲，放浪的父亲和有浪漫往事的情人的前面，更显得她的悲哀的处境。兰蒂已向情人告别绝交，因为她发现那情人也跟别人一样是有污点的。一个爱尔兰的女佣看见她在流泪，就安慰她道："扶梯上有个男人站着……我虽然不晓得你向他讲什么话，但是如果你是爱他的，留住他罢，因为世界上只有爱是最值得留住的——我的上帝，男子都是可怜的东西，都是污秽的——但是，我的好孩子，只要容易洗刷掉污秽的，你就应该把他留住。"果然兰蒂原谅了他，把他留住了。扮演主角的就是现在电影上赫赫有名的安·哈亭（Ann Harding），自从演出此戏以后，她就声誉鹊起。作者把这戏建基于古时的三一律，时间，地方和情节都紧凑在一起；那故事是纽约城里许多人都很熟悉的情节，所用的对话是介于文学与俚语之间。这是喜剧，但是指巴尔扎克所称的喜剧，即颇有严重意味的喜剧。观众看了莫不同情于那女主角，眼看着受环境的打击，但她很庄严地接受这些打击。

自后就很少看到恩末列的戏，直到一九三三年三月才在纽约上演他和伯敏汉（Michael Birmingham）合写的戏，叫《远方的马》(*Far-Away Horse*)，但此戏仅开演四次就销声匿迹，内容是讲经济极其窘迫的一家人家，因家庭中的乱七八糟，情形日趋恶劣。

亚瑟·李治曼（Arthur Richman，生于一八八六年）写过一本浪漫剧，《没有那么久以前》(*Not So Long Ago*)和社会的喜剧《可怕的真理》(*The Awful Truth*)，但值得我们讨论的是一九二一年上演的《伏兵》(*Ambush*)。主角窝尔忒·尼古尔受人警告，在他生活的环境里有许多伏兵,使他不能走上正直正当的路。这伏兵就在他家里:他女儿只爱寻乐,而他的妻子又赞成她女儿的行为,于是他就受苦了。这情节是很真实的,写得也顶诚恳的,组织得也很严密的。这的确算得是他的杰作。一九二二年他的《蛇齿》(*A Serpent's Tooth*)上演,但到最后一幕戏却毁坏了。

奥文·台维斯(Owen Davis,生于一八七四年)代表有改革精神的戏剧家;他写了一百多出不值得我们注意的闹剧,到后来受了易卜生和当代戏剧家的影响,才写出很诚恳的戏剧。他一八九三年毕业于哈佛大学,起先用诗体写悲剧失败后,他才以写剧为营业。一九二一年他写成《曲折》(*Detour*)一剧,虽然在营业上不很成功,但戏的本身是该年最好的剧本之一。它的主题是永远的希望。海伦·哈代是浪岛的农夫之妻。她从前有志于美术,后来嫁了丈夫,才把梦想抛弃,但她决定在她女儿身上绵续她的希望。她丈夫是个专爱买田的农夫。她和女儿贮蓄了一点钱,预备送女儿到纽约去学美术,父亲知道了,要求他们把钱交出来,让他去买邻居的田地。海伦拒绝她丈夫,决心和她女儿同到纽约去。作者用喜剧的方法写出,它的对话漂亮而坦直。但她女儿并没有做美术家的野心,不过她母亲热切的愿望驱迫着她去学美术。后来跟邻居汤姆恋爱上了,就很满意的结婚住下来了。海伦于是又开始积蓄,预备送孙子或孙女去学美术;虽然她丈夫讥笑她,她却在幕落时"站着,面有荣光,看到将来,她的心里就涌溢着永远的希望"。人人得其所需:女儿得到恋爱,父亲得到了田地,母亲得到了永远的希望。

这出戏并不受观众热烈的欢迎,但他并不灰心。他开始研究纽英伦的人物个性,并不是那些相传普通的个性,而是与田野作过长期奋斗的农夫的个性,结果在一九二三年写成《开往冰地》(*Ice Bound*)一剧。第一幕中的家族会议很像奥尼尔的《第一人》(*The First Man*)的第一幕。约但家的弟兄们都等着母亲断气。他们注意两个人:一是年轻的侄女琴恩,她一直服侍着他们的母亲,另一个是本恩,是母亲的小儿子,一个浪荡的人。母亲把家产都付给琴恩,但吩咐她和最小的儿子结婚,规劝他,改善他。琴恩把母亲遗书读给勃勒福审判官听的一场是值得我们注意的：

> 琴恩　"我亲爱的琴恩，医生说我活不久的了，所以我不能不这样做，这是我对你所做的最卑鄙的事。我把约但的家产留给你。自从我丈夫死了之后，我只有一个人要我照管的，那就是本恩，其他的儿子都早忘掉我了，惟有本恩是我的孩子。不过本恩是坏儿子，坏人。我不能把钱给他；他会浪费掉，而约但的钱不是容易得来的。"
>
> 审判官　可怜的女人！要她写这种话真使她太苦了。
>
> 琴恩　"如果浪费这些钱可以给他快乐，那我情愿去遭受冥世里约但的祖宗的责骂，我会向他们笑，但是我知道只有一个机会救他——要一个女人把她的心交给他，让他踩躏，像踩躏过我的心一样。"
>
> 审判官　（害怕起来）琴恩！
>
> 琴恩　"那女人得替他工作，祷告，服侍，过了几时他疲倦了，他就会回到她那里去。那个女人就是你，琴恩！你到我们家里来之后你就爱他。虽然他恐怕还不晓得。约但的姓是他的，钱是你的。上帝知道我传给你的钱并不多，但是你不能拒绝，因为你爱他，当他知道钱是你的，他也愿意和你结婚。我是个坏老太婆。说不定你将来会原谅我——要很久才能做成一个约但。"

最后琴恩嫁给本恩，并不是为快乐而是为了她爱他。

这本戏赢得当年普列兹的奖金。这是他登峰造极的作品，从此之后他的作品都是平庸得很。他又写过几出很聪明的笑剧和一比较野心一点的人物描写剧《客气的骗子们》（*Gentle Grafters*，一九二六年），这出戏大体也还好，就是给第三幕弄糟了。一九三二年十月他和他儿子唐纳·台维斯（Donald Davis）合力上演勃克夫人（Pearl Buck）的《大地》（*The Good Earth*），由 Theatre Guild 剧团上演，结果是完全失败，出乎意料之外的失败。他写戏太快太多是他不能写好戏的最大原因。

考夫曼（George S. Kaufman，生于一八八九年）是最喜欢跟人家合作写戏的一位戏剧家。最初和康纳里（Marcus Cook Connelly，生于一八九〇年）合作。两个人都生于西宾夕法尼亚（Western Pennsylvania），又都是新闻记者出身，最初引人注意的是一九二一年写成的《杜尔西》（Dulcy），剧情是讲一个笨的但并无恶意的妻子，因在星期六的宴会里把丈夫的计划暴露出来几乎把丈夫的前程都毁坏了。这是从新闻纸上得来的材料；他们承认笨拙也可以描写得很有趣，如果有聪明来作他的对照。

一九二二年写成的《给女人们》（To the Ladies）比前一出进步得多，因为这本戏里的角色如里奥那德和爱尔西比伯都不像前一出似的古怪，而切近于真实的人生。爱尔西刚好和杜尔西取对比的地位，她是家庭中的领导者，把丈夫从愚笨和妄想中救出来，保持她丈夫对自己的自尊心，并且也竭力使她自己相信丈夫。作者们相信人生最宝贵的财产是我们的幻想，爱尔西能得到听众的好感，并且能保留他们的好感。她的讲话能赢得人家的同情和爱护；譬如在第一幕终了时她向她丈夫的东家所说的勇敢的话，当她看到每年一次的公司宴会已不请他丈夫。她丈夫的东家，金开，是一个自命为要人的商人，发现她丈夫用公司名义借了钱，他很不高兴。她去解释，他不肯听她的话，于是她说道：

喔，但是有解释的！如果我——如果我能够使你明了！但是，当然，你从没有穷过——你们不论那一位——我的意思是真正的穷——一两块钱都是很重要的，你得非常小心去化用这一两块钱。所以你必须早几个礼拜就计划好……一点一点小东西都得计算好，如果有什么事情发生你没有预算到的，而你又不得不付的，那你就得减少一椿生活必需的东西。但是你晓得——我们自从结婚之后——一直是如此。后来好像大家帮忙已经脱离了这个困难——但事情一发生——喔，如果我能够使你明瞭……

这出戏的好处就是用讥讽的调子来描写公宴，非常有趣，戏到最紧张处在情境中发展出个性来更是难能而可贵。爱尔西的丈夫从演说集的小册子里抄出一篇现成的演说来预备照着讲，不意他的对手先他而讲，并且用的是同一篇演说稿。他听了吓得麻木不仁了，他妻子见机行事，站起来说他忽然得了喉头炎不能说话，就把演说稿给了她代他说话，说得人人心悦，大告成功。当时此角是由海伦·海丝（Helen Hayes）扮演，所以特别出色。并且作者把许多聪明的话放在爱尔西的嘴里说出来，譬如在最后一幕，她向金开先生说："差不多每一个有地位的人都是结婚的人，这并不是偶然的。"

一九二二年他们把威尔逊（Harry Leon Wilson）的小说《电影界的茂顿》（Merton of the Movies）改编成舞台剧，由名艺员格林·亨特（Glenn Hunter）演出，颇为成功。剧中的电影迷书记永远记住在人家的心里，不会忘掉。一九二三年的《深邃的林莽》（The Deep Tangled-Wildwood）却是完全失败。

一九二四年的《马背上的乞丐》（Beggar on Horseback）是一出有趣的梦想戏剧，取意于德剧作家保尔·阿普尔（Paul Apel）的作品。音乐家耐儿·梅克雷梦想要有很好的前程，非娶富家凯迪之女不可，凯迪雇用他在公司里办事，办事员都跟他开玩笑。艺术家喜欢做人家所不能做的事，而凯迪商人喜欢人家怎样做，他也怎样做，并且最轻视天才。

《马背上的乞丐》是考夫曼和康纳里合作时最后的一出戏。一九二五年他单独写《卖牛油和蛋的人》（The Butter and Egg Man），这是一出聪明的喜剧，讲舞台生活的，虽然卖座甚好，但实际上是出坏戏，以言过其实来引动人家发笑。一九二四年的《密尼克》（Minick）是和法勃（Edna Ferber）合写，由法勃的小说改编。出版的时候把小说和剧本合印在一起并且说明改编剧本的经过的情形。一九二六年合写《好好先生》（The Good Fellow），一九二八年合写《皇族》（The Royal Family），都不很成功。最近于去年合写《晚宴》（Dinner at Eight）一剧，颇为风行，在纽约一连演了二百三十余次。后来又上了银幕，走遍全世界，因为是诸大明星合演，到处都卖满座。

一九二九年他跟拉特纳（Ring Lardner）合写《六月之月》（June Moon），一九三〇年与哈特（Moss Hart）合写《一生一回》（Once in a

Lifetime),一九三一年和列斯金(Morrie Ryskind)及葛希温(Gerch-wins)合写《为汝而歌》(*Of Thee I Sing*),得到相当的成功,并且前后都上了银幕。

乔治·凯列(George Kelly,生于一八八七年)是出身于舞台的剧作家,他在一九一二年就在舞台上演小孩角色,替游艺会写独幕剧。《捷足先登》(*Finders-Keepers*)是第一出;演得很成功。写得最好的是《谀辞》(*The Flattering Word*),是一出关于舞台生活的戏。一九二二年他的第一出长戏《擎火把的人们》(*The Torch-Bearers*)写成,它是一出讽刺剧,讽刺以小剧场为社交场所的人们。背境就在他生长起来的菲列得尔菲亚城,那里的艺术的社会的爱美和半职业剧团的活动他都很熟悉,他很快乐地发现人类都是虚荣的。它的头上两幕写得很好,但第三幕反松懈下去,并且他的人物都描写得不很有个性。此戏到一九三三年在纽约重演。

一九二四年的《炫耀》(*The Show-Off*)上演,就进步多了。这是根据从前为游艺会而写的独幕剧扩大而写成的;虽然还有一点儿游艺会的味儿,但结构上已严紧得多,除了那结尾嫌弱一点。主角派以普(Aubrey Piper)自吹自挡,但即以好夸大而失败。所以虽名为喜剧,实则是一悲剧,观众都同情于他。

一九二五年他写成《克莱格的妻子》(*Craig's Wife*),比前更有进步了。《炫耀》是纯粹锐敏的观察的产儿,而《克莱格的妻子》是观察和想像的混合产物,含有深刻的人生哲学。克莱格夫人有着统治全家的野心,连丈夫也在内。她要的是权,有了权她觉得地位可以稳固。她的上帝是家庭,她坚持要把家弄得非常整洁,即使天倒下来也不管。有一个时期她成功了。但因她丈夫的婶母的干预和她自私自利的不得人心,一个个都离开了她,最后只剩她一个人和一所空房子。一九二六的普列兹奖金给这出戏赢了去。一九二六年他写成《黛茜·曼》(*Daisy Mayme*),一九二八年写成《看新郎》(*Behold the Bridegroom*)。这两年来在写作上他很静寂。他的写剧技巧,舞台经验,观察能力都很好,但他缺少幻想和想像,他的发展是有限的。

何华德（Sidney Coe Howard，生于一八九一年）的戏是属于家庭人物的。他在一九一五年从加省大学毕业后，特到哈佛大学在著名培克教授（Professor Baker）处学写戏。美国参加欧战，他便在美国航空队里服务，欧战完毕，他回来后先后担任好几个杂志的编辑。他最先写浪漫戏剧，他还翻译改译了许多剧本。一九二一年他的第一出戏剧《刀》（Swords）写成，是用自由诗体来写的，不过这出戏只能听不能看的。归尔甫人（Guelphs）和基伯林人（Ghibellines）的冲突不过是此戏的富丽的背景，主角妃阿马有三个人爱她，一是她丈夫，被奥各立诺关紧作质押，一是她的看守人，一是她丈夫的仆人加奈多，后来妃阿马把他杀了。这出戏虽然是失败，但是够证明何华德富有想像力和表达的天才。

一九二四年《他们知道他们要些什么》（They Knew What They Wanted）一剧写成演出，较前的确有显著的进步。它的故事是旧的，不过加以新的美国的背景，改编成现代美国的故事，一意大利酒商，名汤尼，年已六十，向一女侍者名爱妹者求婚。深恐她不肯答应，他把助手，一个美国青年的照片代替了自己的寄去，并且托他代笔写情书给爱妹。当爱妹嫁了过来，看到了她的丈夫大为惊骇，幸而汤尼在把她从火车站接回来的时候跌伤了身体，于是那夜她就委身于助手。此后暗中往来，避了汤尼的耳目。三月后给汤尼发觉，起先他预备把她杀死；但他对她的爱胜过了嫉恨，仍然同居生活下去。这个结局是很值得我们注意的，我们不愿意汤尼孤零的留在后面，也不愿意爱妹和助手出奔；而我们对于这三个角色都表同情；并且他们的脆弱无用不让他们做悲剧的人物。这跟十三世纪的原来故事 Francesca da Rimini 有英雄的与平凡的不同了。这是十三世纪与二十世纪时代的不同使然。不过这两出戏各有各的标准，各有各的真实。此戏演出时颇为成功，并得当年的普列兹奖金。

一九二五年的《幸运的森·麦卡佛》（Lucky Sam McCarver）失败了。内容讲一位时髦的女子卡洛泰爱上了第二街上夜会的主人森·麦卡佛，她爱他的原因：一方面是因为他长得漂亮，一方面因为他把一件暗杀事件勇敢的承认下来，靠他的力量不准人声张出去。这出戏里有许多很好的地方，不过在看剧本时有一点困难，就是所表达的情感不很清楚，于是作者不得不在舞台注里解释了再解释。他的对话有时太精微了，不容易明白它实在的意思。他在序里说一切要靠演员表达出来，要和演员合力创造；这把演员抬得太高了，因为他把演员放在剧作者之上。还有一个弱点：就是主角森·麦卡佛的个性太真实了，不容易得到观众的同情，最后他让卡洛泰的尸首躺着去赴一个商业的约会，事实虽真，但不能不使观众对他起强烈的反感。它虽然失败了，但的确是很好的戏剧文学。它的影响产生了最近盛行的《百老汇》（*Broadway*）一剧。

一九二六年的《奈德·麦考白的女儿》（*Ned McCobb's Daughter*）一剧比先前几出大有进步。他在这出戏里描写一个纽英伦的个性，一个锐敏、勇敢、诚实的女子，为了孩子们的将来，奋斗终身，非常真实而有力。她丈夫是个十恶不赦的人，但她总原谅他，直到丈夫跟自己的婢女通奸，她才恨丈夫，但她决不愿意浪费生命在怨叹里。她父亲麦考白船长为了保护家族的名誉，甘愿牺牲家产，职降为一货船的船主。她和她父亲认为生命中最重的是自尊心。她父亲为了他女儿和孙儿们的尊荣，愿意做一切事情。后来他女婿恐吓他老人家，诬告他是同党，他这一气非同小可，决心要把他置之死地而后甘心。卡拉罕是个大规模的私偷贩酒者，他要利用这机会借他们的屋子来放酒。他知道他需要钱，起先以为是好帮手，后来发现他的用心，便请了一班朋友装做政府的人员把他吓跑了。这出戏演出来还不及念的时候好，因为念的时候人物的个性在读者的脑里有充分发展的机会。

一九二六年《银索》（*The Silver Cord*）上演，虽然人物的描写上不及上一出，但舞台上却颇为成功，因为它所引起的情感是深刻的。内容是讲一个母亲，她对儿子们的爱超出于母亲的爱，她控制他们的生活，把一个儿子的婚约解除，把另一个儿子的婚姻几乎破坏。她像猫一样伺候着把儿子们对于其他女人的情感都赶出墙外去。写得很紧张很动人，母亲的个性可谓描摹尽致，但儿子们的个性却嫌弱一点。

一九三二年十月他的《故克里斯多弗·比恩》（*The Late Christopher Bean*）上演，一九三三年二月他的《外来的报物》（*Alien Corn*）又上演，都很风行一时，并都录登去年戏剧佳作的年鉴里。何华德的确是个极有希望的新作家。

马克斯威尔·安得生（Maxwell Anderson，生于一八八八年）跟何华德一样，戏剧之外，在别的文学上也是很活动的。他生于西宾夕法尼亚省，但在少年时即迁居于北达科他（North Dakota），在省立大学毕业后，就在勒兰标准大学（Leland Standard University）教英文；教了七年之后，便调任《旧金山日报》《新共和国报》《纽约夜世界报》，最后《纽约世界报》的评论编辑。

安得生的第一出戏是一九二三年上演于纽约城的《白的沙漠》（*White Desert*），虽然是失败了，但美国的剧台上又发现了一颗明星，因为他的戏充分表现丰富的想像力。这戏里只有五个人物，那悲剧是发生在积雪的荒野上。迈克尔开恩很妒忌他的妻，因为他跟丝佛柏特森的关系太特殊，他总是怀疑；他很尊敬女人的纯洁，那是爱尔兰人的根性，他愿意奋斗，不是去破坏纯洁，而是去保存纯洁。最后他逼他妻子忏悔一切，他妻子把事情全告诉了出来，并且丈夫也饶赦了他，但他终于把妻子一枪打死了，因为他怕再有被骗的事，他决不能忍受欺骗而生活下去。这出戏颇有斯干的那维亚的风味，是他初期的作品。

一九二四年安得生与劳伦斯·施德林（Laurence Stallings，生于一八九四年）合写《光荣的代价》（*What Price Glory*）。施德林生于佐治亚州，一九一五年毕业于威克福大学（Wake Forest College），先在报馆方面做事，一九一七年又加入美国的海军。渐渐升到船长，一九一八年五月在法国受伤，把一只脚锯去。回到英国，复入新闻界。在《纽约世界报》与安得生同事。他们想合写一本新的战争戏，把战争看成毫无浪漫性的坚苦的厌烦的东西。他们挑选了两个军人作代表，一是法兰格队长，一是宽克军曹长。他们的精神是职业的兵士，这在观众是件很新异的见解，所以他们一定欢迎的。他们在军队里并没有浪漫的光辉，和为荣耀而去冒险的心思。他们以当兵为职业。他们互相妒恨，为过去的种种冲突而伤害，后来同时爱上一个法国酒店老板的女儿，冲突便尖锐化，剧终好像要变成闹剧，但他用机巧的方法变成很余有味的美的终局。

安得生和施德林还合写两出戏,在一九二五年出演,都失败了。《初次的飞行》(*First Flight*)是十八世纪后叶的浪漫故事,《海贼》(*The Buccaneer*)是十七世纪的故事,虽然对于那个时代的生活描写得很真实,但都写得太坏,情节也很不合情理。

施德林此后便入电影界,对于舞台剧便从此脱离关系。一九二六年他的歌剧《深河》(*Deep River*)上演,这出戏是以一八三〇的纽奥令斯为背景,里面有很多短诗,所以出演时色调很浓厚,歌曲很悦耳,尤其是巫道魔窟里的恐怖的歌声。

一九二五年安得生根据勤·特列(Jim Tully)的自传,写一游丐的生活,写成《生命的乞丐们》(*Beggars of life*)一剧,是一出闹剧。一九二七年他写成《礼拜六的孩子们》(*Saturday's Children*)一剧,他又由闹剧回到家庭人物剧。这出戏描写一对青年男女由恋爱而结婚而争吵而和解。他注重在人类天生的弱点,使观众对男女俩都表同情。一九二八年的《吉卜西》(*Gypsy*)和一九三〇年的《伊丽莎白女王》(*Elizabeth Queen*)都有显著的进步。去年他写成演出《你的两所屋》(*Both Your Houses*),得到当年普列兹奖金。剧名是从莎士比亚名剧《罗密欧与朱丽叶》(*Romeo and Juliet*)里的名句"A plague o'both your major political parties"得来的,是一出精致的政治讽刺剧。因为它是硬性的故事的剧本,所以不能得到一般女人的欢心。

欧战后的美国戏剧家中最重要的是攸勤·奥尼尔(Eugene O'Neill),在本文内他应该占最多的篇幅;但因为我将另文详细评述,所以在此恕不多赘。

除上述诸名家外,尚有许多小作家,因限于篇幅,不能一一再加以介绍。最主要的如刘易士·皮支(Lewise Beach)、克宁亨(Lean Ceningham)、凯尼(Patrick Kearney)等,都是家庭人物剧的作家。

欧战后美国戏剧的另一显著倾向是荒野原始人生活的戏剧的勃兴,这种戏剧运动是很健康的,因为原野人的性格是无遮无掩,自由发挥,情感强烈,热情天真。荒野的土人,劳苦的黑人,都有他们特殊的个性,有他们的美德和缺点。在北部宾夕法尼亚州和纽英伦的土人已是留剩下来的柔弱无用者，真正的有勇猛气概的土人是在美国西部或凯洛里那，佐治亚和恳塔支的丛山区域，那里的气候和环境使他们保存原野人的英武气概。

演原野戏剧的剧团最著名的是凯洛里那剧团（The Carolina Playmakers），他们不单在凯洛里那一地演着戏，并且坐着剧团的大汽车南至佐治亚，北至华盛顿，到处公演。他们不但导演们非常热心，并且全体演员有为戏剧而牺牲的精神。他们正真是演戏给民众看，深入于民间。他们所演的戏已印成两册，名《凯洛里那民众剧集》（Carolina Folk-Plays），一出版于一九二二年，一出版于一九二四年。这些剧本都讲原野人的迷信，如格林（Elizabeth Green）所写的《当女巫骑行的时候》（When Witches Ride）。他们的演剧当然不及正式职业剧团来得讲究，不及它们有艺术的价值。但其精神是可以佩服的。

这原野人戏剧运动的基本人员，第一是郭契教授（Professor Frederick H. Koch）。一九一〇年他已成立了达科他剧团于北达科他大学。最先演的是《西北展览台》（The Pageant of the North West，一九一四年）和《莎士比亚那个剧作家》（Shakespeare the Playmaker，一九一六年）。到一九一八年他才注意到山民的生活，开始写山民的剧本。那时他已调任北凯洛里那大学为戏剧文学教授。凯洛里那剧团就是他发起组织的，两本《民众剧集》也就是他主编的。

这运动结果产生了一位值得我们注意的艺术家，保罗·格林（PaulGreen）。他从欧战回来，到北凯洛里那大学担任哲学讲座，他写了很多有价值的原野人生活的戏，合订一册，题曰《上帝的意志及其他凯洛里那剧本》（The Lord's Will and Other Carolina Plays）。他写了许多关于黑人生活的戏，如《寂寞的路》（Lonesome Road，一九二六年），以及《在阿伯拉罕的胸怀里》（In Abraham's Bosom，一九二六出演于Provincetown Theatre 剧场，得普列兹奖金）等。他也写美国南部农民的生活，如《土地神》（The Field God，一九二七年）一剧。最近他写《康纳列家》（The House of Connelly）一剧，被收于一九三一至三二年的戏剧佳作集内。

凯洛里那剧团运动的影响有多大，虽然现在还很难说，但在一九二四年一年内纽约的舞台上一共演了四出山民生活的剧本决不是偶然的。其他又如凡尔麦（Lula Vallmer）、休士（Hatcher Hughes）、马开（Percy MacKaye）诸人，也都写了些很著名的原野人生活的剧本。

我相信深入民间的戏剧是美国戏剧在最近的将来最显著的趋势。

编者按：该文为顾仲彝著，摘自《现代》第 5 卷第 6 期第 860—873 页，1934 年 10 月 1 日出刊。顾仲彝生于 1903 年，卒于 1965 年。在 20 世纪 30 年代，他译介美国文学的成绩非常丰硕，除了撰写《现代美国文学》（载于《摇篮》1932 年第 2 卷第 1 期）、《现代美国的戏剧》等宏观介绍美国文学的文章，还翻译了奥尼尔、莱斯等剧作家和德莱塞、安德森等小说家的作品。

十　现代美国的文艺批评

（一）文艺批评和美国：顺路说到中国的急需

　　一件非常奇异的现象，一看各国的文艺批评史便可立刻窥察出了的，就是任何国的文艺批评都是十分浓重地以本国的传统为背境。说到批评家，就往往是在别国以为无关重要，或在史上毫无地位者，然而自其本国人视之，却仍然非常煊赫，几乎应该认为独尊的光景。譬如说罢，在英国人的口中，安诺德（Mathew Arnold），差不多是文艺批评的开山祖了，然而话到了德国人的口中，代替了安诺德的，乃是莱辛（Gotthold Ephraim Lessing）。考列律治（S. T. Coleridge）、渥兹渥斯（William Wordsworth），英国人又认为是了不得的，单单渥兹渥斯那篇《抒情民歌集的序文》（*Preface to Lyrical Ballads*），胜茨摆雷（George Saintsbury）在作他的名著《批评史》（*History of Criticism*）时，自己就说读过了五六遍，以胜茨摆雷看，那重要是不次于亚里斯多德的《诗学》；就是现在的以《文艺批评之原理》（*Principles of Literary Criticism*）一书著称的李却慈（I. A. Richards），他的路线也依然是导源于渥兹渥斯与考列律治两人。在德国呢，那传统便是另一种，文艺批评已认为是文艺科学的一部门，而为文艺科学的最大重镇的，乃是建立精神科学（Geisteswissenschaft）的大师狄尔泰（Wilhelm Dilthey）。进一步，更追根求源的话，便一如德人的对于一切哲学、美学、思潮、人生观似的，则抬出大诗人歌德来，正如中国在过去总是"折中于夫子"。其他，法、意、俄，凡有独立面目的民族文化可称的，情形皆类似。

在这里，我们很可以看得出，一则文艺批评恰如近代的哲学，还没纳入一种统一的体系，这和自然科学的情形是显然不同的，所以有识见的人，在现在不能偏于一派一隅，尤其在中国，我们既然没有那种传统作背境的，似乎更不必冒充某某的嫡派了。然而现在却依然偏有人，奉外国的木主，而为自己的奴性作挡箭牌，以欺压本国同胞，所以我们就时时有拆穿的义务了的。其次是，截至现在为止，民族精神在文化上的意义终于十分重大，这是如何也不可否认的事实。所谓文化遗产，显然有民族意味的基调在，不过话要分明白，我认为：为整理的方便，对文化遗产中的民族基调是不能不加以特别注意的，因为否则便不能有充分的理解故；为目前的文化建设，这种附丽于民族精神的传统也不妨发挥光大，因为目前仍是一个过渡期，以本国人发挥、咀嚼、批判、抉择本国人的文化，便是一种责任，而且有着方便；然而为将来，却绝对地不能以这为终极，因为倘若那样，则偏狭短浅所至，必去健康的全人类的文化的建立日远，而且会有恶劣的不可想象的坏影响，是不待言的。至于政治上的民族主义，或源于政治立场而谈到的文化上的民族主义，却和我这里说的是全不相干。正如我主张研究一国的文化，不能忽略了地方性，文化区的研究是不失为一个有价值有兴趣的研究，然而并不能因此证明我赞成同乡会，或同意豫籍大学生和粤籍大学生斗殴。本来，对这而加以声明，似乎是不必要的，可是处乎神经过敏之世，说不必要的废话，也成了家常便饭了。

美国的文艺批评，却没有什么本国的传统可说。第一个原因是她立国的日子太短浅，还不足以形成一个集团所特有的深刻一致的生活方式。第二个原因是她国内的民族十分复杂，各有各的本来的习俗风尚和信念，现在还不能太统一地有所表现。第三个原因是他们太重实际，太重效能，像爱迭生那样的人物，才是美国人的代表，自然，他们是十分有功于人类的，然而从而找什么精神上较为深刻悠久一贯的线索，所谓"传统"，却是非常的薄弱。倘若有所谓美国文化这种东西的话，那意思就是也确乎是美国人所特有，可以代表美国人的人生观的，也就只是这点重实际、重效能的精神罢了。实验主义（Pragmatism）的哲学，如詹姆士、杜威等所倡导的，恰可以说是这种表征。然而这也是十分晚近的事情，传统是需要时间和历史的，因此美国办不来。所以美国文化的大部分是像美国的人民似的，乃是移植过去的。在美国而讲传统，其实不是美国的传统，而是别人的传统，为美国人承受了去的而已。

我们知道，文艺批评的背后，是美学。作美学的根柢的是哲学。即以新兴的文艺批评而论，其背后便是所谓"科学的艺术理论"，这是什么呢？不过是美学的别名；而这种美学的根柢，却就是唯物辩证法的哲学。美国的哲学，既历史之浅如彼，美学更说不上，所以独立的特色的文艺批评也就很微乎其微了，有之，便是外邦文艺批评的余波及反响而已。详细处有待于下文，现在我转而想到中国。

中国有与美国相同处，就是同样地在现在拿不出代表本国的成为独立面目的体系的文艺批评来，然而不同处却在，以目前论，中国还不如美国，因为美国还在吸收，中国则即吸收，也迄未有较大的批评家出现，琐屑和肤浅、渺小，笼罩着中国的批评界。实在令我们一见到外国的进步状况就会赧颜的，但以过去论，中国却比美国幸运，我们终有深厚的文化教养作传统，在那里是纯然有我们自己的面目。现在的课题只是，那种灿烂光华的文化和近代欧洲的文化有着一种跳不过的空隙，我们则要如何踏实地弥补起来。这好像世界上已经通用纸币了，我们却有元宝藏在地下，并不是没有钱，却是有而不能马上用。我们有传统的人生观的呀，我们有传统的哲学的呀，我们也有我们的审美能力的呀，但那完全建筑在另一个世界里，现世界里所有的，我们却又急切不能取得，这便是现代中国人文化上的最大苦闷时期。我们在现在介绍外国批评之际，不禁思及中国文艺批评之根本问题，所以特地顺便写出，以供好学深思的人们的参考。

（二）美国文学演变现势和文艺批评主潮

美国的文艺批评是没有自己的传统作背境的，是欧洲的文艺批评的移植的，正如菲斯特（Norman Foester）所说："在美国，是没有一种本土的传统领导她的艺术和批评的，在美国，是没有那种以民族为背境的许多概念，以备援古证今者之需。倘若美国的批评家而欲表现其为美国，则势必坐落在空虚里。"

那么美国的文艺批评是以什么为基调的呢？可以说自一七七六年独立以来，直到十九世纪之末二十世纪之初，是彻头彻尾在浪漫主义的气息里。说起来，这情形也是自然的，因为，就是那篇独立宣言，也完全是本了卢梭的主张，便可见那渊源之深了。美国的诗人，如郎弗罗（Longfellow）、惠提尔（Whittier）、劳威耳（Lowell）、惠特曼，却完全是浪漫诗人，许多散文家，也都是浪漫派的散文家。不过美国的浪漫派也是缺乏独创的精神的，在美国文学的初期，几乎全是仿拟的作品。到了十九世纪的开始，除了爱伦·坡（Allan Poe）以外，所有作品差不多都非常与浪漫主义的味道相近了；在这时，别的国家都几乎把浪漫主义忘了的，美国的作家却捡起来，他们的最大贡献，便是作到使国人可以理解何为浪漫主义的地步。之后，郎弗罗一流人虽不能独创，但他能代之以翻译，而且又会善于运用外邦材料。至于劳威耳，同样是维持浪漫主义的人，倘若没有他，也许美国的浪漫主义不能这么久。惠特曼却是美国浪漫主义最后的一人，同时却也是到达新的开展的桥梁的一人。

新的开展是写实主义。以十九世纪之末为开端，美国的文艺渐渐自浪漫主义的怀中解脱而出了，特别到了二十世纪，自欧战开始时（一九一四），美国文学突然到了极其辉煌的时代，有人称这时为美国文艺复兴期，其重要是可想的。美国人自以为政治的独立是在十八世纪得到了的，经济的独立是在十九世纪得到了的，文化的独立却还没得到过，所以现在才急起直追。所谓现代的美国文学，其背境是如此的，而现代美国文学中的一部分——文艺批评，当然不必另说了。我们对于现代的美国文艺批评有了这种根本的认识以后，我们再可以看她的主潮和内容。

十九世纪结束以前，经过像海姆林·迦兰德（Hamlin Garland）、斯特芬·克伦（Stephen Crane）、爱德温·阿令顿·鲁滨逊（Edwin Arlington Robinson）、弗兰克·诺里斯（Frank Norris）及爱迪斯·华顿（Edith Wharton）这些人的著作的出版，写实主义的先声已经建立了；在诗一方面，这种写实主义得到充分的表现，是在一九一四以降，由于艾梅·劳威耳（AmyLowell）、罗勃特·弗罗斯特（Robert Frost）、维契尔·林德赛（Vachel Lindsay）、爱德迦·黎·马斯特斯（Edger Lee Masters）、卡尔·桑德堡（Carl Sandburg）和多人在《新诗歌》（*New Poetry*）上的努力而然的，这种怒潮至一九一六而稍杀，然而小说方面的写实主义的作家又兴起，如修多尔·德莱塞（Theodore Dreiser）、休乌德·安得生（Sherwood Anderson）、辛克莱·刘易士（Sinclair Lewis）等，把潮流又继续下去。在这种潮流之下的文艺批评运动，便形成一种反浪漫而同情于写实的趋势，文艺批评于是愈来而愈成为印象派的、表现派的、社会学的和心理学的了。

首先揭竿而起的，是约翰·迈西（John Macy）。他在《美国文学之精神》（*The Spirit of American Literature*）一书里，声言美国不是一个平民国，而是一个大贵族，把郎弗罗贬为第三流，极赞仰马克·吐温（Mark Twain）与惠特曼，又认霍威耳斯（Howells）、詹姆斯（James）为写实主义者，但说他们美则美矣，不过太柔弱与浅薄。他又说全美国的作家都是"理想主义的，甜俗的，脆弱的，精细的"，而且"总是背着生活，看不见生活的强烈性，以及生活的意义"。在迈西之后，同调的有范·魏克·布鲁克斯（Van Wyck Brooks）、乐道尔夫·布恩纳（Randolph Bourne）、门肯（H. L. Mencken）、司丢阿特·休曼（Stuart Sherman）、卡尔·范·道伦（Carl Van Doren）、亨利·S. 坎贝（Henry S. Canby）、刘易士·曼福德（Lewis Munford）、哈罗尔德·E. 斯梯恩斯（Harold E. Stearns）诸人，凭他们锐利的观察和新颖的讽刺，是有着不少的有价值的贡献的。

自从对德宣战的结果，美国的政治及经济上的优越是昭示于世界了，然而精神上、文化上的贫弱，却同时也不能遮掩起来，因而美国人关于这方面的要求，极其急切。所以在美国人反浪漫的空气中，同时就是要求建立自己的文化的时候。他们的兴趣宁是在国家的天才，而不在广泛的人类；他们宁自信，而不依赖已往；他们宁是抱有一种冒险的兴致，而为所鼓励，却决不是援用旧标准，以为改革之资。他们是急切的，他们一点也想不到一种文化的建立不是马上可以得到的事。他们不知道作"人"比作"美国人"更重要，他们更不知道即使还不知道如何作"美国人"，而如何作"人"却是一样可以晓得的。

惠特曼及其同时的批评家，完全忘了一个文化的建立不是孤立和排除什么的，最重要的事项却是消化和吸收。直到惠特曼的晚年，他的态度是变了。他在《美国今日诗坛》（Poetry Today in America）一文中，说美国顶重要的事乃是吸取美国的渊源所自的国家的文化，不特限于英国，还得加上庄严虔诚的西班牙，彬彬有礼的法兰西，深沉远大的德意志，以及其余诸国，甚至意大利艺术，东方民族的精神，也不能放过。他认为所有这些文化，美国应当是责无旁贷的继承者。惠特曼又说虽有国家之分，人类的故事的标题却终归是旧的，而且还是那一套，人性是依然的，同样的心和胸。我们很可以看得出，这种观念是和后来的人文主义者白璧德十分相似的。

美国人在吸取已往的文化。就中影响最大，而形成现在美国人的人生观、宇宙观的，是盛行于十七世纪而至今未衰的自然主义。这种思潮中的要点，据爱德温·格林劳（Edwin Greenlaw）在《十七世纪之新科学与英国文学》一文中说，是有三个：（一）一种新实在论，或者一种信赖观察和实验的事实的意味；（二）不信权威，而倾向于自由探索；（三）承认演化，觉得人必须在现世界里有所改良。在欧洲自然主义之后，便是浪漫主义的世界了，这时候宗教的或论理的真实已成废物，大自然便是上帝的化身，人本来是好的，所以不好者乃是社会制度致之。自卢梭倡导以来，德国根于超绝哲学的"狂飙运动"加以响应，于是成了历史上未有的奇观。然而实际的生活，是不能常压在理想者浪漫的幻想下的，加对以自然的冷酷的分析是科学，对自然的热情的向往是浪漫主义。二者也是不相融的，遂使十八世纪的浪漫主义又为写实主义与自然主义所克服。不错，写实主义是浪漫主义的反动，但二者的根源都是人性，所以他俩的冲突，不过是内战而已，不过是一家人的吵嘴而已，并不能绝无往来。就看现代的批评吧，在厌于写实主义之余，是会又提起浪漫主义的，因为二者的相通是太容易了。

这就是现代美国文学所取于已往的资源。近处说是惠特曼，远处说便是卢梭了。

当美国人认为他们现代的要务不是在对于过去的信念无批评地怀疑，而是对于当前的信念要批评的怀疑的时候，写实主义和自然主义究竟贡献了什么的问题便来了。写实主义和自然主义的建设方面实在是没有什么的，一经考核，便几乎陷入于瓦解和衰退的地步。在从前那种怀疑已往的精神，现在又施之于怀疑目前了，这种潮流，当远推之于爱麦逊（Emerson）与劳威耳。但是劳威耳向往的却是但丁，爱麦逊向往的却是柏拉图，都不是当代。他们要求的，是想从暂时的东西里分析出一种永久，又求古往的传统中的永久的成分和现代文化内容中的永久的成分的契合。他们的工作由查理·爱里特·诺顿（Charles Eliot Norton）继之，到了晚近，被无数的批评家及学者拥护着，便是所谓的"新人文主义"。在《剑桥美国文学史》卷四中，说在"新人文主义"的旗帜下面的人物有保尔·爱耳迈·穆尔（Paul Elmor More）、白璧德、约翰·埃·柴普曼（John Jay Chapman）和乔治·爱德华·乌德摆雷（George Edward Woodbury）。此外，却似乎须加上：布郎耐耳（W. C. Brownell）、迈塞（F. J. Mather）、弗来（P. H. Frye）、威廉·F. 吉士（William F. Giese）、巴蕾·赛尔夫（Barry Cerf）、萨母耳·斯特劳斯（Samuel Strauss）、司丢阿特·休曼（特别在他早年的作品）、罗勃特·色佛尔（Robert Shafer）、郝斯顿（P. H. Houston）、爱里特（G. R. Elliott），以及许多名字生疏的青年人。

这许多人中自然以白璧德为巨擘。他逝世还不久，在他的《论所谓创造》（*On Being Creative*，1932）一书的引言中，重申其人文主义的主张。人文主义之目的，如他所说，是自古希腊时代以来，就一贯的在于避免过分。人文主义者的人生态度，必需的是二元的。这意义是在他必须承认人人有两个人格，一个人格是能够去约束节制的，另一个人格却是需要被约束节制的。前者是一种很高的意志，据他说，正是孔子所谓的"天命"（the will of Heaven），它之能节制人的自然的、物质的、生物的一方面，是比理性的节制更方便了许多的。白璧德的人文主义，是一种希腊思想和东方的神秘思想的混合，又佐之以近代的种种科学常识而成的。他的特色，在我看，是掇拾一切，又不创造，又不偏于一方面的一种东西。例如他的论爱吧，他说："从苏格拉底的和释迦牟尼的深思远虑看起来，我好像曾抓到那个字的核心了，所谓爱者，在其宗教的意义上，并不是使一个人被动的和原于根性上的一种失足，乃是一种高的意志活动的成果。对于这种意志，自然人们可以依了正统的基督教派的要求说是应该，而且有许多神学上的定论随之而出。然而我却只求在心理学的观察许可之内，能够表示基督教中的一点要义是可以正当地折中地加以辩护的，就于愿已足了。"意义是源于某人的，话又是在什么限度以内的，而且折中，这便是白璧德的精神。

人文主义者和自然主义者是不同的，其要点有两个，一则是人文主义者的出发点为两元，而自然主义者的出发点却是一元；二则是人文主义者是承认人的意志自由的，而自然主义者却是宿命论。人文主义者和浪漫主义者也是不同的，浪漫主义者以为自然的道德标准即是对的，不需要论理的运用，人文主义却是同乎希腊思想的根源，追求所谓理性。人文主义承认一切的经验，甚而包括着出了科学所承认的范围以外的经验，人文主义是中庸的，是拘束的。

T. S. 爱里特（T. S. Eliot）对于白璧德的人文主义，专有一篇批评的文章，后来收在《为兰司罗特·安堀罗斯作的论文集》（*For Lancelot Andrewes*）中。他说："白璧德是采取已往的许多思想家的主张的。他一点也不是对他们有所误解，更不是对他们所来自的文化状况有所隔膜，正是相反，他实在知道的太多了。那是，依我想，他却太只注意于那些个人的藏在书中的使命了，而有意地忽略了那些成其为使命的条件。他捧起来的那些当为我们称赞和模范的人物，是完全和他们的种族及时地游离了的。结果，我看白璧德先生自己就破坏了他自己的所隶属的种族及时地连系了。"其次他说："在白璧德先生的独善其身的狷洁自好的个人主义，是和他所求有助益于国人及文化本身者的中间有着一条鸿沟。"他更抓到要害的是："人文主义不是宗教的对头，就是宗教的附庸。在我看，人文主义的兴起往往是宗教鼎盛的时期，可是你也可以找出反宗教，或者至少和宗教对立的人文主义来，那种人文主义却是只有破坏的，因为它没有它所反对下去的代替品。任何宗教，最怕陷入仪式的例行的僵化状态，虽然仪式和例行对宗教也是必需。宗教在这时只有由于感觉的觉醒和新鲜的信仰才能有着新的生机，换句话，就是需要批评的理性。所谓批评的理性，却正许是人文主义的一部分。然而倘若如此的话，则人文主义的作用倒是即使必需，而已成为次要的了。你决不能把人文主义本身变为宗教。"所以人文主义者是矛盾的，既欲建立宗教，又欲批评之，结果非常不自然。

人文主义者还有他们的美学。这种美学是古典主义的，但却尽量予之以近代的说明。美学的对象是美。美可以分为两方面去看：一可以就"量"，一可以就"质"，也就是说：一是就其程度，一是就其种类。

（一）就量论 依照克罗采（Beneditto Croce）的学说，自然主义的时代，对美的要求只有量的。据克罗采说，美只是一种表现的完全，表现而缺了完整，就陷入丑陋。这种理论是近代反对客观的模仿而倾向主观的表现的一种自然趋势。现代人不论模仿的是否真实，却只论表现的强度如何了。强度和生动（Intensity and Vitality）成了现在美国批评界的口头禅。最近就有批评家说，批评一个作品，不只是问那是真实么？那是善良么？那是美的么？还有：那是活的么？有人称末后的问题如第四度空间样的第四度（"a fourth dimension"）。

（二）就质论 美有质的分别，据他们看，因为若没有的话，则凡是完全的、合比例的表现都平等了，表现的"性质"却漏了。他们认为常识上也可以证明要问表现的东西的性质是不可免的。常识上也知道《依里亚特》《失乐园》《李亚王》，虽同够表现的完整，但是人们的赞赏是有着悬殊的。在批评一个作品的时候，不特当问美，还当问是那一种美？值得表现的是在什么地方？真在什么地方？好在什么地方？他们认为作家的作品是取自经验的，在经验的内容中，不外感觉、情绪、理性和道德意志。所有艺术家不能把四者并重，必有所偏。例如他是浪漫的，他一定重在感觉的印象和情绪的本然，而贬理性和道德的想像。倘若他是写实的，他一定重在感觉的观察和理性，而情绪的本然和道德的理想又被抑下了。如果他是一个古典主义者，则又一定重理性及伦理理想，而轻感觉与情绪。由人文主义者的眼光看来，只有古典的文学是重其所当重而轻其所当轻的。

人文主义者的方法，第一步是历史的理解。他们认为文学之所以存在，是因为它有价值，所以他们要找寻那价值建于何所。

人文主义者的哲学是寻其最后的真理不于人之恰如其为人（那是写实主义），也不于人之劣于其为人（那是自然主义），更不于人之所欲其为人（那是浪漫主义），乃是在于人之当何如而为人。

人文主义者以为当美国人知道如何作一个美国人以前，必须知道如何作一个人类的人。达到这种目的，与其说是"创设"（construction），不如说是一种"重建"（reconstruction）。过去的人生的理想必须恢复，只不过由那些极端论的检讨者再加以修正就是了。

他们采取表现主义派的批评，以为那种追求作者是否表现成功的课题未尝不是批评家所有事，然而不是止于此而已的。却必须加上真吗？好吗？是那一种真？又有着那一种的道德性质的等问题。

在美国和白璧德的人文主义的批评反对的，最显著的是美国的克罗采派，便是表现主义派的批评者斯宾迦（J. E. Spingarn）。在《论美国批评家》（*The American Critic*）一文里，他针砭了美国批评界的现状，无疑的，首当其冲的应当是白璧德的人文主义的批评。他说："英国的批评如英国然，从来没承受或创造过一种美学思潮的传统，永远在缺乏一种哲学头脑的识力或确切之见。美国人也有时有颇聪明的话，然而是零碎的，而且不久会被人忘却。在美国的批评家中，所提出的问题都是彼此不相干涉的，从哲学的见地看来，那些问题多半是建立在沙滩上的。所有美国的批评，不管是保守派也好，激烈派也好，总是些不连续的文艺上的理论，以代替一种艺术哲学。'在作品中寻出一种概念而抒写之'，这是一般的美国人心目中的批评的意义。"我们知道，这却恰切是道着白璧德的方法的，白璧德虽然也承认美学，也承认技巧，但是一经运用，他就是在作品中找什么概念而已了。

斯宾迦是着重在美学的。他说："批评家而没有美学便好像一个航海者失了地图，失了南针，或者缺少了航行的智识；因为，问题并不是在船应当往那里去，也不是在船应载什么东西，却是在船是否到达了什么地点而没沉陷。"

"批评，"依照了他的意见，"不过是审美能力的表现"。审美能力却并不是不需要智识，乃是"只有为智识所引导，而够上一种思想时，批评才是能给我们那作家所不能给的，于是乎文艺批评才达到了最高点"。

"任何艺术哲学的背景是人生哲学，"他又说，"所有美学公式倘若没有丰富的内容在其后，则是空虚的。批评家有如诗人或哲学家，你必须把全世界把握于自己，而他把握的愈多，他的工作将愈佳。然而这并不是说批评家，不要他以文艺批评为限，须把他的注意力集中在道德、历史、人生问题，而忘了艺术所化入的形式。不错，艺术给我们艺术以外的东西，然而在其中寻道德的或经济的理论，即使寻出，也只是道德或经济而已，却不是艺术了。在任何国家之中，逢到一种艺术，使道德的评价过于审美的，恐怕没有再甚于美国的了。在法国、德国、意大利，这种态度早成为过去了。即在英国，那权威的批评家也把道德的判断之首先提出，认为颇费踌躇。然而美国还争一个道德的批评的标准，因而有了道德的与反道德的两派。"

据他说，美国人对于文学的态度有三个特点：（一）认为文学有道德的力量；（二）文学是改变人们走向一个新世界观的；（三）就是把文学看作只是表面的韵律，小巧，而忘了内在的一种美观而已。他的话真是不客气了的，而三者之中，他尤其反对第一项，他说道德家却是散文的，而不是诗的。他更明确的说："给我们以本体的形象，而并不真给我们以本体，宁是给我们以想像，而不是思想或道德，才是艺术家永久的使命。"

根据他的论断，目前美国的文艺批评界，是有三大急需。第一，美学的思索的教育。但是那胡乱的英国的经验主义和美国的凋谢的道德主义却是无补的。必须把认为批评家是道德的监督者或赞扬者的观念一改而为批评家乃是美学的思想家。第二，须纳美国文艺批评于世界的学术界之中，由这种训练而使美国文艺批评有一种更广的国际的眼光以及更深的民族的识力。第三，在批评之先，美国批评家须有一种更锐利透到的感性，而更完全地在艺术家的理想力之下屈服一点。想像的同情是一切文艺批评的中心。精神的生活的创造的一刹那，是艺术家和批评家所同等享受的。审美能力，也就是美学的享受的训练是唯一的批评家的升堂入室之门。

（三）结论

大体上美国文艺批评的两派，我们是叙述过了。在这极短的篇幅以内，我们很难以再更详细的说明。然而我们倘若抓住要点，是不难作进一步的认识的，那就责在读者了。

我们看，批评永远是这二者的起伏，一是感情，一是理智。感情的表现，是倾向于浪漫的，理智的表现是倾向于古典的。人文主义的批评和表现主义的批评的分野也足透这种消息。从古以来，亚里士多德和柏拉图的不同就业已表现着了。人文主义者是亚里士多德一派的，表现主义者在骨子里是近于柏拉图。

二者比较了看，我总觉得表现主义派说的话像话。我们知道表现主义者的传统，是出发自意大利的浪漫主义作者曼左尼（Alessendro Manzoni, 1785—1873），又佐之以歌德的声援，而发挥光大于克罗采，克罗采的流亚就是斯宾迦了。其初曼左尼提出文艺批评家在批评时是问两个问题的，第一是作者想要说什么？第二是作者说的成功了没有？但以人文主义者看来这是不够的，就又加上第三个问题：该不该说？单从字面上看，表现派和人文派都没忽略这三个问题。他们都振振有辞地好像没有所偏。其实，在人文主义者的口中虽把三个问题并称，而是只采取了第三个，所以他们实在忘了艺术。在表现派虽然默认有第三个问题的存在，但是他们是不过问的，所以他们实在忘了人生。然而人生问题不是文艺批评者的专责的，所以倒是表现派没抹杀对象——艺术品。

依我看，文艺中的道德性有是有的，然而意味上是广阔得多了，不能拿伦理教科书中的内容去范围它。爱，生长，创造，反奴性，反残暴，反愚妄，这是一切文艺道德表现的共同点。问题乃是在它出之如何的方式，这就有了写实、浪漫、古典、自然之分了。然而在它们的内容达到某种程度以后，这方式会是平等的。正如我们不能把工笔画和写意画分轩轾。在绘画，在音乐，因了他们表现的方式的不同，我们是同样的加以欣赏，有同样的理解的义务，在文学亦然。我们对于大自然，不能爱细雨甚于暴风，因为它们实在是同样美的。所以，人文主义者特别在文学里找道德，而且把古典主义的文学特别标以高价，这是偏狭的。至于表现派，却没想到道德的意味未必然就限于人文主义者所操持的一种，文学中的道德又看出之于如何的方式，这种疏忽也是无可讳言的，否则他们不至于很轻易地排除第三个问题于批评家所应过问的范围之外了。

编者按：该文为李长之撰，原载于《现代》第 5 卷第 6 期第 891—901 页，1934 年 10 月 1 日出刊。李长之生于 1910 年，卒于 1978 年，毕业于清华大学，是中国现代著名作家、文学批评家和文学史家。

下 编

一　毕树棠

　　德来塞是二十余年来美国小说界一位重要人物，他是脱离旧时代、开拓新疆域的几位先进的新小说家之一。他的作品之重要是在思想背景的翻新，翻新就是反抗，这种反抗的精神是有相当来历的，不是偶然的。

　　德来塞的思想的出发点是他个人的生活所造成的；出发以后和时代社会相接触而起反应，遂成了他的思想的全部，大要有两个特点。第一他是穷苦自拔的出身，人生观受了达尔文的影响，以为社会是一片野蛮，人类在里面永远不断的竞争生存，不因着有法律道德和社会的成规而有间断，适者生存，而生存者却不定是向善的。……他看轻意识，而重科学，不信有恋爱，只知有性欲，单由性之所近与情之所好，而不别善恶与是非。一言以蔽之，他把人定为是生物化学的，和禽兽没有分别，所以批评界给了德来塞一个学名曰生物化学者（Bio-Chemist）。其次德来塞是新闻记者出身，所以他很重事实。……他的小说是新闻，说客观也算到了极点，说他是一个小说家，不如说他是一个历史家。他的小说除去初期的两部作品尚不十分显著以外，其余的几个长篇都是一面堆积多量的事实，一面描写人物的性格都是一成不变的，分量是沉重的，风格是单调的。

　　总看起来，生物定命论是德来塞哲学的中心，也便是他的艺术的背景。但是在他作品里若除开人生哲学的意义，单论艺术的意味，却很有限，换言之，他是畅开的阐发他的哲学信条，而脱开艺术的限制。

编者按：上面三段摘自毕树棠著《德来塞的生平，思想，及其作品》，分别载于《现代》杂志第 5 卷第 6 期第 934、936—937 和 942 页，1934 年 10 月 1 日出刊。毕树棠生于 1900 年，卒于 1983 年。1921 年后，他长期任职于清华大学图书馆，参照英美期刊上的相关论述，向国内积极介绍欧美文学近况。除《德来塞的生平，思想，及其作品》之外，他还在《现代》第 5 卷第 6 期发表了《大战后美国文学杂志编目》，在《文学》第 5 卷第 2 期（1935 年 8 月 1 日出刊）发表《美国文学近事》等。

二　常吟秋

（一）

　　布克夫人的作品在中国文坛已经译出不少了，她的创作态度是有目共睹的。译者纯本客观的介绍，更没有逾越范围来说闲话的必要。在这里，只就是原书内 Richard J. Walsh 的序中节录几句有关的话在下面，以窥一斑：

　　"……《回国》一篇是作者以一个外人的见解而非以中国人的见解所写的几篇作品之一。

　　"《花边》暴露了侨居中国的某种形式的白色人对于中国人的侮慢，是值得注意的。

　　"《雨天》初见于一九二五年，可是在这部集子里略有修改，这篇东西直可以视为下编革命故事的肇端。"

　　此外《老母》和《勃溪》两篇是完全写着新旧两潮流的冲激。从琐屑的细节中，我们正可以窥见大者。

　　编者按：以上摘自布克夫人著、常吟秋译《新与旧》之"译者赘言"，上海商务印书馆 1935 年 2 月出版。该书收入世界文学名著丛书。

（二）

　　赛女士是一位以中国为精神上的父国的人，她的作品既全是写的中国故事，又深受世界文坛推许，所以都很快地被介绍给我们。就过去的情形说来，我们的智识阶级对她的作品似乎有两种不同的看法。一种怀着被侮辱的不愉快，啐口唾沫走了，这固然是不对的，我们应当平心静气，应当虚怀若谷，应当仔细去观察人家写照的真实性；另一种则是借题发挥，旁征博引，过分地打了自己的嘴巴，这也似乎不必。译者只觉得这样的作品值得我们密切地注意，此外就没有提示个人意见而加以引申的资格了。

本书借一个在模子当中压过一会儿而挣扎出来的意志不大坚定的青年徘徊在两歧之间的矛盾思想以及在各种新的接触中的复杂情绪来象征剧变时代的一般情形，心理描写之错综、细腻与微妙，殆为赛女士作品中的最著者。

编者按：以上两段分别摘自赛珍珠著、常吟秋译《分裂了的家庭》之"译者的话"（1936年2月25日作）第6和8页，上海商务印书馆1936年11月出版。该著收入世界文学名著丛书。在"译者的话"中，常吟秋先介绍赛珍珠"大地三部曲"的前两部小说——《大地》和《儿子们》，再论及《分裂了的家庭》。第二段选文起首的"本书"，即指《分裂了的家庭》。

（三）

她认中国为她的精神上的父国。在她的作品内差不多全以中国的平民社会为背景，而深染着纯粹的东方色彩。

在她的作品内，虽未必尽合于中国的国情，她描写的人物虽未免流于典型式的人物，但我们不能否认她的观察力的深到，和同情心的博大。

编者按：以上两段分别摘自赛珍珠著、常吟秋译《结发妻》之"译者的话"第1和2页，上海商务印书馆1934年11月出版。该著收入世界文学名著丛书。

三 陈彝荪、杨冀侃

在美国，刘易士（Sinclair Lewis，1885— ）是获得诺贝尔文学奖金的第一人。因为关系国家的荣誉，所以称赞他的人着实不少。有的说他是先知，是美国的天才，有的说他的作品是美国社会历史的记录。可是，反转来，骂他的人也正很多，以为刘易士不过是美国资产阶级的代言人、庸俗主义者、欺骗自己的伪善者。有的不喜欢他的一味暴露美国的缺点。有的则以为这奖金与其给与他，倒不如给与阿勃顿·辛克莱或德里赛更为适当。一时毁誉参半。其实平心而论，刘易士虽不能说是时代前的伟大的作家，但他对于美国文学发达的功绩究竟是不可没的。站在国民文学的立场上讲来，他是一个不可多得的作家。他是企图使美国文学从英国文学的影响下解放，而纯粹独立起来的最有力的人。在他的作品中，充满着方言与风俗民情的描写常常刻划着平常人的形态。他的写实手腕很高，作品很简练精洁，富于幽默冷隽的意味，而且很有节制的创作。这些都是他的特点。不过，一方面我们也可以这样想，美国在现在世界上算是最富庶的金元国家而他的文化上的成绩，三十年来竟没有一个获得诺贝尔文学奖金的人，于帝国主义的面子上似乎有些过不去吧。诺贝尔文学奖金之所以给与刘易士者，或许是有着这样的意思呢。

编者按：该段摘自陈彝荪、杨冀侃合著《诺贝尔文学奖金获得者：

现代世界作家论》第 122—123 页，上海汉文正楷印书局 1934 年 3 月出版。陈彝苏本名陈正道，生于 1911 年，卒于 1992 年，为"左联"发起人之一。"左联"成立前，他已在《萌芽月刊》《拓荒者》等左翼刊物发表不少创作。

四　程小青

　　范达痕的作风，是有独立的体裁的。那主角凡士虽也采用了华生式的助手，——凡士常简称他范——但那助手却只缄默地专司纪录，和华生的有时也许参加意见和动作，并不相同。那主角裴洛·凡士的镇静、严冷、幽默和诙谐中，往往参入讥刺成分的特性，也和别的主角不同。他所运用的侦探方法，也偏重于心理的分析方面。这是种新兴的科学，以前的侦探小说，虽然间有采用过，若使和他比较，那自然也不能同日而语了。他的心理的演绎和推论，既然完全是根据科学的，所以那剥藕抽焦、紧张诡奇的作品，除了给予读者们一种悬疑和惊奇的刺激以外，还可以给予读者们理智的启示和导入科学的领域。这就是我介绍这作品的本旨。在现在科学思想落后的我国，一般人的理智，既都被那传统的颓废、迷信和玄想等等深深地压伏住了，那末，这种含有启示作用的作品，至少总可当得一种适合这个时代的兴奋剂。

　　编者按：该段摘自范达痕（S. S. Van Dine）著、程小青译《金丝雀》之"译者序"第2页，上海世界书局1932年9月出版。程小青有"东方的柯南道尔"之称，生于1893年，卒于1976年。他除从事侦探小说创作，还积极从事通俗小说尤其是侦探小说的翻译工作。在20世纪30年代，他主要翻译了小说家范达痕的《贝森血案》（1932年）、《姊妹花》（1932年）、《神秘之犬》（1934年）、《古甲虫》（1934年）等，均由上海世界书局出版。

五　戴平万

（一）

　　辛克莱，被全世界所注目而公认为美国的最卓越最杰出的文学作家，是近代英文文学的伟大的创造者。我们只有在辛克莱的作品里，可以找到这种为同时代的一般美国作家所不屑计较的特殊的现代状态的重要而且确切的说明。他正和柯柏（J. F. Cooper）一样，把美洲土人的生活和性格尽情的描写出来，终于在全世界文学的领域里，另外开阔了美国的一角；又和马克·吐温（Mark Twain）及惠特曼（W. Whitman）一样，把他们的特别的美国生活表现给世界。

　　辛克莱是一个良心清醒、心地正直、为真理而奋斗的正义的战士。正如俄国的高尔基（M. Gorky）、法国的巴比塞（A. Barbusse），他们都是竭力替被压迫阶级说话的，带有反抗精神的作家。辛克莱把美国资本主义的机巧，美国一切产业家、银行信托者以及他们的走狗——教会，他们的喉舌——教育机关和新闻纸的黑幕，全无遗憾地暴露了出来，又毫不容情地把它们抨击得粉碎；而代替这些的，他希望用世界革命的手段来实现理想的黄金时代。

　　但是，辛克莱有时可脱不了所谓"文明气"的；所以在他的作品里，在不自觉之中，便会有暴露出小资产阶级智识分子的本性的时候。最显著的，就是他在燃烧于人类爱中的那种清教徒的精神。这是辛克莱的作品中的缺点，不正确的意识。不过在大体上，他总是一位更接近于无产阶级的作家。

编者按：以上摘自辛克莱著、戴平万译《求真者》之译者著"书前"前三段，上海亚东图书局1933年4月出版。该"书前"共包括三部分，分别是"辛克莱"、"略传"和"求真者沙米尔"。译者署名为"平万"。戴平万生于1903年，卒于1945年，"四·一二"后，积极从事左翼文化运动，是"左联"机关刊物《拓荒者》的重要撰稿人，曾参与创办《我们》月刊等。

（二）

约翰·李特（John Reed）用着他的鲁莽的青年人的革命眼光，用着他的诗意的、生动的描写，把他从世界的每一个角落里所体验着的各种人生，写成简短而有力的小说，表现着被压迫者的悲苦的命运和他们的伟大的精神。他是一个青年人，一个天才的诗人，一个热情的理想者。而且他是斗争中的一员战士啊！

同时，在他的胸怀间已经渐渐地滋长着反抗的精神了。他反抗着现实的世界，反抗着出版界的包办情形，反抗着一切的代表特殊利益的，和蒙着一层虚伪的美的艺术。他立意要向美国的诗文界斗争，为着无产阶级的自由和自立而斗争。

因为他的行踪很广，所以他的小说中他所取材的人物和背景也极复杂。在他的作品中，我们可以意想着大战时的冷落的巴黎的夜色，革命期的雪影枪声的西伯利亚的平原，或者在阴湿的春夜里的华盛顿都城，和夜阑人散的纽约的繁华的街市。在他的作品中，我们也可以遇到咖啡店里的身世凄凉的舞女，十字街头的无家可归的浪人，以及其他的老迈的卖报者，和用欺骗的舌头讨生活的青年女子；而且有时我们会碰着革命队里的老农军或者挚诚的、奋斗着的工人呢。有时我们竟会想像着他，我们的年青的作家，像一个无赖汉似的，踯躅于深夜里的十字街头或者坐在病态的下等的跳舞场中，用着他的同情的、柔和的眼光，和粗暴然而深切的革命的情绪，听着那些被侮辱和被损害的人们述说着他们的不幸的遭遇和人生的悲苦。于是他匆匆地写在纸上,用着他的诗意的描写的笔法。

编者按:以上三段摘自戴平万著《李特的生平及其小说》,分别载于《海风周报》第4期第7、7—8和9页,1929年1月20日出刊。

六　杜衡

（一）

《革命底女儿》，短篇小说选集，大都是作者把在墨西哥、欧罗巴、俄罗斯和美利坚所看到或经到的种种照着流浪的革命者底观点，用着华美而新颖的笔致，忠实地又多色彩地叙述了出来的记载。

编者按：该段摘自 J. Reed 著、杜衡译《革命底女儿》之译者撰"作家作品介绍"，水沫书店1929年3月出版。该著为新兴文学丛书之一。杜衡原名戴克崇，笔名为苏汶，生于1907年，卒于1964年，在20世纪30年代曾参与编辑《文学工场》《无轨列车》《新文艺》《现代》等刊物，主要译介了安德森、帕索斯、约翰·里德等现代美国作家的作品。

（二）

安得生相信目前的社会秩序是不会把人类引到好的结局上去，他逃避，但他并不是一个绝对的厌世者。他只是无所适从，他是"一个混乱的世界中的一个混乱的灵魂"。他有一对时时反顾着过去，怅望着自己曾经颠跌过来的路程的眼睛，但同时还有着望到将来的，由一种不可知的闪光引诱他去望到将来的另一对眼睛。他失望，而并没有绝望。

安得生，也许是因为太喜欢把人生问题的讨论放到他的作品里去的缘故，他的初期作是浸满了说理的成分；但不幸，他同时也并不是一个锐利的哲学家，他有多的疑问，而只有极少的解决。

他采取了短篇小说的形式,(这一种文学形式,由于它的片段性,是最适宜于表现小市民的散漫支离而不成体系的感情和理想的)放弃了哲学家和社会学家的态度,用成熟的艺术的表现,刻划了记忆中的故乡的形形色色的人物,都二十四篇,后合为一集,即以所写的地方为书名,称为《温斯堡,渥亥俄》(Winesburg, Ohio),于一九一九年出版。这是安得生的最好的书。这是美国极少数的几本最好的短篇小说集之一。这本《温斯堡,渥亥俄》使美国的第二三流作家的休乌德·安得生一跃而为世界的作家而有余了。

差不多有一个定理存在着似的,小市民的作家一旦左倾,他的创作生活便会进入一种停滞的状态,更加以安得生,他是以创作事业为逃避生活的手段的,现在一旦又积极的面对着生活,文艺创作的是否继续,似乎也并不是一件重要的事情了。

休乌德·安得生——企业家→小市民的作家→劳动阶级的战士——上面,是说了他怎样经过了这三个阶段的发展的大致情形。

编者按:以上五段摘自苏汶著《安得生发展之三阶段》,分别载于《现代》第5卷第6期第972、973、974、980和980页,1934年10月1日出刊。

(三)

二十世纪的世界文学是充满了各种各式的新技巧的尝试的;这种尝试的是否得到成功,直到今天,我们还是颇难下一个确切的断语。同时,在这许多尝试中,有许多固然是非常合理,是由新的内容所决定了的;但尽也有许多是发展到一种无必要的,而甚至是不合理的形式上去。新的形式我们不能一定说是好,而同时也不能一定说是坏;我们应该把好的和坏的区别出来,前者不妨称之为"革新",而后者实不过是一种"怪诞"而已。

新形式的尝试本来是非常正当的事,但是不能为形式而形式,而定要使这种形式为新的伟大的内容所必需的;要做到这一步,那才是完成了文学上的一种新的革命。用合理的革新了的形式，来写有意义的内容的作家，我们几乎是遍寻不得。有之，则是帕索斯。

《四十二纬度》从二十世纪开始的那一年讲起，讲到美国参加大战为止。《一九一九》则写美国参加大战那一年的情形；第三部，虽未出世，必然是预定着写战后的事迹了。他这样的把现代美国史写做三部小说，这尝试决不是其他的仅仅的形式主义者所能企及的。帕索斯的这部著作，是一种历史和艺术的神奇的混合。

帕索斯是像所有的艺术家一样的观察着人类的命运，认识着人类命运的悲惨，但截止到《曼哈坦转运车》为止，他是没有替这种悲惨的命运找出一个共同的原因来的。但是，他是已经断然的不再取逃避的方式了。他开始探索着这种原因；他渐渐的从对机械文明的盲目的憎恨转而为对社会制度的憎恨。于是，把整个罪恶的社会在作品里表现出来的企图便在帕索斯身上慢慢的成熟。结果，便是那部伟大的三部曲。

我们看到帕索斯的接近人生，是自己精神生活上的几年的苦斗的酬报；质言之，他是由自己去经验出来，体会出来的，而并非仅仅从社会学的原理演绎得来。他认识人生的方式是归纳的。归纳的方式，这正是一切伟大的艺术家接近人生的最正当的方式。同时，帕索斯的形式的发展，是跟着内容的发展走的。最早的《一个人的开始》，一种个人心理的分析，他用的还是传统的手法。在《三兵士》里，主人公从个人发展为一小团的人。再到《曼哈坦转运车》，一小团的人又发展为平行的许多人，但这些人物的分配还只是地理的分配：空间的而不是时间的；每个人都是固定的而不是变化的，虽然这样，手法的变换已经非常明显。及至《四十二纬度》完成，帕索斯的描写范围又加扩大，并从空间的进而为时间的，于是，他的新形式的发展，也达到了他的最高点了。

像这一种大规模的表现社会的写法很容易陷于一种报告式的沉闷，因为它几乎不是一件艺术品，而是生活的老实的记录了。但帕索斯对个人命运和私生活的注意却把他的作品从这种危机里挽救了出来。他的描写是客观，简单，但同时是非常生动的。特别是他对于语言的能力使他得到了许多优越；他能说各种各式的人的话，在写水手的时候是水手，在写有钱的小姐的时候又俨然说了有钱的小姐的话了。再，帕索斯是非常懂得小说的读者是往往着眼个人的事件比着眼社会的动态更重的，他便使他的人物不仅是只完成了社会的机能的，作者在牵线的傀儡，不仅是为要报告社会的真实而举出来的例子，而是从这些私生活上透视到社会的。总括的说，帕索斯取的还是从许多个人归纳到社会而不是从社会演得到个人的方法。

对帕索斯的注意，特别是在他的本国内，大都是形式更重于内容的；同时，他的成功，形式的新奇也帮了极大的忙。他所以能在短期间内博得了广大的声誉，并不全依靠作品的内容，这一点，在论帕索斯这样的作家的时候，是无可否认的事实。

帕索斯在苏联的流行性，几乎可说超他自己的美国而上之。固然，这是由于他的"左倾"，但在无数的左倾作家中，帕索斯竟能以新奇的形式而荣膺首选，却是我们所不得不注意的一件事。固然，帕索斯是同情于社会主义，而在一般右倾的人们眼中看来，他是一个过激派。但他自己并不加入任何政党，而在真正的过激派看来，他却似乎又比较的右倾了。即如在美国，他也决不是像戈尔德（M. Gold）这班人似的极左翼的作家。

帕索斯，生在一个在毁灭的途中的世界里；他看出了毁灭的原因，而还没有自以为看出了将来的结果。艺术家的他是不允许他作悬空的猜想的。帕索斯，质言之，是一个革命的悲观主义者。

编者按：以上九段摘自杜衡著《帕索斯的思想与作风》，分别载于《现代》第 5 卷第 6 期第 993、994、994、996、996、997、997—998、1000 和 1001 页，1934 年 10 月 1 日出刊。

七 冯乃超

和我们站着同一的立脚地来阐明艺术与社会阶级的关系,从种种著作之中我们不能不先为此书介绍。他不特喝破了艺术的阶级性,而且阐明了今后的艺术的方向。所以当此乌烟瘴气弥漫着的中国的现在,这篇译文若能给努力于文艺批评及建设革命艺术的各种文笔劳动者作参考,那么,我的劳力就算十足收成了。

编者按:该段摘自辛克莱(Upton Sinclair)著、冯乃超译《拜金艺术——艺术之经济学的研究》(*Mammonart*)之译者"前言",原载于《文化批判》第2期第84页,1928年2月15日出刊。

八　傅东华

（一）

我相信这部《人生鉴》的作者辛克莱是你们一个真正的朋友；他既不属于他自己本国的治者阶级，当然更不会为着要利用你们而欺骗你们。我又相信作者的思想是最"现代的"，也最适合你们受用的。我相信他这部书可以替你们解决各样的问题，可以替你们寻觅安稳的出路，可以替你们解除一切的烦闷，所以我决心从事于努力介绍这类"朋友的书"之初，最先竭诚地善意地将这书奉献给你们。

编者按：该段摘自辛克莱著、傅东华译《人生鉴》之译者"献词"："谨将这书献给中国的每一个青年"，上海世界书局1929年10月出版。

（二）

辛克莱·刘易士是个纯粹的讽刺家，而讽刺的艺术到刘易士手里方被尊重。论来源，美国的讽刺小说显然是九十年代俄、法两国自然主义输入的结果。蒙着这种影响的当然不止一人，就如杰克·伦敦，如提奥多·德莱塞，以及其他拿锋利深入的眼光去暴露现代文明和现社会组织的种种病象的，无一不可算是某一义的讽刺家，但到刘易士而后讽刺的面目明白显出。

编者按： 该段摘自傅东华选译小说集《化外人》第284页。该小说集为文学研究会世界文学名著丛书之一，商务印书馆1936年3月出版，收入芬兰、捷、保、希腊、德、爱尔兰、美等国小说13篇，美国作品有刘易士著《速》、休士著《没有鞋子的人们》、珂姆洛夫著《自由了感到怎样》和胡法刻著《梦的实现》，部分译作后有译者撰写的作家介绍和作品分析。

（三）

在前世纪中著名的美国作家，他的作风确乎是已有点儿陈旧的了。严格说起来，他的tales原不能当作近代的短篇小说看，但以tales的性质而论，他是独树一帜的。原来tales总带着一点教训的色彩，容易使人厌倦，他却能将它做得很有趣，能够引人入胜，而不甚露出教训的可憎面目。他的tales里所含的道德的意味，却很自然而深切的。他的想象力也很强，能够用实写的手腕写不可能的故事，而又带着丰富的humor。他的文章很简洁，而具有古典主义的作风，但是并不沉闷。我们研究他所以造成这样的作风，晓得他本人具有浪漫主义的气氛，而又深受当时德国浪漫主义的影响之故。

编者按： 该段摘自霍桑著、傅东华和石民译《返老还童》之译者撰"作者介绍"第1—2页。该著为北新书局出版之英文小丛书之一，英汉对照，1931年9月出版。

（四）

美国的两个作家——Theodore Dreiser 和 John Reed——都显然流露有意模仿新写实主义的痕迹，因为他们两个都曾亲身到过俄国而且深深吸入那里的新空气的。Dreiser已经得能列入作家之林。Sherwood Anderson曾经承认他为美国新风格的创造者。John Reed本是个新闻记者，尚不被认为小说的作家，但这是因他早死，艺术尚未成熟的缘故。假如他多活几年，且肯向文艺方面多用些力，怎见得他不成为美国新写实主义的代表呢？

编者按：该段摘自傅东华译《现代名家小说代表作》之译者撰"绪言"第 3 页。该著为新文学丛书之一，上海大东书局 1934 年出版，收入英国、苏联、西班牙、法国和美国的 8 篇小说，美国作品有约翰·李特著《革命的女儿》和德莱塞著《蚁梦》。

（五）

他的第一部名著 *Main Travelled Roads*，是 1890 年出版的，内中包含着他的最好的作品。他的描写是赤裸的，深刻的，令人想起俄国大胆写实派描写农奴艰苦的那种作品。此外，我们又觉得他的作品中含有一种怜悯的深情，这并不明白表出，而读者自然感着，因为他的最强的特色就是"含蓄"。

编者按：该段摘自 Harmlin Garland 著、傅东华译《一个兵士的回家》之译者撰"作者介绍"第 1—2 页。该著为北新书局出版英文小丛书之一，英汉对照注释本，1931 年 7 月出版。原著名为 *The Return of a Private*。

（六）

少时听人说大话，说从前有个说书人叫柳敬亭，他有一次讲武松打虎，那天初一已讲到武松擎起拳头，一直讲到十五才把拳头打下——换言之，单单描写拳头的一起一落，便已足足说了十五天。这样的说书，我还没有听见过，不晓得真有这种本领没有，但我们读了 Jack London 的这篇小说，不禁要想起柳敬亭说书的故事来。你看他单单做《生火》一个题目，描写得如何细致，如何变化，就只划火柴那一动作，已有将近千字的刻画。这样的描写是短篇小说所最相宜的，也就是 London 的作风的长处之一。这篇小说还有一点特色，就是里面不用一句对话，尽是第三人称的间接叙述，而却能写得奕奕有生气。他的英文风格很平稳,而却并不干燥;他能把许多 idiomatic phrases 运用起来,使得全篇都透剔玲珑,却又绝对不能找出一点文法上的疵病来。

编者按:该段摘自 Jack London 著、傅东华译《生火》之译者撰"作者介绍"。该著为北新书局 1931 年出版的英文小丛书之一,英汉对照注释本。原著名为 *To Build a Fire*。

(七)

德莱塞的大半生时间都过在辛苦的奋斗里:一面是和生活奋斗,一面是和美国文坛的传统势力奋斗。因这长期奋斗的结果,他对于生活的体认愈真,而发现了所谓"人生的乐观方面"实是一种幻觉。又因他受过许多年的新闻记者的训练,所以他对于社会的观察就只会用新闻记者的态度——"有闻必录,据实直书"。

做小说这件事,在一般人的心目中——特别是在当时美国一般作家和批评家的心目中——总以为多少要带几分理想的或浪漫的色彩,以为非此就不像小说。这一种成见,就是德莱塞首先努力打破的。他完全用新闻记者的——而且特别是访员的——态度做小说。他并不是一个小说家,却是一个历史家。他搁开了一切道德的标准,不怀伤感,不加议论,完全尽忠于现实。同时他的小说材料也用不着乞灵于想像;他只消把他的摄影机放在十字街头,材料便源源而来了。他的艺术之神不是想像,乃是注意。

凡是写实主义的作家,同时必定就是悲观主义的作家,这个通例当然不能把德莱塞除外。德莱塞的悲观主义是基于达尔文的进化论上的。他接受了达尔文的生存竞争的原则,以为生活的把戏无非就是伟大的个人对于多数群众的奋斗。倾向于自己表现和自己扩张的伟大的个人,往往要受大多数的人类之群所阻遏,因而产生社会和少数超人之间的斗争。但是德莱塞的进化论里面绝不包含一点进步的观念。他以为进化就是永远的变化,其中固然有消长盈虚,但经最后的分析,终不过是一种永远的循环而已。在这过程之中,成功的未必就是好的,失败的未必就是坏的，所以战争的结果不能使世界变好，因为在战争的屠杀之中，最勇敢的必定先死，那末说后亡是优胜，先死是劣败，算得合理吗？唯此之故，德莱塞只接受达尔文主义的"生存竞争"部分，而不信他的"适者生存"部分。

编者按：以上三段摘自德莱塞著、傅东华译《真妮姑娘》之译者撰"德莱塞评传"，分别载于中华书局1935年版第3、4和5页。

（八）

这篇短文的作者 V. F. Calverton，我曾译过他的《文学之社会学的批评》一书，刘穆君也曾译过他的短文数首，揭在本刊。他可说是美国现在唯一著名的马克思主义的——或宁说社会学的——批评家。现代批评的进步，完全在从判断的或印象的态度转到说明的态度一个倾向上，而最有助于这个倾向的当然要算社会学的批评。（虽然心理分析的助力也当然不可抹煞。）Calverton 似乎是竭力要做一个马克思主义者的，但即如这篇短文，若从严格的马克思主义的立场看时，也是驳而不纯的，因为它里面还包含着 Buckle 的《河流文化》和 Taine 的 Milieu。但我以为这不但不足为他诟病，却正足显出他的不太偏狭的精神。这样的分析，虽不免还要嫌它太粗一点，但它的方法是全部可采取的。

编者按：该段摘自开尔浮登著、傅东华译《古代艺术之社会的意义》之"译者赘语"，载于《小说月报》第21卷第7期第1028页，1930年7月10日出刊。

（九）

约翰·李特（John Reed）为美国天才的战事通信员而兼诗人、小说家、剧作家者。……书为其一九一二至一九一六年间所作的短篇小说集，所写都是他在本国、欧洲、墨西哥及俄国身历的事实，单朴有如随笔，而风趣盎然，为短篇小说开一新面目。

编者按：该段摘自约翰·李特著、傅东华译《资本家》之译者撰"原作者介绍"，载于《小说月报》第 20 卷第 2 期第 389 页，1929 年 2 月 10 日出刊。第二句的"书"指《革命的女儿及其他故事》。

（十）

一九二六年，他的第一部诗集《疲乏的悲歌》出现，就使他差不多跻上美国第一流诗人之列。这是主要地由抒情诗构成的，目的在把黑人的美显示给世界，差不多把种族压迫的问题完全无视了。

但到第二年——一九二七年——出版的第三诗集《好衣服给犹太人》，便显出一种严重的质的变化了——特别是题材范围的扩大。在这诗集里他才开始描写黑色人口中的主要层：旅馆仆役、电梯役、海员、工人等。这都是依据他个人经验来的，因为这一类人的生活况味他都曾亲身尝到过。不过在这本新诗集里，他仍旧还不是一个革命的艺术家，只是包含着将来成为革命艺术家的希望罢了。他仍旧从种族的立场去研究黑色劳动者的问题，仍以为他们的一切苦痛都由于种族不平等。至于阶级差别的关系，他仍旧完全无视。但他已把劳动群众作为解决问题的中心，便要算是他的创作上的一大进步。

一九三〇年，他的第一部小说《不是没有笑的》出世，不但构成了现代美国文坛的一大事件，并且构成了他的创作发达及全部黑人文学发达上的一个重要阶段。他在这部小说里，已经脱尽了一切梦想的气氛而成为一个完全写实的作家了。这书所描写的是一个黑人劳动阶级家庭的生活，所反映的是阶级分化的过程，奴隶心理的变化，以及新兴阶级心理的产生。在这部小说里，休士已经把握住黑人生活的实况，萌动了抗议和反叛的决心。

编者按：以上三段摘自傅东华著《关于休士》一文，分别载于上海良友图书印刷公司 1936 年 10 月出版的祝秀侠和夏征农译、休士著

《不是没有笑的》书后第304、305—306和306页。《关于休士》一文原以《休士在中国》（作者署名"伍实"）之名登载于《文学》第1卷第2期，1933年8月1日出刊。《休士在中国》一文曾因起首两段文字涉嫌讽刺鲁迅而引起"休士风波"，但《关于休士》一文删除了这两段文字。

九　顾凤城

美国是全世界资本主义的大本营，他是全世界资本主义的债权国，是世界经济市场的中心，他可以执世界资本主义的牛耳。他是现代的资本主义最典型的国家，是唯一的和社会主义的苏联尖锐地对立着的国家。

在美国，改良主义是相当的被实行了的，从表面看来，前几年的确可以算为资本主义的相当稳定的国家，但到近两年来，这种稳定也就不得不被打破了，不得不随着全世界资本主义的没落的过程而没落下去了。只要看美国的近二年来的失业者的激增，无产阶级的左倾，及其自身的剩余生产品的无法销售，都是促进美国帝国主义日趋于没落的导火线。

根据了上面的社会的根据，来检讨美国的普罗文学，也是同样的意义。

美国的普罗文学，在现时虽未形成一个伟大的运动，都却已产出了几个伟大的普罗作家，与世界的普罗文学合流了。

在美国的普罗作家中，最值得加以注意的，是 Upton Sinclair, Jack London，Michael Gold 等。

Upton Sinclair 是现在全世界周知的作家，他是美国的唯一的普罗文学家，唯有他，是的确捉住资本主义的本质而以前卫阶级的眼光加以描写的。Sinclair 在这二十余年间，继续挡住这许多活的问题，把它们化为小说，化为戏曲，化为论文，他那种努力不倦的情形，使人特别注意。他认为文学是应当完全作为宣传的东西的，虽然因了这他受到许多的非难，但是他的精神是始终不懈。

Jack London 也是美国的一位普罗作家，虽然他现在是已经死了。但是在他已出版的书籍中和其行动中，已经有不能令我们忽视的地方了。London 是文学者，同时也是一个革命的实行者，他参加过许多的革命的实际行动。所以他有很丰富的经验来作他写作的借镜。

　　Michael Gold 也是美国的普罗作家，他是一位努力于国际文化运动的人，工诗文、小说、戏剧，现在主编左翼文艺杂志《新大众》。他到过苏联，他的代表作品《一万二千万》是完全站在被压迫阶级上面说话的。

　　现在，美国的普罗文学，似有一天天向前推动的气象，那么我们不能不归功于这几位作家的提倡的精神了。

　　编者按：以上几段摘自顾凤城著《新兴文学概论》，载于上海光华书局 1930 年 8 月版第 262—268 页。选文出自该著附录二"世界普罗文学概况"之第四部分"美国的普罗文学"。此处除删除原文中叙述作家生平的作品的部分，其余照录。顾凤城生于 1908 年，除从事小说创作，还致力于文艺理论研究，著有《新文艺辞典》《文学常识》等。

十　古有成

　　他的作品，经验的成分多于想像的成分，而这个经验又大部分是艰难困苦的。

　　奥尼尔，似乎在各篇戏剧里头，都作一种新奇的试验，奇怪的是，每次试验，都是成功。《不同》的构造，不同于《天外》，这两篇又没有和《佐恩斯皇帝》相同的地方；但是每篇却似乎恰好适合于作者的目的。总之，他的戏剧都是新的冒险。他还是抱持着在世界上乱滚的老戏法，在搜寻新的经验呢。

　　我一面译，我一面是和西洋的水手们交游，和他们谈话，咒骂，打交，觉着痛快淋漓。听听他们从心坎下流出的痛苦的呼声，临终的绝叫，有时不免凄然下泪。此外我又看见了伦敦一间下等客栈的主人的狞恶，欧战的罪恶的一瞥，失恋者的悲哀，猜疑的幽魂的可怖，虚荣心的凶狠，金钱势力的可畏，吝啬与贪婪的鏖战等等，觉着现实的幻灭的悲哀，同时也感觉着著者的伟大刚强，令人起敬。所以我们读完了本书之后，决不会因悲哀而陷于悲观绝望，倒可使我们更有勇气来执着人生，深味人生。

　　作者创造时的态度，我相信是无所容心的。所以要是有人读了本书，便说著者是非战论者，是悲观者，是改造者，或其他什么，那简直是，我想，厚诬了我们的作者。一个艺术家或文学家最高的使命，我以为是真实地去描写人生，像他那般视察的去描写人生，什么批评，什么改造，都不是他所关心的事；固然他的效力有时也许是批评人生改造人生的。总之，我们对于著者的艺术，要尽情地去欣赏，不要从其中抽取教训或什么对于著者的胡猜。

编者按：以上四段摘自奥尼尔著、古有成译《加力比斯之月》之"译后"（1928年2月22日作）第1、4、5和6页。该书由上海商务印书馆于1930年12月出版，包括《加力比斯之月》《航路上》《归不得》《战线内》《油》《画十字处》《一条索》七部剧作，收入世界文学名著丛书。在20世纪30年代，古有成除翻译奥尼尔的剧作，还翻译了哈里逊（Harrison）的短篇小说《末路》，发表于《当代文艺》创刊号（1931年1月15日出刊），节译了霍桑的《红字》，发表于《当代文艺》第1卷第2期（1931年2月15日出刊）。

十一　顾仲彝

（一）

奥尼尔真是一个打破传统形式而主张自由的创造作家。但他的戏剧形式上虽较自由，对于戏剧技巧的普通规则虽则轻视，可是对于戏剧的基本规律却并不违背。时间的合一律他服从的；地点的合一律他却违背的；但他以印象的合一律来代替。《琼斯皇》是人类恐惧的戏剧；害怕的情感是一种力量，掺和在各场的戏里，使他跟自己罪恶的往事，跟他祖先的凶恶的命运，跟几世纪来的愚蠢，作正面的冲突。

奥尼尔不但是个戏剧家，并且是个诗人；他的成功不单在舞台上，他的注意力也不单在舞台的技巧上，他启示人类向上的奋斗，甚至于在罪恶和耻辱中去找光明。他的戏剧艺术是有进步的。不但他的作品前后有一贯的迈进可寻，并且在美国戏剧史中是个重要的推进者。莫堤（William Vaughn Moody）代表二十世纪争发表自由的作家，奥尼尔作更进一步的要求。个人不再反抗上帝、命运或环境去发表自己。他要求更大一点的权利。个人要求应用创造的力量去创造自己。所以他的戏里充满了生命的创造的力。虽然他后来用象征的方法来写出，但所写人物无不生动而切合于实际人生。《大神勃朗》一剧，其吸引观众的力量，大半在人与人的斗争里，并不在象征的意义里，他用象征的方法把人类的问题表现出来，但他并不设法解决这个问题。他知道在人类的生命后面，有比人力更大的力量，这力量是什么人都不能估计而只能感觉到。

奥尼尔是个神秘主义者。他的神秘主义是克尔特（Celts）祖先遗传给他的，和霍桑（Hawthorne）、爱麦逊（Emerson）的清教徒的神秘主义截然不同。克尔特民族是富于想像的，他们能设想比实际高尚得多的生活，能有灿烂的想像。他的话是从灵魂深处里说出来的，最深刻，最动人，最重要。他的长剧都有使人向上和希望的快感——这足够证明他的戏是真正的悲剧。克尔特的诗人是不悲观的。在《不相同》一剧里，死在面前的时候，他们还是充满着快乐的情绪。在《拉萨勒斯笑了》一剧里，他竟跨过死的限制，而达到"永久和平"的快感。

他的象征主义也就是从克尔特祖先遗传下来的。克尔特的绘画、诗和宗教也都用象征法来表达出来，他们知道要把神秘主义和实际生活缚紧在一起，必须要用具体的象征来做联系。他的戏都表演以体力来作向上的奋斗以达到精神的长成。

他有许多地方很像霍桑，最主要的一点：他们都是美国的诗人，不过用散文来表达人类灵魂里的美，虽然这灵魂曾受过诱惑和罪恶的锻炼，已把人生的滓锈去除净尽。他戏中人物的灵魂，或是伟大的，或是渺小的，但决无卑鄙的，无价值的。有的人物我们也许不喜欢，甚而至于见了起寒噤——如琼斯皇——但奥尼尔总描写得他与众不同，和那岛上的工人截然不同。这不同的特点，像闪光的宝石，他放在人物的性格里，即使是最低微的人物中；这就是爱麦逊所谓内灵魂的创造，生命力，形成他希望的福音。他虽然把许多戏剧的规则打破了，但他从不打破戏剧基本的定律。他真是个伟大的戏剧家，因为他的作品最合于艺术最大的原理——自由。自由挑选题材，用自由的方法写出，不过他所创造的人物都是伟大的，他的写法是诚恳的。

奥尼尔至今还在写作和进变中，当然不能在此下总断语。不过在现代美国戏剧界中，他的地位是确定地最重要的；他在不论那一本现代美国文学史中，奥尼尔的重要足够独占一章。他的戏剧材料，不管是取之于纽约的穷人陋巷或是十三世纪的皇宫闱阁，全是浪漫的，但是他的写法，最早是写实的，到后来变成象征的。象征与浪漫很容易混合起来，只怕结果会混乱，这是一种危险。将来不管他如何转变他的作风，他总逃不出是个神秘的富于诗意的戏剧家。

编者按： 以上六段摘自顾仲彝著《戏剧家奥尼尔》，分别载于《现代》第5卷第6期第963、966、967、967、967和967页，1934年10月1日出刊。

（二）

讲现代美国文学有许多困难：第一，美国是一实业最发达的国家，出产的数目，和贸易上进出的数目，均占世界第一位。因为他们经济力强，所以出书的量也是第一。单对于文学上的出版物，每年总有五六千本；在这样一个"汗牛充栋，浩如烟海"的书籍中，我们当然不易找出它的一个头绪来。第二，美国最近的文坛，也非常混乱，没有一个明白确定的方向，可以供给我们的探索。不过在这茫无头绪之中，我们应该知道美国文学只是英国文学的一个支派，美国文学即是英国文学。不过一在英国产生，一在美国产生而已。正如产生于爱尔兰或苏格兰的文学，也一样是英国的支派文学。所以美国文学不能看为一个特别的独立的文学。

从大体上说来，美国立国的年代很近，她并没有悠久的历史，因此她的文学的根底也很浅。并且她们的工商业最发达，最富有，所以任何事业都有商业化的趋势，因此文学也不免商业化。文学商业化了，则其文学必不能有精刻深到的情绪，而大都是肤浅皮毛之说。在表面上看美国文学，似乎颇为端整，修辞也很讲究，技巧方面，形色方面也很佳美，但其实际内容上，对于人生真理的观察和发挥都很浅薄。所谓现代的美国文学，当然是代表美国特性的文学。在十八、十九两世纪时，美国文学可以说绝对没有的，在那时的文学，如果不是写于美国，尽可叫它做英国文学或其他各国的文学。但是欧战之后，美国在物质上的发达，称为最速；因此她的文学也有相当的进展。并且照最近情况观察起来，美国文学发达的前途，实未可限量。我们当知道，文学的发达是与国势及时代都有关系的。

现代美国文学的现象，可归纳为下列几项：（一）现代美国作家的无继续性。一般美国作家在开始写文学作品的时候，多半是抱着有极大的雄心和伟大的计划。但这种希望却是每每失望；所以他们新出版的作品颇能震惊一时，但过后则越来越低落了。这是因为美国历史的背景太短促，他们个人的天才和大力不足的缘故；但这竟是美国现代文坛上一个很普通的现象。(二) 文学商业化。因为美国的教育普及，读书的人多，所以一般作家颇易出名，而且又容易维持其名誉。因此作家可以端赖著作来生活，这不但使文学成了商业化，而且这也是使一般作家的作品无继续性，这就是美国文学的作品不能深刻的原因吧。(三) 美国现代文学的内容。它所反映出来的人生，不是真的人生，或自然的真理。大多是一时的好恋，或一时的兴趣所引起的一些琐碎小事。她的文学仅建筑在暂时的兴趣和好奇心上，所以在美国现代文坛上就有个下面所述的一个普遍现象：今天有大批的作家风行一时，明天这一大批作家都成为过去。

编者按：以上三段摘自顾仲彝著《现代美国文学》，分别载于上海复旦大学外国文学系主编《摇篮》1932 年第 2 卷第 1 期第 1、1—2 和 2 页。此处保留了原文开头的"绪论"和"总评"两部分，删除了原文中按照文体简要介绍作家作品的部分。

十二　郭沫若

（一）

　　辛克莱的作品，我算翻译了三部出来；关于他，我现在可以来说几句话。

　　第一层我们要知道这位作家的短处。这位作家的立场并不是 Marx-Leninism，但要说他是社会民生主义者，他又多少脱出了。他假如是生在苏俄，可以称呼为"革命的同伴者"。所以我翻译他的作品，并不是对于他的全部的追随。

　　不过这位作家尽有充分的长处足以使我们翻译他，仿学他的。从大体来说，他是坚决地立在反资本主义的立场，反帝国主义的立场的。他生在资本主义最发达的美国，从内部来暴露资本主义的丑恶，他勇敢的暴露了，强有力的暴露了，用坦克用四十二珊的大炮全线的暴露了。这是这位作者最有光辉的一面。他的精神是很强韧的。他有周到的用意去搜集材料，他有预定的计划去处理材料，他能坚忍不拔地把当前的一种对象彻底地克服。这在他的作品中所表现出来的，便是结构的宏大绵密，波澜的层出不穷，力量的排山倒海。他的一些作品，真是可以称为"力作"。这些态度，是充分地可让我们学习的。

　　他的长处和他的短处都是因为生在美国。有美国那样最发展的有产者的社会形态，所以才有那样丰富的资料来让他暴露。但就因为他是生在那样的有产者的社会里，所以他除暴露之外不能决绝的更前进一步。这便是他的作品所受的社会条件，同时也就是一般的文艺，乃至一般的意识形态，是怎样依存在社会的物质的基础上之一例证。苏俄的新兴作家的作品中所有的那种尖锐意识，在辛克莱的作品中我们是追寻不出的。他因为受着社会条件的缚束，无意识地或者有意识地，总是在藏蓄着自己的锋芒。就拿这部《煤油》来说，他的正主人公应该是后来成为了共产党的保罗，但他对于他却全部都是用的侧面描写，他全部的作品差不多都是反语式的笔调。你看他正言若反，反言若正，总是多走迂回的道路，这很容易把读者导引进一个迷宫。

这部《煤油》，大体上是在暴露美国资本主义的丑恶，同时也就在暴露着建筑在这种丑恶上的政治法律宗教教育等等机构的丑恶。对于这种丑恶的解决，扬弃，他是认定了一种力量，在这丑恶的母胎中所怀孕着的终要破坏这个母胎，另外创生一种新的机构的，那一种力量——那便是 Proletariat，他把来展现在他所侧面描写的主人公保罗身上。对于这些意识，他是最正确地把握着的。但他对于那个"临盆期"的估计却是看得很远，他晓得保罗是未来世界的主人，但他在目前的世界却把他流产了！保罗死后他对于新兴势力的表现太薄弱，特别是保罗的唯一的同情者，他的妹妹露滋，他使她发了狂终竟落到自杀——虽然他是有周到的用意，让读者可以把那个现象归之于遗传——但这个用意同时对于保罗要算是一种侮辱——就在这儿，作家在意识上，作品在效果上，便表现着一种很大的缺陷。作者对于露滋的那种消极的处理，使作品在结局上带着一种感伤主义的色彩，这把他全部著作的努力几乎整个的都漫画化了。这儿或者也就是他故意要规避现实，或者不得不规避现实的地方，他对于保罗的英雄的殉难如要彻底的追踪，那他自己非成为保罗不可！但他假如要这样，他是生在美国（！）的人，怕他已经早没有发表著作的自由了。（就在目前的形态中，他的这种自由听说都是受着剥削的。）所以我说，苏俄新兴作家的作品中所有的尖锐意识，我们在辛克莱的作品中追求不出。所以我说他如是生在俄罗斯，可以称为"革命的同伴者"，但他假如是生在俄罗斯，我相信他的态度一定不是这样。

编者按：以上几段摘自辛克莱著、郭沫若译《煤油》之译者撰"写在〈煤油〉前面"，载于上海光华书局1930年版第1—3页。译者署名"易坎人"。郭沫若在20世纪30年代连续翻译出版了辛克莱的《石炭王》（上海乐群书店1928年）、《屠场》（上海南强书局1929年）和《煤油》三部长篇小说。

（二）

本书所含有之力量和意义，在聪明的读者读后自会明白。译者可以自行告白一句，我在译述的途中为他这种排京倒海的大力几乎打倒，我从不曾读过这样有力量的作品，恐怕世界上也从未曾产生过。读了这部书我们感受着一种无上的慰安，无上的鼓励；我们敢于问："谁个能有这样大的力量？"

编者按：该段摘自辛克莱著、郭沫若译《屠场》之"译后"。该著由上海南强书局于1929年8月30日出版。

十三　胡风

（一）

　　美国文学，是在到了二十世纪以后，严密地说是在大战以后才有独立的地位。那以前，美国人底作品如果不能在英国风行是谈不到成功的。因之，美国文学者不是为美国人而创作，他们创作底对象是英国读者群众。惠特曼（W. Whitman）摆脱欧洲大陆文学的社会的传统，从美国的见地写出来的《草叶集》（*Leaves of Grass*）（一八五五），马克·吐温（Mark Twain）反抗欧洲大陆作家们技巧的因袭和传统，从独特的立场写出来的 *Innocent Abroad*（一八六九），都是到了二十世纪才被人尊重的。

　　一八九八年西美战争以后，美国从英国底支配下一跃而为世界上一等强国，确立了新的政治的、经济的地位。民族心理上起了变化，文学上也开始了自觉的运动。大战后，这自信就更为确实了。一九二〇年是美国文坛上一个百花缭乱的时期，即美国国民文学活动最活泼的一年。而这一年中最重要的作品是刘易士底 *Main Street*。刘易士在美国文学史上的意义，此其一。

　　在一九二〇年前后，旧的作家被清算了，新的作家到了左右文坛的支配地位。文学成了新兴的美国社会底批评舞台。换言之，新兴美国文学底特色，在于把美国新起的布尔乔亚社会底概观、习惯、态度以及日常生活里面所有的现象，批判地现实地处理这一点。把这特色发挥的最鲜明的是辛克来·刘易士。刘易士在美国文学史上的意义，此其二。

丰富的资源和开发这资源的机械的利用，使美国布尔乔亚阶级落到了好像梦一样安逸的生活里。这新阶级，为了寻求资源，由大西洋旧文化渐渐向密西西皮河大草原移动。产业中心地也随之移动，成了中西部地方文化底发达，新兴文学底舞台也自然移到了这一方面。刘易士重要作品里所展开的全是因了这新兴布尔乔亚阶级而创作出来的大草原地方的文化和生活。刘易士在美国文学史上的意义，此其三。

落在这样安逸生活里面的布尔乔亚阶级，必然地陷于自己满足，讲究所谓"效率主义"，把所有的生活价值都还原到物质的唯物主义，所谓"亚美利加主义"就由此产生了。夺去了个人精神自由的机械主义和画一主义占了优胜的地位。个人的权威非依从社会的标准不可。物质并不能充分地满足个人的生活，这件事也渐渐明了了。于是产生了美国布尔乔亚悲观主义。可以称为美国新兴文学的作品，多少不同，都是这种满足主义和悲观主义的混合生活之表现。在刘易士底各种作品里，把这表现得最为出色。因之，是代表的国民文学。刘易士在美国文学史上的意义，此其四。

编者按：以上几段摘自张光人著《一九三〇年诺贝尔文学奖金得者——辛克来·刘易士》，载于《青年界》第1卷第1期的"文坛消息"栏目第339—341页，1931年3月10日出刊。此处删除了原文前部介绍刘易斯生平和作品的内容，保留了后部论述其文学特色和文坛地位的内容。胡风生于1902年，卒于1985年，原名张光人，笔名有谷非、谷风等。在20世纪30年代，他积极参与了美国现代文学译介，除了介绍刘易斯，他在《现代文学》第1卷第3期（1930年9月16日出刊）发表《美国人想看高尔基》《辛克莱打官司》等短文，还与欧阳山合译杰克·伦敦的《野性底呼声》，由上海商务印书馆于1935年出版。

（二）

随着中国民族解放运动底重兴和帝国主义对于中国的侵略底加紧，有不少的外国作家采取了中国的题材写他的作品。他们里面，有的绘出了中国底受难姿态以及英勇的求生的奋斗，也有只是为的猎奇、探险，发现"野蛮"和"劣等根性"，客观上甚至主观上向本国人民宣扬帝国主义侵略底合理。

赛珍珠女士底这部《大地》，也写的是中国，中国农村。由这，她不但得到了普利泽奖金，收到了几十万金元的版税，成了一个富人，而且还确定了她的作家地位，似乎一般地被认为是最了解中国人底灵魂的作者了。

美国以及欧洲底读书界下过怎样的批判，我不知道，但中国底读者对于这本书至少是要提出两个问题来的——

第一，这个在中国生活了二三十年的女性作家，对于中国农村是怎样观察的？农民底命运和造成这样的命运的条件，在她的笔下得到了怎样程度的真实反映？

第二，这本书在欧美读者里面惊人的成功，是由于她的艺术创造底成功呢，还是另有原因？

我想，对于《大地》的评价是不得不在这两个问题底解答里求得的罢。

大体上，作者对于中国农村底生活是很熟悉的，从描写或叙述里看得出来她的感觉底纤细和观察底锐利。这不像枯燥的风土志，也不像散漫的游记，是被一个略带架空色彩的故事贯串着的。在欧美底读者看来，这样的故事是富于异国情调的，装在这个故事里的形形色色的生活更是富于异国情调的；他们在这里面看到了一个新的境界，感到了一种对于"新奇"的兴味，是当然的事情。所以，在这书里的各种风物习惯底铺叙和说明，虽然在艺术创造底见地看来是不能生出力量来的繁杂，然而却是使它吸引了读者的一个重要的原因。

然而，除了作为中国农村风物志以外，《大地》是还有它的成功的原因的，作者笔端上凝满着同情地写出了农民底灵魂底几个侧面。读者在离奇的故事里面也能感受到从活人底心灵上流出的悲欣。

上面指出了赛珍珠女士对于中国农村底人情风俗是相当熟悉的，然而，因为作者只是一个比较开明的基督教徒这个主观观点上的限制，她并没有懂得中国农村以至中国社会。在这里，我只想举出几个主要的缺陷来。第一，作者对于农村底经济构成是非常模糊的。……第二，因此，作者不能把握住一个贫民底命运。……第三，吸干了中国农村血液的帝国主义，在这里也完全没有影子。……第四，几十年来中华民族为了求解放的挣扎，在这里不但看不到正确的理解，甚至连现象的反映都是没有的。……

《大地》虽然多少提高了欧美读者对于中国的了解，但同时也就提高了他们对于中国的误会。它在艺术上不应该得到过高的评价，是当然的，在从它感受不到异国情调的中国读者里面得不到广大的欢迎，也是当然的。

编者按：以上摘自胡风著《文艺笔谈》中的《〈大地〉里的中国》一文，载于上海泥土社1936年版第263—281页。该文作于1935年7月10日，共包括五个部分。此处摘录的前六段全文照录了第一部分的内容，第七段摘自第二部分，第八段摘自第三部分，第九段摘自第四部分，最后一段摘自第五部分。此处的第九段，原文包括很多段，但此处为了方便起见，删除了作者逐条指摘《大地》"缺陷"时的具体论述，只保留了基本观点，并且将其合并为一段。

十四　胡适

（一）

　　哈特是短篇小说的一个大师。他的小说描写西美开拓时代的生活，富于诙谐的风趣，充满着深刻的悲哀，又长于描写人的性格，遂开短篇小说的一个新风气，影响后来作者很深。

　　编者按：该段摘自哈特等著、胡适译《短篇小说（第二集）》，载于上海亚东图书馆1933年9月版第2页。该著收入6篇小说，美国三篇，分别是哦·亨利的《戒酒》、哈特的《米格儿》和《扑克坦赶出的人》。该三篇小说在结集出版之前，曾分别登载于《新月》第1卷第7期（1928年9月10日出刊）、第1卷第10期（1928年12月10日出刊）和第2卷第8期（1929年10月10日出刊）。胡适生于1891年，卒于1962年。早在"五四"前后，他就非常关注美国文学，曾翻译朗费罗、爱默生、蒂斯代尔等诗人的诗。

（二）

　　哦·亨利最爱用一地的土话，和一时的习语。土话是跟着地方变的，习语是跟着时代变的，时变境迁，便难懂得。字典又多不载这种土话熟语，故外国人读他的作品往往感觉很大的困难。

　　编者按：该段摘自哈特等著、胡适译《短篇小说（第二集）》第63—64页。

十五　胡仲持

（一）

　　马克·吐温（Mark Twain）是亚仑·坡以后亚美利加文学的代表作家。他的独创的、滑稽的笔调不知笑痛过多少万人的肚子了。然而他的特色却并不限于幽默这一点，他的二十种以上的作品中，有许多具备着最高的艺术条件，而且能够真挚地表现出美国史上很重要的一时代的精神来。因此一般的批评家都说他是美国写实主义文学的先驱。他的作风是豪放的、奇恣的。他只求引逗大众的兴味，笔下不大有什么顾忌。他在亚美利加文坛上占到崇高的地位，可以说是出于无数的爱读者的拥戴的，然而他的几种可以跟塞凡提或是斯尉夫特并列的杰作却使谨严的批评家也不得不同意了。

　　他不但有着卓越的天才，深广的见解，而且尤其值得注意的，他还有着高尚的人格，坚贞的节操以及博爱的性情。他跟一种好寻弱者的开心的、"遁世的"或是"玩世的"幽默家有着根本的不同。他抱定积极的人生观，他同情弱者，痛恶虚伪，他那幽默的、讽刺的文体里，渗透着社会主义和"德谟克拉西"的思想。他使人笑，同时也使人深切地体验到人生和真理。在当时美国的文学家中间，对于政治问题和社会问题再没有比他更关心的了。

　　编者按：以上两段摘自胡仲持著《美国小说家马克·吐温》，分别载于《文学》第4卷第1期第258—259和259页，1935年1月1日出刊。胡仲持生于1900年，卒于1968年。在20世纪30年代，他除了译介马克·吐温和赛珍珠，还翻译了美国文学史家约翰·玛西（John Macy）的巨著《世界文学史话》，由上海开明书店于1933年出版。

（二）

　　《大地》的结构以农人的生涯为经，以水旱兵匪的灾祸为纬。作者所抓住的简直是贫困的中国目前最严重的几个问题。主人公王龙可以算得占着中国人口的最大多数的农民的典型，其前半的生涯代表着颠沛流离的饥饿的贫农，后半则代表着生活优裕的富农。作者摆脱了"勤俭致富"这一种因袭的道德观念，偏以都市贫民的暴动作为王龙一生的转变点。这正是作者的伟大的所在。也许因为力求迎合美国的大众趣味的缘故罢，作者对于中国旧礼教却未免刻画的太过分了，而且她对于崇拜着林黛玉式女性美的中国人的性心理的描写似乎也有几分不自然。因此我国的读者往往不大满意于《大地》的后半部分。然而从批评的见地，《大地》的成功显然并不在于那些性爱的场面，却在对于悲惨的饥民的动人的描写。

　　编者按：该段摘自赛珍珠著、胡仲持译《大地》之译者撰"序"（1933年7月15日作），载于开明书店1933年9月版第3页。胡仲持对赛珍珠及其《大地》的评价，曾引起祝秀侠激烈的批评，参见祝秀侠著《布克夫人的〈大地〉——一本写给高等白种人的绅士太太们看的杰作》（《文艺》第1卷第2期，1933年11月），也可参见本著关于祝秀侠的部分。

十六 黄源

（一）

本书作者哈里逊（Charles Yale Harrison），为美国的新兴文学杂志《新群众》（New Masses）的青年作家，与《无钱的犹太人》（Jews Without Money）的作者哥尔特（Michael Gold）及《北纬四十二度》（The 42nd Parallel）的作者帕索士（John Dos Passos）齐名。

本书很明显的是由作者亲自参战所得的体验而写成的。哈里逊本是一个士兵，他就以士兵的观点，将兵士们的生活思想和临阵的情形活描出来。同时他又不想以战争制造文学，所以这小说中所写的赤裸裸而粗暴的事件，大半都是事实。

编者按：以上两段摘自哈里逊著、黄源译《将军死在床上》之"译者序"（1933年4月17日作），分别载于上海新生命书局1933年5月版第3—4和4页。该著以单行本出版之前，曾连载于《社会与教育》周刊。黄源生于1905年，卒于2003年，在20世纪30年代曾参与上海新生命书店、《文学》和《译文》杂志的编辑工作，除翻译屠格涅夫等的作品之外，也积极参与了美国文学译介，翻译了海明威、哈里逊等人的小说。

（二）

安尼斯脱·汉敏威（Ernest Hemingway）是美国的新进作家。目今我们一谈到美国的现代文学，便少不了提到他。他的作品以形式手法的独特新奇，颇博得欧美读者的欢迎。

汉敏威的第一部小说是短篇小说集《我们的时代中》（*In Our Time*，1925），在这小说集中我们已可看到汉敏威的全貌。那些非常复杂而断片的登场人物，甚至较之他以后的几部小说，更能证实那使我们理解这全貌的各种要素。……汉敏威的几部小说的总题材，写的不外是苦恼与苦恼的造成，以及那些对于性的愉快的关系，但是因他小说表面上的平静，与散文的完美，辄把读者的眼光不易注意到那确切地展开在内面的斗争。

给他以美国新文坛上不可动摇的地位的，却是他的长篇小说《武器，再会吧》（*A Farewell to Arms*，1929）。汉敏威在这小说中显示了他的人生观与技巧，同时又证明了他是个彻底的写实派作家。这也是以欧洲大战为题材的小说，出版后很轰动一时。

这故事虽同是属于战争小说的一类，但是汉敏威的写法与哈利逊的《将军死在床上》的写法又不同。哈利逊是写战争正面的情况，汉敏威则描写战争影响下的男女事件，有时甚至写丑恶的侧面。但是他们有一点是相同的，便是他们都极力要作客观的报告，使他的故事不离现实。

编者按：以上四段摘自黄源著《美国新进作家汉敏威》，分别载于《文学》第1卷第3期的"批评与介绍"栏目第448、448、449和452页，1933年9月1日出刊。此处最后一段起首的"这故事"，指的是《武器，再会吧》。

十七 蹇先艾

（一）

马克·吐温行文幽默轻松，并富讽刺；他是一个天然的说故事的人，他的喜悦的、柔韧的声音很可爱，很活动，尤以说奇遇、恐怖的故事为特长。演说时，更能作出种种动人的动作和声调。在未成著作家以前，他的天才和态度即闻于一时。年事稍长，他培植他的天才，管理他的技术，并因多读多作、多经验的结果，遂成为最大的散文家。他的叙述，观察深刻，趣味复杂，在美国小说中独树一帜。这篇《败坏了海德来堡的人》是一篇人性贪婪和人类虚伪凝结的寓言，也是一篇结构严密的小说。

编者按： 该段摘自郑振铎主编《世界文库》第7册，载于上海生活书店1935年12月版第3033页。该册收入了马克·吐温著、蹇先艾与陈家麟合译的《败坏了海德来堡的人》。译文前附有作家简介和作品分析。蹇先艾生于1906年，卒于1994年。在20世纪30年代，他参与了郑振铎主持、生活书店出版的"世界文库"的编辑和翻译工作，翻译了哈特、爱伦·坡、马克·吐温、霍桑、詹姆斯等19世纪美国小说家的多部作品。

（二）

他的短篇小说多写西美开拓时代的生活，文笔朴直，善于解释与描写人性，深刻动人。

编者按：该段摘自郑振铎主编《世界文库》第 8 册，载于上海生活书店 1935 年 12 月版第 3667 页。该册收入了布莱特·哈特著、塞先艾译《田纳西的伙伴》和《红谷牧歌》。译文前附有作家简介和作品分析。

(三)

他的作品比较富有英国气息。詹姆士的小说极有力量，多半是人物性格的研究，英文写得很好。他是一个人类生活的批评家（Critic of human life）。他写作的习惯，用眼和心的地方多，用耳朵的地方少。他又喜欢创造一种趣味的局势，却溢开了自己，客观地来解释它；要求读者和他同时去注意故事，发现事物。

编者按：该段摘自郑振铎主编《世界文库》第 11 册，载于上海生活书店 1935 年 12 月版第 5273 页。该册收入了亨利·詹姆士著、塞先艾译《四次会晤》。译文前附有作家简介和作品分析。

(四)

毕亚士的短篇小说成就很大，它们差不多都是悲惨或讽刺的变态底心理研究，用小说的形式表现出来；所以非常深刻，耐人寻味。

编者按：该段摘自郑振铎主编《世界文库》第 9 册，载于上海生活书店 1935 年 12 月版第 4189 页。该册收入毕亚士（Ambrose Bierce）著、塞先艾译《人与蛇》和《空中的骑兵》。译文前附有作家简介和作品分析。

(五)

他是一个天生的浪漫派作家，作品虽不伟大，却极真实，美丽，自由；他的思想是内省的（introspective），所以表现出来多半是寓言和象征。

编者按：该段摘自郑振铎主编《世界文库》第 3 册，载于上海生活书店 1935 年 7 月版第 1206 页。该册收入纳桑来·霍桑著、塞先艾译《步福罗格太太》和《牧师的黑面纱》。前一译文后附有作家简介和作品分析。

（六）

他的短篇小说，富于发明，聪颖，趣味浓郁，最以布局奇巧（trick plot）见长。有时题材虽然平淡无奇，但他都能按照他自己的故事兴发把它们精妙地表现出来。文字简洁，篇幅短小，在描写中他喜用双关的典故或比喻，尤耐人寻味。

编者按：该段摘自郑振铎主编《世界文库》第 12 册，载于上海生活书店 1935 年 12 月版第 5881 页。该册收入欧·亨利著、塞先艾译《东方博士的礼物》和《一个忙经纪人的情史》。译文前附有作家简介和作品分析。

（七）

他一生穷苦，文学事业上的成就最大。诗与散文，小说，无不擅长。他的短篇小说，形式最美；他爱慕神秘与恐怖，故喜叙神秘的事件或者反常的人格，分析心理，往往入微，不易了解；而写作的技术超过了以前许多人。欧洲无数个作家几乎全受他的影响。

编者按：该段摘自郑振铎主编《世界文库》第 4 册，载于上海生活书店 1935 年 8 月版第 1533 页。该册收录爱伦·坡著、塞先艾译《亚西尔之家的衰亡》（与陈家麟合译）和《发人隐秘的心》。译文前附有作家简介和作品分析。

十八　李初梨

现在，如果有人发问，"什么是文学？"他一定要遭绝大的嘲笑。因为在中国，"文学"是一个自明的东西，"文学"就是"文学"。在他们，注解"文学"二字，是不可能，而且是不必要的事。

不过，在我们，从新来定义"文学"，不惟是可能，而且是必要。

因为，我们不惟应该把我们对于文学的见解，与有产者的对立起来，而且非把有产者文学论克服，实无从建设我们的革命文学。

现在，让我们来把从前挂在文学上面的重重的神秘的帐幕揭开，还它的本来面目。

那么，我们冒渎地问：什么是文学？

关于这个质问，我们在中国文坛上，可以找出两个天经地义的答案来。一个是创造社当年崛起时的口号，现在适成为一般反动作家的旗帜。一个是现在自称为革命文学家的流行的标语。

前一派说：文学是自我的表现。后一派说：文学的任务在描写社会生活。一个是观念论的幽灵，个人主义者的呓语；一个是小有产者意识的把戏，机会主义者的念佛。

那么，文学的本来面目是什么？

Upton Sinclair 在他的《拜金艺术》（*Mammonart*）里面，大胆地宣言说：

All art is propaganda. It is universally and inescapably propaganda; sometimes unconsciously, but often deliberately propaganda. （一切的艺术，都是

宣传。普遍地，而且不可逃避地是宣传；有时无意识地，然而常时故意地是宣传。）

文学是艺术的一部门，所以，我们可以说：

一切的文学，都是宣传。普遍地，而且不可逃避地是宣传；有时无意识地，然而常时故意地是宣传。

编者按：以上摘自李初梨著《怎样地建设革命文学》，载于《文化批判》第2号第4—5页，1928年2月5日出刊。最后一段文字，原刊以大字号呈现。在"革命文学"时代，李初梨有意"误读"了辛克莱的文艺观，引起了热烈争论，产生了巨大影响。

十九　梁实秋

（一）

美国的文学批评在近二十年来是非常活跃的。例如 Stuart P. Sherman 与 H. L. Mencken 关于美国的清教传统之论战，Amy Lowell 及 John Gould Fletcher 等对于意像主义（Imagism）及自由诗（vers libre）之拥护，Theodore Maynard 对于自由诗之攻击，J. E. Spingarn 关于 Croce 的表现主义的理论之阐扬，等等。但是范围最大影响最广的要算是人文主义之论战。此地所谓人文主义，即是由 Emerson，Lowell，Charles Eliot Norton 而传到白璧德教授等的一派传统思想。白璧德教授等的工作即是在传统思想发生动摇的时代而拥护这个传统。……至于他们的对敌，则不能列举，亦不能很容易的举出代表人物，因为人文主义所反对的包括着浪漫主义、自然主义、印象主义、表现主义、唯美主义、颓废主义、象征主义等等，举凡现代流行的各种不健全的思想都是人文主义者的对敌。

人文主义到底是怎样一回事？首先要认清的是：人文主义并非仅仅是一套浅显的文艺理论，而实在是一种人生观。有眼光的批评家，和肯彻底研究文学的人，永远没有以能解答"何为美？""何为双声叠韵？""如何创作？"等等问题而满足的，他一定要更进一步而观察整个的人生。所以批评家很少不是哲学家的，所以批评时常是道德的（ethical）。人文主义即是做人的一种态度，这态度可以应用在文学上、美术上、政治上、伦理上。人文主义没有抽象的理论的系统，所以又异于纯粹的人生哲学。

我们若从哲学方面来看，人文主义是建筑在几种"假设"上的：第一，"人性"是与"物性"有别的；第二，人性不全善，亦不全恶；第三，人是有自由意志的。一切学说，无论哲学的或科学的，都不能没有"假设"。所以人文主义也自有他的假设。但人文主义者是注重经验的，并非仅是基于几种假设的一番玄谈。

根本的讲，人文主义的文艺论即是古典主义的一种新的解释。古典主义是很笼统的一个名词，希腊的古典主义不全同于罗马的，文艺复兴期的又不全同于十七八世纪的。白璧德先生在他的著作里凡讲到古典主义的时候，总是很谨慎的辨明何为古典主义何为假古典主义。所谓假古典主义，即是自文艺复兴以来僵化了的新古典主义，并非是古典主义的真面目。白璧德先生是古典主义者，不是新古典主义者。他所最低回向往的是希腊时代的古典主义，不是那种由 Scaliger 或 Thomas Rymer 所代表的古典主义。

人文主义者不信"进步的观念"（idea of progress）可以应用在文学史上，更不信在人类生活上可以找出什么"历史哲学"（philosophy of history）来。人文主义者崇拜的是至善至美（perfection），这标准是理想的，但是在过去曾经有过人做到差不多这个地步，所以在将来只要我们努力是也可以达到离理想不远的境界。

人文主义的批评是以研究始，以论断终。它完全异于近代所谓的"科学的批评"，因为科学的批评家根本的不承认"人"与"物"有别之假设；它也颇异于近代所谓的"美学"，因为它的研讨的终极的对象是"真"。

人文主义有三个优点：第一，人文主义是积极的主张。……第二，人文主义不涉及宗教学的玄谈。……第三，人文主义倡导的节制的精神是现代所需要的。

人文主义也有两点缺憾：第一，人文主义的论著在文字上太嫌含混笼统。……第二，人文主义不应该与近代科学处在敌对的地位。

编者按：以上八段摘自梁实秋著《白璧德及其人文主义》，分别载于《现代》第 5 卷第 6 期第 902、903、904、904—905、906、907、907 和 908 页，1934 年 10 月 1 日出刊。以上选文的最后两段，原文均分为多段。此处仅保留了作者的基本观点，删除了具体论述。梁实秋生于 1903 年，卒于 1987 年，1923 年赴美留学，深受白璧德的影响。1926 年回国后，他除了从事教育和撰写文学批评文章，也积极参与外国文学译介，大力倡导白璧德等人的新人文主义思想。

（二）

辛克莱尔因为要尽忠于社会主义的哲学，在以经济立场解释艺术的时候，便丝毫不肯放松的放出一种武断的态度。辛克莱尔的论旨，自以为是放诸四海而皆准的铁则，绝不肯承认例外，并且自以为是唯一的正确的解释，所以结果便会发生矛盾、牵强、附会、遗漏、弥缝等等的现象。辛克莱尔的见解并不是完全错误的，其错是错在以一个简单的公式硬要说明一切的艺术。

辛克莱尔在消极方面攻击时下流行的艺术观，大致是不错的。《拜金艺术》第九页列举六种"艺术的谎"：第一谎："为艺术的艺术"；第二谎：少数人的艺术；第三谎：艺术的传统因袭；第四谎：艺术娱乐主义；第五谎：堕落的艺术；第六谎：艺术非宣传。除了第二第三两项还有讨论余地以外，其余四项之受攻击，我是完全同意的。所谓"为艺术的艺术"，是堕落颓废的主张，是逃避现实的怯懦的主张；以艺术为娱乐是一种缺乏责任心的轻薄态度；以艺术与道德分离之堕落学说，是病态的，亦是逃避人生的表现；以艺术的任务与"自由""公道"无关，亦是一种对人道缺乏同情的态度。这几种态度之不正当，是有受攻击的必要的。不过我觉得还有两个"艺术的谎"也是可以加在上面去的：第七谎：心理分析派的艺术观；第八谎：经济解释的艺术观。因为心理分析派以对付病态心理的手段施于一切文艺，以性欲为一切文艺的中心，是武断的。辛克莱尔这一派以经济解释文艺，也是想以一部分的现象概括全部，同样的，失之于武断。这两个"谎"，号称为"科学的艺术论"，实在是不科学的，因为它的方法是演绎的，是以一个原则施之于各个对象，不是由许多材料中归纳出来的真理。

编者按：以上两段摘自梁实秋著《辛克莱尔的〈拜金艺术〉》，分别载于《图书评论》第1卷第5期第9和9—10页，1933年1月1日出刊。在该文中，梁实秋先介绍了辛克莱《拜金艺术》的主要论点，再以辛克莱的荷马论、莎士比亚论、弥尔顿论、莫里哀论和歌德论为例，一一展开批评，最后为此处摘引部分。此处第二段的文字，原刊分为多段，此处为了方便起见，合并为一段。

（三）

佛洛斯特（Robert Frost）是现代美国的一个诗人，他的诗差不多都是以乡村生活为背景，所以我说他的诗是"牧诗"（Pastoral Poetry）。

佛洛斯特的诗的背景，完全是新英格兰数百里间的农田，完全是他自家的经验。所以他的诗所表现的乃是"诗的写实主义"。他最著名的几首诗如 *A Hundred Collars*，*The Code*，*The Birch Tree* 等等，无一不是极忠实的记载。据佛洛斯特自己讲，除了一首以外，他所有的作品，都是自动的即景抒情，不是应酬的，不是定做的。

讲到诗的写实主义，我们不要误会，以为世界上的一切事物都是现成的诗料。假如世上事物皆是诗，那又何必待诗人来写。艺术即是剪裁，即是选择的工夫。佛洛斯特是写乡间景物，而他绝不是照相机一般把乡间景物径直的搬进诗里去。

一个人有了诗人的眼光与品味，无论抒写什么事物，自然的就成为诗。在乡村，在城市，诗人都可以发见诗，因为构成诗的元素，不是那乡村的或城市的背景，乃是那普遍的常态的人性。

编者按：以上四段摘自梁实秋著《佛洛斯特的牧诗》，分别载于国立暨南大学秋野社主编《秋野》第3期第206、207、208和208页，1928年1月1日出刊。

（四）

  我们对于美国文学的菲薄，早已成为传统的见解。的确，美国文学的历史是比较的很短，伟大的作家当然比不上英国的多，这是谁也承认的。我们在学校时，读一门英国文学史，用一年的工夫只能很简陋的明其大概，若是读美国文学史则用半年的工夫已绰有余裕了。不过，近年来美国文学的发展似乎是很惊人的，前途是极光明的，并且美国已渐渐养成了美国固有的文化，近二十年来美国文学已渐渐染上了美国的特有的风味，已渐渐脱离了英国文学的藩篱。这种现象，凡是稍微留心一点美国现代文学的人，没有不深刻感觉到的。我们可以说伟大的美国文学还没有出现，我们却不能说独立的美国文学现在还没有出现的希望。但是曾虚白先生大胆的说了："美国文学只是英国文学的一支，至今还没有看见真正美国文学出现的曙光。"（第六页）这句话可未免严重了！本书的序是作于民国十七年十一月二十七日。截至这一天为止，曾先生"还没有看见真正美国文学出现"，并且连"出现的曙光"都"没有看见"！这是一件怪事。

  编者按：该段摘自梁实秋评论曾虚白著《美国文学 ABC》（上海世界书局 1929 年出版）的同题文章第 1—2 页，署名"陈淑"，原载于《新月》第 2 卷第 5 期的"书报春秋"栏目，1929 年 7 月 10 日出刊。

二十　林疑今

（一）

亨利·詹姆斯（Henry James）是国际小说（International novel）底创造者。……亨利·詹姆斯很受俄国屠格涅夫的影响，早年还有浪漫主义的倾向，到了后来渐变为纯粹的写实派。《黛茜·米勒尔》是他成名的作品，也可以说是他的代表作；他擅长心理描写，尤其是美国女子的心理，作者能够描写得非常细腻，有时连女作家都赶不上。

编者按：该段摘自詹姆斯著、林疑今译《黛茜·米勒尔》之"译后小记"，载于上海中华书局1934年9月版第1页。该著收入现代文学丛刊。林疑今生于1913年，卒于1992年，笔名麦耶夫，在20世纪30年代主要译介了詹姆斯、辛克莱、杰克·伦敦、赛珍珠等美国现代作家的作品。比如，《新文艺》第1卷第5期（1930年1月15日）登载了他译的杰克·伦敦小说《叛逆者》，上海现代书局1930年出版了他译的辛克莱小说《山城》。

（二）

二十世纪的初叶，当美国战胜了西班牙以后，美国文学迅速奇异的发展，是非常惊人的。不论在小说、诗歌、戏曲、批评，各方面都向西欧诸国的传统文学开始叛抗起来；直到世界大战后，美国成为世界领袖的列强，于是纯美国的文学便建立起来了。

十余年来美国的批评界曾有一场非常混乱的喧嚣，起初势力最大者为人文派，此派以锡尔曼（S. P. Sherman）、白壁德（I. Babbitt）为领袖，应用人文主义作美国文学作品评价的标准；他们说文学已失掉标准和训练，并且又失掉勇敢和严重性，美国文学又陷入于浪漫主义最后的衰弱的代表们的手中；因此，目前的需要是：严正的人文主义。其实他们最后的归结还是达到古典派的人生观。此派之阵营已被表现派及社会学派所冲破，虽则近年来较为活动一点，其实只是死灰复燃而已。他们是美帝国主义直接指挥的傀儡，反对任何新的形式，揭出一种极模糊的、抽象的理想，强迫大众跪拜于其前；这种文艺政策已被美国大半青年所不满。

综观美国十余年来的批评界，我们时时可以发现许许多多浅薄的辩解与争意气的谩骂；表现派断定作家完全不受社会特殊状况的影响，这是一种非常巨大的错误，因为每一个人的观念都是从他的社会环境中取到的；就是疯人院的病人，我们亦不能说他没受社会环境的影响。所以，现在美国表现批评派的没落，已是显然的事了。人文派断定布尔乔亚阶级是美国文化的代表，并且反对现代艺术为引诱"内感的满足"的学说，同时又说美国的艺术家必须表现"深微的、道德的理想主义"；他们虽则承认社会对于作家有点影响，但却否认对于每个作家都有影响，这是人文派最大的弱点。至于孟根却是一个自相矛盾的批评家，他的理论时时不可避免地露出乘谬与浅薄；他使人惊愕地断定："社会主义实际上只是破产的资本家们底堕落的资本主义。"他的批评最大的弱点是缺乏分析，与"清楚的逻辑"。"虽则美学的革命由于观念的革命，但凡观念的革命，必都是由当时主要的物质状况而起的社会组织上的革命的结果。"这是社会学派的领袖卡尔浮登在人文派与表现派混乱的争辩中所提出的一种批评，这或许是美国批评界的一线曙光吧。

幽琴·奥尼尔（Eugene O'Neill）的出显于美国，确实是一桩重大的事件，在美国沉寂的剧坛上闪耀其惊人的光辉。但奥尼尔所描写的并不是愉快的，尤其是对于美国人，因为他把美国资本制度悲惨的社会毫无粉饰地暴露出来；但他那独特惊人的天才，连人文派的批评家亦加以称赞。

批评家们往往欢喜将某国的文坛横划成好几派，然后强拉了几个作家来做某一派的代表，我觉得这是有点曲解，甚至是冤枉的；尤其是对于小说这一部例，若采取这种方法去研究，每每会闹出笑话。因此，我们只能抛弃这种旧的方式，采取客观的态度来考察美国二十世纪的新小说。

综观二三十年来的美国文学，在大体上可以经过两度重大的变化。第一次的变化是在二十世纪的初叶，当美国战胜了西班牙以后，锐感的诗人们开始着魏脱曼的战线，而向西欧的传统文学背叛起来。文学界有个人主义的倾向。世界大战以后，美国成为全世界经济的霸主，文坛上于是发生第二次的变化；纯"美国"的文学建设起来，唯美派与旧的艺术几乎完全消灭；象征派与无产派的诗充满文坛。因为大战与工业尖锐的发展的影响，文学转到社会问题与风情的方面。社会学派的批评渐渐得势。散文注意新颖的风格，而文句力求简洁鲜明。美国文学将在都会主义（Urbanism）、新写实主义两方面继续进展，这是无疑的事。因此，我们对于许多新进作家怀抱很大的期望。

编者按：以上六段摘自林疑今著《现代美国文学评论》，分别载于《现代文学评论》第 1 卷第 1 期第 2、4、8—9、9—10、12 和 25—26 页，1931 年 4 月 10 日出刊。此处为方便起见，合并了原文相邻的部分段落。

二一　林语堂

（一）

　　近十数年间美国文学界有新旧两派理论上剧烈的争论，一方面见于对现代文学潮流的批评，如 Stuart P. Sherman 所著 *Contemporary Literature* 一书，一方面集中于关于文评的性质、职务、范围的讨论，如关于批评有无固定标准，批评是否创造等等争辩。这些理论上的讨论，可以说是以现译的 Spingarn《新的批评》一文（一九一〇）为嚆矢。由这种的讨论，我们也可以看出最近美国思想的一点生气，虽然比不上法国文学界的富于创作的理论见解，至少难免有些微的影响于美国思想界，引起一点波皱，来戳破那其平如镜的沉静的美国人的脑海。旧派中如 Paul Elmer More——据说也是一位闲暇阶级——Sherman，Irving Babbitt——这些是大学教授——当然也有相当的毅力与见解，尤其是赫赫盛名的 Babbitt 教授。Babbitt 先生的影响于中国"文坛"，这是大家已经知道的……他的学问，谁都佩服，论锋的尖利，也颇似法国 Brunetiere 先生，理论的根据，也同 Brunetiere 一样，最后还是归结到古典派的人生观，总而言之，统而言之，就是艺术标准与人生正鹄的重要——所以 Brunetiere 晚年转入天主教——而 Babbitt 稍为聪明一点，以为宗教最高尚当然是最高尚，不过并非常人所能苾臻之境，所以转而入于 Humanism（唯人论，Babbitt 先生此字用法与通常所谓 Humanism，文艺复兴时代的新文化运动，不同，他的 Humanism 是一方与宗教相对，一方与自然主义相对，颇似宋朝的性理哲学）。……至于新派中，在理论上自以 Spingarn 为巨擘，不然这位教授也不至于被哥伦比亚大学辞退。Spingarn 是意大利美学家、思想家 Benedetto Croce 的信徒；十数年前 Croce 到美国演讲，当然也加增新派思想以势力不少。

Spingarn 所代表的是表现主义的批评，就文论文，不加以任何外来的标准纪律，也不拿他与性质宗旨、作者目的及发生时地皆不同的他种艺术作品作评衡的比较。这是根本承认各作品有活的个性，只问他对于自身所要表现的目的达否，其余尽与艺术之了解常识无关。

编者按：以上两段摘自 J. E. Spingarn 著、林语堂译《新的批评》(*The New Criticism*) 之"译者弁言"(1928 年 8 月 15 日作)，署名"语堂"，分别载于《奔流》第 1 卷第 4 期第 617—619 和 619 页，1928 年 9 月 20 日出刊。林语堂生于 1895 年，卒于 1976 年。在 20 世纪 30 年代，他译介美国文学的成绩主要有翻译布鲁克斯（Van Wyck Brooks）的《批评家与少年美国》、斯宾嘉恩（J. E. Spingarn）的《七种艺术，七种谬见》和《新的文评》等论文。以上各文均收入上海北新书局 1930 年出版的林语堂著译《新的文评》一书。另外，他主办的《论语》等杂志，大量翻译介绍了马克·吐温等的作品。

（二）

勃卢克斯这篇文章，我以为含有深长卓绝的意义；这自然是我所以译他的理由，而其意义自然不尽在"隔岸观火"而已。勃卢克斯对于美国的传统文学，敲击得体无完肤，当然会给太平洋对岸的华族相当的暗示，除了景仰"文学纪律"的几位同胞之外。美国艺术之破产，文学之幼稚，思想之迟滞，文学平民化之结果，"拉拉拜"诗歌之盛行，文明小说之俗不可耐，反抗领袖之稀少，都要使"少年美国"深觉不满于旧文学，而发生反抗之大潮流。于是乎有崇拜 Whitman, Mencken, Spingarn 等的一班大学学生，与十九世纪文化宣告决裂，另走他们解放的路。然而事情又非如此简单：一方有讲"纪律"与"尊严"、人生之"正鹄"与创作之"标准"的几位大学教授们与他们为难，一方又有身心舒服的、有正经职业的中等及"上等"社会,仍旧发扬物质文明之光辉与实行乐观主义之信条。由是而(依勃卢克斯语)"宗教与广告竞争,艺术与商业赛技,商业又以博施济众自豪,致使我们给世界各国看起来成了一大群平凡庸碌、只只相似的驯性动物"。这种的敌人,叫些青年学子与之抵抗,恐非有齐天之力,不易为功。所以结果能否胜利,新的文学能否发挥光大起来,尚在不知之数。但是胜利与否,勃卢克斯已指出美人自新之一条正路,及使美国文学将来放大光明之一线希望。因为他已经透彻的描穿美国文学所以闭经不产的病源。

在此时文学幼稚的中国,讲文评是危险的,尤其是批评文评的批评,因为这种批评,既不认识文学,更加不认识人生,他所认识的——只是文评。所以那种法庭式的裁判:"你不行!""你犯某条纪律""你比不上荷马,但丁,莎士比亚……"都是不认识人生者的呓语。用以为批学生作文之考语,或者可以,但是万不足以批评文学。至于那招供式的断语:"我不懂你说些什么,愤慨什么?"这些话却是真的。因为文评的纪律中并未念过一条愤慨的纪律。所以现在中国文学界用得着的,只是解放的文评,是表现主义的批评,是 Croce, Spingarn, Brooks 所认识的推翻评律的批评。

编者按:以上两段摘自 Van Wyck Brooks 著、林语堂译《批评家与少年美国》(*The Critics and Young America*)之"译者赘言"(1928年4月28日作),署名"语堂",分别载于《奔流》第1卷第1期第41—42和44页,1928年6月20日出刊。

(三)

达肯顿书,我通共读过一本,就是 *Young Mrs. Greeley*,此外只有杂志上偶读其短篇小说而已。我所读一本倒是令人不得不一气读完的一本中篇小说,描写一公司职员的俗妇,偶然被邀入上流文雅家庭所闹出的笑话,文字又尖利,又滑稽,又含有大道理,诚是为势利伧夫俗子及暴富家庭之妇女之戒。达肯顿的小说,总是如此的,有幽默,有结构;结构的缜密,剧情之紧张,事态之变化,乃其所长。故氏甚足代表现代美国小说家普通之技巧,此种技巧,是值得研究的,因为他的水平线比中国小说的技巧高,犹如西洋戏剧之技巧,亦比中国戏剧之技巧高一样。

编者按: 该段摘自林语堂为布斯·达肯顿(Booth Tarkington)著、大华烈士(简又文)译《十七岁》作的"序"。该书由上海良友图书印刷公司于1935年出版。

二二　凌昌言

　　福尔克奈描写了在文明与野蛮的边境上出入的人物，描写残暴，描写罪恶，描写原始的性欲，他便很自然地成为同样的被要求刺激的都市的读者所爱好，因为他写的不能说是中古世式的恬静的乡村，而只是最适当的罪恶和残暴的背景的蛮荒僻境。

　　作为小说家的特征，除了专拿不道德的事件或不愉快的东西为题材之外，帮助他获得普遍的声誉的，便是各种各式的新技巧的尝试。新奇，这也是现代生活所需要的一件东西，福尔克奈是无论在内容上或形式上都适应了现代的要求了。

　　威廉·福尔克奈并不是一个深刻的思想家，要在他的作品里找寻思想发展的过程的人是会失望的。他的人生观也宁说是非常单纯：即，他看到这世界是整个的恶的。他甚至可说自身在神经上也许有某种不健全的处所，因此所看见的一切都成为罪恶和病狂。我们与其在作家本人身上找寻他的思想的特征，却还不如去考察一下这个福尔克奈可能成为流行的时代的特征较为有益些。

　　福尔克奈所能给予的不是常态的社会或是人生的表现；他所给予的只是刺激，一种不平常的感官上的刺激。而现代人所要求的，也并不希望从文艺作品上来耐着性子看一看真实的人生，他们所要求的也正是瞬间的刺激。

　　自然福尔克奈的技巧的新奇也大大的帮忙造成了他现在的地位。这一类的新技巧，有许多严肃的批评家是不以为然的，甚至有人以为这只是通俗小说的技巧，而预言了福尔克奈的作品的非永久性。也许，像永久性之类的东西，福尔克奈是并不顾到，而这些批评家的意见也并不能把福尔克奈说服。他的作品，是只有照自己的方法充分的发展下去，而我们相信，他一时是不会变换了他的作风的。

编者按：以上五段摘自凌昌言著《福尔克奈——一个新作风的尝试者》，分别载于《现代》第 5 卷第 6 期第 1003、1004、1008、1009 和 1009 页，1934 年 10 月 1 日出刊。

二三　刘大杰

（一）

　　美国从一千九百一〇年到参加欧洲大战的一九一七年的这几年间，是藏有许多研究"美国新文艺运动"的资料的。小剧场运动、民众剧运动在美国的兴起，也是这几年的事。

　　我们谈论现代美国的文学的时候，会把诗、剧、小说各方面有名的作家举出来。可是在十五年前，今日有名的作家，大半还没有被人知道。

　　思想界这样激烈地争论的时候，在纯文艺方面，应时而起的大大地活动起来。一九一四——一九一六年，是美国的新诗最放光辉的时期。与英国同种的文艺运动相呼应，在自由和想像的主张之下，扩大着题材选择的范围，于是新诗境的开拓者，接踵而至。在这时期的诗人与诗集，不是继承前世纪以来的美国的正统诗风，大半都另开拓了新的境地。如从前目为诗坛的叛逆者的惠特曼，他们大多数都受有直接的感化，或是间接的暗示了。在同时文艺的活动之中，还有一个可以注意的现象，就是批评坛的盛观。

　　考察现代的美国文学时，能给我们以最鲜明而又力强的新精神的胜利的印象的，是一九二〇年了。从一九一四年以来，诗与批评方面，发展着新的势力，可是，这种新的势力，到了一九二〇年，更加整着阵容，小说与剧曲方面，都大大的进展着了。美国的精神文化，比起欧洲各国来，是一个很年轻的国家。到一八五〇年代，几乎找不出本国的剧作家创作的有名的作品。舞台是完全被英国剧占领了。就是后来，美国渐渐地产生了一些剧作家，但是他们的作品，仍是比不上欧洲近代剧作家的作品。到了新世纪，因着演剧的兴隆，剧作家群起，于是，如沃尼尔辈，已经是向世界的剧坛进出了。

年青的美国剧作家的一群，因受了世界大战的影响，大半都开拓着自己的新路，否定古旧的东西，带有多量的革命的色彩了。对于社会问题，两性问题，脱去伪善的面目，都在用认真的态度讨论着表现着了。

编者按：以上六段摘自刘大杰著《现代美国文学概论》，分别载于《现代学生》第1卷第2期第1、2、4、6、8和8—9页，1930年11月出刊。该文仅论及美国的新文艺运动和剧坛，未涉及小说和诗歌等。刘大杰生于1904年，卒于1977年。在20世纪30年代，他初任职于上海大东书局，参与《现代学生》的编辑工作，后任复旦大学、安徽大学、暨南大学等校教授，主要译介了杰克·伦敦、柏涅特等人的作品。

（二）

在我读过的许许多多的小说里，没有一本，能够像这本书——像这本《野性的呼唤》这么使我惊奇、感奋和赞叹的了。这是一本小说，同时又是一本圣书，同时又是一本社会演进和人类争斗的历史。也可以说是一本哲学，是一本达尔文学说的哲学。在这里面，指示了我们优胜劣败天然淘汰的公理，使我们明了了在这世上要怎样去生存。本书的作者贾克·伦敦（Jack London），他有充分的浪漫性，却不是专写那种风花雪月男情女貌的浪漫性，他是一个自然主义者，又不是那种专写人类的丑恶方面——如遗传、性欲、酒毒等类——的左拉主义者。他有极其丰富的想像，同时对于下层社会，又有极其高尚的同情。因此，读他的作品，比起读那些自然派诸家的作品，要有趣味得多。他自己宣言他是一个社会主义者，在他的作品里，却不是宣传式的喊口号，喊革命，他只忠实地锋利地暴露着资本家的专横和罪恶，对于无产阶级泄露着优美的同情。

编者按：该段摘自贾克·伦敦著、刘大杰与张梦麟合译《野性的呼唤》书前刘大杰作的"关于《野性的呼唤》"（1932年4月作）第1页。该著由上海中华书局于1935年出版，收入世界文学全集。

（三）

"在全英语界，承认哦·亨利是近代小说中一个最伟大的作家的时代来了。"Canada 的作家兼批评家的 S. Leacock 氏，在《文艺论集》（*Essays and Literary Studies*）里，对于哦·亨利可惊的天才，这样推奖而惊叹地说。就是史米司（Alphons Smith）也说过哦·亨利比起伊尔文（Irving），比起亚伦·坡（Poe），比起哈特（Bret Harte）来，在美国的文坛上，占有独特的地位。伊尔文是以浪漫主义的手笔，对于口碑传说，吹入以新的生命；亚伦·坡以他惊人的奇才，确定他短篇作家的地位；哈特是以方言，使他的作品，生出浓厚的地方色彩来；哦·亨利呢！是超越时间与地方，在他的短篇里，深刻而又真实地表现出不变不死的最普遍的人间性。就是在作品的形式上说，与他们也有不同之点。通观他的全集十三卷，没有一个长篇，亚伦·坡是有诗的，霍桑是有长篇的。在美国的作家中，像哦·亨利完全尽力于短篇的作家，恐怕只有 A. Bierce，然而他不过是一个浪漫的怪异的作者，从 popularity 说来，到底没有谁比得上哦·亨利的罢。

在哦·亨利的作品里，如初期的 *The Duplicity of Hargraves*，*Roads of Destiny*，也是一万字以上，然而他最好的东西，还是两三千字的短篇。这些最短的东西，虽说都是他为报纸的星期副刊写的，可是可以说这都是最上的形式最高的文学本能的杰作。在最短的篇幅里，比旁人数百页的长篇，他更能将人生、社会、爱情种种的丑恶、虚伪、怪异的场面，滑稽而又严肃、嘻笑而又印象深的描写得淋漓尽致了。他那种紧张，他作品里所特有的那种最后的紧张，与读名家的长篇大作同样，能引起读者强烈的兴奋或是刺激。

本来，短篇小说这东西，在美国的文学史上，是放着异样的光彩的。由亚伦·坡、霍桑以来，经过哈特（Bret Harte）到杰克·伦敦、哦·亨利，可以说是由开花结实而到了红熟的时期了。尤其是以短篇小说终始的哦·亨利，脱了以前诸作家的传统，而独成一格。他的短篇，说是代表一九〇〇年代的有永久性的艺术的事，也不是无理罢。

在他的短篇里，还有一个不得不注意的特点，就是他的文体。我觉得他的文体，是以写 Essay 的笔法，去写小说的。无论那个字，都用得精到，简洁。在他每一篇里，我们都可看出他用字时候的苦心。近代作家中，H. James 的用字用语，世人评为是过加雕琢（Fastidious）的作家。我想，哦·亨利在这一点，恐怕也不弱于杰姆士罢。无论一句什么样的粗话，一件什么样的粗事，一到他那灵活的笔尖上，就现出泼刺的生气。在他的笔下，无数的俚语（Slang）的自由使用，使他的作品，更现出自然的活泼泼的生气来。关于这一点，他的艺术是完全脱了古人的传统，不许旁人模仿的而自成一家。

编者按：以上四段摘自刘大杰著《O. Henry 的短篇小说》，署名"大杰"，分别载于《语丝》第 5 卷第 36 期第 14—15、15、15—16 和 17—18 页，1929 年 11 月 18 日出刊。

（四）

辛克莱·刘易士，就是今年（一九三〇年度）得诺贝尔文学奖金的美国的壮年小说家。以富谈以汽车谈以物质文明谈的美国，在某种程度，在哲学文学艺术等的精神文化方面，是没有产生什么杰出的伟人，到底比不上旧世界的欧洲的。所以这一次刘易士代表美国人第一次得到诺贝尔文学奖金，从美国文坛，与萧伯纳、托马斯·曼同样地向世界文坛进出的事，是很值得我们注意的。

与霍桑、爱伦·坡、达尔文等的时代不同，最近的——欧洲战后的美国小说界，是涨满了活泼的新鲜的气质了。……现在的小说，都能接触现实的社会，从直接的经验，而带着浓厚的个人的色彩，对于现在的社会现在的文明，加以严厉的批评。在以前是写些叙事诗那样美的有趣味的故事，现在是写些人生最丑恶的部分，而变为讽刺的纯写实的紧紧地捉住现实的作品了。因此，现代的作家，在中西部出身的倒很多，并且大半都是从新闻界出来的穷苦人。辛克莱·刘易士就正是带着这种新鲜味的作家，就正是这样出身的作家，而在现在美国的文学界，他是一个放出一种异彩的名人。

他从新闻记者脱离出来，然而因为他精细地观察美国各地的实社会状态的结果，他不得不批评讽刺美国的社会，不得不写暴露现实的小说了。如他的《正街》（*Main Street*），*Babbitt*，*Martin Arrowsmith*，*Elmer Gantry* 四部大作，都是对现代美国文明的倾向，表示不满，并且彻底地痛烈地暴露出在现在美国文明的反面的种种缺陷的问题小说。

在美国的新作家里，安得生（Sherwood Anderson）和刘易士，我都爱好。可是他俩的作风，完全是两样。安得生是描写和社会之力战斗而败北的疲劳的人物，刘易士则是描写和环境之力战斗而败北的人生的过程。安得生是从各方面，去观察隐藏于人心之底的灵魂的姿态，而把它描写出来；刘易士所描写的，乃是社会的习惯，约束和环境的力量，对于人间的生活有什么影响。所以在刘易士的作品里，欢喜用各种各样的言语，来表示作品中间的人物的性格。在他的长篇 *Babbitt* 里，俗语方言，用得最多，我们读起来，常常感到难解。在这一点，安得生的作品，就容易多了。

他的作品的主人公，都是持有一种主张，都是有一个梦想的。如《正街》中的女主人加诺尔（Carol Kennicott）、《巴比特》中的巴比特（George F. Babbitt），再如《爱罗史密司》中的马丁·爱罗史密司，都是同样性情的人物。他们都是持有一个梦想的浪漫家。可是他们的梦，在现实的世界，完全破毁了。刘易士描写一个人和环境之力争斗，而怎样会败北的过程，那种手笔，是极其高妙的。并且这一点，也是他的作品的重心。如他的《正街》，就完全寄托在这重心上。

编者按：以上五段摘自刘大杰著《刘易士小论——一九三〇年诺贝尔文学奖金的得者》，分别载于《青年界》第 1 卷第 1 期的"作家介绍"栏目第 164、164—165、167、167—168 和 169 页，1931 年 3 月 10 日出刊。

二四 刘穆

在福特、摩根、洛克弗勒构成的金元文化中，渐渐潜生着文坛的叛徒了，辛克莱是他们的先驱，约翰·李特是反叛的旗帜下的早死的战士，哥尔德是后起的有力的工人阶级的歌颂者，他所主编的《新群众》杂志是美国工人们在文学方面的大本营。

以大体而论，这本书的煽动的气味是很浓的，诗歌尤甚。诚然宣传不能尽文艺的功用，但是我们不能说含有煽动性的便不是文艺，不是好的文艺；何况在我们的时代，伟大的社会斗争开始的时代，煽动的文学的出现更是不能免的。

读过这本书之后，我们诚然不能说哥尔德的艺术手腕怎样成熟，但我们至少它是形式方面新颖，而且是工人阶级生活的忠实表现者、热烈讴歌者。

编者按：以上三段摘自刘穆为高尔德（Michael Gold）《一亿二千万》撰写的同名书评，分别载于《文学周报》第 373 期第 681、682 和 685 页，1929 年 6 月 2 日出刊。选文第三段第二行"我们至少"后面似乎遗漏了"可以说"或其他意义相近的字词。刘穆生于 1904 年，卒于 1985 年，原名刘燧元，笔名还有尹穆、小默等，曾留学于莫斯科中山大学。1927 年回国后，他先后任北新书局、上海远东图书公司编辑，积极从事左翼文学运动，主要译介了美国左翼批评家开尔浮登（Calverton）和小说家高尔德的相关作品。比如,《小说月报》第21卷第3期（1930年3月10日出刊）载有他翻译的开尔浮登著《现代文学中的性的解放》,《奔流》第2卷第4期（1929年7月20日出刊）载有他翻译的高尔德著《走快点,美利坚,走快点!》。

二五　鲁迅

（一）

　　斗争呢，我倒以为是动的。人被压迫了，为什么不斗争？正人君子者流深怕这一着，于是大骂"偏激"之可恶，以为人人应该相爱，现在被一班坏东西教坏了。他们饱人大约是爱饿人的，但饿人却不爱饱人，黄巢时候，人相食，饿人尚且不爱饿人，这实在无须斗争文学作怪。我是不相信文艺的旋乾转坤的力量的，但倘有人要在别方面应用它，我以为也可以。譬如"宣传"就是。

　　美国的辛克来儿说：一切文艺是宣传。我们的革命的文学者曾经当作宝贝，用大字印出过；而严肃的批评家又说他是"浅薄的社会主义者"。但我——也浅薄——相信辛克来儿的话。一切文艺，是宣传，只要你一给人看。即使个人主义的作品，一写出，就有宣传的可能，除非你不作文，不开口。那么，用于革命，作为工具的一种，自然也可以的。

　　但我以为当先求内容的充实和技巧的上达，不必忙于挂招牌。"稻香村""陆稿荐"，已经不能打动人心了，"皇太后鞋店"的顾客，我看见也并不比"皇后鞋店"里的多。一说"技巧"，革命文学家是又要讨厌的。但我以为一切文艺固是宣传，而一切宣传却并非全是文艺，这正如一切花皆有色（我将白也算作色），而凡颜色未必都是花一样。革命之所以于口号、标语、布告、电报、教科书……之外，要用文艺者，就因为它是文艺。

编者按：以上三段摘自鲁迅著《文艺与革命（答冬芬先生 1928 年 3 月 25 日信）》，载于《语丝》第 4 卷第 16 期第 42—43 页，1928 年 4 月 16 日出刊。在该文中，他对辛克莱的"艺术宣传论"提出了辩证的看法，明显有别于许多"革命文学家"的论断。

（二）

马克·吐温（Mark Twain）无须多说，只要一翻美国文学史，便知道他是前世纪末至现世纪初有名的幽默家（Humorist）。不但一看他的作品，要令人眉开眼笑，就是他那笔名，也含有一些滑稽之感的。

他本姓克莱门斯（Samuel Langhorne Clemens, 1835—1910），原是一个领港，在发表作品的时候，便取量水时所喊的讹音，用作了笔名。作品很为当时所欢迎，他即被看作讲笑话的好手；但到一九一六年他的遗著 The Mysterious Stranger 一出版，却分明证实了他是很深的厌世思想的怀抱者了。

含着哀怨而在嘻笑，为什么会这样的？

我们知道，美国出过亚伦·坡（Edgar Allan Poe），出过霍桑（Hawthorne），出过惠德曼（W. Whitman），都不是这么表里两样的。然而这是南北战争以前的事。这之后，惠德曼就先唱不出歌来，因为这之后，美国已成了产业主义的社会，个性都得铸在一个模子里，不能再主张自我了。如果主张，就要受迫害。这时的作家之所以注意，已非应该怎样发挥自己的个性，而是怎样写去，才能有人爱读，卖掉原稿，得到声名。连有名如荷惠斯（W. D. Howells）的，也以文学者的能力为世间所容，是在他给人以娱乐。于是有些野性未驯的，便站不住了，有的跑到国外，如詹谟士（Henry James），有的讲讲笑话，就是马克·吐温。

那么，他的成了幽默家，是为了生活，而在幽默中又含着哀怨，含着讽刺，则是不甘于这样的生活了。因为这一点点的反抗，就使现在新土地里的儿童，还笑道：马克·吐温是我们的。

这《夏娃日记》（Eve's Dairy）出版于一九〇六年，是他的晚年之作，虽然不过是一种小品，但仍是在天真中露出弱点，叙述里夹着讥评，形成那时的美国姑娘，而作者以为是一切女性的肖像，但脸上的笑影，都分明是有了年纪的了。幸而靠了作者的纯熟的手腕，令人一时难以看出，仍不失为活泼泼地的作品。

编者按：以上几段摘自鲁迅为马克·吐温著、李兰译《夏娃日记》作的"小引"（1931年9月27日作），署名"唐丰瑜"。该书由上海湖风书局于1931年10月出版，收入世界文学名著译丛。此处删除了原文最后一段和倒数第二段的最后一句，其余照录。

二六　罗皑岚

（一）

　　辛克莱在这本小说中，艺术的手腕是非常地高妙，不但把一幅美国资产阶级的活现形的画图展开在你面前，同时使你读后非常地感动，不由得不对被榨取的阶级起同情。使你丝毫觉不出宣传的气息，虽然你无形中被他在潜移默化。我敢说一个人读了这本小说后，他的思想要起一个大大的变更，至少我个人是这样的。甚么时候中国能有这样的作品给我们看呢？

　　编者按：该段摘自罗皑岚著《介绍辛克莱氏新著〈山城〉》，署名"山风大郎"，载于《北新》第4卷第13号"海外通信"栏目第111页，1930年7月1日出刊。罗皑岚生于1906年，卒于1983年，曾留学于美国斯坦福大学和哥伦比亚大学，1934年回国后任教于南开大学外文系，开设英美小说史和散文史等课程。他在美国留学期间，积极向国内跟踪报道美国文学的近况。

（二）

　　刘易士得了诺贝尔奖金，自然是美国人顶高兴的事，他的《大街》（*Main Street*）及《白璧特》（*Babbitt*），翻成了欧洲十几国文字，他的小说是认为能代表美国生活的。瑞典的批评家极推崇《白璧特》，说能与 *Mr. Pickwick*, *Tartarin* 及 *Don Quixote* 并垂不朽，有人且把刘易士和易卜生相提并论，说《爱罗史密司》（Arrowsmith）是第二个《白兰特》（Brand）。

然而不满意的人也不是没有，美国批评家门肯（H. L. Mencken）就公然骂刘易士是"A wicked fellow"，虽然他是对刘易士在斯托多尔摩公开地骂美国评论界的言论而发，但也可见不满者大有人在。

有人说，是欧洲人想拍美国的马屁，先决定了把一九三〇年的诺贝尔奖金奉给送美国，然后再在美国文坛中找作家。辛克莱（Upton Sinclair）虽然描写美国，但太激烈，其他写美国的生活的作家又太守旧，选来选去，便落到刘易士的身上了。这话当然是过苛，但也并不是毫没理由。

编者按： 以上三段摘自罗皑岚著《一九三〇年的美国文坛》，署名"山风大郎"，均载于《青年界》第1卷第2期"海外通信"栏目第253页，1931年4月10日出刊。

（三）

刘易士又是一位"拿甜药给资本家吃"的作家。

Gold 是美国顶刮刮的一位新兴文学家。他用字造句直而简（用美国人自己的话来说，是"Direct and simple"），但意思却非常深刻。

编者按： 以上两段摘自罗皑岚著《美国两部文学书》，署名"山风大郎"，分别载于《青年界》第1卷第1期"海外通信"栏目第416和416—417页，1931年3月10日出刊。

二七 茅盾

"报告"的主要性质是将生活中发生的某一事件立即报道给读者大众。题材既是发生的某一事件,所以"报告"有浓厚的新闻性;但它跟报章新闻不同,因为它必须充分的形象化,必须将"事件"发生的环境和人物活生生地描写着,读者便就同亲身经验,而且从这具体的生活图画中明白了作者所要表达的思想。"报告"作家的主要任务是将刻刻在变化刻刻在发生的社会的和政治的问题立即有正确尖锐的批评和反映。好的"报告"须要具备小说所有的艺术上的条件,——人物的刻画,环境的描写,氛围的渲染等等;但"报告"和"小说"不同。前者是注重在实有的"某一事件"和时间上的"立即"报道,而后者则是作家积聚下多少的生活体验,研究分析得了结论,藉创作想象之力而给以充分的形象化。"小说"的故事,大都是虚构,——不过要合情合理,使人置信。"报告"则直须是真实的事件。"报告"的名著,如约翰·里特(John Reed)的《震撼世界的十天》(*Ten Days that Shock the World*),如道司·帕索司(John Dos Passos)的《在各地》(*In All Countries*)以及斯沫特莱的关于中国的两部书,都是以实事为主。斯劈伐克(John L. Spivak)的短篇也是如此。在我所读到的范围内,我觉得斯劈伐克的"报告"的形式最多变化。但无论用什么形式,凡是小说所必需的艺术上的条件,他一定具备。例如他用书信体写的那一篇——《给罗斯福总统的信》(*A Letter to President Roosevelt*),不但画出了那位"十五岁的墨西哥女孩子"的面目,还传达出她的声音,——不规则的英语。

编者按：该段摘自茅盾著《关于"报告文学"》，载于《中流》半月刊 1936 年第 1 卷第 11 期第 622 页。茅盾较为重视美国的报告文学，曾在《译文》第 3 卷第 2 期（1937 年 5 月 16 日出刊）发表 J. L. 斯比伐克著《给罗斯福总统的信》的译文，在第 4 卷第 4 期（1937 年 6 月 16 日出刊）发表 J. 牟伦著《菌生在厂房里》的译文。

二八 钱歌川

（一）

他是个美国杰出的社会主义作家，他的批评痛斥着美国万恶的社会，实在文坛上放了异彩，但他的小说决不弱于他的批评。

我这里译出的这本戏曲《地狱》是在他有数的戏曲之中，可以代表他最近的思想倾向的一部东西。这剧是在一九二三年发表的，全篇是用无韵诗（Blank Verse）写成，辛克莱虽没有出过诗集，然他的诗才，和他对于莎翁等的私淑，可以由此看出。不过他不用难解的典雅词句，而用平易的日常用语，自在地织出一种诗来，也就把他的诗人的本分发挥尽致了。

编者按：以上两段摘自辛克莱著、钱歌川译《地狱》之译者"序引"，分别载于上海开明书店1930年5月版第1—2和2页。钱歌川生于1903年，卒于1990年。他在20世纪30年代译介美国文学的成绩非常丰硕，涉及爱伦·坡、马克·吐温、戴尔、奥尼尔、辛克莱、安德森和刘易斯等。

（二）

恋爱是人生一个重要的部分，我们可以由此而得到幸福，或沦于悲惨。怎样就有幸福，怎样便要悲惨，原是茫无把握，听运命去碰的。但是自从本书的作者辛克莱，把现代恋爱的黑幕揭开以后，我们恋爱的前途，才有了光明。他不仅把现代恋爱的破绽，一一指摘出来，而且还为我们指示了一条光明的路。

这种知识于我们人类，早一天得到，有早一天的好处。所以这本书青年男女尤其要读，有儿女的父母，也不可不看！这实在是一部人人必读的恋爱的爱的《圣经》。英国文豪威尔斯读了以后，便激赏叫绝。

编者按：以上二段摘自辛克莱著、钱歌川译《现代恋爱批判》之"译者赘言"（1932年2月25日作），上海神州国光社1932年7月出版。

（三）

我们把他的作品综合地看起来，他似乎完全是个讽刺家，至于他所选为主题的，或作为非难之的东西，便是那些具有特有的缺点的Bourgeois。与其说他会描写Character，不如说他更长于Caricature。他的文体虽强而有力，但非精练之作。他对于各人性格的表现，多用他们说话时语气的不同来区别，对于他们的动作，尤描写的特别细腻，几于无微不至，这一点他颇和Dickens相似，不过他没有Dickens那种Humour罢了，读来徒使我们感着一种冷嘲之情味。他把社会因袭的势力，尽量地加以解剖，而用讽刺的笔，暴露给我们看。他所描写的社会，全是大战后的美国，所以他的作品，与其评为完成的艺术品，不如说是一种社会生活的记录，论者都论定他在后者上是有特大的价值。他年纪还不大，今年又得到诺贝尔的文学奖金，在二十世纪的舞台上，我们所期待于他的正多呢。

编者按：该段摘自钱歌川著《一九三〇年的诺贝尔文学奖》，载于《青年界》第1卷第1期"作家介绍"栏目第177页，1931年3月10日出刊。

（四）

我们很难得决定Poe到底是个什么性格的人，或者是个很容易变化的人也未可知。总之，他不是个恶魔，也不是个天使。关于他的极端的证言，一般论者都以为有取乎其中之必要，也不全信前者，也不全信后者。Poe 的过于矜夸和冲动的，是我们可以公认的事。他喜欢嫉妒别人，对于他怒目相视的人，爱加不当的攻击。

　　Poe 做的批评的文字，虽然有许多不十分动看的东西，但其中却有许多优越而有永远价值的东西。实在说起来，当时除了 Lowell，美国之评坛，无出其右者。……做个批评家，Poe 的长处，是在头脑之明晰和分析之巧妙。并且还带有他自己最尊重的诗的 "Faculty of ideality"。他不管是有名的人也好，无名的人也好，要不满意的时候，就无容赦地加以攻击。他的短处，就在太把琢磨上的缺点看得过度了，因之一方面说起来，未能充分地将精神上的意义，加以深思。这样的事情，在他自己的作品之中，也常现出。但是他对于当时美国诗人中的 Longfellow 和 Lowell 二人，却大称扬了。并说 Hawthorne 在他那独特的领域之中，握着霸权。他这种达见，我们不能疏忽过去。

　　照 Poe 的说法，诗是 "Rhythmical creation of beauty"。唯有悲哀，才最富于诗情。关于"美"和"忧郁"他如下地推论了：在一切忧郁的题目中，一般人认为最忧郁的是什么？——那便是"死"。成为最忧郁的题目的死，又在什么时候，最富于诗味呢？那就是死和美有最密接的关系之时，即是惟有那美女之死，才是世界上最富于诗趣的题目呢！歌咏这样的题目，最适合的，就是由于留着未死的她的爱人的口舌。由这样的论法，产出了 *Lenore*，产出了 *To Helen*，又产出了 *Annabel Lee*，散文中也产出了那篇 *Ligeia* 来。

　　做个美的使徒的他，对于道德律差不多是没有留神；对于实际的人生，也没有大接触，"自然"不过是做个装饰，作为象征或是背景用了。但是他的杰作 *The Raven* 所表现出来的内容和形式的调和，*The Haunted Palace* 和 *The Conqueror Worm* 上，所露出来的凄凉情味，以及 *The Bells* 所表现出来的，在英文的诗中，拔一头地的 Onomatopoeia，这几首就是很足窥见他的天才的作品。

　　他在短篇小说的发达史上，所占的位置何等重要，却是我们不可争辩的事实。我们可否把 Poe 看为短篇小说的创始者，这个问题，是要看我们把短篇小说下个怎样的定义才能解决。要广义地解释起来，单就生于美国的文人中说，Washington Irving 就比 Poe 更早做个短篇的东西。但是至少，像 The Purloined Letter 一类的侦探小说，我们可以说，的确是 Poe 首创的。他的小说取材有种种的形式，好似故意为我们作模范而做的一样。

说那长诗在它字句的自身上，已经发生了矛盾的 Poe，做起小说来，当然也是主张以短为佳。他在前述关于 Hawthorne 的评论中，也曾说及此事，从半途切断读起来，不能得到真实的统一。做短篇最初不问作者的意图如何，只要他能够充分地遂行这个就对了。并且在读这个的时候，读者被作者所支配，从疲劳和障碍来的外邦的不纯的分子，一点不混淆进去。换句话说，他所作为目的的，就在收到单一的"效果"。聪明的作者，不是把自己的思想使它适合于事件，是最先在心里，把他那想收的效果描写出来，再把这效果所能够得到的事件想去，务必使它能够达到这个目的地将事情安排去。从提笔起，就已经不能不使之收此效果；纵是文中的只言片语，都不可不使之直接或间接在我们所希冀的效果上发生作用。这是 Poe 自己在短篇上的主张，他的杰作中，也可看出他曾实行了这种主义。

一言以蔽之，Poe 是个艺术至上主义（l'art pour l'art）的作家。他那作品中缺少伦理的分子，虽然成为一部分人的非难之的，但是从他那位置上想起来，毋宁是当然的结果罢。加之，说他的作品完全无道德的要素，也未免言过其实呢。

Poe 和 Baudelaire 的比较，我前面也少许说了一点。这两位诗人有许多共同点，譬如他们两人同是 half-charlatan，同是病态的，同是喜欢大言欺世，并且同是悲观论者，同是最初在富有的境遇中受了教育，而后尝到世间之心酸，两人同爱一种 exotic beauty 等。虽然用公平的眼光看起来，在生活上面，已经是 Baudelaire 比 Poe 深刻得多，这是我们不可不注意的。并且 Baudelaire 比 Poe，至少可以说在他那作品上比 Poe，要更富于人间味，且同情也是很泛的。

编者按：以上八段摘自钱歌川著《亚伦·坡的生平及其艺术》，分别载于《新中华》第 1 卷第 16 期第 60、60、60、61、61、61、63 和 63—64 页，署名"味橄"，1933 年 8 月 25 日出刊。在该文中，作者依次论及 Poe 的生平、文学批评、诗歌、小说和影响等。

（五）

他最初憧憬着耶稣，后来幻想着哈孟雷特，最后，雪莱完成了他第三的理想人物。他读了雪莱的《云雀歌》极为心醉，他只想将来做一个诗人。他之所以抱着这种希望，那最大最高的解释，就是因为诗人雪莱说道，诗人是世所不容的人类的立法者（The poets are the unacknowledged legislators of mankind）。

这部名作后来刊印成书，在国内销行如飞，外国竞相追译，一时竟被译成了十七种外国语。美国政府因为这部书而设立了罗斯佛调查委员会，同时对于其他一般的产业机关的调查热，也就高昂起来，不过小说上所具有的社会主义的意义，决非他们那新兴小资产阶级所愿一顾的，所以辛克莱在美国，竟被视为过激派，而畏之如虎，多替他做了许多反宣传呢。

名作 *Jungle* 一出，一时竟卷起了对资本主义疾视的大波浪，它便成为所谓"Muck-raking"的急先锋，而暴露资本家罪恶的作品，相继出现于各杂志报章，几成为文坛的一种风气。

一九二五年又发表《拜金艺术》（*Mammonart*），对世界的文艺用社会经济学的眼光给了一个新的解释。

一九二七年出版的伟著《煤油》（*Oil*），是南部加州的一幅文明写真图，作者的视野由此更扩大了。更明年，出了空前的巨著《波士顿》（*Boston*），是一部现代美国的文明史，也不外是所谓"Muck-raking"作品之一。

我前些时候接到他本年六月十五日发来的信，知道他正在致力于加州州长的运动，听说他所预定的救济加州穷困的办法为：（一）没收不纳税的土地，给失业者去耕作；（二）使都市上倒闭的工厂复业，以便使失业者从事生产；（三）设立一种制度使工人生产日常用品，农夫生产食粮，以互相交换。他这种政见倒似乎不坏，但不知他的运命，果能使他登台否。总之，不管他这次能否握到政权，以他前此的奋斗情形和成绩看来，他无论如何也不失为美国一个最大的作家和社会批评家。

编者按： 以上六段摘自钱歌川著《曷普登·辛克莱》，分别载于《现代》第 5 卷第 6 期第 929、931、931、932、932 和 932—933 页，1934 年 10 月 1 日出刊。第二段起首的"这部名作"指《屠场》(*Jungle*)。

（六）

奥尼尔与戏曲的关系，大半是环境所养成，他一生下地来，同是就被一种强烈的戏剧的空气所包着，也可以说他从出世以来，便和演剧结了不解缘，而定下了他终身的运命。不过单只这种事实，就能使他产生后来那些伟大的作品，这话也不尽然，他的作品根本元素，还是他后来的放浪生活。从放浪生活而得到的许多珍奇的体验，才真是他那些强而有力的、直迫人心的作品的内容。

他所描写的大都是一些为运命所拨弄的苦人们。无论怎样奋斗，都不能战胜运命的威压的，那些永远沉沦在痛苦中的人——为自然、文明、情欲等所战败而毁灭的人——便是他所最爱用的题材。他初期的独幕剧，大部分是在海上失败了的人们面影，至 *Beyond the Horizon*，*Desire under the Elms* 等，便是为激昂的爱欲所毁灭的人生，更进而至于 *The Hairy Ape* 等作，则为反逆文明而苦恼的人生。除了最近的几种作品之外，其他差不多全是描写农工中的薄幸者。水手、火夫、小农、娼妇、黑奴等都是他作品中的主人公，海洋、石田、贫民窟则是他作品的背景。这些人物、场所，都是他放浪时代所终日接近的。这种悲惨的生活，他自己都亲尝过来，所以不能忘记，提起笔来，也就自然而然流露于纸上了。一个有心的人，对于自己亲眼目击、本身经历的人间的颠沛，怎能缄默不言呢！怎能忍住不将它申诉于世呢！他的作品既是这样产生出来的，所以都是充满着热情的力量。我们读他的作品时，不由得不为他所捉住，而与他作中的人物同感着痛苦。

　　单是因为他那些复杂而深刻的经验，便能产生他那许多伟大的作品吗？我们自然也不能肯定的答复。我们决不能忘记他艺术的天才。他的才能，实在不可多见。*Sixteen Authors to One* 的著者 David Karsner 说，在天才上 O'Neill 和 Allan Poe 是兄弟，Poe 在诗歌与散文中所梦想的东西，O'Neill 却用了戏曲的形式将它表现出来了。奥尼尔是否与亚伦·坡有一脉相通之处，我们不能贸然断定，总之，在表现他自己的思想上，奥尼尔确是很具有天才的。各种戏曲的形式，他都能自由地驱使，没有什么言语，不成为他表白自己的利器。天分这样高的戏曲家，实在少有：有时用纯客观的立场来描写人生，有时又试用他纯主观的表现；有时流连于现实之中，有时又飘飞于神秘之境；有时一人独白，有时多人对白。其技巧与表现之微妙入神，实属于奥尼尔独自的世界。到底非其他群小作家，所能模仿得到的。

　　编者按：以上三段摘自钱歌川著《奥尼尔的生涯及其艺术》，分别载于《学艺》第 11 卷第 9 期第 8、8 和 8—9 页，1932 年 11 月 15 日出刊。

二九　钱杏邨

出现在奥尼尔的作品里的，没有别的什么，只有悲惨的生命，美丽的冒险，强固的性格，沉郁的情调，全是些有轮角的咸苦的东西，全是些不幸的哀叫。他是具着浓厚的诗人的气质，在他的作品里，处处显出了诗的情调。

在独幕剧《航路上》，他把生命是写的那样的诗化，那样的酸辛，在里面跳动着无限的苦闷。主人公杨克对于死是认为一点稀奇都没有，他觉得在那样的生活下，就是丧失了生命，也没有什么可悲。这是奥尼尔笔下的水手们的共通的认识一贯的心情。

他的戏剧，我依然是不能绝对满意的，因为在他的戏剧里所反映的，只是水手们的悲苦的生活，只是忠实而同情的表现了他们的生活，他只看到了他们的生活的悲惨，他没有看到这一些人们的走向光明的生长。至于他的技术形式，我是满意，我没有什么话可说。

编者按：以上三段摘自钱杏邨著《奥尼尔的戏剧》，分别载于《青年界》第2卷第1期"书评"栏目第164、164和169页，1932年3月20日出刊。该期的目录页和该文题目下均署名"黄英"，文末署名"方英"。

三十　邱韵铎

　　以小说家的资格出现于世界文坛的贾克·伦敦，显然是多年以前的故事了。这故事说也奇妙，竟是越古老而越新鲜了。真的，贾克·伦敦生前的估价是并不见得怎样了不起，身后的荣誉却是一个绝大的惊异。这或许正是一般艺术家的共通的运命，是可怜亦复是可爱的罢？他的作品，在过去虽没有被人们遗忘或闲却，但确是没有像现在这样吸引着广大的群众之注意和兴趣。这是事实。近年来，俄国的劳动界，最爱戴的外国作家之第一人，便是贾克·伦敦。在其他各国，一般的批评家也都承认贾克·伦敦的作品的技巧，有任何新作家所不可企及的简练深刻的表现；而且在内容上，不啻是新时代前面的伟大的预言。

　　原来这部小说，正如作者自序上所示，是作者对于英国在太平时代的伟大都市中的而经验谈话和见闻实录。他面向着世界的黑暗面，背负着人生的十字架，一切都出以天才的描写，精心的抒发，尽情的暴露，戮力的宣传；所以这一部书的成功，不仅是表现了现代文学者的伟大，同时是展开了社会主义者的伟大。这非但是艺术家自觉地对深渊下的人们所表露的切肤的同情，抑且是社会主义者意识地对现实社会所下的严峻的批判。在这一点，这一部小说发扬着一道异样的光芒。

　　编者按：以上二段摘自贾克·伦敦著、邱韵铎译《深渊下的人们》之"译者序"，分别载于上海光明书局1932年11月10日版第1和2—3页。邱韵铎生于1907年，卒于1992年，曾是创作社成员和"左联"早期盟员。在20世纪30年代，他主要从事左翼文学译介。除《深渊下的人们》之外，他还翻译了不少作品，比如上海乐华图书公司1930年出版了他译的高尔德著《碾煤机》、上海支那书局1930年出版了他译的辛克莱著《实业领袖》、上海光华书局1930年出版了他译的贾克·伦敦著《革命论集》等等。他是美国左翼文学在20世纪30年代中国的重要译介者。

三一 瞿秋白

德莱赛（Theodore Dreiser）现在是美国资产阶级的文坛上所公认的大文学家了。但是，德莱赛的成名是很晚的。美国的资产阶级一向自以为"荣华富贵"，了不得的文明国家。对于德莱赛这类揭穿他们的黑幕的文学家，老实说是有点讨厌。但是，德莱赛自己虽然从不去追求什么声望，然而他的天才，像太白金星似的放射着无穷的光彩，始终不是美国式的市侩手段所掩没得了的了。现在，大家都不能够不承认德莱赛是描写美国生活的极伟大的作家。

德莱赛已经和资产阶级的美国决裂了。美国的资产阶级已经不能够有他这样的艺术家，也不需要他这样的文学家。美国资产阶级所需要的是什么样的"文学家"？是文学博士梅兰芳和诸如此类的"艺术家"！

现在的德莱赛是个六十岁的婴儿，他的斗争已经不是孤立的了，已经是在一个新的立场上了，他的勇往直前的勇气应当比以前更加坚强了。

编者按：以上三段摘自瞿秋白著《美国的真正悲剧》，分别载于《北斗》第1卷第4期第59、63和63页，1931年12月20日出刊。署名"陈笑峰"，作于1931年11月25日，是"笑峰乱弹"之六。

三二　施宏告

没有人比刘易士的得奖能引起更大的纷争了。因为他不独是美国作家得奖的第一人，是国家的荣誉，而且使他自己获得世界的荣誉。但他该不该得奖呢？有人说他所代表的只是资产阶级的美国，与其把奖给他，不如给辛克莱（U. Sinclair）或得莱莎（T. Dreiser）；有些人又怪他只一味暴露美国的缺点。但又有人说，刘易士的小说是真正的美国社会的历史。不管它怎么样吧，刘易士的作品确实有几个特色，他从不滥产，而且他的写实手腕很高，从不堆砌，而最妙不过的是他的幽默与冷隽的讽刺，为在别的美国同时代的作家腕下所少有的。

刘易士在文学史上的地位，还不能说已经占稳了。所以将来也许他的一切书都要从文学书的架上移到社会史的架上，但他有一本书 *Babbitt*（1922）却一定可以留下的。那个散文的、有点可轻视然而可同情的极端人间的巴壁德，将在一切大戏剧小说家所创造的人物的世界中占一地位。

关于刘易士的见解是否偏颇的问题，是最引起讨论的。我们觉得，讽刺家没有不是聋了一只耳朵、瞎了一只眼的，所以公正云者，根本谈不到。在美国，世界大战以来，因了自己的繁荣昌盛而有失去青春的活泼的时候，是需要这种自己批评与讽刺的精神的，在我们，看到这战后美国精神活动的大杂志，总可以满意了。即使我们不能由他得到一张全美的相片，至少我们可以把握到他精悍地观察过的、确实有的美国的一面。

编者按：以上三段摘自《诺贝尔文学奖金与历届获得者》，分别载于北平人文书店1932年9月版第115、117和119页。

三三　施蛰存

（一）

在短篇小说这一门里，美国似乎很有应该可以自夸的地方。短篇小说的鼻祖，应该推举亚伦·坡（Edgar Allan Poe），而在最近几年来，在短篇小说这方面能够卓然成家的作家，则应该推举海敏威（Ernest Hemingway），而这两个都是美国人。

从亚伦·坡到海敏威，这期间也相距到一百年光景，然而在这百年间，短篇小说的演进的历程，在技巧方面讲起来，却好像绕了一个大圈子，仍旧走在老地方。

除了一些侦探小说之外，亚伦·坡的小说可以说是完全没有什么故事或结构的。我们看他的 *Berenice*，*Morela*，甚至 *Masque of Red Death*，*A Tell-Tale Heart* 这些文章，一口气读下去，直到读完篇了之后，回想一想，总似乎并没有从这些篇幅中获得什么故事。而且，有时我们也许会奇怪作者何以费了这许多笔墨来铺张这一点点不成其为故事的故事。然而，在亚伦·坡自己，也许还嫌他的笔墨太经济了。他要写的是一种情绪、一种气氛（Atmosphere）或是一个人格，而并不是一个事实。亚伦·坡以后的短篇小说，却逐渐地有故事了，Plot, Setting, Character, Climax 这些名词都被归纳出来作为衡量每一篇小说的尺度了。于是短篇小说的读者对于短篇小说的态度，也似乎只是要求一个动听的故事。这情形，大约在十九世纪下半期即亚伦·坡死后三四十年间，尤其明显。

但是，到了大战以后，短篇小说却逐渐走了样，曼殊菲儿是学契诃夫的，但是契诃夫的短篇小说却比她少一点诗意，多一点故事（Plot）；再后来，像劳伦思、乔也斯等等数不清名字的时髦近代作家的短篇，简直是"满纸荒唐言"，全不是我们的上一辈人所看过的短篇小说了。于是这种影响使侨寓在欧洲的美国作家海敏威变本加厉起来，写了许多替短篇小说的技巧划分一个崭新的时代的作品。然而虽说崭新，实则极旧，因为海敏威的大部分短篇小说，在技巧的用途上，仍是回复到亚伦·坡的方法上去了。海敏威的小说与亚伦·坡的幻想小说一样地没有故事，他们的目的都只是要表现一种情绪、一种气氛或一个人格。他们并不是拿一个奇诡的故事来娱乐读者，而是以一种极艺术的、极生动的方法来记录某一些"心理的"或"社会的"现象，使读者虽然是间接的，但是无异于直接的感受了。

但亚伦·坡与海敏威到底有一个分别。那就是我刚才所以要区分明白为"心理的"与"社会的"两种的缘故。亚伦·坡的目的是个人的，海敏威的目的是社会的，亚伦·坡的态度是主观的，海敏威的态度是客观的，亚伦·坡的题材是幻想的，海敏威的题材是写实的。这个区别，大概也可以说是十九世纪以来短篇小说的不同点。

编者按：以上几段全文照录施蛰存著《从亚伦·坡到海敏威》，载于《新中华》第3卷第7期第160页，1935年4月10日出刊。该期设有"短篇小说研究特辑"，《从亚伦·坡到海敏威》即是其中之一。施蛰存生于1905年，卒于2003年，笔名有李万鹤、安簃、薛蕙、安华等。在20世纪30年代，他先后任上海第一线书店、水沫书店、现代书局编辑，曾主编《无轨列车》《新文艺》《现代》《文饭小品》《文艺风景》等杂志，积极译介美国现代文学，涉及海明威、桑德堡等。

（二）

桑德堡见闻过许多，经验过许多，又思想过许多；他是生长在美国西部草原中的，习惯于西美的土语和谣曲；他又有着一个天赋的完美的歌喉；这些都是造成他底诗底本质、形式及音律的因素。他自己弹奏着纯熟的五弦琴（banjo），唱出他自己底诗。他歌唱支加哥底摩天楼、雾、郊游的小舟、大旅馆窗外的夕阳、流氓；他歌唱女工、炼钢工人、掘芋薯人、剥玉蜀黍人；他歌唱草碛、林莽、铁轨和马路。正如他以前的美国诗人惠特曼（Walt Whitman）一样，他突破了历来对于诗的题材之选择的传统的范畴，把一切与日常生活接触的所见所闻都利用了。他底音律，也和他底题材一样，是非传统的诗底音律。那是与他底土语及五弦琴不可分离的。用读普通各种英诗的方法来读他底诗，它们诚然不会给你音节，但倘若你能够用那比普通英语更慢的美国中西部土音来吟诵呢？自然，它们会都是很和谐、很美的诗！但这一点，我们是无法企及的。

他底诗，不但是描写出了大众生活的诸种形相，而且还泄露着一种革命的情绪。他咏支加哥是"世界的宰猪场"，是"邪恶"的、"不正"的、"野蛮"的都市。在《嘉莱的市长》一诗中，尤其是，用了强烈的对比法，写出了资产阶级的官吏怎样苛求于他们底劳工。这种革命情绪，随着他做诗的历史而高涨起来，所以，英国批评家蕙丝特女史（Rebecca West）在《桑德堡诗选》序文中甚至说："这种革命情绪时常贻误了他，他底诗一篇一篇地被粗糙的硬插进去的诗行毁坏了，使它从诗变成了宣传文。"但是，她终于又说，这使他"更有能力去描写真实的、繁荣过度的美国"。说起桑德堡，人们常喜欢引惠特曼来比拟。无韵的诗行，土语，日常的字眼。这些关于诗的外形方面，他们诚然是很类似的。但是，他们底诗之实质却完全不同了。惠特曼是一个伟大的劝导者，尝试着精神的战斗，信赖他自己底诚信，完全信任着美国的德谟克拉西。他是一个企图使"未来"光荣的人。而桑德堡却一点没有说教者的气氛，对于大众所感受到的生活有洞明的敏感，他没有惠特曼那样的理想主义，种种人类志愿底虚空，他都十分理解。他看着，他默想着，但他并不宣告出什么哲学来。

编者按：以上两段摘自施蛰存著《支加哥诗人卡尔·桑德堡》，分别载于《现代》第 3 卷第 1 期第 117—118 和 118—119 页，1933 年 5 月 1 日出刊。

三四　孙席珍

（一）

　　伦敦酷爱旅行……他是要在旅行中去找寻新的经验，去学习世界人类的一切的。而且遇到什么艰险，从来不曾退缩过，总是一味的勇往前进。他的每本著作中的主人公，个个都刚毅勇敢，便是他自己的写照。

　　一生著作凡四十余种，以《野犬吠声》（*The Call of the Wild*）和《铁踵》（*The Iron Heel*）为最有名。我们通常都知道他是一位新写实主义的文学家，其实他也擅长于写冒险小说的，在量上还要比描写人性的故事多几倍。所以我们如果把他归起派别来：在文学上，他是浪漫小说家；在政治上，他是社会主义者；在哲学上，则是属于黑格耳（Haeckel）一派的唯物论者。

　　编者按：以上两段摘自孙席珍著《杰克·伦敦》，分别载于《青年界》第1卷第4期"作家介绍"栏目第94和94—95页，1931年6月10日出刊。孙席珍生于1906年，卒于1984年，曾积极参与左翼文化运动，参与发起、组织北方"左联"。

（二）

　　乌布东·辛克莱（Upton Sinclair），是被全世界所注目而公认为美国的最卓越最杰出的文学作家的，他是近代盎格鲁—撒克逊（Anglo-Saxon）文学的唯一伟大的创造者。他的生平的文艺战绩，不但在亚美利加大陆的文坛上划出了一个新时代，便是在世界文坛上，也同样地占着极其重要的地位。

这紧要关头是在这里：

现代实业共和国的美国，资本主义发展到了顶点的美国，在旧世界上，是一个新的极大的恶兆。这恶兆便是：自从十八世纪末十九世纪初，一些科学家发明了蒸汽、铁道、汽船和电报后，美国便正式脱离了农业经济的社会而走入了钢铁时代；这工业革命的结果，美国便积极努力于企业活动，使制造业及开采业都有了极度的发达，终于不能不为了获得市场夺取殖民地而和西班牙战，而加入八国联军，于是美国乃挤入了列强帝国主义的群中；及至二十世纪的世界大战发生，更乘着欧洲各国的互相厮杀的战争的疲惫的机会，竭力发展富力和武力，自此美国便操纵了全世界的经济权。然而，这种状态能够长久继续下去吗？美国能够永远这样地繁荣下去吗？成千成万的由各殖民地诱骗来的劳动者能够永远听凭着产业的车轮和利刃把他们任意地宰割杀戮吗？……火山总有一天要喷发的罢。

对于这些，全世界的人士是都希望能在美国文学里找到一些实体的描写和有力的说明的。但是，同时代的美国的其他的作家，大抵都是一些锐利的心理学家，他们只着重于人性的研究，只竭力加意于人们的感情生活的分析和安排；他们有时虽也可以追怀过去的天堂，有时虽也可以遥念异邦的乐土，而大多数却都是整日整夜在憧憬和较量于福特摩托车以及好莱坞电影等等的纯物质生活的享乐的，当然，他们决没有工夫去想一想造成这个资本主义社会的美国的前因后果，而更显然的是，他们也决没有勇气曾去想一想今后的未来的世界的。

只有在辛克莱的作品里，可以找到这种为同时代的一般美国作家所不屑计较的特殊的现代状态的紧要而且确切的说明。因了这种理由，辛克莱便自然而然地成为全世界人士的眼光的集中之点，而被认为美国现代最特殊出众的作家了。

所以，我们可以这样说：辛克莱是现代资本主义的美国生活的忠实的表达者，正和柯柏（J. F. Cooper）一样，他把美洲土人的生活和性格尽情的描写出来，终于在全世界文学的领域里，另外开辟了美国的一角；又和马克·吐温（Mark Twain）和惠脱曼（Walt Whitman）一样，他们各把他们无时代的美国生活表现给世界。

然而，辛克莱之所以伟大的理由，决不止此。他是一位良心清醒的、心地正直的、为真理而奋斗的正义的战士。正如俄国的高尔基（M. Gorki）、德国的发塞曼（J. Wassermann）、英国的高尔斯华绥（J. Galsworthy）、法国的罗曼·罗兰（Roman Rolland）和巴比塞（A. Barbusse），他们都是竭力替被压迫阶级说话的带有反抗精神的作家。

但在这些人中间，除了高尔基不算，辛克莱比他们却远要更进一步。罗曼·罗兰等几位作家，他们一方面固然敢于大无畏地替一般劳苦民众说公道话，这在统治阶级的眼中自然以为是大逆不道的；可是他们有时也脱不了所谓文明气，所以在不自觉之中，便会有暴露出他们的小有产者的智识分子的本性来的时候。辛克莱在这一点上，虽然偶尔也颇难免，即如他在燃烧于人道爱中的那种清教徒的精神，那是即使在美国文坛上也不算稀罕的；但是就全体而论，他总是一位更接近于被压迫阶级的作家。

他曾经为了反对矿山王洛克菲勒（John D. Rockfeller Jr.）处置哥罗拉多州（Colorado）的矿工的事件而入狱；他又曾经为了反对劳史安极立司城（Los Angeles）的警察的对于罢工工人的暴行而被拘；这种甘心牺牲自己愿为大多数劳动民众争权利、争自由的奋斗的行为，可以证明上面这些话，并非我们特地编造出来以誉扬他的虚语。

因了这些理由，使辛克莱的工作如此地受人尊崇。而另一个显然的理由，便是由于他是美国唯一的 radical（急进的）作家，是美国驯鸟文学笼中的一个野鸟，是用了阶级争斗的观点来说明现代资本主义的美国生活，是用了社会主义的角度来眺测现代资本主义的美国文明，以批评其机构、虚诈、伪善与辛辣的。

他把美国资本主义的机巧，美国一切产业家、银行信托者以及他们的走狗——教会，他们的喉舌——教育机关和新闻纸的黑幕，全无遗憾地暴露了出来，又毫不容情地把它们抨击得粉碎；代替这些的，他希望用世界革命的手段，来实现理想的黄金世界。

所以，他不仅是现代美国的机械文明的表现者和批评者，他同时实在还是一位伟大的预言者。他之不被本国人特别欢迎，也便是为此；因为美国人是只有对于"＄"这个信仰的，他们决不敢也不屑想到革命，他们对于辛克莱的了解，说到极点也只是限于他的简练而生动的写实主义的描写法、复杂的结构、众多的人物、广博的事实和组织在篇中的诗的幻想罢了。

但是，埋没在这种混乱的情形之中，终于还是有人能够认识他的，《时代》曾给他的文学活动以一个新的评价。丹麦的大批评家布兰兑斯（George Brandes）曾经说过："美国的最卓越杰出的作家，只有诺利士（Frank Norris）、杰克·伦敦（Jack London）和辛克莱三个人。"现在，诺利士和杰克·伦敦都已经死了，只有辛克莱还巍然独存，百折不挠地继续做着美国新文学的拓荒者，继续做着伟大的预言的前导。

编者按：以上几段全文照录了孙席珍编著《辛克莱评传》之第一章"引言"，载于上海神州国光社 1930 年 6 月版第 1—7 页。孙席珍在戴尔（Floyd Dell）著《辛克莱评传》（*Upton Sinclair: A Study in Social Protest*）的基础上，参考他书，编写了该著。

三五　汪倜然

（一）

　　辛克莱·路威士（Sinclair Lewis）是一九三〇年度的诺贝尔文学奖的获得者，这是大家都已经知道的；但路威士底作品风格等等，知道的人却很少。现在美国作家在中国文坛上露头角的，只有辛克莱和哥尔德，但辛克莱和哥尔德决不是现代美国文学的代表人物。这代表人物的地位是应当属于路威士的。我们站在文学研究的立场上来看时，路威士底题材、风格、感觉、技巧等等，都不能不说是表现了现代美国文学在这些方面的特色的。至少，路威士所写的是整个的美国，他所暴露的是美国底核心；这和辛克莱等之只写了美国底一部分就很有不同。辛克莱等所写的是美国底上层和下层，路威士所写的却是中间的那一层，而且是最广大的一层。这介乎中间的就是美国的大大小小的"白璧特"们，亦就是使得美国之所以成为美国的人物们。他们是美国的灵魂，美国的代表，亦就是美国底最平凡而又最有潜势力的国民。这站在中间的白璧特们确是很有趣味的研究对象，我们能够知道他们的生活思想，就不难知道在他们上头和底下的人底情态了。所以，虽然立脚点和着手方法不同，路威士仍然是一个站在美国文学底最前线的人物。而且，他的作品更为真实，更为深刻，更为详尽，在技术上亦更为完美。这一次瑞典学院把诺贝尔文学奖送给他实在可以是没有送错的。

　　编者按：该段摘自瑞典 Erik Axel Karlfeldt 著、汪倜然译《论路威士及其作品》一文前的"译者序",载于《现代文学评论》第1卷第3期第1—2页,1931年7月10日出刊。《论路威士及其作品》,实际上是Erik Axel Karlfeldt代表1930年诺贝尔文学奖评奖委员会为当年该奖得主辛克莱·刘易斯发表的"授奖辞"。汪倜然生于1906年,卒于1988年,1927年大学毕业后,先后任职于中国公学大学部、中华艺术大学、世界书局等,曾在《前锋月刊》《现代文学评论》《世界杂志》等刊物发表了许多介绍美国文学近况的文章。

(二)

美国一向是被欧洲认为没有伟大的文学家和伟大的文学创作的,所以那挟有世界的权威的诺贝尔文学奖金,从没有赠予给任何美国作家,而且亦似乎没有任何美国作家希冀获得这个奖金。因此今年路威士得奖的消息,多少是有一点兀突。不过这个奖金原是国际性质的;美国现在既已握着世界经济的霸权,则是为了表示对于美国的尊敬起见,将这全世界所属望的奖金就赠给一个美国的作家,自是瑞典学会的一种很机灵的举动。如果我们以为这种奖金除了表示文学上的奖励以外,还有其他的意义,那末最近的这一件事情就可以说是欧洲人已经脱去向来的对于美国的轻视态度,而承认当代的美国在政治上、经济上和文艺上都有非常的成就,同时我们亦可以把这一件事情看作在才智方面的美国地位的携高。所以,自今以后,美国文学之将获得较大的注意和重视,是可以断言的。

在中国,路威士是一个不大有人知道的作家;但在欧洲,路威士是最著名的美国作家之一。在欧战之前,美国文学家在欧洲出名的只有三个:爱伦·坡、马克·吐温,以及惠特曼。到欧战以后,在欧洲出名的美国作家也有三个,贾克·伦敦、黑格辖麦(Joseph Hergesheimer)和辛克莱。到了近年来,在欧洲文坛占有地位的美国作家也可以说是有三个:奥尼尔,特莱塞,和路威士。可是路威士的作品在英国和德国非常迅速地得到更多的读者;因此路威士是被认为解释美国之谜的最好的当代美国作家。路威士之逐渐成为欧洲最风行的美国作家,也许就是为了这个原因。

在本国，路威士曾经博得"最重要的美国小说家"的称号。在充分表现出美国的性气和美国型的人民这一点上，路威士诚然是可以当此称呼而无愧。

路威士的重要与价值，我们以为，就在于他是美国的和表现美国的一切。对于要了解现代美国的生活、思想与精神的异国人，路威士的作品是不可不读的。

编者按：以上四段摘自汪倜然著《辛克雷·路威士——一九三〇年诺贝尔文学奖获得者》，分别载于《世界杂志》第1卷第1期的"读书界"栏目第209、210、210和210页，1931年1月1日出刊。

（三）

自从欧战以后，美国底黑人文学突然抬头了。技术底成就与作家底辈出，使被征服已久底尼格罗民族底文学成为世界重要的新兴文学之一。现在的美国黑人作家虽然尚未有获得世界文坛的地位，但是他们之中，已有不少的很可重视的小说家、诗人和戏曲家；这些作品底文学价值都并不劣于一般的白人作家。而且黑人作家底作品，都表曝着强烈的民族意识和浓厚的反抗情绪。尼格罗民族在白种人世界之中所感受的苦闷与悲哀，所怀抱的希冀与热望，都在他们的作家底作品里透露了出来；这样的透露是愈到晚近愈明显。当然，黑人文学是正在发长的时期，将来的收获现在尚难逆料，但对于关心民族运动和世界文学的人，却是很该加以注意的。黑人文学之兴，在美国也还是近来才引起批评界底注意；在中国则似乎还没有人详细介绍过。

编者按：该段摘自 John Chamblain 著、汪倜然译《美国黑人文学底启源》文前的"译者序"，载于《真美善》第6卷第1期第71页，1930年5月出刊。

三六　伍光建

（一）

　　留伊斯是美国最有名的一个并世大作家。他此时还在盛年，将来还有许多发展。他生长于一个小乡村。那时候乡村的第三、四等人物开辟美国西部的中区，因此致富，就骄蹇自满，自以为文明达极点，凡是他们所不懂的与所不赞成的，都是不值得懂的，不该考虑的，考虑就是罪过；且以为不能再发展，亦不求再发展；其实他们是自满于毫无生机的安逸，以有生机的活动为多事，崇拜消极为积极美德，崇拜无生趣的顽固为上帝；作者造一个名词，称这种行为与思想为中了乡下毒。他所著的最出名的小说《大街》，就是带着愤怒，讽刺这许多人。

　　编者按：该段摘自刘易斯著、伍光建选译《大街》书前译者撰"作者传略"，上海商务印书馆 1934 年 8 月出版。该书为商务印书馆出版"英汉对照名家小说选"之一，注释本。伍光建生于 1867 年，卒于 1943 年，曾留学于英国格林威治海军大学和伦敦大学，早年除翻译马基雅维利的《霸术》、斯宾诺莎的《伦理学》等社会科学著作，还翻译了大量的外国文学作品，比如有大仲马的《侠隐记》和《续侠隐记》、萨克雷的《浮华世界》等。进入 20 世纪 30 年代，他也积极参与美国文学翻译，商务印书馆相继出版了他选译的多部"英汉对照名家小说选"，其中有不少是美国文学作品。

（二）

沁克雷是一个并世的大作家。他是一个极端的改革派，是一个社会党。他初时原以诗人自命，不能得名。他就研究其故，才窥见世界上有种种不平的事，于是竭他过人的精力著书，揭露社会及实业界的种种黑幕。他以为凡是一个人，都应该见义勇为，攻打世上不平的事，不使其留存于人间，为什么要等他人负责。他与萧伯纳同一个鼻孔出气，都以为世界上触目都是痛苦与饥饿，既是无人有心肠，无人有本领，肯出来为这样无告的人民奋斗，只好大作家们出来，替人民打不平。所以他遇着或者晓得不平的事，就自己动手，用一片血诚，直捷痛快，不留余地的，迎头痛击；著了许多小说与经济学及社会科学的论说，攻击报界、教士、大学、财阀、欧战，等等，敢言人所不敢言。

编者按：该段摘自辛克莱著、伍光建选译《财阀》（*The Moneychangers*）书前译者撰"作者传略"，商务印书馆1934年5月出版。该著为商务印书馆出版"英汉对照名家小说选"之一。

（三）

他是一个天生的小说家。他无论什么故事都能写：凄惨的、神秘的、荒诞的、浪漫的及平常琐事，一经他写出来都极能迷人。无人能创造他所写的故事，亦无人能写得他那样动听。可惜他太过喜欢用俚语，有人以为是退化文章，如戏剧中的一种有跳舞有歌唱的活泼短促小戏。他所著的《白菜与帝王》（一九〇五年出版）比较的俚语较少。……看他一路写来，文从字顺，毫不费力，这就表示他是一个大作家。

编者按：该段摘自O.亨利著、伍光建选译《白菜与帝王》书前译者撰原作者"传略"，上海商务印书馆1934年出版。该著为商务印书馆出版"英汉对照名家小说选"之一。

（四）

马可·特威英（Mark Twain）说撰小说有撰小说的规则，库柏却十犯其八九。鲁安波里教授说，可惜库柏到了第三年就出学——这就好像是说耶鲁或其他大学曾帮助过一个有天才的人撰小说！其实他的小说以材料胜，他状物叙事又最能引人入胜，令人不忍释手。他的小说在欧洲三十处大城市出版，几乎与司各脱（Scott）及摆伦（Byron）齐名。巴尔札克（Balzac）也是一个好犯撰小说规则的人，却恭维库柏，说他的宏壮肃穆只有司各脱能及，可谓推崇到极点了。

编者按：该段摘自库柏著、伍光建选译《末了的摩希干人》书前译者撰原作者"传略"，商务印书馆1934年5月初版。该著为商务印书馆出版"英汉对照名家小说选"之一。

（五）

他是一个文学批评家，一个诗人，又是一个小说家。他的批评严厉透辟，只有他的文学批评是创生于美国的。他的诗歌虽瑕瑜互见，却有极雅驯的著作，非任何其他美国诗人所能及。他又是短篇小说的创造人。……他的小说最能令读者恐怖，大约是他的心境使然。

编者按：该段摘自爱伦·坡著、伍光建选译《普的短篇小说》书前译者撰原作者"传略"，商务印书馆1934年1月出版。该著为商务印书馆出版"英汉对照名家小说选"之一，共包括《会揭露秘密的心脏》《深坑与钟摆》《失窃的信》3篇小说。

（六）

他酷好共和，最恨君主制，他有几部书很讽刺君主制的仪文。他的杰作有好几种，今所摘译的《妥木·琐耶尔的冒险事》，即是其中很有名的一种。……马可·特威英是美国的最伟大的饶于谐趣的作家。他的笔墨变化得快，忽然会从谐剧跳到惨剧，忽然从动情的辞令跳到令人大笑不止的反衬。本书有许多俚语及字音不正的说话不是当地人不能尽解，却是极有趣味的。孩子们读这部书固然觉得有趣，成年人读这部书觉得更有趣。

编者按：该段摘自 Clemens 著、伍光建选译《妥木·琐耶尔的冒险事》书前译者撰"作者传略"，上海商务印书馆 1934 年 6 月出版。该著为商务印书馆出版"英汉对照名家小说选"之一。

三七　伍蠡甫

（一）

　　《福地》的背景是自然力所支配着的时空；它的结构是以劫掠为人生转型的枢纽；它的主要人物是映出父亲家长制下的大地占有欲，和女性的绝对服从心。它所错综起来的是：中国现社会下的一切——荒灾的频仍，农民知识的浅陋，男子的贪鄙吝啬，女子的卑抑，兵匪共产等的威胁，以及不可胜数的水深火热。然而这些是不是事实呢？作者在揭穿这一切之后，有否抱着一般白色优越的心理，以侵略中国为救中国呢？或竟承认中国足以危害全世的安宁，所以途穷变生，便是黄祸猖獗之时呢？

　　作者在揭出现代中国的一切之后，多少还保有白色人种的自尊心，多少是暗示白人：中国农村问题是该在外力侵略下，渐次改良而解决的；如果这解决不经渐变而竟走了激变的一条路，那末黄色热衷之为祸于白色人种的世界安宁，正是不可思议了。这里还须再补上点：作者是拿白人所用来表现最最憎恶的一个字——Silly——送给许多中国人了。

　　就全书言，自然主义的冷淡，使作者很能深深捉着隽永的趣味。不过，这趣味是目下已被视作仅属布尔乔亚的鉴赏。

　　作者取材多是事实，除了那些在运用的当儿，表现作者的主观外，……大抵都能因为是事实的缘故，非常精确地道出中国若干的社会状况。这些事实，全书中比比皆是。……如果把作者态度撇开，它们或许还能扰醒中国其余二三成的人员中一部分的清梦吧！

编者按：以上四段摘自伍蠡甫《〈福地〉述评》之"评《福地》"，分别载于上海黎明书局1932年7月版第1—2、26、27和27页。《〈福地〉述评》前部为"述《福地》"，复述了赛珍珠著《福地》(*The Good Earth*)的主要情节，后部为"评《福地》"。伍蠡甫生于1900年，卒于1992年，1929年参与创办黎明书局，1934年创办了《世界文学》，并任主编。他曾翻译赛珍珠和欧·亨利的小说，撰写介绍德莱塞、刘易斯等的文章。

（二）

文学不止是人生的写照，文学批评不止是人生的批评。文学须一进步暗示人生以路向，文学批评更应先从一切必然的认识上，找出一个自由的路向，本此路向去批评文学所示的路向。《儿子们》所写的是巴克夫人意识中的实在，纵使这实在未必真能囊括中国一个时代的实在。然而，巴克夫人所指出的路向——中国人的路向又是如何呢？她这般有系统地写了《福地》，又写《儿子们》，她对于中国式的生存自然已具某种的觉察。这觉察也许就是这样的：中国仅有恒河沙数的自私家，中国间或也有慈善家，而中国绝对没有一位一本大公、以大无畏精神来救中国的活耶稣。

编者按：该段摘自赛珍珠著、伍蠡甫译《儿子们》之"译者序"，载于上海黎明书局1932年12月版第28页。

（三）

本书原名 *The Four Million* 意思是说，纽约城人口虽然多到极点，但是值得作者去注意的，却只有四百万人，而这四百万人又多半都是下层社会，以及那些虽则上流而知识十分浅陋的人们。作者置身这四百万人的中间，以古代罗马的调查民情者（Census）自命。他所得的报告就告诉我们，学识是一桩事情，趣味另是一桩事情，学识的贫乏决掩盖不了趣味的质朴。所以全书描出的人物，不仅各有各的面目、行动、神态、言语、声音、喜怒等等，并且还给每人生活的滋味下了一道十分强烈的粉末，遂使我们在读小说的当儿，也好像吃着胡椒调剂过了的汤菜。至于社会种种相的背景若何，动力何在，却不是作者所会触到的。然而，这也不足为病，因为不到二十世纪，写小说的人都不会同时担负医生的任务罢！

这本书是短篇的汇集，原来共有二十五篇，彼此都可独立，现在选译十九篇，主角有汽车夫、马车夫、女招待、女店员、小药剂师、女打字员、画师、音乐师、游手好闲者、公园中盯梢者、农人等等，无不描写其特征、癖性，手法巧妙，如水银泻地，无孔不入，而其独到之处，则为讽刺。他几乎在每一小小的场所，都不肯放松，使我们可以想到他落笔的时候，得如何细心，如何构思。内中有些涉及俚语，并且专靠谐声、假借、会意或隐喻明喻的效力，来做幽默的基本，译时似乎不得不遗貌取神。

编者按：以上两段摘自欧·亨利著、伍蠡甫译《四百万》书前译者撰"关于欧·亨利及其《四百万》"，均载于上海商务印书馆1937年3月版第2页。伍蠡甫选译了原著25篇小说中的19篇，包括《马车夫》《二十年后》《东方博士的礼物》等。

（四）

刘易士并不是一位批评家，先把自己撇开在一旁，再去判断世界的一切。他是一个易感的美国人，把自己所感受的尽量写成小说。所以，他的作品没有道德的、社会的、政治的或神学的主张。换句话，在事实背后，不大露出作者的哲学。如果放在一位意识形态学者的检讨下，他是充满着矛盾了。他为着公平、自由、仁爱、礼仪而奋斗，但是他自己却并没有先弄出一个体系，再来说话。他所到的地方不能算少，然而他的主要气质乃是美国西区中部的，只不过稍微染上纽约和欧洲的调子。他站在华丽灿烂的生活（亦即资产者的生活）面前，不免起了一阵疑团，但是他心里都是喜欢这类生活的。在国内或者和美国人在一处的时候，他是一位讽刺者；在国外或者和外国人在一处的时候，他是一位爱国者。

如果把左倾的文学搁开不论，任何外国人要从美国文学里去找一个十分美国式的作家，那么在十八世纪，他遇见了佛兰克林，在十九世纪，他寻着了马克·吐温，而在二十世纪便不能不碰着刘易士了。

编者按：以上两段摘自伍蠡甫著《刘易士评传》，分别载于《现代》第5卷第6期第954和955页，1934年10月1日出刊。

（五）

美国文学原是英国文学一个支脉，正如用英文写的苏格兰或南非洲的风土散记。在十九世纪间，英美文学方共有同一源流，美国文学正从英国的作品上化身出来，造成一大串英文学的因袭，因为它的一些作家只事模、拟、宗、法，还不足以言创作。所以，从现在看去，美国初期文学好像只剩下那些类乎史料、文献的作品，其余的我们都不大高兴去读了。然而，美国文学终究是要找到它独立的艺术表现，不甘长作奴性传模，只不过这事体来也甚缓；正如一条河，一面流一面收受支川灌注，到得下游，方是浩荡的大江。美国文学在流变程中，渐次映出生命的实在从两岸的土壤撮取颜色。更沿岸线的伸缩曲直，表现自家的形态。美国既从英国统治下创始自己的新生，无怪乎有时缺少独创的文学。但是，一事究不可忽，这大江的起点仍是小河；美国在若干方面，势难忘情英国文学的赐予。

一朝有了创作的觉醒，于是展放在作家眼前的境界才真觉辽阔。全个美国好像大声要求笔端活动的人，来给它记录、讽喻和赞美。从文学的素材说，美国当时乃是一方处女和童男的土地，像生命长流那样悠古，又像人迹未到的场所那样新鲜。从此，所谓美国文学者不能算是椿大家攘夺的职务，或你争我抢的一门行业，它的园地公开，总不十二分拥挤，新来面孔彼此碰见，无须先有一番厮打。

局势打开了，潜伏的力乃思活动，新旧斗争自不可免。古典的美国作家与其说是倾向西方，不如说倾向东方，他们大都想着欧罗巴洲的一切，对于本国反而漠然。他们的基调是欧洲的，尤其是英国维多利亚朝的。至于那些新兴作家却是原生，粗野还带点幼稚，研究室的苦读和客室里的清谈已不是他们写作所必经。他们却急着要踏进实际生活中去。因此，就是到了现在，一方面还残留那些拥戴"上帝之土"的一群，以为第二十六任大总统罗斯福的时代至今还是祖国的光荣；一方面却有自省而不能自满的一群，国粹是根本不要了，须从谤诽自家，去寻新路；在最近的话，普罗列塔利亚的作家当然又早超过这仅事拆毁旧宅的伎俩，他们已在批判现实上觅取建设的基石。不过，人世的两个极端总排除不掉中庸，所以荡漾于二者间的，还有无数精神向上的作家。他们漂在茫茫海上，不因为四无涯际，便放弃生存的挣扎；换言之，他们要丢开两极，再开新径。固然，他们也可说是第三种，但是内中的成功者，却已树立人生整个的观念，视为创作的基础；他们决不给美的文字所蒙蔽，失去深彻的洞照。为了明白这一支派的究竟，我们不妨以狄奥多·德莱塞（Theodore Dreiser）来作个例子。

我们涉猎了这六大名著，知道这位作家所写只是事实。什么道德观或宗教观给与人生的解说，在他都认为虚伪，敌不过现实。他不愿妄揣本体，他安于不知。他看见人生没有调和，只有矛盾的斗争。生存只不过置一些悲惨的冲突于权力、希冀、热情之间。他禁不住从道德沦入生理，从灵魂跌到肉体，于是对于心理的现象，都用生物化学（biochemistry）去解释。在他，人生只是一场恶战，我们无从晓得它的目的是向着美或善，如一群理想主义者所坚持。

这位生物学的宿命论者有几条大诫：我们的意志战胜不了我们的引诱；本能永为理智的仇敌；我们的本能之定律，和我们的社会法则恰是相反；人之所以是一个绝对的、危险的份子，就是为了他的本能；气质于人也是永远不变的，所以，世间没有道德的进步，没有由恶而善的道理；生物学统治我们的身体，敌视社会的伦理；所以，我们的社会组织、伦常政治（也许就是我们全部的文明）在生物学和化学上言之，都是虚伪的；并且，一切主义和组织，如果忽视生物化学的人类，而又不曾深深建基于本能和生理的需要上，也都是虚伪的。

然而，贵为作者，精神常是向上。他的思想固然自有体系和范围，不过在不住前进的过程中，这体系也须时刻创新，以求适应这过程。更何况作者的周围也是日在变迁，要动摇他的哲学基础，使他亲手毁灭已往，重建新猷。他受内外势力的激荡，决不会毕生停滞在某某一个定型中，做了时代的落伍者。

德莱塞在迟暮之年，嫌恶自然律的太过残忍不平，生物界中争长厮杀虽然无从抹杀于人类悠久的历史上，然而既已是人了，决难事事都在旁观，一任此律来作弄；文学的价值不在客观表现的忠实，乃在传写而外，载之以道；他委实激于一个诚挚作者的爱心，才放弃毕生精力所耗的那个生物化学者的立场。他冲破族国的藩篱，进入世界的整个领域，做了大众的一位良朋。然而，我们观察德莱塞的创作全部，觉得转变以前的作物也有相当的价值，因为它们表现一颗赤心的活动，要是没有它们，更何来迟暮的辉耀；它们乃是一个大环的一段，割截去了，必致分解诗人整部的灵魂，消灭我们对他的感受。所以，安得生那句话是不忍抹杀达尔文、斯宾塞给与德莱塞的影响，他以为一位生物化学者的思想既已一度浸渍着诗人之心，新兴一切究竟不会荡尽这浸渍的痕迹。实在地，我们从转点上去统观转点的前后，方才会有周详真确的认识。有尾无头，或有头无尾，仅足安慰悻悻然的小丈夫，终非宽大的襟宇所乐许。

编者按：以上七段摘自伍蠡甫著《德莱塞》，分别载于《文学》第3卷第1号第361、361、361—362、366、366、366和367页，1934年7月1日出刊。该文完稿于1934年5月27日，共包括"德莱塞与美国文学""生物化学者"和"转变期中"三个部分。此处的前三段摘自第一部分，中间二段摘自第二部分，最后两段摘自第三部分。

三八 吴宓

作者穆尔先生（Paul Elmer More）为美国现今数一数二之文学批评家，提倡人文主义……生平著述甚多，而以 Shelburne Essays（《批评论文集》）凡十一卷为最有名。近年专心致志，取希腊文化哲学之精华，参以一己深彻敏锐之见解，成《希腊宗传》（Greek Tradition）之巨著。分为五册。第一册名《柏拉图主义》（Platonism），一九一七年出版。第二册名《柏拉图之宗教》（The Religion of Plato），一九二一年出版。第三册名《希腊季世之哲学》（Hellenistic Philosophies），一九二三年出版。第四册名《新约中之耶稣基督》（Christ of the New Testament），一九二四年出版。第五册名《基督之道》（Christ the Word: a Study in Neo-Platonic Theology），一九二八年二月出版。均美国卜林斯顿大学出版部印行，牛津大学出版部代售。欲窥西洋文明之真际及享受今日西方最高之理想者，不可不细读以上各书也。

编者按：该段摘自吴宓译《穆尔论现代美国之新文学》之"译者按"，载于《学衡》第63期第1页，1928年5月出刊。吴宓生于1894年，卒于1978年，曾留学于美国弗吉尼亚大学和哈佛大学，在哈佛大学时师从新人文主义大师白璧德，回国后参与创办和编辑《学衡》杂志，为传播新人文主义文艺批评理论做出了重要贡献。他在《学衡》杂志翻译发表了《白璧德论今后诗之趋势》《穆尔论自然主义与人文主义之文学》等文章。

三九　徐迟

（一）

在现代的欧美大陆，执掌着现世人最密切的情绪的诗人已不是莎士比亚，不是华兹华茨、雪莱与拜伦等人了。从二十世纪的巨人之吐腹中，产生了新时代的二十世纪的诗人。新的诗人的歌唱是对了现世人的情绪而发的。因为现世的诗是对了现世的世界的扰乱中歌唱的，是向了机械与贫困的世人的情绪的，旧式的抒情旧式的安慰是过去了。新诗人兴起了美国的新诗运动来。Vachel Lindsay 是第一个奠定新诗运动的人。

林德赛的诗是有音律的。是诗歌，是可以引吭而歌的。在《Congo 之河》与《圣达飞的旅程》两诗的边旁，他用较小的字说明着读他的诗的时候的声音的法则。例如读 Rache Jane 的莺鸟之声，需用"美妙的低声，或朗读，或歌唱"的方法念那九行的小诗的。而黑人的行句上的读法是"大声的或用如铜的低音部声"的法则。汽车驶动的读法是"渐渐的快而渐渐的高亮"。这些他都特别加以注语的。维祺·林德赛的诗是由他在千人之面前的台上朗读歌唱的呢。

因为了西洋的音乐的原理的发展，林德赛的诗的音律是主要地占了他的诗的素质的。在诗之中，律是存在的；而音之律是其中之一种。有音律的诗有一种动的生命，正如风吹动的树，正如泉基的白色小喷泉，正如熊熊之春之跃起，在我们的一切之间是音律的存在。

林德赛的诗是强有力的音的结构。好几百年的诗都成为书本子的艺术了。诗的歌人所提醒吾人的是抒情诗人所梦见的一种——听觉的艺术。爱美森（Emerson）说诗人的两类别是作诗的诗人与歌唱的诗人（the versifiers and the bards），无疑地林德赛是属于后者的。林德赛的音律是纵跃、翻身、移转、旋涡的技巧。

编者按： 以上四段摘自徐迟著《诗人 VACHEL LINDSAY》，分别载于《现代》第 4 卷第 2 期第 319—320、325、325—326 和 326 页，1933 年 12 月 1 日出刊。编者为方便起见，此处合并了原文相邻的部分段落。徐迟生于 1914 年，卒于 1996 年，20 世纪 30 年代开始在《现代》发表译作，走上文学道路，主要参与了译介美国现代诗歌的工作。

（二）

意象派的意象是什么东西呢？意象，简洁的，正好说出来的，是一件东西，是一串东西。意象是什么东西？意象是一件东西！是可以拿出来的！意象是坚硬。鲜明。Concrete。本质的而不是 Abstract 那样的抽象的。是像。石膏像或铜像。众目共见。是感觉能觉得到。五官全部能感受到色香味触声的五法。是佛众所谓"法"的，呈现的。是件东西。

意象派诗的主要的目的，是诗的内容解放。外面的世界的美丽，决不是一朵花的摄影所能表现穷尽的。把新的声音，新的颜色，新的嗅觉，新的感触，新的辨味，渗入了诗，这是意象派诗的任务，也同时是意象派诗的目的。我们，包含了素人，诗人的我们是不能满意于一个平面了。在一朵花的摄影的 Velox 纸上，远近大小逼真这些赞美与欣赏是欺骗我们自己的。诗应该生活在立体上。要强壮！要有肌肉！要有温度，有组织，有骨骼，有身体的系统！诗要有生命，而生命不是在一个平面上，像黑色的影子的平面上可以有的。这就是意象派诗的表现。

一个艺术家所不同于凡人素人的是在他们的精神。意象派诗人所抒写的是意象，是 Image。他们所做的就是堆砌的工作，但他们是决不像一个砖头堆砌的工人。意象派诗，所以，是一个意象的抒写或一串意象的书写。意象派诗，所以，是有着一个力学的精神的、有着诗人的灵魂与生命的、"东西"的诗。

旁氏的为人是很怪僻的。他的诗是宁愿给人们以不快之感的。他的诗是宁愿给若干智识者读的。他以为和傻瓜似的宇宙开玩笑是他顶娱己的事。……可是他的诗的美丽的时候，也严肃而富有弹性，富有音乐，色彩。

她是色彩诗人的能匠。她又是"多音散文"（Polyphonic prose）的创设者。她对于意象诗派是太重要了。但意象派在她的诗的历史上决占不了多少重要性，所以我们尽可以把意象诗派的成功分一半给她，她的成功里，意象派给的并不是为多。但一纪念了她当时对于意象诗派的热忱和爱慕，是引起了我们无限的敬意的吧。意象诗派的代表并不是属于萝惠尔的。……萝惠尔是爱一种韵律上的变化，风格上的变化的，这应用在意象造作上，便分外容貌生动，跳跃了。她一章《典型》（Pattern）引为诗的典型的代表，她的诗有一些散文的气态，她是善于写散文的。她区别散文与诗，是在一条几何学的线上。有格律的诗是一条圆形的曲线，散文是一条直线，而自由诗则是介乎这两种几何学的线的中间。可是她是承认了诗不是线的问题，诗是天才与情感的产品！

能作为意象派诗的最纯粹的代表的，应该是 H. D.——希尔达·朵丽蒂尔，笔名 H. D.——了。她是仅有的真意象派诗人。……因为奉行意象派的诗的信条自始至终的缘故，她是意象诗派的恒星。她的诗，是网获了希腊文化的精神，是鲜明的模型。她的诗，在第一眼上，就可以发见一种寒冷的效果，她的诗的美是在一种凝冻起来了的姿势里。由于这一种的凝固，才得到了意象的原则的光线，色彩，感情，感觉的固定。

莆莱却儿是个意象诗人，他相信诗是意象置在有律的文字中用以作激起读者的情感的目的的东西。

有些人说，自由诗解放了诗的形式，而意象诗却解放了诗的内容。其实，意象派是自由诗所倚赖的，故意象派不独是解放了形式与内容以为功，意象是一种实验。经过了一种运动，诗开始在浩荡的大道上前进了。

编者按：以上八段摘自徐迟著《意象派的七个诗人》，分别载于

《现代》第 4 卷第 6 期第 1014、1014、1015、1017—1078、1019—1020、1020—1021、1022 和 1025 页，1934 年 4 月 1 日出刊。编者为方便起见，此处合并了原文相邻的部分段落。另外，原文将"意象"与"意像"混用，此处均改为"意象"。该文先总论意象派，再分论其代表性诗人。此处第四段起首的"旁氏"即 Ezra Pound，徐迟译为依慈拉·旁。第五段起首的"她"，即 Amy Lowell，徐迟译为萝惠尔。

（三）

哀慈拉·邦德（Ezra Pound），这是各种艺术综集于一身的人。……而他的一生一世，全部供奉给艺术了的。所以，把他作为诗人，这只是他的成功之一；若要涉略他的伟绩丰功，就非尊之为艺术大师不可了。最初，这人的名字，放在英国的文艺界上，是和当时的雕刻家安匹斯坦同样地，被人视为极危险、极新颖的东西。可是，渐渐的人类的衣衫趋于时髦，趋于流行风尚，正如 Ragtime 变为 Jazz，邦德的诗，也成为流行了。当时，一般人全知道了若干的未来派、立体派、意象派、动力派（Vorticism）了。……意象诗派兴起时，被称为意象派之父的是休姆（T. E. Hulme），而保姆一样地看护着这婴孩期的意象派的，是哀慈拉·邦德。

他有着古怪的固执癖性。在他的诗里，他所表现的总是一种雄厚的魄力与新鲜的情调。邦德虽然写一百几十行三四百行的长诗，但在短短十行二三十行的诗内，他的魄力的伟大处也不能在他的纤美的词藻下掩没得了的。这是他个性上的强硬。

编者按： 以上两段摘自徐迟著《哀慈拉·邦德及其同人》，分别载于《现代》第 5 卷第 6 期第 981 和 984 页，1934 年 10 月 1 日出刊。

（四）

弗兰克的小说，形式及内容均极新鲜。长篇小说 *City Block* 就是一部类似许多短篇的结集的代表作。其他如 *Holiday* 及 *Chalk Face* 亦为名著。在近代文学中，他是被列为表现派的一群里的。

编者按：该段摘自弗兰克著、徐迟译《一枕之安》文末译者撰"作者介绍"，载于《文饭小品》第4期第92页，1935年5月30日出刊。

四十　徐应昶

郎弗罗所做的诗有许多是很浅白的，容易传诵。……郎弗罗很喜欢研究印第安人的言语及他们的风俗习惯。在《喜亚窝塔之歌》一篇里，包含许多个北美印第安人的传说故事。据说：喜亚窝塔是大神差他下来替印第安人疏溶河道，开辟森林，把和平的艺术教导他们的。

编者按：该段摘自朗弗罗著、徐应昶译《喜亚窝塔的故事》书前译者撰"原著者小传"，上海商务印书馆1930年10月出版，收入世界儿童文学丛书。原著为诗歌，名为 *The Song of Hiawatha*，徐应昶将其改译成散文。

四一　许子由

　　"在美洲的肥沃底土壤上，栽培烟草和棉花是很适当的，可是要养育艺术这美丽的花朵，却好像是不很合式一般。"

　　这是昔时得了世界承认的英国批评家的定论。

　　的确像是那样的，比着欧洲——英、俄、法、德等的热闹底文坛，美国总是格外底寂寞，直到"第一个新世界的文坛遣派到旧世界的公使"欧文出来后，美国的文学才不受人轻视，接着生了亚玲·玻、霍桑、惠特曼、爱玛生、郎法罗等诗人，小说家，于是，有神秘、人生、浪漫、幽默、心灵的变化、性的冲突等各种表现，才使美国的文学生色——在广旷的美术原野上，开出几朵世界底名花，在英、俄、德、法所围住的文坛的圆桌，摆下一张美国的椅子。

　　可是在约二十年前，美国文坛又冷落起来了，要严格的说来，差不多确是像法郎迭斯说的一样，"值得读的小说只有杰克·伦敦、辛克莱、纳里士三人"。

　　但，现在访美国的文坛，黎明的曙光正在照着。杰克·伦敦、辛克莱等风靡一时，更有得利赛、刘易士、安迪生、果尔特等世界的作家，于是，那旷野又一变而为百花缭乱的花园了。这许多的花卉中，有舞乐，有色欲，有怪异，有忧郁，有机械，有虚无……等各色各样，合成了吸收高度的近代文明的一切底复杂性的美国底美国文学的一个大艺苑。

　　美国文学的时代，现在是到来了。是随着美国资本主义的发展，而产生了的吧。时代的反映,是畸形,是奢华,是苟安,是逃避,是悲惨,是挣扎,是希望,是呐喊,它的多方面的精彩和中心的倾向,是正在表白和预言我们这时代的。

编者按:以上各段摘自美国诸名家著、许子由译《最后底一叶》之译者撰"写在书前",载于上海湖风书局1932年6月版第1—2页。此处删除了"写在书前"的最后一段,其余照录。《最后底一叶》一书收入世界文学名著译丛,选译了欧文、欧·亨利等9位美国作家的《碎了的心》《最后底一叶》等12篇小说。

四二　杨昌溪

（一）

在这全世界被压迫的民族都在亟谋解放的时代，在奴隶制下逃脱出来而曾匍匐在苦力下的尼格罗工人底痛苦，自然是比白人强烈得多了。所以，在他们底劳动歌中已经很尖锐的表现着他们底反抗，和那民族出发底革命。

尼格罗人民在解放后不过是自由民罢了，有大部分的人仍然不能从痛苦的生活中拔起。但是小部分的工人受了教育之后，便同他们的知识分子结成了一条阵线，强烈的喊着革命。但是，这一批人并不是已经改入美国籍和在社会上或经济上有了优越地位的人，这一群人是看清了尼格罗民族的精神，是憧憬于大亚非利加洲中将有一个伟大的独立民族建设的国家。所以他们赞美亚非利加洲的伟大，他们歌颂自己底种族和家乡，要把沉没了底尼格罗全民族从深渊中拔起。因此，这一批民族运动的人员和在诗歌中尖锐的作民族唤醒底作品，便是一种在思想上附饰着艺术的表现，并不是那工人们粗野的、萎靡的、没出路的歌词所可比拟了的。

黑人虽然在物质上摆脱不了美国的势力，但是在文化上，乃至文学上，却自有他们的民族精神。因为第一步，尼格罗人在不曾被白种人征服以前，他们便在亚非利加有了奋进和努力，而且在美国人治下的黑人的天才作家，却自始至终没有如何接受白种人统治时给与他们的恶毒的影响，而在作品中，更没有白种人的痕迹。所以第二步，他们对于美国文化的贡献，对于美国文学和艺术的贡献，倒反比号称文明的英国人和法国人以及西班牙人给与美国的还要强烈；虽然美国人是想排斥美国文化和文学中的尼格罗民族的影响，但是他们愈想屏绝，而黑人的势力之注入，却愈渐浓厚。所以，黑人虽然经过了许多年奴隶制度的虐待，虽然美国人使用了宗教的麻醉和教育的奴隶思想来陶镕他们，非惟不能把黑人的民族精神消磨，反而使他们能在美国文化的主潮上巍然独立。从这一点上观察，便可想见黑人的民族性是如何的强烈了。

但是，黑人在小说上的民族性的表现却以最近为明显，因为他们从前只是驯服的奴隶，直到近年来才由驯服中揭起自由和独立的旗帜。自从格飞（Morkus Garvey）和波依士（W. E. B. DuBois）等所主持的有色人种国民改进协会之后，已经证明了他们是认识了所处的时代，认识了弱小民族要团结起来求生存和自由独立的权利了。因此，他们在作品中所呈现出的作风和十九世纪大不相同了。而在这群小说家中，有许多便是这会的主持者，有许多是专心在文学作品中含蓄着他们对于尼格罗民族复兴的热情来鼓励黑人。所以，自然而然的便把他们的一切信号从小说作品中放出来了，虽然这些作品在量上还不多，但已可概见黑人的要求自由和解放是怎般的强烈而明显了。这种民族复兴的先锋，也便是黑人从奴隶到人底阶段中的先知先觉。

黑人因为对于创制剧本的技能比较的薄弱，在演剧方面的成绩是胜过了剧作家的工作，所以，在美国无论何种剧团中都有黑人的分子。一面他们具有演剧的天才，一面要表现近代黑人的生活和痛苦，也即是反映美国整个的社会，也非他们不行。在美国剧本的题材方面有好多是以黑人为背景的，因为在美国的实生活中不能摆脱黑人，而黑人的牺牲和劳苦也便是美国文明之所以达到蓬勃的成因。

黑人在戏剧方面虽然没有如何伟大的成就，但他们的努力却值得相当的佩服。假若把戏剧的成绩来与小说、诗歌和音乐相互的比较，自然以小说和诗歌更比较的伟大。"爵士音乐"虽然摆脱不了黑人的血，但是它已经和跳舞似的，只成了资产阶级的娱乐品。只有小说、诗歌——除去了宗教的赞美诗——和戏剧是在黑人自由和独立的运动中，能担负起重大的使命。

编者按：以上六段摘自杨昌溪著《黑人文学》，分别载于上海良友图书印刷公司1933年版第2—3、20—21、35—36、36—37、50和57—58页。该著论及的全是美国黑人文学，共包括三部分，分别是"黑人的诗歌"、"黑人的小说"和"黑人的戏剧"。杨昌溪生于1902年，卒于1976年。在20世纪30年代，他除了为《现代文学》《现代文学评论》《青年界》《文艺月刊》大量撰写"文坛消息"类稿件，还译介了美国左翼作家高尔德的诸多作品，出版了我国第一部专门概述美国黑人文学发展状况的论著——《黑人文学》。

（二）

他在美国的声誉是不下于辛克莱，然而辛克莱只能算是革命文学家，对于新兴文学只是同路人，而于新兴文学底观念形态尚没有在行动和作品上加以确切的呈献。但是哥尔德呢，他却不然了。他不仅在作品中尖锐地呈献出新兴阶级底观念形态，他不只是用头脑去理解革命，而且是在实际上去体验。所以，在美国掀起新兴文学洪流——而尤其是工人文学与艺术运动——的一群作家中，哥尔德算是最活跃而最接近民众的一个。

编者按：该段摘自杨昌溪著《哥尔德与新时代》，载于《读书月刊》第1卷第1期"作家论"栏目第183页，1930年11月1日出刊。

（三）

全书是使用着新写实主义的手法，从个别的活动中描写出美国资本主义社会的一切；所有的人物和事实完全是真实的反映，无异是美国资本主义社会的缩图。

虽然在这十五万字中只叙述到哥尔德十二岁以后的事为止，但是，他站在跃动的和革命观点的立场，抛弃了一切旧的教养来备述那在美国资本主义的压迫下的犹太民族以及一切移民的生活，民主政治的虚伪，选举的黑暗，工人的痛苦生活，未来的挣扎，犹太人的迷梦和可怜，是美国关于移民生活作品的空前巨著。

编者按：以上两段摘自哥尔德著、杨昌溪译《无钱的犹太人》之"再版译者序"（1933年4月30日作），分别载于上海现代书局1931年5月再版第3和4—5页。该书初版于1931年2月。

（四）

在美国描写犹太人的生活和黑人及中国人、吉卜希的作品中没有那一篇及得上《没钱的犹太人》所给予的印象之深刻，所以辛克莱认为这是他曾经读过的寄寓生活故事中之最好的作品，是美丽的，令人不能忘怀的，可畏的，显焕的，使人悚惧的有一种预示未来的作品；而且在本事上是一点也没有夸饰和虚伪，所描画的一切都是作者亲历的真实生活。

编者按：该段摘自杨昌溪著《哥尔德获得佳评》，载于《现代文学》第1卷第5期"最近的世界文坛"栏目第203—204页，1930年11月16日出刊。

（五）

查理·卓别灵（Charlie Chaplin）在中国人眼目中早已成为熟知的人物，假如以外国文学家给予的印象来比较，任谁也没有他那样的普通，深刻而且有趣。他在世界早已或为极熟知的人物，然而他成为文学上的题材，却要以美国哥尔德（Michael Gold）底《卓别灵底赛会》（Charlie Chaplin's Parade）为创始。……哥尔德是美国文学家中最活跃的一个，以前他只作过短篇《一亿二千万》和长篇自传《无钱的犹太人》，他底笔致本是犀利，创作童话算是他的试笔。但是，《纽约邮报》认为很能把卓别灵底全部动作在小小的书册托出，人物是纯美国的，彩色画也是纯美国的，在美国人正狂热于纯美国文学的建设中是值得注意的一部童话创作。这样，使哥尔德童话处女作的销路得着了庞大的激增。

编者按：该段摘自杨昌溪著《哥尔德写卓别灵》，载于《青年界》第1卷第1期"文坛消息"栏目第341—342页，1931年3月10日出刊。

（六）

哥尔德（Michael Gold）是美国现存的青年无产文学家，他的 *120 Millions* 已经译成了中文。在新兴的作家中，他是最活跃而最接近民众的一个；大家都认为他是一个真实的、活跃的无产作家。

委实的，哥尔德是一个美国左翼文学家和艺术家之群的一个实行家，他于今正努力奋进的从事于工人文学方面的建设，在犹太工人剧场中更可以看出他为普罗列塔利亚解放的热忱，和普罗文化宣传的热烈。因此，在全美国的左翼作家、音乐家、戏剧家、雕刻家、跳舞家、艺术家之群集合的旗帜约翰·李特俱乐部的社员们，都与哥尔德分途的活动着。

被人称为巴比塞、高尔基的哥尔德而今正偏重工人文化的开始，他的努力的深入实生活，是比辛克莱更勇猛，比费边主义者萧伯纳之群更伟大。而且在事实上他几乎取得了超过辛克莱地位的声誉和信念，与那工人们崇拜的高尔基遥遥相应，在资本主义气焰高张的美国为普罗列塔利亚文学开放着灿烂的花朵。假如他永远的保持既成的阵线，非惟是美国的高尔基，而且是比较苏俄的高尔基更能在实生活中成其为伟大呢。

编者按：以上三段摘自杨昌溪著《哥尔德论——美国的高尔基》，分别载于《现代文学》第1卷第1期第89、93—94和96页，1930年7月16日出刊。

（七）

本来瑞典国是不怎样重视美国文学的，在历年来各国以及美国的预选都把美国的小说家德莱赛（Theodore Dreiser）和留易士及辛克莱选入，但是每次公布的结果却是与他们底期望相反。辛克莱在无产作家的目中并不完全是一个普罗列塔利亚的文学家，然而在瑞典国人底眼目中，他又未免太革命了。谁知在去年落选的留易士，今年却获得了这隆重的诺贝尔文学奖金呢。神经过敏的人以为今年把文学奖金第一次给与美国的留易士和去年把文学奖金给与德国的托马斯·曼都是含有某种政治意味的，而实在呢，那在欧战前后伴着美国底政治、经济而起的文学上的风格已经使美国在世界文坛上显着异常的活跃。在十余年间产生了震撼世界的美国人所称为激烈派的文学家辛克莱、贾克·伦敦、约翰·李特与哥尔德，更随伴着所谓真正美国正统派的文学家德莱赛、留易士等都是在美国资本主义极度发展中产生的结果，是这次把诺贝尔文学奖金第一次——依全体说却是第三十次——给与美国正统派文学的原因更来得确切些。

编者按：该段摘自杨昌溪著《诺贝尔文学奖金得者留易士》，载于《读书月刊》1931年第1卷第2期"文坛消息"栏目第234—235页。

四三 杨铨

　　史沫特列女士，是一个完全未受宗教势力与道德观念熏陶的野女子。绅士阶级所称颂赞叹的许多传统思想与吃人礼教……史女士不幸——也可说是幸——竟不曾得着接受的机会。她真是个纯洁质朴无法无天的野女子，但是她所经历寄托的却是一个金钱奴隶万物人类自相残杀的万恶社会。这部《大地的女儿》，便是史女士从劳苦无告的家庭里出来与饥寒法律礼教和其他一切黑暗势力奋斗的历史，也可说是史女士半生的自传。

　　妇女的痛苦只有妇女自己知道，但是许多压迫在旧礼教之下的妇女，受毒过深，误依赖为幸福，屈服为道德，有时竟会学了男子口吻来扶翼名教，反对解放。上面一些话，若由男子说出，或许会受到侮辱女性的嫌疑，现在出之身历其境的史女士口中，不但真切可信，并且格外有力。史女士的文笔犀利沉痛，一泻千里，使读者顺流而下不能中辍。所以《大地的女儿》不仅是妇女运动的急先锋，并且是最近革命文学上第一流的作品。

　　编者按：以上两段摘自杨铨1931年5月17日为史沫特列著、林宜生译《大地的女儿》作的"序"，分别载于上海湖风书局1932年11月版第1和3—4页。杨铨生于1893年，卒于1933年，字杏佛。"九一八"事变后，他与宋庆龄、蔡元培等在上海发起、组织中国民权保障同盟，任总干事。

四四　叶公超

（一）

爱略忒是否先有严格的理论而后才写诗的，我们不敢断定；从他发表诗文的年月上看来也不容易证明，不过从他这集子里我们至少可以看出他的诗，尤其是以《荒国》（*The Waste Land*）为代表作品，与他对于诗的主张确是一致的；譬如：集中第一篇《传统与个人的才能》（作于一九一七年）就可以用来说明他在诗里为什么要用典故，而且还不只用文学一方面的典故，也可以用来说明他在诗里常用旧句或整个历史的事件来表现态度与意境的理由。所以要想了解他的诗，我们首先要明白他对于诗的主张。知道了他对于诗的主张未必就能使你了解他的诗；不过完成了这步，你至少不至于像许多盲从新奇者一般的感觉他是个含有神秘的天才，也不至于再归降于一般守旧批评家的旗帜之下，安然地相信他不过又是个诗界的骗子，卖弄着一套眩惑青年的诡术。要先解脱这两种极端的成见，我们方能开始谈论爱略忒的诗，否则我们就无从说起了。

"等候着雨"可以说是他《荒国》前最 serious 的思想，也就是《荒国》本身的题目。在技术方面，《荒国》里所用的表现方法大致在以前的小诗里都已有了试验，不过《荒国》是综合以前所有的形式和方法而成的，所以无疑的是他诗中最伟大的试验。

爱略忒的诗所以令人注意者，不在他的宗教信仰，而在他有进一步的深刻表现法，有扩大错综的意识，有为整个人类文明前途设想的情绪，其余的一切都得从别的立场上去讨论了。

他在技术上的特色全在他所用的 metaphors 的象征功效。他不但能充分的运用 metaphor 的衬托的力量，而且能从 metaphor 的意像中去暗示自己的态度与意境。要彻底的解释爱略忒的诗，非分析他的 metaphor 不可，因为这才是他独到之处。

爱略忒的方法，……是要造成一种扩大错综的知觉，要表现整个文明的心灵，要理解过去的存在性。他的诗其实已打破了文学习惯上所谓浪漫主义与古典主义的区别，虽然他自己曾自相矛盾的声明过："我在政治上是保皇党，在文学上是古典主义者，在宗教上是英国天主教徒。"……威廉生也坚持的说他是个古典主义者，并且说他在思想上是个贵族。这未免有点牵强。假使因为他受了伊利莎白时代戏剧和"形而上学派诗人"的影响而定他为古典主义者，那么为什么不就说他是一位现代的形而上学派的诗人呢？要说因为他主张复古，那根本就与他自己的理论不符，因为他的"历史的意义"原是包括古今的（见《传统与个人才能》）。假使说因为在他出现之前英文诗已坠落到不可收拾的地步，而他为诗坛重开了一条生路，那也不能就定他为古典主义者。这点很有矫正的必要，因为假若认定他是古典主义者，我们就等于没有明白他的地位了。他的重要正在他不屑拟摹一家或一时期的作风，而要造成一个古今错综的意识。

编者按：以上五段摘自叶公超著《爱略忒的诗》，分别载于《清华学报》第 9 卷第 2 期"书籍评论"栏目第 517、521、522、524 和 525 页，1934 年 4 月出刊。该文实际上是书评，评论的是威廉生（Hugh Ross Williamson）1932 年出版的《爱略特的诗》（*The Poetry of T. S. Eliot*）、马克格里非（Thomas McGreevy）1931 年出版的《爱略特研究》（*T. S. Eliot, A Study*）和爱略特 1932 年出版的《批评论文选集》（*Selected Essays, 1917—1932*）三部书。第一部书主要分析艾略特诗歌的技巧，第二部书着力于艾略特的思想和信仰。叶公超生于 1904 年，卒于 1981 年，20 世纪 20 年代先后就读于美国、英国和法国，归国后先后在多所大学任教，曾参与创办了新月书店和《新月》《学文》《文学杂志》等。他是中国介绍艾略特及其诗论的重要先行者。

（二）

爱略忒今年已将近五十岁了。在英美人眼中，他已不复是一个诗坛的青年革命者。从他近几年的几首诗看来，大概以后他也不会再有怎样惊人的杰作。诗人的创作力毕竟是有穷尽的。所以就爱略忒个人的诗而论，他的全盛时期已然过去了，但是他的诗和他的诗的理论却已造成一种新传统的基础。这新传统的势力已很明显地在近十年来一般英美青年诗人的作品中表现出来。最近有人说，现在的英文诗只有爱略忒派和与非爱略忒派两种。这话大致是不错的。他的影响之大竟令人感觉，也许将来他的诗本身的价值还不及他的影响的价值呢。

爱略忒的诗与他的理论是可以互相印证的。假使你先读他的论文，尤其是那几篇比较最重要的，如《传统与个人的才能》、《但丁》、《玄理派诗人》（The Metaphysical Poets）、《〈庞得诗选〉（Selected Poems of Ezra Pound）序》、《菲力普·马生格》（Philip Massinger）、《奇异神明的追求》（After Strange Gods）等，再读他的诗，你也许会感觉他的诗是写来证实他的理论的；反之，如果你先读他的诗（无论你能领略多少），再看他的论文，你也许就会感觉他在为自己辩护，同时为不能了解他的人解释。他是一个有明确主张、有规定公式的诗人，而且他的主张与公式确然是运用到他自己的诗里的。他主张用典，用事，以古代的事和眼前的事错杂着，对较着，主张以一种代表的简单的动作或情节来暗示情感的意态，就是他所谓客观的关连物（objective correlative），再以字句的音乐来响应这意态的潜力。……他要把古今的知觉和情绪溶混为一，要使从荷马以来欧洲整个的文学及各个作家本国整个的文学（此当指西方人而言）有一个同时的存在，组成一个同时的局面（见《传统与个人的才能》）。他认为诗人的本领在于点化观念为感觉和改变观察为境界。这种技巧可以更简单的呼为"置观念于意向中"（the presence of the idea in the image）。同时，因为诗的文字是隐喻的（mataphorical)、紧张的（intensified），不是平铺直叙的、解释的，所以它必然要凝缩，要格外的锋利。在这两种观念之下，爱略忒采用了英国十七世纪玄理派与法国十九世纪象征派的运用比较的技术，就是用两种性质极端相反的东西或印象来对较，使它们相形之下益加明显；这种对较的东西也许在某一点上是关连的，也许根本就没有接触点。这种对较的功用是要产生一种惊奇的反应，打破我们习惯上的知觉，使我们从惊奇而转移到新的觉悟上。两样东西在通常的观察者看来似乎是毫不相干的，但在诗人的意识中却有异样的、猝然的联想或关系。和亚诺德一样，爱略忒也主张我们要在整个的生活上着眼；诗人要把政治、哲理以及生活的各方面圈入诗的范围。他一再地说，诗人应当对于自己的时代有亲切的认识，不但认识，而且要为它设想，使他自己的感觉、希望、祈求成为时代的。在《但丁》里，他说过，一个伟大诗人，在写他自己的时候，就是在写他的时代。……他认为我们一切的思想都可以从诗里表现，但表现的方式是要用诗的技术的。

现在一般青年诗人所受的爱略忒的影响大致全是技术方面的。在思想与性情方面，他们不但没有受他的影响，而且多半是处于类乎反对的地位。譬如，奥顿（A. H. Auden）、斯本得（Stephen Spender）、刘易士（C. D. Lewis）、麦克尼士（Louis MacNeice）、麦克利许（Archibald MacLeish）、格列高里（Horace Gregory）、坡尔忒（Allan Porter）、亚丹斯（Leonie Adams）、毕夏普（John P. Bishop）都可以说是脱胎于"爱略忒传统"的，但是他们生活的信仰、主张、希望，并不与爱略忒一致。爱略忒自己说过，在政治上他是保皇派，在宗教上他是英国天主教徒，在文学上他是古典主义者。他感觉人类的希望在一种内心的改造。我们必须先恢复信仰，涤除种种利欲、贪欲和仇恨的罪恶（即"火训"的意义），然后才能达到 Datta, dayadhvarn, damyata 的境界；在苦旱的"荒原"上祈求甘雨的降临绝不是一时的虔诚可以得到的，人类还要悔罪、发愿、克己，要涤净内心所有一切的私欲。这种宗教的心境是一般青年诗人所没有而不会有的。大战后的青年也曾感觉"荒原"的苦闷，不过他们的反应却不同。他们多半也抱着希望，但他们感觉与其求之于内心，莫如要求改造社会。如奥顿、斯本得、刘易士等显然是受过马克思主义的洗礼的，他们十分同情（尤其是前四五年）于苏俄的实验，在许多诗里他们从实现共产主义的期待中发觉自己的力量。……麦克尼士、格列高里、毕夏普，虽然一面在咒诅社会，讥讽人类，另一面却仍表示现代生活是有希望的，有生气的，至少是无需动用宗教或恢复信仰。他们似乎都没有爱略忒那种中古世纪的宗教意识和他家庭传统上的 puritanism。但是，最值得我们注意的是，爱略忒的宗教与哲学并没有怎样妨碍他的诗，换句话说，除了宗教与哲学之外，我们还感觉有诗在；同时，青年诗人们放弃了宗教与哲学也还能写出诗来。

爱略忒之主张用事与用旧句和中国宋人夺胎换骨之说颇有相似之点。《冷斋夜话》云："山谷言，诗意无穷，而人才有限。以有限之才追无穷之意，虽渊明少陵不得工也。不易其意，而造其语，谓之换骨法。规摹其意而形容之，谓之夺胎法。"又《蔡宽夫诗语》有云："荆公尝云，诗家病使事太多，盖取其与题合者类之，如此乃是编事，虽工何益？若能自出己意，借事以相发明，变态错出，则用事虽多，亦何所妨，故公诗如'董生只被公羊惑，岂信捐书一语真，桔槔俯仰何妨事，抱瓮区区着此身'之类，皆意与本处不类，此真所谓使事也。"前一段的话与爱略忒对于传统的理论很可以互相补充。爱略忒的历史的意义……就是要使以往的传统文化能在我们各个人的思想与感觉中活着，所以他主张我们引用旧句，利用古人现成的工具来补充我们个人才能的不足。

编者按：以上各段摘自叶公超著《再论爱略忒的诗》，载于《北平晨报·文艺》第13期，1937年4月5日出刊。该文是叶公超为赵萝蕤译、上海新诗社1937年出版的《荒原》写的序言。

（三）

读过刘易士先生著作的人都知道他最喜欢描写美国人在物质方面的自满、思想的狭窄和他们生活的庸俗。他的人物就是我们日常在马路上遇得见的各种人——医生、律师、商人、官吏、牧师、夫妇、儿女等等。他可以说完全是一个社会讽刺家；他的好处是在他能够从极平常、极无声色的生活中表现出来一个阶级的共同思想、习惯、野心、满足和失望。别个小说家也许要制造一种情节，利用一件大事的发生来表现他的人生观，刘易士却用不着这种方法；他只要选择一二个人出来做一种阶级的模型，把他们的日常生活不加不减的描写出来——这便是他的艺术。从小说的艺术上看来，这是刘易士的弱点——缺少故事的成分；但是拿广义的艺术眼光来看，一部小说只要能够给我们一种新的觉悟——好像梦里的警钟——或者领导我们再登高几层宝塔，使我们望远些我们的环境，这部小说至少在一部分读者的印象中总不能不留点痕迹。

我觉得这本小说远不如他从前那几本名著，如 *Main Street*，*Babbitt*，*Elmer Gantry* 等。我虽然不是十分爱读刘易士小说的人，我却承认以上三部小说至少在现代美国小说史上都有相当的价值，尤其是头一本 *Main Street*。三本都是描写美国生活的惨淡、城中人民胸襟的狭窄和商人物质的醉狂；三本当然也都是讽刺，但是每本的讽刺都是集中于一点，所以读者的印象也有所依归。

编者按：以上两段摘自叶公超针对刘易士著小说《多池威士》写的同题书评，署名"超"，分别载于《新月》第 2 卷第 2 期"海外出版界"栏目第 8 和 9—10 页，1929 年 4 月 10 日出刊。

四五 叶灵凤

（一）

被梁实秋教授嘲为"一个偏激的社会主义者"的辛克莱（U. Sinclair），他的这个不详的名字已开始在我们的杂志上流布。

辛克莱确是一位爱管闲事的作家，不怪绅士的美国社会不大欢喜他。去年因了萨樊的案件，辛氏更气着将他们的事迹用波士顿作背景来写一部现代的历史小说。

编者按：以上两段摘自叶灵凤著《辛克莱的新著》，均载于《戈壁》半月刊第 1 卷第 1 期第 58 页，1928 年 5 月出刊。该文简要介绍了辛克莱著《波士顿》和《钱写作》二书的内容。叶灵凤生于 1905 年，卒于 1975 年，在 20 世纪 30 年代曾参与编辑《洪水》《幻洲》《现代小说》和《现代》等杂志，积极参与了对辛克莱和海明威等美国现代作家的译介工作。

（二）

辛克莱的《油！》确实是一部值得介绍的作品。环顾现代世界闻名的几位带着一点反抗精神的作家，苏联的除外，德国的 Wassermann、法国的 Romain Rolland 和 Barbusse、英国的 Galsworthy，虽然肯说几句一般作家所不肯说的话，写几段一般作家所不屑的事实，但是终脱不了他们的"文明气"，有时总要显出他们的本色，暴露了他们的本性。

《油!》的作者辛克莱（Upton Sinclair）虽然有时也未能免此，但是比较起来他终是一个接近于被压迫阶级的了。

《油!》实在是一部值得一读的小说。辛克莱的描写是有 Victor Hugo 的魄力的。他能将极复杂的人物，极广博的事实，从床笫间的事一直到国家大事，毫不紊乱的写在一册书里，简练的描写使你只感到生动，而不感到累赘。他不像 A. France 和 Barbusse 喜欢夹入许多炫弄学问的议论，他是用事实来说明理论，因此他的小说内容多是极繁复动人的。他在本国能流行，大约一半也因了这个缘故。仅是在叙事和描写上，辛克莱已经是一位值得注意的小说家。

辛克莱的思想确是不很健全，但是在美国当代文学家中，还是仅有他才值得向国外介绍。

编者按：以上三段摘自叶灵凤著《辛克莱的〈油!〉》，分别载于《现代小说》第 3 卷第 1 期 "现代文艺名著介绍" 栏目第 317—318、319 和 325 页，1929 年 10 月 15 日出刊。

（三）

严格的说，他的小说的机构是出于乔也斯（James Joyce）的流派，但乔也斯是由思绪的积体来暗示一个人的行动，而海敏威却是用琐碎的行动和整个的话语来暗示他的思绪。读着乔也斯的小说（如代表作《优力栖士》Ulysses），他的主人公老是走在路上和睡在床上思索，而海敏威小说里的人物却始终在那里动作：谈话和喝酒，运动和打架。

海敏威的三个短篇集，所采取的题材差不多也是隐藏在恋爱之下的本能的冲动，只是文体却更能在这种文学形式上发挥他的特长。

虽然海敏威的成名作是他的长篇《告别了武器》，可是新闻记者出身的他，简练明快的叙述，用着单纯的造句传达复杂的事实，这种才能，只有在他的短篇小说里才充分的表现了出来。

新闻记者出身的他，拥着稀有的报告（reporting）的才能，他能以冷静的观点，流畅的笔，简短的造句，单纯平易的字，写出极复杂的情绪，极复杂的场面。他从不在他的小说里暗示出他所写的是什么，他的注意点在那里。他只将几个人几件事情不分上下的列在一处，琐碎的写着他们的动作和对话，但是结果却能使你获得他所趋向的效果。

战后的世界，尤其是在欧洲的美国人，这是海敏威小说中到目前为止的主要的描写对象。因了这一些都是被现实将幻想撕碎了的人，没有闲暇想到自己的梦，因此剩下的都是赤裸的生理的动作。人是为了喝酒而喝酒，却不是为浇愁。爱一个女人乃是为了她是"女人"，并不是为了"爱"。这种现实的，所谓 hard-boiled 的人生观，是海敏威所有的人物的典型人生观。他们从来不哭，要哭的时候便喝酒，打架。然而这些人并不是没有感情的，这都是陷于绝望之中所表示出的动作。没有思索，只有言语，这也是海敏威的人物的特征之一。因此，在他的小说里，对话便占了极重要的地位，而他的才能也完全在这上面显露了出来。只要是读过海敏威一篇作品的人，没有不为他的流利而精微的对话所惊骇。语句是短的，字是简单的，但是他能将这短的语句和简单的字重复颠倒的运用起来，传达出一些极隐微的感情，叙述一件极复杂的事故。

十年以来，在世界文坛上支配着小说的内容和形式的，是乔也斯的《优力栖士》。他的风靡一时的精微的心理描写，将小说里主人公的一切动作都归到"心"上，是对于十九世纪以来，专讲故事和结构的所谓 well-made novel 的直接的反抗。用几百页的篇幅写一个人几小时的心理过程，这决不是用十几页篇幅描写女主人公一副手套的十九世纪小说家所能梦想的事。乔也斯的小说所造成的势力，影响到每部小说里的人物，使他们只会思想，不会说话，即使会说话，那也是独白或呓语。但是，现代世界的生活并不全是这样悠闲的，海敏威一流的作家所代表的便是这种对于乔也斯的反抗。他们的小说也不专讲结构和故事，但是他们同时也不爱那晦涩平泛的心理分析，他们所要的只是动作。人是表现在动作上，而不是表现在思想上。用着轻松的文体，简单的造句，平易的单字，不加雕饰的写着人类在日常生活上所表现出的一切原始赤裸的动作和要求，这便是他们的小说，这便是海敏威的小说。没有感情吗？

他们原先是富有感情的，可是世界的一切使他们将感情藏到喝酒，藏到说话里面去了。

编者按：以上六段摘自叶灵凤著《作为短篇小说家的海敏威》，分别载于《现代》第 5 卷第 6 期第 985、988、988、992、992—992（补一）和 992（补一）—992（补二）页，1934 年 10 月 1 日出刊。

四六 郁达夫

（一）

　　这一位正义的战士，劳农群众的随伴者，并且还到处在受攻击和逼迫。据欧洲十九世纪的大批评家勃兰提斯（George Brandes）的所说，则美国的作家中之最杰出者，只有 Frank Norris, Jack London 和 Upton Sinclair 的三人，前两位都不幸短命死了，现在虽则时时为胃病所苦，但行年五十，活动力正还兴旺，只一个人巍然独存在银行工厂很多的新大陆的，唯有 U. Sinclair 氏了，而美国的资产阶级，对于这一位残剩的预言者，仿佛还在十分讨嫌他的样子。

　　我个人的佩服他的地方，是在底下的三点。第一，当他的小说 The Jungle 出来之后，芝加哥的猪羊屠杀公司的内容暴露了，当时就有一批资产家去买收他，但他却只是安贫奋斗，毫不为动。据评传里的事实看来，当时有人曾向他建议说"让我们来计划一个新的理想的杀牛公司罢！只教你肯答应，将你的名字用一用到新的杀牛公司的办事人中间去，我们就可以送你三十万的美金"。但他只以一笑付之。第二，当他主张参加世界大战之后，和左翼的运动者们分开了手，右翼的机会主义者们都去引诱他，要他去做官做委员，但他也毫不为动，仍复一个人在那里倡导他个人所见的正义。到了后来那些机会主义者的丑态暴露了，他又很坦白地回归了左翼的阵营。第三，他已经有了世界的地位和荣誉的现在，仍旧是谦和克己，在继续他的工作，毫没有支配意识，毫没有为首领作头目的欲望，和中国文人的动着就想争地位，动着就表现那一种首领欲的态度不同。

编者按：以上两段摘自辛克莱著、郁达夫译《拜金艺术》文前译者撰"关于本书的作者"，分别载于《北新》第 2 卷第 10 期第 27 和 39 页，1928 年 4 月 1 日出刊。在该文中，郁达夫主要根据 Floyd Dell 著《辛克莱评传》(*Upton Sinclair, A Study in Social Protest*) 介绍辛克莱生平及其创作情况。他翻译的《拜金艺术》曾在《北新》连载多期。他也借用辛克莱的理论与梁实秋等人展开论辩，成为辛克莱文艺理论在中国最早的传播者之一。

（二）

她善于描写纽英格兰人的顽固的性格。美国的一位批评家 William Lyon Phelps 至比她为左拉、高尔基，说她描写下层工农的情状性格，要比上举两大家更来得合理逼真。少年批评家 Carl Van Doren 也说她是美国 Local fiction 的代表者，加以无限的赞许。我也觉得她的这一种纤纤的格调、楚楚的丰姿，是为一般男作家所追赶不上的。

编者按：该段摘自味儿根斯（Mary E. Wilkins）著、郁达夫译《一个纽英格兰的尼姑》之"译者后记"，载于《奔流》第 2 卷第 1 期第 80 页，1929 年 5 月 20 日出刊。

四七 余慕陶

（一）

美国在文学上的地位，几乎可以说是等于零的。这因为美国的建国时期比较短促。像欧洲各国社会所发展过的程序——农奴社会，封建社会，商业资本社会，资本主义社会——美国是没有的。美国之出现于一七七六年，恰恰是欧洲各国，特别是英国产业革命成功了的时期。英国产业革命成功，在政治上已经产生出了资本主义的政治制度，美国十三州侨民的独立，事实上就是美国本身的第三阶级向第二阶级斗争的扩大和胜利。

美国的社会一开始就由初期的资本主义，发展成为今日的资本主义帝国主义的唯一典型。它在文学上的情形也是一样的。它至低限度是没有经过西欧中世纪时的宗教迫害，及其他种种的黑暗。换言之，美国的文学一开始走上浪漫主义的道路，因为这浪漫主义的文学是帮助着当时美国商业资本家的革命——十三州独立，而至于政权的底定。

美国在文学上的地位虽然是没有什么，即是西欧人虽然瞧不起美国人，甚至于常常讥请美国为商人国，然而在这最近三四十年以内，却产生有轰动全世界的作家，所以，我现在所写的这篇文章，毋宁说是近代美国文学家的介绍。

编者按：以上三段摘自余慕陶著《近代美国文学讲话》，载于《微音月刊》1932年第2卷第7、8期合刊第1—2页。该文先总论美国文学，再按照体裁略论，最后详论杰克·伦敦、辛克莱等左翼作家。此处仅保留了原文总论美国文学的部分。余慕陶曾是中共党员，除在《大众文艺》《文艺新闻》等左翼刊物发表文章，还翻译了辛克莱的小说《波斯顿》，由上海光华书局于1931年出版，后来因为涉嫌"托派"被开除党籍。

（二）

我想在这篇不满一万字的短文章里介绍介绍近三十年来震动了美国的，不，震动了全世界的四位文坛将士。他们是目今的统治阶级的眼中钉，是资产阶级的死对头；但他们却是目今的无产阶级的战士，是人类的和平正义、自由的拥护者。他们将他们爱好人类的真理的热诚，以浅显而明了的文章表现在小说诗歌戏剧方面，这以此而将他们的热忱吹进到人类的心坎里，便汇成一座火光熊熊的火山，立将这桎梏人类的、造恶人类的一切火葬。这四位美国的文坛将士就是：贾克·伦敦（Jack London）、辛克莱（Upton Sinclair）、高尔德（Michael Gold）和温德（Charles Erskine Scott Wood）。

他看见过乡村，山野，平原，城市。他参透了生活，特别是沉坠了的生活（Submerged life）。这一切东西就加进了他反抗现社会之不正义的重生的精神。结果，他却终身都变成为一位革命者了。真的，他之所以能如此转变就如那些条顿族的异教徒变为基督教徒一样是锤炼出来的。

辛克莱是一个不能多见的伟大的作家。他贡献了他的生命于动摇目前资本主义社会的正义，而且他也把他的艺术集中于这样一个目标。他又是一位最热忱而始终不会因牺牲而罢手的革命家。

辛克莱又是目前一位最赋有同情心的人，他表示他的爱国主义不像时下的美国人一样，他却把真正自由，即人类的自由底长生药拿来和时下一般美国人所说的自由混合起来。他不曾把他自己局限于不为情感所动而依照原样子描写事物。但他对他的美国人所提示出的东西总是表示他是睁开了他的眼睛在注视着那千千万万的赁银奴隶的可怕的情况。他的目的是想来改善这种不自然的情况,并给他们以光明和幸福,并且甚至于要使他们知道正义就在他们身边而鼓舞起他们自己来解放自己。

辛克莱和自然主义者的文学家——特别是左拉差不多,除掉他不像自然主义者看到人世罪恶沉沉不能开示出一条斗争的出路而致抱悲观主义以外。……辛氏虽和自然主义者一样重科学的客观的描写,辛氏虽和自然主义者一样着力于描写人世间的暗面的事物,然而辛氏在哲学上所受到的影响是辩证法的唯物论。

编者按:以上五段摘自余慕陶著《美国新兴文学作家介绍》,分别载于《大众文艺》第2卷第3期第549、550、555、555和556页,该期是"新兴文学专号(上)",1930年3月1日出刊。此处第二段的"他",即指杰克·伦敦。编者为方便起见,此处合并了原文相邻的部分段落。

(三)

辛克莱是酷爱正义、疾恶如仇的人道的战士。人们,人类的多数,一听到了他的名字,就定会联想到自由,平等,正义……

普通,美国的文学作家都是一些浅薄无聊的心理描写家。他们所给予客观的读者,只是人性的研究,及人们的感情生活的分析与安排。像这些人们眼底下的美国,老早是地上的天堂,自由之邦了。他们脑子里只充满有罗马字的金元,他们的生活也只有堂哉皇哉的汽车,以及好来坞电影之享乐……这样,他们当然不会想到美国的未来世界,更不愿意过问到推动美国多数人类的幸福的原因,所以,他们所写出来的作品,除所谓纸迷金醉的活僵尸以外,便一无所有,一无所有。然而辛克莱的作品却绝不是这样。它总是现代资本主义美国压榨机下的大众生活,它总好像是大风暴前的满山摇撼的情势!这当然是美国一般作家所不屑去做的,但这却是辛克莱之所以成为辛克莱的一个重要的历史元素。不单是这样,辛克莱还能克服他本身的小有产者的气氛而沉湎于新大众当中。

他是照耀着多数人类的光芒的火把，有了这个火把，这多数人类便会迈步向着人类的自由王国走去。

我们知道辛克莱的毕生的力量都是献给于正义，和平，人道……不过他这样是处处都会发生危险。真的，到了美国的赁银劳动的黑奴起来决定他们的命运的时候，我们这位伟大的怪物也许要变成为一匹新大众的蚂蚁和几千百万匹蚂蚁同来填满沟渠，好让后面的蚂蚁渡过去吧。是的，当密西西皮的怒流嚎啕起来时，我们这伟大的辛克莱也许又要成为一座桥梁，准备给新大众开辟未来的幻梦似的天地吧！

编者按：以上四段摘自余慕陶著《辛克莱论》，分别载于《读书月刊》第 2 卷第 4、5 期合刊第 208、209—210、211 和 232 页，1931 年 8 月 10 日出刊。该文曾被余慕陶收入《朝阳集》一书，上海光华书局 1932 年出版。

四八　曾克熙

　　这本书便是描写社会主义的社会是什么样子的。在现在看来，自然还不外是一种梦境，然而，像著者自己所说的，这梦境是未必不能实现的。其中一部分，是已经在实现着了。所以著者虽然装做疯人说梦话的样子，然而却未必尽是疯人梦话也。

　　中国陶渊明的《桃花源记》，也有点这样的风味，然而《桃花源记》还是脱不了哭墓的态度，回溯秦汉，令人厌弃现世，欲思逃避，心中冷然如槁木死灰。本书却是说的西历二〇〇〇年的世界，令人对于将来，生出希望，生出热心，因而觉得目前的生活也是很有趣味很有意义的。这也是中西思想一个大不同的地方。

　　自然，著者所描写的将来社会的情形，和著者所主张的进化过程——他以为流血的斗争是不必需要的——将来是否完全照样实现，毫厘不差，这是谁也不敢说的。推测总不外是推测。纵使是大同，恐怕也必有小异。

　　原著是用小说体裁写成的——是一本世界驰名的乌托邦小说——其中描写恋爱之处，有时也很能使人看了好像饮了一杯醇酒。

　　编者按：以上各段摘自白乐梅（Edward Bellamy）著、曾克熙译《回顾》之"译者序"（1934年2月作），上海生活书店1935年4月出版。曾克熙译《回顾》曾连载于邹韬奋主编的《生活周刊》，始于第7

卷第 26 期，前附有"译者写给编者的一封信"，作于 1932 年 3 月 27 日。在该信中，曾克熙写道："此书可当作爱情的、滑稽的、冒险旅行的小说读。更要紧处，在其可为关心于经济的、政治的、社会的问题者之好参考书。可以提高一般人民之理想与对于文化道德之观念。"

四九　曾虚白

（一）

他是个享盛名的短篇小说作家。凡是他的短篇都流露出作者聪明的调笑同艺术的天才，虽然他题材的引用是有一定的范围，他工作的目的太明显的浮现在纸面上。

编者按：该段摘自奥·亨利著、曾虚白译《马奇的礼物》文前译者撰"作者介绍"，署名"虚白"，载于《真美善》第1卷第12期第1页，1928年4月16日出刊。

（二）

在欧文的不朽作品里我们听不到革命的画角，也找不着开辟荒芜的伟大事业，只享受他静悄而旧式的诙谐，温文的语调，尔雅的态度。对于地方性浓厚的热情，他只有微笑的淡漠。就在自己国里，他也像是同情而注意的过客，眼见的虽熟稔地了解，可是不会投身到思想的旋涡里去。他不会叫我们感觉到在他那时最占据住人们心灵的是什么，最烦扰人们生活的又是什么。他的确是跳出人群的一个袖手旁观者。

他的作品老是充满着快乐的风趣和安适的态度，能得一般读者的欢迎。然而，拿真正文学的眼光去断定它的价值，我们应该说它只是纤巧玲珑的精致物件，不能真是怎样伟大的作品。他在文坛上的地位，只是绿草如茵的斜坡上的一个诙谐家。

编者按：以上两段摘自曾虚白著《美国文学 ABC》第二章，分别载于上海世界书局 1929 年版第 15 和 17 页。第二章专论 Washinton Irving。《美国文学 ABC》除了"序"，包括十六章，第一章为"总论"，接下来各章均以作家名为章名；每章论述具体作家时，均包括"生平"、"性格"、"作品"和"批评"四个部分。

（三）

简括说，古柏不是个艺术家；他的作品是叫不懂什么风格和描写的读者，看了觉得完善而十分满意，这是他的伟大。然而我们也应该承认他也曾把一层浓的、粘的、丑恶的颜色涂在他故事的面上。凡是了解古柏的人都应该这样承认，不然，不独不能找出他伟大的所在，而且也不能明白好几万爱好他作品的读者的心理。我们不应把他高高地捧到第一流作家的位置上去，因为他的价值并不在高处求的。他是个旷野里的作家。

编者按：该段摘自《美国文学 ABC》第三章第 21 页。第三章专论 James Cooper，现在通译为"库柏"，曾虚白译为"古柏"。

（四）

爱摩生是个宗教和道德的热心家，是个诗人，是他自己理智现状的批评家，是在他那时思想的趋势和人类活动的动机最准确的评判家。他精审的透视力能把当代的思想，包括他自己的，一并详尽无遗地整个儿表现出来。

所以我们应该说，爱摩生是个哲学气息浓厚的文学家。就文学方面说，他是个诗人也是个散文家，可是他影响的伟大实在只靠他的散文，或可说，他的演讲。即就散文讲，它也并不因作风的精妙而成名作，因为它的结构简直很芜杂的，常有时不能把自己的思想有统系地表现出来；爱摩生的成名只靠他思想的伟大。

编者按：以上两段摘自《美国文学 ABC》第四章第 25 页。第四章专论 Ralph Emerson。

（五）

很多美国的批评家说霍桑是一个表现清教精神的作家，我以为这是个重大的错误。清教决不能产生艺术，只能毁灭艺术，纽英兰的所以开始有了文艺，就因为清教势力渐渐的衰颓，而霍桑的作品特别显示给我们看他已经完全脱离了清教的色彩。他的作品是纯艺术，决没有受什么黑奴问题或其他重要的政治问题的影响。若说他在那里借着艺术来启示问题，那就完全没有了解这个作家。他的目的只注意在艺术化的表现灵魂的形态，决不想阐发什么道德问题；他的家园只有仙境，不注意在人世间的一切。他采取清教正像他采取希腊神话一样的态度。《红字》决不是清教生活的历史小说，正像莎士比亚的《麦克勃斯》（*Macbeth*）不能算苏格兰的历史小说一样。他的目的只求融合着各种情感，把这篇作品演染成一篇极完善的艺术品，决没有别样杂念。

我们总结可以承认霍桑是一个散文的诗家，纽英伦的文坛上，只有他是特出的，是一个讽咏者，不带一些儿道德的气味；他表现的，倘然他真是表现，决不是清教的精神，是"美"的精神，是毁灭灵魂的清教道德所仇视的"美"的精神。

编者按：以上两段分别摘自《美国文学 ABC》第五章第 34—35 和 37 页。第五章专论 Nathaniel Hawthorne。

（六）

朗法罗是美国每一个家庭的诗人；他的桂冠是群众给他戴上的。一个诗人能做到这样地步就是够伟大了，无论有怎样不满意的批评也不能动摇这种坚固的基础。的确，用严格的批评眼光来看他的诗，随在可以看出他的毛病来，然而他永远受着千百万人群的热烈崇拜，始终是他不可磨灭的伟大。

现在放开朗法罗对于人类的一切功绩不讲，我们光论他的诗，我们以为他是个第三流的诗人。所谓第三流，并不是轻蔑的意思。第一流是米尔顿、莎士比亚、舍利等，他们的诗多用伟大的组织巧合成整个的完善。第二流是华兹奂绥、济芝、但尼孙、怀德孟、勃朗宁等，他们有完善的短诗和长诗里精警的片段。在这以次，就轮到朗法罗这一班诗人了。他最好的诗也有像葛莱的静悄的透明性，也像他一般有宗教和情感中愉快的幻想。就是他的长诗，倘使你不当它诗读，也能令你发生极愉快的感应。

编者按：以上两段分别摘自《美国文学 ABC》第六章第 40—41 和 43—44 页。第六章专论 Henry Wadsworth Longfellow。

（七）

简括说，怀氏安的艺术是有限制的。他始终没有得到所谓伟大作家最后的庄严气息。可是在他自己天才的范围内，他确乎是个真实的好诗人。他的诗当然缺少很多的长处，可是同时他也免除了许多同代诗人中了大学校的毒，只知道过去，忘记了现在的各种弊端。他能借着这种用得不很得手的工具，来表现他火焰般信心的力和气，鼓荡他的热情在生硬的字句中间，真不是件容易的事情。他好比是个不得法的画家，用着他浅薄的艺术，却能把他的本土渲染得像真的一般，至今没有人能胜过了他，这是一件更难的事情。

编者按：该段摘自《美国文学 ABC》第七章第 52 页。第七章专论 John Greenleaf Whittier。

（八）

他是个幻想丰富的诗人，他的透视力能把精神界高高地超出在现实界之上。他不在困苦里找他的哲学，也不隐居着结构空中楼阁，更不是那些呻吟的病夫，在不得已的幽囚中，有思想的空闲。

他实在就凭着这几首短诗，飞进了真诗人的禁地。没有别一个美国作家能在这极小范围中包容下这样无穷的美丽的了，也没有别一个美国诗人能像他得到全世界众口同声的赞美的了。

拿它们来比较十九世纪所产生的伟大小说，当然的要感觉到它们的浅薄，决不能列入第一流作品的中间。凡是伟大的作品，决不光注意在拿读者的情感包围在黑雾中间，供给奇异的彩色备人类赏玩的，它们的目标是要解决人生，表现真实的情感；那末，濮以奇异炫人当然是一种末技了。因为尽他的能力，所创作的只是平面的图画，只能供读者耳目的享受，不能深入他们的灵魂。

濮是个文学的忠实的仆役；他爱好文学，因此，就成了个努力的批评家，他不和那普通美国报纸上的批评家一样；他是切实的、有实力的、大胆的、高超的，而且是独立的，的确是个忠实的发言者。

编者按：以上四段分别摘自《美国文学 ABC》第八章第 57、60、61 和 61 页。第八章专论 Edgar Allan Poe。曾虚白将作家名译为"欧伦·濮"。此处第三段起首的"它们"，指欧伦·濮的短篇小说。

（九）

霍尔姆斯是一个慧诘的、温和的、有礼貌的举着茶杯谈天的散文家。他的散文是文坛上的特创，在那里面，他用着自己锐利的目光，圆熟的辩才，丰富的幻想，海阔天空地随便谈着。

霍尔姆斯也是个享着盛名的诗人；他是个把地方时事技巧地做成最可喜的诗句的诗人。虽然他算不得怎样伟大，可是在把诙谐、情感和友谊形成诗句的作家中间他是个好诗人。

编者按：以上两段分别摘自《美国文学 ABC》第九章第 65 和 66 页。第九章专论 Oliver Wendell Holmes。

（十）

他高远的默想透视到现社会的恶浊，一切政治和人生的虚伪，于是他成了个美国人不容易了解的无政府主义者。在美国作家中决计找不出跟他相仿的作家，只有俄国的托尔斯泰才是杜乐的同调。

他的作品都是一个测量员的手簿，一本永久继续的日记，一篇断续的自传。我们看了它，决不可当它是哲学，因为这实在是他默想中幻象的结晶，决不能算了解人生的觉悟。他是个崇拜自然的幻想家，是个充满着诗情的超绝派，虽然他缺少抒情诗表现的天才。

编者按：以上两段分别摘自《美国文学ABC》第十章第68和72页。第十章专论Henry David Thoreau，曾虚白将作家名译为"杜乐"，现在通译为"梭罗"。

（十一）

罗威尔是一个诗人而兼有随笔和批评的作家。他普通的诗虽表现他学识的丰富，思想的高超，努力的求全，可是始终缺少着音乐的神韵。他的强烈的、执拗的理智，仿佛不独不能帮助他情感的流露，反而在那里阻挡它并且拿修辞的文饰冲淡了它的趣味。

以批评家论罗威尔，他可以算是美国作家中最伟大的一个。他认识人，认识世界，更真切地认识书本，所以在批评一门内，他有最适当的天才。他讨论一切作家和他们的作品，不光表现出自己学问的渊博，并且显示他诚挚的同情。他的见解都是他自己的创造，是他努力搜求的结果。表现出来时，不是用枯燥、指示的态度，却用随和的、诙谐的、慧诘的笔法。

编者按：以上两段分别摘自《美国文学ABC》第十一章第76—77和78—79页。第十一章专论James Russel Lowell。

（十二）

怀德孟是美国所视为怪诞，全世界所公认的天才。他是大自然的缩影，是提摩克拉散精神幻化的肉身。

怀德孟的诞生是美国文学史上最光荣的一页。怀德孟的历史，他的诗和它伟大的影响，是真正提摩克拉散精神上了迟缓的旅程去迎接讽咏它的诗人的历史。

怀德孟诗的精神只有快活，是一种严正的、考量过后的快活。他却不像别个诗人一样，以为生命中只有快活，就盲目地否认此中一切可怕的部分；他是无畏的，不是不忠实的乐天派，只是勇敢地，竟有时兽性地，要求你去观察各种奋斗的现象。他是个对着死亡睁大了眼睛，仔细地研究的诗人，他蔑视一切乐天派虚伪的态度。

编者按：以上三段分别摘自《美国文学 ABC》第十二章第 80—81、82 和 86 页。第十二章专论 Walt Whitman，现在通译为"惠特曼"，曾虚白译为"怀德孟"。

（十三）

麦克·吐温是一个天生就的讲故事的天才；他那悦耳的、有弹力的音调具有吸引听众伟大的魔力，而他的那副仿佛忧愁恍惚的脸容，也的确是剧台上滑稽家的特色。

麦克·吐温具有美国人最普通的特性；他是冒险而好动，滑稽而好辩的，喜欢雄伟而广阔的环境，要在荒碛的地域里开辟他黄金般的未来。他一生的经验极富，他加入过各种职业的人生，而他敏锐的感觉和深刻的透视能使它贯澈各方面的底蕴。

麦克·吐温作品的读者可以明显地分成绝对不同的两派，一派是未成熟的，又一派是已成熟的。在未成熟的读者看来，他的作品只像《鲁滨孙漂流记》和《金银岛》等一般有丰富的情感，发笑的谈资；可是在成熟的读者看来，书虽是同样一本书，却感觉到它是一个伟大的人类性情的讽刺，一个一切人生真相的写真，一个赤裸的简单的叙述，却叫一切伪善者都要对着它扮出一种鬼脸般的苦笑。……凡是他的作品，因此，都有双层的性质。它说的是这样，它的意思却是指着言外深奥的地方。他实在是穿着小丑衣服的人生哲学家。

编者按：以上三段分别摘自《美国文学 ABC》第十三章第 89、90 和 91—92 页。第十三章专论 Mark Twain。

（十四）

何威尔斯是美国写实派的领袖，并且是在一时代的文坛上具有权威的作家。只是他虽有做写实派的决心，可惜他的环境和他的性情没有造就他做写实作家的天才。

何威尔斯写实的失败是在他根本上没有了解人生。他未尝认识过人们和他们日常的工作；他只坐在起居室里，办公室里，或是避暑的旅馆里，看见他们在窗外边走动。他始终没有抓住肉体里灵魂活动的现状，可是只有这种现状是真实的人生，是人生之所以有趣味的地方。何威尔斯没有抓住这个，所以他表现的人生只是枯燥的傀儡动作。

编者按：以上两段分别摘自《美国文学 ABC》第十四章第 99 和 103—104 页。第十四章专论 W. D. Howells。

（十五）

在美国文学里最少有三本诗集有不可磨灭的价值：一本是怀德孟的《草叶集》，一本是欧伦·濮的诗集，还有一本就是赖尼亚的。凡是他的诗都充满着神妙的音乐性，每一行，不，每一字都是巧妙的音乐。每首诗里都满布着丰富而华美的比兴，支配着匀称而谐协的音步，那一种令人陶醉的魔力，很有些像英国的史文朋，虽然他们的思想是绝对不同的。

编者按：该段摘自《美国文学 ABC》第十五章第 109 页。第十五章专论 Sidney Lanier。

（十六）

詹姆士从小受着他父亲的特殊教育，养成了他一种四海为家的性质。他愿意决然舍弃了国界的限制，做一个世界上的人民，所以他的眼光是更辽远,他的理智是丰富,他的经验是宏大。……他的小说虽能震动一时,然而它的价值决赶不上他的批评的重要。

亨利·詹姆士是美国第二个写实派的领袖,然而他仍旧算不得怎样伟大的作家。他最令人注意的特点,是想用分析的方法,描写出各种民族的个性。在这一点上,他却已完全失败了。虽然他很努力地介绍给读者各民族中彼此不同的人物,然而读者只感觉到这种不同只是作者的附会。差不多他所着眼的性质,说它是人类的个性没有一项不确当,说它只是某民族的个性,我们就觉得它浮泛。他虽标着描写民族性的旗帜,却没有深入到每个民族的灵魂里,所以他要把人类的性质分析地民族化起来,就不免要失败了。

根本上说,詹姆士是一个头脑清晰、理智透辟的思想家。他作品的长处只在能表现他有条不紊的理智。

编者按: 以上三段分别摘自《美国文学 ABC》第十六章第 113、114—115 和 116 页。第十六章专论 Henry James。

五十　张梦麟

（一）

据最近报纸所载，今年诺贝尔文学奖金，已经决定给与美国现代的剧作家欧金·奥尼尔氏（Eugene O'Neill）。这一两年来，诺贝尔文学奖金的得奖者如去年的意作家皮兰德娄，前年的俄作家布林，似乎与前几年的得者相较，都有逊色，因此也曾惹起一些不平之论。可是讲到今年的得奖者奥尼尔，那便真是受之无愧，拿他与历届得奖者的任何人相比，都决不较弱。以他那样难懂的对白，离奇的手法，深奥的内容，庞大的分量，可是就在中国也有不少的爱读者，其惊人的魔力也就可知。在中国的文学青年里，知道萧伯纳的，没有不知道奥尼尔。而这两人也恰好是一个极鲜明的对照。他们两人同是戏剧作者，而一个作的是喜剧，一个写的是悲剧。一个写的是外面的争斗，一个写的是内面的葛藤。萧伯纳批评的是社会，奥尼尔描写的是个人。萧是一个战士，奥尼尔乃是一个诗人。一个是以理知去知，一个即以感情去感。萧伯纳之作剧，目的在改造现代的社会，而奥尼尔的作剧，便只在表现出现代的社会。这两方面都是极重要的工作，并没有高下深浅之分。两者同样需要绝世的天才，而萧与奥尼尔在根底上也一样同是个现代社会的叛离者，只不过环境、个性、教育、身世，把他们决定走着这不同的路而已。

奥尼尔是一个表现时代和社会的作家，我们对他的要求，便只是看他是否真挚地把这时代和社会表现了出来。在他那真诚的写实手腕之下，这一点是充分做到了的。

在他的这些描写爱欲、描写生死的作品里，其中的人物，多半都写得是一个反常的、变态的东西，尤其是女人，更像是一些变态性欲者。因此，很惹起一般精神分析的批评者，想从这一方面去研究和解释他。可是这些都不免于穿凿附会。奥尼尔这样的描写，使人想起萧伯纳医眼睛的故事。当医生告诉他眼睛很正常时，他以为是和普通人一样，医生才告诉乃是与普通人正不一样。普通人都是异常的，变态的。所以奥尼尔的戏剧里人物是异常，是变常，其原因便因他描写的是一般普通自以为正常的人。剧中那种使人可怕，使人悚然的生活、境遇、思想等，其实就是一般普通人的生活、境遇、思想。普通人所看见的，只是实际的事物，所谓 actuality，在诗人深刻的笔调下现出来的才是事物的真相，所谓 reality。这种深刻的表现，便成就了奥尼尔的伟大。

编者按：以上三段摘自张梦麟著《漫谈奥尼尔》，署名"梦麟"，分别载于《新中华》第 4 卷第 23 期第 57、61 和 61 页，1936 年 12 月 10 日出刊。张梦麟生于 1901 年，卒于 1985 年，1930 年从日本国立京都大学文学系毕业后回国，先后任职于上海大夏大学英文系和上海中华书局等，主要参与了对杰克·伦敦、马克·吐温、霍桑和奥尼尔的译介工作。

（二）

在这里所选的几篇短篇小说里，很可以看出贾克·伦敦作品的特色，同时，也可以看出贾克·伦敦所代表的美国文学的特色来。第一，贾克·伦敦的一生也和高尔基一样的复杂，而他的生活经验的范围更较高尔基为广，从这几篇不同的生活描写，便可得一个大概，而《叛徒》一篇的内容更是以他自己的生活为背境写成的。第二，伦敦一方面具有伟大作家那种现实的把握，和人生的观察，一面又具有引人入胜，像读通俗小说的手腕，这一点已昭示出美国文学一般的特色来了。近人每喜拿伦敦与俄国的高尔基比较，读了这几篇作品，和他的《野性的呼声》，再去读高尔基的诸作，便知这个比较是很有兴味的。

编者按：该段全文照录贾克·伦敦著、张梦麟译《老拳师》之译者"序"，上海中华书局 1935 年 1 月出版，收入新中华丛书文艺汇刊。该著包括《老拳师》《鼻子》《叛徒》《两个强盗》四个短篇。

（三）

作者奥尼尔氏自从成名以来，每出一篇作品，世人都睁目以视，差不多在每一个作品里，都使人感到他真是二十世纪的一位天才作家。尤其是这篇《奇异的插曲》，更是在几多方面上，都成为现代戏剧中得未曾有的惊异。第一，这篇戏剧之长，乃是向来一般剧作所没有的。它一共有两部九幕，在舞台上表演时，从午后五时起到十一时止，要花五个钟头。……第二，是这本剧表现方法的奇特。在这里面，我们不惟可以听见各个人物互相在表面上的对话——向来的戏剧，便唯一利用这个方法，而将剧中人物的个性、气质、心情，藉他们互相间的谈话表白出来——而且还可以看到人物心坎中秘不告人的思想。作者用一种独特的方式，把人物在心中所想，而不肯在嘴上告诉人的种种心理，都揭露了出来。读者或观众一面听着他们表面上讲的话，一面又听着他们心中所要想讲而不敢讲的话。……于是，看这剧时，也许就会感到如临深渊似的恐惧，这便是这戏引人的地方，一方面叫你好奇地要看，一方面又叫你惴惴着怕看，使人欲罢不能，也许就单是这一点，便可以看出本剧成功的原因了。

奥尼尔的作品，向来都描写的是人性、爱欲等永远的问题，很少触及当面的社会问题。但若照辛克莱的话看来，我们未始不可从他描写的人生中，去看到他所表现的社会。从这个意味说，奥尼尔的剧作是更深刻地触到了他所处的时代和社会了。

编者按：以上两段摘自张梦麟为奥尼尔著、王实味译《奇异的插曲》作的序言，载于上海中华书局 1936 年 11 月版第 1—2 和第 12 页。张梦麟不仅为该译著撰写了长篇序言，还校阅了译文。

（四）

　　美国的小说史是非常简短的，因为美国本身的建国史，就已是非常简短的了。一个民族在建国的初期的时候，很少有余裕来发展想像的、审美的这一方面的力量。他们当面的急务，乃是努力于实际的、建设的文明。所以在美国的初期时代，我们看见的，也和其他民族一样，只是征服荒野，建设都市，发展土地，开垦天然富源，建设交通机关。一直要到财富既已积蓄，人民也有了闲暇，然后文学才发生起来，而小说又是文学最后才发展的阶级。英人当初到美国殖民的时代，那种努力奋斗、冒险吃苦的生活和将来展望着无限的希望和理想，这种生活就已经是一部罗曼史，一部小说，不必再在笔下去求了。因此，真正是批评人生的小说，非是到了国民已经有余裕来回想过去的生活、前人的遗迹时，不会出现的。

　　因为这个缘故，美国建国初期，虽不是没有文艺作品，而流传永世的杰作，记录过去生活的小说，必须待到十九世纪的初头，始得出现。美国十九世纪的两大小说家，其一便是霍爽，而霍爽最杰作的作品，也是美国文学上最伟大的作品，即是本篇的《红字》。

　　霍爽生的时代，正是新英兰的文明业已完成，欧洲的新思想正吹送进来的时候。人们到了这个时候，正好歇一口气，回顾着过去的来路。过去的种种，足以使一个哲理的心情，感觉十分的兴味。那种反抗的勇气，开辟蛮荒的雄图，那种严格的精神，那种远大的理想，好像即是一个人，在未常有的艰难困苦中，做出人来的历史。这种种，都是伟大艺术家、伟大哲人的材料。而霍爽即是兼此二者的一个人。我们知道，创造新英兰文明的祖先，即是些清教徒，他们也是醉心于人生哲学的人。他们的生活是那么严肃刻厉，那么顽固偏执，可是他们的心情，不住地在景仰着来世，景仰着无限。换句话说，即是他们的生活上极不许有想像这种东西存在，可是在他们的心坎上，却又是极富于想像力的人。霍爽的祖先，便是一个清教徒，因此他本人是极富于这种性质的。但是除此而外，他还兼备得一个艺术家的天才，能够站在客观的地位上，来批评、观察、分析他的这种性质。他能同情于清教徒的理想与生活，可是他也能明晰地加以批评。也许就因为他这种性质，所以霍爽才成为美国文学史上最大的作家。

霍爽这种特异天才，最成熟的表现，便出现在他的《红字》里。这一篇作品最卓越的地方，恐怕即是作者艺术的人格。《红字》的内容是什么呢？简单说，即是一个绝世的美人，和一个身居高位、职掌教化的牧师，在那么严格的环境里，发生恋爱，发生肉体关系。这样的材料，试想想落在平常的小说家之手里看看，不是很容易地就流为兴味津津的通俗传奇小说，便是浅薄无聊地描写反抗精神，说他们如何如何地和环境奋斗。霍爽的艺术天才，使他不流入前者，同时，他的清教的性质，使他不会陷入于后者。霍爽的描写，使我们如看希腊悲剧一样，只感到哀怜和恐怖。两个犯了罪的人，摆在我们的面前，我们明明知道他们犯了罪，但是我们却禁不住同情他们；我们因为知道他们太深，所以不会轻蔑他们，我们对于这两个罪人，就如上帝之对于众生一样，真是：To know all is to forgive all（知道一切，即可饶恕一切）。若果文学的目的，乃在唤起我们的理解和同情，《红字》已经做到这一步了。

无论从那一方面去看，《红字》都是一部杰作。从文体上、方法上、精神的力量上来看，这部小说，不单只是美国的杰作，且是世界文学中的一部杰作。不过我们要注意的是，这一部小说，乃是过去的记录，是人类发达史中必然要经过的最重要的生活记录。藉此，我们可以知道人类在发达过程中，必然要经过这么一个严格的社会环境，同时，人类的精神，也要经过书中所描写的那种苦闷。

编者按：以上五段摘自霍爽著、张梦麟译《红字》之译者撰"霍爽评传"，分别载于上海中华书局 1934 年 12 月版第 13—14、14、14—15、15 和 16—17 页。该"评传"长达 22 页，包括五部分："拿散尼尔·霍爽小传""霍爽之时代""《红字》的评论""《红字》的楔子""霍爽年表"。以上选文均出自第三部分。

（五）

　　向来研究近代文学的人，大都在近代的思潮、近代的精神里，去找寻形成近代文艺的原因。他们认为某一时代的文学，便是某一时代的表现，而某一时代的思想、倾向，既是构成这一个时代的诸因子，所以也就是形成这一时代文学的各种要素。《新精神》的作者，虽然地是用这个方法，去研究近代的文艺。也将近代文明的原动力，分析成为三种——即科学的精神，妇人的解放，德谟克拉西的精神。认为近代文学，便是在这三种互相交错的影响下而形成的，同时，也就是这三种原动力的交错的表现。几十年来，文艺的研究者都跟着这一条路走，就在我们现在看来，这条路本也不算大错；可是，文化的进步，终于不得不把《新精神》的缺点暴露出来。

　　卡氏的主张，便是认定"艺术，宗教，科学的倾向，只不过是社会组织中互相交错的经纬"。"我们如审慎地、精细地继续研究某一时代，某一民族的文学艺术，结局便应发现一切创作批评的努力，一切理论和概念，一切格言和标语，都是它们所由托生的那种社会制度的自然产物；而那种社会制度，又是那个时代的物质状况的产物。"《新精神》里所列举出来的形成文学的原因，在卡氏看来只是当前的，而不是根本的，根本的原因乃是社会的组织。因此，要正当地了解文学，要确实地批判文学，唯一的路，只有从社会学方面去研究；所以他在这部书里的第一篇文章，题名就叫做《文学之社会学的批判》，这便是他所谓的新新精神了。

　　从社会学方面去研究文学，认定文学艺术，是由当时的社会组织所决定，认定文艺批评的价值不在判断而在达到这个判断的过程，——这等等主张，并不是卡尔浮登氏的首创，别的人已在他之先说过了。但是在美国的文艺批评世界里，却是他首先提起这个态度，去向旧有的批评挑战。所以在他这一部书里，他表明了自己的态度方法之后，便尽力地批评旧有的文艺批评的论调。他驳斥了伍德柏里教授（Prof. Woodbery）的审美的与历史的批评、休曼教授（Prof. Sherman）的伦理批评、斯宾迦（Spingarn）的审美批评；他讥笑了孟肯（Mencken）是唱闹剧的批评家。这几个人的文艺批评主张，详细是个什么样子，我们在此已无余裕来说，只是总括而论，当卡尔浮登提起社会学的批评而登场的时候，美国的文艺批评，大略可分两派。一派是道德派，一派是审美派。

照卡尔浮登氏的主张看来，我们知道一时代，或一民族的文学，都是由其时代或其民族的社会组织所决定。即是我们要用社会学的方法才可以得到了解一时代或一民族的文学艺术。但是，这种社会学的批判只适用于研究一时代或一民族的文学艺术呢？或是研究个人作家的作品时也可以适用呢？这个问题很为重要，同时初看去又似乎并不能成为问题。一时代或一民族的文学艺术除开在没有文字以前，作者不明，文学艺术的作品，曾是一族公有而不是个人的私作而外，那一个时代，那一个民族的文艺不是由个人作家生产出来的呢？那末，研究一时代，一民族的文艺，不即是研究那一时代，那一民族的各作家的作品吗？因此，以社会学的方法去研究一时代或一民族的文学，不等于即是以社会的方法去研究一时代或一民族的各个作家的个人作品么？然而不然。卡尔浮登氏在《新新精神》这部书里，开首说明以社会学的方法，研究一时代一民族的文学之后，接着就应用这个方法也来研究个人的作品。

一九三〇年，卡尔浮登氏又出了一本书叫《文艺批评的新基础》，在这篇论文里他便把这个问题，替我们解决了。以前在《新新精神》里，主张用社会学的方法去批判文艺的，现在他已不得不加以一点修正了。在一九二五年前后，精神分析学虽还没有十分立稳足跟，但是在一九三〇年，已经成为一最有影响的力量。虽然精神分析学者最初所谓的性欲为一切人类活动的动机，尚未得普遍的承认，而且还有另派的精神分析学者加以否认。可是，潜在意识在个人心理中所占之势力，已为普遍所承认了，卡尔浮登氏以前认为无足轻重的研究，此刻已使他不能不加以注意了。结果，他认为文艺批评的基础必须综合两个方法。……"要综合社会的和心理的批评，才可以作批评乃至表现我们这个时代的基础"。——最近卡尔浮登氏的主张便尽于此了。

编者按：以上五段摘自张梦麟著《卡尔浮登的文艺批评论》，分别载于《现代》第 5 卷第 6 期第 916—917、917、917、918—919 和 920—921 页，1934 年 10 月 1 日出刊。第二段最后一句中的"这部书"和第三段第五行的"这一部书"指的是《新新精神》(The Newer Spirit)。卡尔浮登（V. F. Calverton）是倾向于"托派"的美国左翼批评家，著有《新精神》《新新精神》等文艺批评论著，傅东华将《新新精神》(The Newer Spirit) 译为《文学之社会学的批评》，由上海华通书局于 1930 年出版。

（六）

文学是人生的表现，或者是时代社会的反映，或者是人性的表现，这话在中国现在的文学界，常常听见说的。可是文学是人类精神的表现，是人格的反映，这话却少听见。辛克莱在他论贝多汶的文章里，开头就说道："一切艺术根本都是一体，他们都是人类精神的表现……人格的记录。"其实，人类的精神，作者的人格，如看成是时代、环境、遗传的合成物时，说文学是人类精神的表现，不更为包括得尽么？可是，其中却隐隐有个区别。说文学是时代或社会的反映时，所注重的是时代社会，结果对文学便偏于社会学的研究。说文学是人类精神的表现、人格的记录时，所注重的便是人类的精神和作者的人格，结果对文学便偏于心理学的考察。一个是外面的，一个是内面的，可是都是对同一物的两样看法。综合这二者来建立一个赅博的文学批评，虽有人主张过，可是还没有人实行。于是对于一个作者，有些是觉得他的作品和时代社会的关系，非常有味，有些又觉得他心理和作品的关系非常有味。譬如对于马克·吐温便是两方面都是极有兴味的。他那毒辣的讽刺，是南北战争后美国的社会造成的，同时也是他自己的精神人格造成的。一方面他对社会是那么极刻薄的能事地讽笑，同时在个人生活上，他又是一个胆小如鼠、怕老婆谨守礼教的人，他是个二重人格。若生在今日中国，他的私行，一定要受鄙夷，他的作品，也就要在这鄙夷声中葬送了的。

编者按：该段摘自张梦麟著《马克·吐温诞生百年纪念》，载于《新中华》第 3 卷第 7 期第 99 页，1935 年 4 月 10 日出刊。该文前部为张梦麟自撰，后部翻译了辛克莱评论马克·吐温的相关文字。此处摘录的文字均为张梦麟自撰。

五一　张越瑞

（一）

　　美国文学是英国语言、英国传说构成的。一般反不列颠的作家们往往想证明，美国文学不含英国性，可是，他们没有建立确定的论点。从第一步讲，美国的语言便是英国的语言，而语言这东西，即是科学所藉以灌输文化的一大川流。许多所谓美国习用的词语，实际上原是英国古文中常有的。不过，那些在英国逐渐不通行的词语，在美国反而通行了。而那些词语所以被认为非英国的，只是因为它虽见于乔叟（Chaucer）或莎氏的作品中，而不见于狄更斯（Dickens）或萨可列（Thackeray）的作品中吧！试拿美国南部的黑人所用的 Honey（亲爱之义）、Quality（尊贵之义）等等特用的字来看看，我们知道，他们还在那儿保持着十六、十七世纪时的英国字义。

　　就是说"美国人是杂种"的话，这个辩题并没有什么力量。英国人也可说是混杂的种族，爱尔兰和欧洲大陆常有不少的人迁移到英格兰去，就时间上论，比外人迁来美洲居住还要悠久。"美国人不是英国种"的辩题也是不能成立的。如果一定要承认的话，那只有同样的承认英国人也不是英国种。那除非是说，英国人不仅如丁尼孙（Tennyson）所谓的，包括撒克森人、诺曼人、丹麦人而已，还有在那侵略者铁蹄下的英国土著克尔特（Celts）人、不列颠人也当然要算在内面。而且，在那些侵略者的上面还带着一条从许多邻国血统里汇来的川流。后者当然是有形的影响于英国民族的血统，前者也可断言在无形中至少阐发了他的民族思想与制度。

还有一种说法，大概美国文学的，不，特别是美国短篇小说的评论者是这样的说：美国语言统一，英国则不然。实则事实不是如此。如果我们承认，美国自教育普及、交通便利而后，国内大部，始趋奠定，美国的方言不至比英国少了。那些方言虽说与那因交通不便而不相往来的许多教区传下来的英国方言有不同的发音，然而，就事实上看，美国方言的种类总是难以枚举的了。

短篇小说评论者却又高兴找出美国形形色色的异点，与英国比较，这与他的美国语言统一之说正站在反对的地位。他说：气候景象的变化与职业风俗的异样，实给美国文学以花样翻新的取材。在这点说，英国虽不比美国多，至少也在同等的地位。英国人有印度的城邑、非洲的草原、澳洲的丛林，还有他的民族经验与民族冒险的习见背景。他们更存留着欧洲封建时代的遗迹。虽则印地安的传说，因加（Inca）学术的发展，以及哥仑布以前的种种文化在相当的程度上消除了后者的利益，那种遗迹却是美国所没有的。并且，封建制度下的英国，即是现今英国的渊源，他阐发了英国的新文化，然而美国最古的文化仅是历史上的事实，是过去存在的东西，感人至深的文学材料所以不易诞生，也是这个原因。

由上可知，英美两国在语言上、环境上的差异不甚显著。然而，他们在现代文学上却不一样，他们呈露着显明的歧异。初期的美国文学，谁都会说，是英国文学的嫡系，他用英国的文字写英国的传说。殊不知，这一条支流自脱离本身的源流以后，他渐渐地蜿蜒屈曲，扩充自己的流域，毕竟自然变成一条浩浩荡荡的伟大川流，美国文学亦是如此。他原是英国文学的支派，后因彼此的生活经验各有不同，逐渐在文学的内容上、形式上表露出分离的状态。但一到美国文学表现一种与英国迥异的文化时，两国的文学当中便显露一条理想的鸿沟了。所以，一部美国文学史，可说是美国脱离英国窠臼而建立自己的文学的一部史。试拿美国文学简单的检查一下，我们不难明了它演变的踪迹。当英国人的足迹初踏到美国时，正是所谓的伊利萨伯（Elizabeth）的黄金时代的没落时期。所以美国文学没承受过那光荣时代的洗礼。那时迁移到美国来的英人全是清教徒，他们瞧不起伊利萨伯时代的文学，我们所说的文学的光荣，他们斥为魔鬼的诱惑。所以初次灌输到美国的文学，不是伊利萨伯时代的，而是詹姆士一世、二世（James I and II）时的文学。内容是神学的，述奇离的事迹。这种沉重的文体，占据了美国初期的文学，他印入了殖民者的脑海中，他的势力扩充到后一世纪。风行既久，人们渐于神学的成分发生厌倦，文学的形式又转变到英女王安（Queen Anne）时代的古典文学，可是，这种新的形式一到美国，一般泥守旧规的作家感觉不便，费城（Philadelphia）与波士顿（Boston）的作家，写惯了质朴的作品，对于蒲伯（Pope）与却琪尔（Churchill）的双韵的与讽刺的诗，一时不能摹仿。直到十八世纪末叶，古典的文学大盛行，唯理主义才取得神学的地位。所以美国文学的变迁大概可分三个时期：第一个时期，美国文学作品全是英侨写的。第二个时期，只有殖民者在那儿写海洋作品，足足有百五十余年。第三个时期差不多是近代。甚而，在一八〇〇年的时候，美国作品的气质仍是殖民时代的，而风格是英国近代的，他自伦敦吸收来的文学形式与殖民时代的精神打成一片。从此后美国才脱离英国的规范而创造自己的文学。

编者按：以上全文照录了张越瑞著《美利坚文学》第一章"叙论"，五段分别出自上海商务印书馆1933年版第1、2、2、2—3和3—5页。该著收入百科小丛书，共五章，先是叙论，接着按照美国发展的四个阶段——殖民时期，新国家成立时期，十九世纪和二十世纪——分四章展开叙述。张越瑞是商务印书馆的英文编辑，除撰写《美利坚文学》一书，还出版了《英美文学概观》，由商务印书馆于1934年出版。

（二）

十七世纪时的文学所以无精彩的作品，实因环境不应许精彩作品的诞生。这时候，他们正在从事开辟，忙着生活的事业。保持生命犹且不及，哪有悠闲的余暇，使他们安心坐下去写那陶冶性情的文学作品。此时他们切身的需要不是文学而是那重大的生活问题。他们虽则在文学上没有具体的表现，然而，他们的经历、他们的精神实给将来的文学以无穷的取材。十九世纪的美国杰作几乎全是这时代的反映，它们写初民如何冒险，如何胜利，这些是殖民时代遗留的宝藏，亦即是文学的渊薮。所以，我们不能不说，这时代是美国文学的孕育时期。十八世纪的初年，正表现他们生活安定的时期。文学形式渐有新的进展。

保王党的维基尼的衰落，清教徒的新英格兰的代兴，实是美国文学的渊源。至是历史编著家如勃列德和的作品已成过去的东西，他们的气质太庄严、沉重，尽是写那做庄重事的庄重的人们。但我们不能否认，这类的题材在过去产生过精彩的作品。神学派的东西固然暴露了殖民者在过去开辟草莽的决心与毅力，我们难免不觉到它们粗俗、奇妄。文学形式有新的发轫的，却是诗歌的尝试，亦即是殖民地文学的曙光。

不过，我们要明了，自殖民时期而后新英格兰人的生活中渗入了地方主义的元素，他所着重的个人责任心在无形中妨碍创造力的发展，神学与道德的规律直接的影响了心性的吐露，多数作品无不束缚在规矩准绳的圈套里。所以在清教的神学原理中，与刻苦的生活条件之下断不能产生杰出的文学作品，尤其不易孕育优美的诗章，然而，诗歌的运命到底没有走到穷途，终归有幸福之神照临它。

编者按：以上三段分别摘自《美利坚文学》第二章"殖民时期的美国"第9、13和13—14页。

（三）

自一七五四年英法殖民战争发生，各殖民地的人民才觉悟他们是整个的民族。战前，他们大半住在从佐治亚到缅因的海岸上，还没渡过阿帕拉几山的疆域。各殖民地的领袖人物彼此不往来，彼此不熟悉。华盛顿的名声是在战时才从维基尼传到各地。维基尼与马萨诸塞二州从没有文学上的交换汇通，至于其他的殖民地更没有文学可言。所以，真正的美国文学要在殖民地的人民团结后，才得产生。

政治的乱潮掀动了卅余年，结果，殖民地思想瓦解，新美国主义代之而兴。此时政治思想的发达，可与那百年前的英国共和政治时代比拟，它实在是共和国家的导火线。当时的政局既是如此，文学当然不能逃出它的圈套。所以文学作家不得不从他原有的态度转变到潮流的趋向。议论文、演说辩论文无不应时而生，均以政治问题为中心题旨。这类的文学是含爱国性的，有反抗精神的。

在人民努力去求政治的自由与组织新政府的狂热下，那所谓的上流社会的文学当然不得不顺着社会群情去写作品。所以诗歌散文等创作在这世纪的末年不过是政党的呼声而已。然而内中仍然有一二个文人想拼命去挽回狂潮，力求文学的解放，他们终于发现到，诗学的独立并不像民族的独立那么容易成功。可是，他们并不绝望，满抱着乐观的态度去盼望那新民族文学的来临。一般青年诗人努力写作，用史诗的法式去歌咏这新兴的国家。他们的尝试实开本国文学的先河。

编者按：以上三段分别摘自《美利坚文学》第三章"新国家成立时期"第21、22和28—29页。

（四）

十九世纪美国文学的演变自有一个时代，不能呆板的依照历史编年上所划分的时代去分析它。这个变迁的时代起自英美二次战争的末年（一八一五），迄于一八九八的美西之战（American Spain War）。美西之战的前几十年中美国文学是浪漫的，战后的文学才是写实的。

在一八一五年前，美国文学仍然迷恋在十八世纪的旧梦里，蒲伯的双韵式的老调子仍然有人在那儿哼唱，再至卡纳的死年（一八一一）陈旧的古典派依然占有文学的领域。然而，这种现象不过是强弩之末，它的发展正是它消灭的表现。法国思想不断的灌输到美国，同时美国早年的作家自佛兰罗（Freneau）、昌灵（Wm. E. Channing，一七八〇——一八四二）以下都是启蒙运动的骄子。当法国浪漫主义流布的时候，正是美国浪漫运动的孕育时代，美法的思想的进展沿着同一的轨道已是很明显的了。美国浪漫运动发端于哲福逊的民主党的肇兴,它的最初表现托形于政治原理,自受英国浪漫运动的影响,它才正式走到文学的形式里。英国诗人谟耳(Tom Moore)的作品首先传到美国,再浪漫巨子如司各得(W. Scott)、渥滋华士(Wm. Wordsworth)的诗文又接踵而来,它们勇猛地冲向那旧文学的壁垒,至是古典的文学遂一蹶不复振了。

维基尼是美国浪漫运动的策源地。这运动的兴起带来了许多新的变化,而新的变化中最能持久的要算新兴的文学。文学的新体博得更广多的、更进步的读书界的欢迎,杂志报章更是扩大它的范围的唯一工具。所以,《北美评论》(*The North American Review*,一八一五)、《晚报》(*Evening Post*,一八二〇)等刊物应时而生,开杂志的先路。戏剧的发展虽极细微,过去所酝酿的小说在这时候却成为主要的文学形式,占有创作范围的最大部分。

一八一二年的战争结束后,美人的生活思想始有剧烈的变动,结果产生美国的浪漫主义运动。这运动在美国人的经历里算是最激进的、最革新的一个运动。然而助长这运动的兴起,确有几种大的力能:民主党的肇兴,工业主义的倡始,奴隶制度的争执,城市生活的增进,与种种其他革新运动,这些集合成一种力量,铲除一切的滋蔓,翻动坚实的土壤,给那从欧洲运输来的浪漫主义的种子发扬生长。

我们晓得,在英法战争以前,马萨诸塞在文学的园地里开过灿烂的鲜花,产生过殖民地的先进作家。然自佛兰克林、白朗二大家出后,费城又一跃而为文学的渊薮。现在浪漫运动发生,它的策源地是纽约,倡导它的是纽约作家,所以文学的中心又从费城转到纽约了。这个阶段是美国文学史上最重要的一个阶段,它打破摹拟的积习,扫除地方的色彩,而建筑美国自己的整个的民族文学。

南北战争不但在美国史上是个重要的阶段,同时在文学上也立了一个分界石。一八六五年风行全国的国家主义,影响到知力的活动方面。那从欧洲灌输来的古代传说渐趋消沉,代之而兴者是那新科学怀疑的态度。亚旦(H. Adams)的《教育论》(*The Education*,一九〇六)是最能代表这种精神的。

因此，美国文化的中心地域又从那新英格兰转到另一个地方。林肯当选，美国西部在领袖人物上获得胜利，而南北战后，西部的移民，交通的发达，城市的勃兴，以及物产的丰富使西部一跃而为美国经济的中心。又，流遍全国的民主思想本导源于西部，它的精神立刻在文学作品里表现出来。

拿过去的文学作品看，无论是诗、小说、散文全有浪漫的色彩，这种风尚在美国文学史上占了一个时期。可是到了十九世纪的末叶，新英格兰不复是文学的孕育地了，西部因思想、环境的转变诞生了一种反动的势力，它的态度是科学的。一般作家普通有这种的疑问："奇异的，超自然的功用何在？它于人生有何增益？它是否可以迎合社会心理，增进人生的兴趣？"最后，他们发觉过去的谬误，他们的主张是：文学要接近实际生活，描写实际生活，真正的文学便是人生的写真。由此，文学在态度上发生一种转变，这便是写实运动的兴趣。而这运动的策源地是在西方。

编者按：以上八段分别摘自《美利坚文学》第四章"十九世纪"第 37、37—38、38、42、42—43、93、94 和 94 页。该章先是总论，接着分两个时段——"浪漫运动"和"从浪漫的到写实的"——展开叙述。前三段出自该章的总论部分，第四和第五段出自"浪漫运动"，最后三段出自"从浪漫的到写实的"。

（五）

讲到一九〇〇和一九二八年间的美国文学，我们只好讨论他的运动、趋势，而于杰作、派别、作风还不能加以估计。这原因有两点：一则，我们太接近现代，甚而对于在潮流与好尚下的一些作品，所以风行所以消沉，我们尚在怀疑的境地；一则，这时代的本身上就有一种强烈的阻力，不容许武断的批评。这最近三十年当中，美国在政治上、教育上、经济组织上、社会进化上，以及文学艺术上，有显著的演变，而且这演变比世界任何地方都要剧烈。这个时代看见过美西之战，美人的骄慢因而瓦解,看见过这农业的国家渐次的变为工业的国家。这时代发展了新资本主义的民主国家,恢复了民族的精神,最后,提倡了美国有史以来所未有的都市生活。总之,这卅年是一个时代,他使美国的社会、智能、道德、经济走向新的道途。可是,它并不是过渡时期,因为美国人已经确实地站在新时代的潮流上了。

社会上一切的骚动直接影响到文学上的骚动。浪漫主义似乎已成陈迹了。阶级的新兴趣里产生一种对各阶级中个独的兴趣。普通环境中的平凡人物因而走进了美国的文学作品里,并且在作品中占重要的地位。还有,十九世纪末年科学教育普及全国,这种风尚同样增加了不少的效率,工业所赖以发展的实验科学在当时孕育文学的写实态度,人人都高兴去写简陋的、卑下的、丑恶的东西。普及教育中所发扬的科学态度诚然是文学风格衍变的一大关键。

总之,这廿八年中的美国文学全赖社会的、智力的转变而始有价值。在文学的意识上说,他仍不是那么一个时代:在那个时代中我们能够找出任何一组的作品来代表天才的作品。但是最富情趣的——然而不必是最有永久性的,便是最能表彰反抗、递遭与独创的作品。如是要在这时代上加一适当的名字,那,我们可以说它是美国的小说时期。因为社会与智力的变迁只在小说的创作里有深刻的反映。从另一方面看,这时代是文学的反理想主义的时代。批评家的如孟根的作品,写实的小说戏剧,讽刺的基调,历史与科学作品的趣向甚而这时代的诗,这些都是倾向着写实家的世界观。正如十九世纪的美国文学倾向理想主义一样。无论如何,最后的二十年预告了美国文学艺术新世纪的来临。像新英格兰一八四〇年左右的文艺复兴,它们在随着经济的时代共同进展。纵如合众国工业的改革延宕了文学的发展时期,就现在美国文学所表现的力量看来,我们可以自慰,文学还有无限量的前途。

编者按:以上三段分别摘自《美利坚文学》第五章"二十世纪的文学"第108、113和134页。

五二　赵家璧

（一）

讲现代的美国文学，就得从特莱塞（Theodore Dreiser）说起，这不但因为从马克·吐温开始向英国传统挣脱的努力，到他出世后才见到些可宝贵的成绩，也因为从他的出现，美国现实主义的大潮，从九十年代的暴露运动发迹，才更有力的开展下去了。现在，这一位年纪已上六十多岁的老作家，还在领导着许多美国青年，向更光明的路上前进着呢。

美国民族文学一开始就在摆脱理想文学而向现实主义的大道挺进，但是马克·吐温、霍威耳斯、诺立斯、杰克·伦敦一群人只替特莱塞开辟荒芜，帮助完成特莱塞的事业而已。马克·吐温的幽默的"美国故事"，霍威耳斯的缄默的现实主义，杰克·伦敦一群人的暴露作品，使美国的民族文学奠定了基础；而十九世纪末叶，弥漫在欧洲大陆上的自然主义和写实主义的潮流，频频碰击上大西洋的岸头，福洛拜尔、巴尔萨克、左拉、易卜生、托尔斯泰的作品更被大量的介绍到美国来，这二重内在的和外来的原因，才把美国现实主义文学，由特莱塞的出现而揭开它光荣的一页了。

从自然主义转入社会主义，从生理的理解变做社会的理解，从悲观主义转入乐观主义，这也是和宇宙中不断的在蜕变、破裂、复合的原理一样，特莱塞是转入了另一个更高的阶段去了。

编者按： 以上三段摘自赵家璧著《新传统》，分别载于上海良友图书印刷公司 1936 年版第 61、61—62 和 98 页。《新传统》就文本构成而言，除了"序"，先是一篇名为《美国小说之成长》的概论性长文，接下来是九篇作家论，依次论及德莱塞、安德生、凯瑟、斯坦因、维尔特、海明威、福克纳、帕索斯和赛珍珠。该著由作者先前在各类期刊上发表了的几篇文章构成，比如，《美国小说之成长》刊载于《现代》第 5 卷第 6 期（1934 年 10 月 1 日），《福尔格奈研究——一个新近的悲观主义者》刊载于《世界文学》第 1 卷第 2 期（1934 年 12 月 1 日），《帕索斯》刊载于《现代》第 4 卷第 1 期（1933 年 11 月 1 日），《海敏威研究》刊载于《文学季刊》第 2 卷第 3 期（1935 年 9 月 16 日），《写实主义者的裘屈罗·斯坦因》刊载于《文艺风景》创刊号（1934 年 6 月 1 日），《特莱塞——从自然主义者到社会主义者》刊载于《文季月刊》创刊号（1936 年 6 月 1 日），《怀远念旧的维拉·凯漱》刊载于《现代》第 5 卷第 6 期（1934 年 10 月），等等。

（二）

十多年以前，休伍·安特生（Sherwood Anderson）是美国文坛上的一个红人，后来年青作家的声誉掩过了他，便逐渐被读者们所遗忘了。到一九三二年和特莱塞一群人明白表示了他们和年青作家共同前进的态度后，这个名字又慢慢的被人提了起来。不但许多政治性的宣言上时常见到他，就是《国际文学》上，除了和帕索斯、特莱塞一样的时常被提到以外，狄那莫夫在一篇讨论安特生的专文中，他更说"休伍·安特生是新兴美国文学发展中的一颗光明的新星"。自从他那部被人注目的新著《欲望之外》（*Beyond Desire*）在一九三二年九月出版以后，更证明安特生的思想已明显的转向到更高的阶段去了。他和特莱塞两人都是与时俱进的老作家。

最近数年来，安特生在文艺的观点上，扬弃了他过去的偏狭的个人主义而看到了事实的真理了。

编者按：以上两段分别摘自《新传统》第 101 和 118 页。

（三）

在今日的美国文坛上，有所谓"中代作家"者（Middle Generation），他们大都在大战之前已开始著作，直到现在，虽然年青作家一个个的爬上了文坛，因为历史上已获得很稳固的声誉，所以至今还占着比较重要的地位。其中包含两种不同的阵容：在迎头赶上去的一群里，有特莱塞、安特生和刘易士等，向后退避的一群里，有华顿夫人、凯贝尔、赫格夏麦和维拉·凯漱（Willa Cather）。

华顿夫人的琐屑和怀乡病，凯贝尔的美丽的幻想，赫格夏麦对于过去的浪漫谛克的歌咏，在维拉·凯漱的作品中，不但都可以体会到；加上了她在风格上所独有的韵调以及文字的精致，在这一群作家中要找一个代表，维拉·凯漱是再适合不过的了。

凯漱的作品，不但故事的本身，带上了浓厚的梦味，在故事中行动的人物，也像在梦中所见的一般只是一些闪过了的黑影，好像逃世的老教授，只求造成一所大教堂的主教，夜半失踪了的老妇人……我们从作者亲热的手笔里，虽然感到这些人物都是甜蜜可亲的，可是要捉摸他们的血肉，或是到实际社会里去找他们所代表的人物，就会大大失望的。

编者按：以上三段分别摘自《新传统》第 127、127 和 132 页。

（四）

斯坦因的名字，虽然已在数年前由休伍·安徒生的介绍，而逐渐被美国人所认识，但是她对美国文学史上伟大的功绩和她丰富的个人生活显露，还得归功于去年出版的《托格勒斯自传》（The Autobiography of Alice B. Toklas）。这部《自传》发表以后，三十年来时常被人当作一个神秘象征的女作家，才被世人发现为近代文艺运动史上一位重要的中心人物；而这部《自传》文字的清新可读，更变更了一般人为了看不懂斯坦因作品而断定她不会写通顺文字的误解。

斯坦因后期的作品,因为追求技巧而走上了象征主义的狭路,可是她早年所作的小说《三个人的生活》和《美国人之成长》,确是十足的现实主义的。她在这两部小说中所运用的现实方法,过去曾启发了安徒生、海敏威一流人。

过去许多作家写小说,大都从幻想和记忆中去找人物,这些人物在幻想和记忆中存贮得愈久,便愈成为枯燥无味的东西,因此这些被造作出来的人物,和博物院里的木乃伊一样,但有人的形态而没有人的生命。许多比较进步些的,就从真实的生命上去割取一段来写,而斯坦因是在空间上抓住活跃中生命的整体而再把时间加入进去的。能够达到这一个目标,只有现实主义者才有可能,而写《美国人之成长》的斯坦因,便是这样的一个现实主义者。

编者按: 以上三段分别摘自《新传统》第 149、149—150 和 158 页。

(五)

当海敏威(E. Hemingway)的《太阳也升起来了》(*The Sun Also Rises*)在一九二六年出版的时光,同时有一个作家替旁乃(Boni)书店写了薄薄的一本小说,这是一本再闲适而典雅也没有的作品。文章写得像山溪中的流水,故事含蓄着神秘的意味,书中的人物都不是我们日常社会中所能接触到的,至于全书的意义完全在指示一条宗教的出路。他既不像特莱塞、安特生般的专写些丑恶的现实相,更超越了他所生长的国家(美国)而向往于遥远的异乡。这本书的问世,据有些批评家说是证明了在美国,纵使有许多年轻人在学时髦,但是古典主义,已成的规范,传统的风格,道德的价值,还是存在的,而且根据了这种条件写成的书,依然是最理想的文学作品;这本书在美国出版也就不愧去见英国读者了。这一个在近代美国文学中可以称为独特的古典作家,就是现在要讲的桑顿·维尔特(Thornton Wilder),他那一本神秘的伟著就是他的处女作《卡巴拉》(*Cabala*)。

维尔特所以不像特莱塞般的写美国的大资本家，安特生般写被压扁了的小市民，帕索斯般写动乱错综的现代社会，就为了根本的立场不同。维尔特这群人以为自然主义作品描写的是人生较黑暗的一面，不能说是全部的真实；浪漫主义作品的内容又往往是伤感或是理想的；现实主义的作品描写的又只是一时一地的人生现象，并没有把握到基本的人性，只有描写普遍的固定的人性，才是文艺的最大任务，而这种人性只有在常态的人生中才能领会到，因此节制的精神就成为维尔特作品中每个人物所最需要的东西了。

编者按：以上两段分别摘自《新传统》第175—176和191页。

（六）

海敏威的重要性，不但在描写经过大战打击后迷落幻灭的青年群的苦闷；他抛弃了当时最流行的心理分析，而把一切归还到动作的本身，把官能印象，作为他写作和生活的中心，是含有深刻的意义的。

海敏威是最反对现代文化的人，他和早期的安特生痛惜美国西南部的机械化，以及劳伦斯（D. H. Lawrence）的攻击英国的工业化同样是主张回到淳朴简单的生活中去的。他在大战场上得来的经验，使他看破了一切的文化，把他所生存着的社会，看做一种虚伪者的结合。于是任何束缚都不能管住他，任何希望对于他是一种空想，任何顾虑都不愿闻问。抱着这一种态度的海敏威，既不如凯漱或是卡拜耳般的消极的躲向浪漫谛克的幻想中去，便到生活本身中去找寻人生的乐处，运用他健全的锐利的官能去欣赏从官能所得的印象。

海敏威所以得到战后美国读者的欢迎，故事的动人，当然是获得共鸣的一点，他那种有力的流利的和明快的对话，更是成名的一大理由。

编者按：以上三段分别摘自《新传统》第209、210—211和240页。

（七）

福尔格奈是一个新名字。到近四年来，从他那部代表作《避难所》

(Sanctuary）出版以后，就被批评家看做美国年青作家中一个了不起的人物了。海克（Granville Hick）已在他的《大传统》里把他和吉弗斯（Robinson Jeffers）、克勒趣（Krutch）并列为今日的三大悲观作家。华尔特门（Waldman）在批评美国小说之趋势时，说福尔格奈的天才和社会意识，也许不及刘易士（S. Lewis），但是他已经进展到一种将来会在美国产生的小说的纯粹艺术路上去了。

福尔格奈的获得如今的估价，经历过三个不同的时期。第一时期从开始写作到一九二九的《沙套列斯》，专写战争小说。第二时期一九二九至一九三〇，是受到弗洛爱特的心理学说的影响而从事于心理分析的实验作品。第三时期是一九三〇年到现在，用侦探小说的方法站在自然主义的立场上写溃烂社会中各种残暴的故事。

但是充满在溃烂的文明社会中那些残暴野蛮的现代人，是否真如海吐浮所设想般都是前生注定的呢？把文明外衣剥落掉的是否真如福尔格奈所说般是那位主宰一切的上帝呢？福尔格奈的回答是不足置信的。我们读了福尔格奈的书，再去观察产生卜贝、克立司麦斯的实际社会，就可以获得另一种确实的解释了。

编者按： 以上三段分别摘自《新传统》第 248—249、249 和 287 页。第三段的"海吐浮"、"卜贝"和"克立司麦斯"，均是福克纳小说《避难所》中的人物。

（八）

帕索斯的被人注意，是在他写了《第四十二纬度》（The 42nd Parallel）以后，到《一九一九》出版，他在美国文坛上的地位才确定了。

这二部作品是他预备写的三部曲中的前两部。应用了最新的技巧，写大战前后美国中下层人物的思想和生活的过程，从二十世纪的开页，一直到大战休战的一九一九年。每个角色在帕索斯的笔尖下，跟着时代的巨轮，在走向一条必然的途径。这二部书不但表现了作者对于整个复杂错综的美国文化，已有了确切的观察和锐敏的解剖，因而书中的人物,个个都显得是有血有肉的来往着;并且证明了帕索斯的企图,在用新的形式去表现新的社会结构,是今日一般新兴作家所极应努力的事。

打开帕索斯的书,给予读者的第一个印象,是他写小说所用的方法,和其他小说家根本不同。一般的小说家,大都把时代背景,时代的中心人物,作者自身的经历,和故事中的角色,完全打成一片的。帕索斯的特点,却在大量的把时代背景,时代的中心人物,作者本身的经验,渗入到故事里去,而把这三种增重故事真实性的东西,在形式上,各别的分叙;因为利用艺术手段的巧妙,使读者同样可以发生一种谐和的印象。

编者按:以上三段分别摘自《新传统》第293、293—294和294页。

(九)

许多写关于中国小说的人所以失败而勃克的《大地》所以获得一部分人的赞美,就为了前者单凭忽促的旅途中的见闻描画出了中国人的外形,而勃克是多少抓到了中国人的灵魂的。所以她在描写中国小说上的成就,应当归功于她三十余年来和中国人的共同生活,而中国旧小说的影响,同样使她完成这件困难的工作。

勃克所写中国小说最大的特点,便是全书满罩着浓厚的中国风,这不但从故事的内容和人物的描写上可以看出,文字的格调,也有这一种特长,尤其是《大地》。

勃克夫人对于黄龙虽说没有如别的西洋作家般有意的在小说中侮弄他,可是描画出了这样一位原始性的黄龙,确是洽合了现代欧美人的口味的。我们知道白种人是早把中国人看做文化最落伍的民族的,他们从没有把我们放在自己的水平线上,有时更把我们看做与非洲的土人同样是不长进的富于原始性的初民。由于这一种不平的见解,近代历史,已告诉我们许多被西洋人看做是落伍的民族,因而受到种种的压迫和侵略的事迹。这一种带了种族眼镜的人,读到《大地》里黄龙是这样一个单纯而呆笨的角色，正满足了他们种族上的优越感。

编者按：以上三段分别摘自《新传统》第315、315—316和331页。

（十）

美国的文学是素来被人轻视的，不但在欧洲是这样，中国也如此；所以有许多朋友劝我不必在这个浅薄的暴发户里枉费什么时间，然而我竟然这样的枉费了。

我觉得现在中国的新文学，有许多地方和现代的美国文学有些相似的：现代美国文学摆脱了英国的旧传统而独立起来，像中国的新文学突破了四千年来旧文化的束缚而揭起了新帜一样；至今口头语的应用，新字汇的创制，各种写作方法的实验，彼此都在努力着；而近数年来，在美国的个人主义没落以后，从五四时代传播到中国思想界来的"美国精神"，现在也被别一种东西所淘汰了。太平洋两岸的文艺工作者，大家都向现实主义的大道前进着。他们的成绩尽管也许并不十分惊人，但是我们至少可以从他们的作品里认识许多事实，学习许多东西的。

编者按：以上两段分别摘自《新传统》"序"第2和2—3页。

（十一）

刘易士没有得到诺贝尔奖金时，中国人简直很少知道他的，一到日内瓦宣布了他全部的作品，获得诺贝尔的重奖后，《白璧德》《大街》渐渐的被国人注意。刘易士得奖，曾引起欧美舆论家一时的纷争，一部分人都以为诺贝尔文学奖金，而今已失去其高尚的效用，而变成了一种国际间的酬酢品，完全为了美国政治经济势力的扩张，因之把约合吾国国币十六万元的奖金，送给一个美国孩子，使金圆老人在文学的园地里，也占有一个相当的地位。其实刘易士也有他伟大之所在，他那独有的技巧，描写小城市的生活，和典型的美国人民的模样，确有几分可佩服的。至于如一般人说他小说人物中有他的 Universality，我就根本觉得这倒是刘易士作品中最感缺少的一点。

编者按：该段摘自赵家璧为赵景深编著《现代欧美作家》撰写的"篇前"，载于上海良友图书印刷公司 1931 年 12 月 11 日版第 2 页。

五三 赵景深

（一）

美国的诗坛从一九一二年到一九一八年曾经有过一次新诗运动，用Blank Verse的诗体来作诗，遍布美洲北部（那时南部简直没有人提起）。诗人如鲁宾生（E. A. Robinson）、弗禄斯特（Robert Frost）可说是平地登天，直入青云之上。谁知过不几年，这些怪魔都退缩起来，重回瓶中，这些诗人气也不敢透的钻到地洞里去了。他们之所以失败的原因，由于他们汩没了个性，专事摹仿罗伟尔（Amy Lowell）和恩突梅叶尔（Louis Untermeyer）。罗伟尔在死前几年声名已经大衰，这是因为幻象派的诗大为得势，便把罗伟尔的诗取而代之。恩突梅叶尔的地位可就不同了。他并不专心从事一种运动，而能够适应各种新诗的潮流。他同时能够了解圣得保（Sandburg）、鲁宾生、佛禄斯特、特丝黛尔（Sara Teasdale）……等人的诗。但最近六七年，他的势力也逐渐衰弱起来。

因为前人的根基不大稳固，没有强有力的传说，所以一九二〇年以后的新诗人都须另起炉灶。但这些新诗人却好像一盘散沙，偏不能自成一派。其中有所谓游离派（Fugitives）者，其实也就是没有派。他们的目的只是写诗，各人的观察却各自不同，从游离两字已经可以看了出来。在许多诗人里，合一的情感是没有的，固定的象征也是没有的。他们只有个人的象征，某一个地方的象征。他们所作的诗都有极浓厚的地方色彩，没有政治上的主张，最不幸的是大有奄奄待毙的情势。

编者按： 以上两段摘自赵景深著《现代美国诗坛》，分别载于《小说月报》第 20 卷第 7 号第 1155—1156 和 1156 页。该期为"现代世界文学号（上）"，1929 年 7 月 10 日出刊。赵景深生于 1902 年，卒于 1985 年。曾有人赵景深戏称为"专吃文坛消息"的"杂志家"。（参见烽柱著《我所见一九三〇年之几种刊物》，载《文艺月刊》1930 年第 1 卷第 4 期）。他在《小说月报》的"现代文坛杂话""国外文坛消息"等栏目发表了大量短文，还在该刊其他栏目和其他刊物发表了一些篇幅较长的论文，主要介绍美国文学近况。他的相关文章大多收入《最近的世界文学》（上海远东图书公司 1928 年版）、《一九二九年的世界文学》（上海神州国光社 1930 年版）、《一九三〇年的世界文学》（上海神州国光社 1931 年版）、《一九三一年的世界文学》（上海神州国光社 1932 年版）、《现代世界文坛鸟瞰》（上海世界书局 1930 年版）、《现代欧美作家》（上海良友图书印刷公司 1931 年版）和《现代世界文学》（上海现代书局 1932 年版）等著作当中。

（二）

美国小说虽以幽默著名，但除了老作家马克·吐温以外，近来几乎没有像样的幽默作家，大都是通俗的，给一般人娱乐的；所以我在这篇短文里，首先就把这一类的作家撇开，只分为罗曼小说家、神秘小说家、心理小说家、社会小说家四项来说。前二者可以说是浪漫的，后二者可以说是写实的。美国小说家稍有声誉的总在百人以上，此地只是就我以为较著名的十二个人来说说罢了。

在罗曼小说家里，首先要说的就是最近在中国知名的杰克·伦敦（Jack London, 1876—1916）。我们知道他是一个普罗文学家，却不知道他的文学作品在游历和冒险方面是更多于《铁踵》（*The Iron Heel*, 1909）之类的作品。自然，十部冒险的小说也敌不上一本描写人性的故事；但在量上我们却不能把辛克莱来与他相比，只好归他为罗曼小说家里了。他在美国，只不过是个三等作家，但在瑞典，却极著名，俄国甚至把他当作先知看待。他的小说取材极广，从来没有一个作家能够像他那样把世界上的一切奇丽景色显示给我们看的。他展开北极冰天雪地，荒林野兽给我们看，又将南海的绮丽风光用妙笔写了下来。从北极一直到南极，都可以在他的小说里找到。并且无论是饥饿病苦，野兽寒风，或是夏海里白浪滔天，书中的主人翁总是勇往直前，与自然奋斗。他用字也很有力，时常将动词用作名词，将名词用作动词。

其次的罗曼小说家便是加南（Hamlin Garland，1860— ）。他以善写草原著名，或写草原的风景，或写该地人们的困苦。他与杰克·伦敦一样，生活非常贫寒。

最后要说的罗曼小说家是爱索藤（Gertrude Atherton，1857— ）。这位女作家也很喜欢游历，与各种人的接触。她的家乡是加利福尼亚，这地方成了她许多小说的背景。

上述的杰克·伦敦、加南和爱索藤都是长于异国情调的描绘的，而本人也都是喜欢游历的。异国情调实是罗曼主义特色之一，或者称他们三人为环境小说家，也许更为适当罢。

在神秘小说家里，我只想举出开倍尔、赫格西默两个人来说说。开倍尔（James Branch Cabell，1879— ）……的小说有两种特色，其一是反抗写实主义，其二是反抗清教徒。他的小说的小题目，常称为喜剧，这与梅吕笛斯的小说，自称为"发笑的精神"是差不多的。法朗士也和他们有同样的愉快。

赫格西默（Joseph Hergesheimer，1880— ）常与开倍尔并称，他们都想从日常生活中逃避出来，躲入理想的世界。……说他好，他是美国最讲究艺术的小说家；说他坏，他不过是个美术装饰匠罢了。菲列得尔菲亚是他的生地。他很爱音乐，常忆起他父亲巧妙的奏弄环珴铃的情景，在文学上则喜爱康拉特、屠格涅甫和乔治·摩尔的著作。这三位作家的影响在他的小说中是可以看得出来的。

在心理小说家里，我也只想举出达金顿和花尔藤两个人来说说。达金顿（Booth Tarkington，1869— ）……到了一九一三年，他就从地方色彩的描写，转而为心理分析的描写。

花尔藤（Edith Wharton，1862— ）懂得法、德、意、俄等国的语言，所以能够看原文的文学书。她最初爱读哥德，后来则爱读萨考莱、巴尔扎克、梅吕笛斯、弗罗贝尔等家。她家庭的境遇与所受的教育，都与心理小说家亨利·詹姆士极其相似。他们俩又都是学习外国语极多，又都是文体家，作品虽不畅销，但地位却都极高，有眼力的读者都极其推崇他们。

最后在社会小说家里，我想举出得利赛、安得生、辛克莱、刘易士以及开莎尔五个人来讲。此外如《革命的女儿》的作者、早死的约翰·李特，《一亿二千万》的作者、《新群众》的主笔哥尔德等，因已有人介绍，这里便从略了。得利赛（Theodore Dreiser，1871—　），……在他看来，人生的一切都是混乱的。他在《一本关于我自己的书》（A Book About Myself，1922）里，说起他的作品受巴尔扎克的影响最深。又有人将他比作美国的哈代。

安得生（Sherwood Anderson，1876—　）……他虽是年过半百，至今还是努力写作，嘲笑一切。A. Drew 姑娘将他比作美国的罗兰斯。

辛克莱（Upton Sinclair，1878—　）是国人所最熟知的。……替辛克莱作传的戴尔（Floyd Dell）相信"全世界要把他当作美国最特出的文学家"。

刘易士（Sinclair Lewis，1885—　）……他的小说中，极多方言和风俗的描写。世人对于他的批评颇不一致，有的尊他为先知，为天才，有的骂他为骗子；有的说他是被社会遗弃的人，有的又说他是欺骗自己的伪善者。但刘易士却自有其价值，决非一言褒贬所能肯定的。

开莎尔（Willa Cather，1876—　）……她对于音乐和艺术很感兴趣，这在她的短篇《未来的爱神》《雕刻家的葬仪》以及长篇《百灵曲》（The Song of the Lark，1915）里可以看得出来。

编者按：以上摘自赵景深著《二十年来的美国小说》，载于《小说月报》第 20 卷第 8 号第 1247—1251 页。该期为"现代世界文学号（下）"，1929 年 8 月 10 日出刊。此处删除了原文叙述作家生平和作品的部分，保留了其余。

（三）

现代美国小说家戴尔（Floyd Dell）的名字是与得利赛（Dreiser）、安得生（Sherwood Anderson）等人的名字相连接的，他们都是反抗清教徒道德标准的小说家。

杜伦（Carl Van Doren）在《现代美国小说家》（*Contemporary American Novelists*, 1922）中说："戴尔是以道德家和讽刺家的精神来鞭挞冒犯他的人，在以道德和讽刺肃清了大地以后，便在地上建筑起美的纪念碑来。"米却德（Regis Michaud）在《今日之美国小说》（*The America Novel Today*, 1927）中常以不曾说到批评清教徒的严谨的写实主义者为遗憾，接着他又说，在这一点上，"戴尔是应该有特别位置的"。

编者按：以上两段摘自赵景深著《现代美国小说家戴尔》，分别载于《青年界》第1卷第3期"作家介绍"栏目第77和79页，1931年5月10日出刊。

（四）

他以光明的文体和动机的原始得名。他创造了许多新的文学形式，写了三本小说，每本都各有不同，并且与一切别人的著作不同，在英文散文的写作上有一种新的调子。他以简单而且经济的结构写来的小说，抵得巴尔札克写一部《人间喜剧》，或是左拉写一部《卢贡马加尔丛书》。他把他的哲学都放在小说里面，无论是直言或是隐喻，都写得很好。

编者按：该段摘自赵景深著《美国作家怀尔道》，载于《小说月报》第21卷第10号"现代文坛杂话"栏目第1546页，1930年10月10日出刊。赵景深所谓的"怀尔道"，英文名为Thornton Wilder。

（五）

莎留与爱玛生是不同的；爱玛生讲到自然总有些随俗之感，而莎留却是沉浸于自然之中，非此不能生活。莎留对于人类的同情心很狭隘，他时常总是背朝着别人，因此他的政论是赶不上爱玛生的；这便是他们两个的分别，爱玛生欢喜发政论，莎留欢喜赞美自然。

莎留是个希腊主义者，虽然他不欢喜与人交往，但却留恋着大自然，他不像别人只爱一山一水，却是爱自然的全体。

编者按：以上两段摘自赵景深著《自然的骄子莎留》，均载于《小说月报》第 19 卷第 1 号 "现代文坛杂话" 栏目第 220 页，1928 年 1 月 10 日出刊。此处赵景深所谓的 "莎留" 和 "爱玛生" 分别是 Henry David Thoreau 和 Ralph Emerson，现在通译为 "梭罗" 和 "爱默生"。

（六）

罗伟尔的诗很受了些唐诗的影响。有人说她的诗太硬，这实在是看了个反面，她的诗是最软弱不过的。

罗伟尔的诗很受白朗宁的影响，但于用韵每喜独创一格，因此遭人非议，但她一番勇气总是可佩服的，她究竟是一个先驱者，不曾摹仿别人的作品。

编者按：以上两段摘自赵景深著《罗伟尔最后的遗著》，均载于《小说月报》第 18 卷第 10 号第 93 页，1927 年 10 月 10 日出刊。此处赵景深所谓的 "罗伟尔"，即美国女诗人 Amy Lowell。

（七）

如果你仅仅说他是一个幽默小说家，实在有些对不起他。你瞧他那一对忧郁的眼睛，对你湛然的望着，这里面有的是热情，有的是忠诚。在他的幽默里有的是眼泪。我们只可以说，他的早期作品或处女作《著名的跳蛙》(*The Celebrated Jumping Frog*, 1867) 压根儿是幽默的，这本书是他在各报投稿的短篇文字的结集。此后的作品可就要 "然而大转变" 了。

我们如一考察马克·吐温的作品，便知他的幽默只是附属物，主要的是玛西所说的嘲讽。例如,《傻子旅行》(Innocents Abroad, 1869）这部使马克·吐温得到幽默小说家称号的书,完全是嘲笑英国的风俗习惯的。《康涅狄格央岐人在阿述国王朝廷上》(A Connecticut Yankee at King Arthur's Court, 1889）是攻击过去封建制度的罪恶和武士道的。《沾污哈德栗堡的人》(The Man that Corrupted Hadleyburg, 1899）则是嘲讽过去和现在的人类社会的。他实在是有力而且真诚的社会改革家。他最恨的就是旧时代和新时代的虚伪。

与其说他是美国的幽默小说家,不如说他是社会小说家;他并且是美国写实主义的先驱。

编者按:以上三段摘自赵景深著《马克·吐温》,分别载于《中学生》杂志第 22 期第 156、157 和 164 页,1932 年 2 月出刊。

(八)

奥奈尔(O'Neill)是美国近代的戏剧家。他的戏剧,曾收入《近代丛书》(Modern Library)。最近他又作了一本八幕剧《拉撒路笑了》(Lazarus Laughed)。全剧中充满了笑声,但却不是喜剧的笑,而是英雄的笑。

他把拉撒路当作永生的象征,拉撒路从死之国回来,报告永生的消息。结局是该撒为了防卫自己,把拉撒路用火刑烧死。作者将生与死、善与恶、恐怖与忠诚这些二元思想的争斗,表现得极为细致。此剧唱词多于说白,登场人物有现实的,也有超自然的,是作者想像的创造,也可比之为英雄诗。

三四年前,人家都以为奥奈尔是沉闷的悲观主义者,但从《地平线外》,经过《榆树下的愿望》,到《拉撒路笑了》这条径路看来,他逐渐肯定人生起来。最后一剧《拉撒路笑了》简直是与死挑战。奥奈尔此剧的主旨是:"短短的睡眠过去,我们将永久的觉醒。死将无能为力。死呵,你死了去罢。"

编者按:以上三段摘自赵景深著《奥奈尔的近作》,均载于《小说月报》第 19 卷第 3 号"现代文坛杂话"栏目第 444 页,1928 年 3 月 10 日出刊。该文题目所谓的"奥奈尔的近作",即指《拉撒路笑了》。

(九)

琉维松对于文艺的见解,最重要的就是打破因袭,一听作者自由发展。他所最反对的文学批评家就是捧牢一个文学宗祖,战战兢兢唯恐犯了家规的孝子。例如,捧牢阿里斯多德的《诗学》,以为不照着《诗学》上的话去做的就是大逆不道;或者崇奉某种信条,以为不合这信条的就是不道德。琉维松则以为文学不应该有一丝不变的准绳,应该表现各个人自己的灵魂,而表现自己就是表现了社会人生的一部分,因此有人称他为社会主义中的自由主义的批评家。……琉维松实有印象主义批评家的倾向。无论他的单篇论文,《近代德国文学之精神》或是《近代法兰西诗人》,都是在解释这八个大字:打破因袭,自由写作。

他所反对的是裁判批评和伦理批评,他所倾向的是鉴赏批评,或印象批评。

编者按:以上两段摘自赵景深著《文评家的琉维松》,分别载于《现代》第 5 卷第 6 期第 911—912 和 914 页,1934 年 10 月 1 日出刊。琉维松(Ludwig Lewisohn),文学批评家、小说家,著有《近代戏剧》《近世文学批评》《美国的表现》《创造的生活》等。

(十)

普通说来,每年诺贝尔文学奖金的赠与,除了接受者和他的银行以外,对于任何人都不是一件什么了不起的大事。这很像荣誉学位的赠与——本来这人是大家都闻名的,现在只是再加上一种形式上的认识罢了。萧伯纳和托马斯·曼在得奖以后,也许可以增加一点虚名,但这在他们实际荣誉的固定地位上,却是不会增加什么的。

不过一九三〇年诺贝尔文学奖金的赠与,却是这个常例的例外。这是一件了不起的大事情,因为这保证了一个作家的国际荣誉,他实在很需要这种方式的大众认识。在接受诺贝尔奖金以后，刘易士是被大众用新的眼光来看待了。个个人都知道他是一个光荣的美国小说家，差不多个个人都承认《大街》和《白璧特》是好书；但若说他是新时代的伟大作家之一，却很少有人严肃的承认。这就是诺贝尔奖金委员会的一点微意，因之这微意也就值得探讨了。

首先且离开"质"不说，只看一看刘易士作品的实在的"量"，就显出作者对于艺术是诚恳而不匆遽的工作者。

也许刘易士先生的艺术之最显著的地方，是他那能够完全驾驭写实方法的能力。

刘易士先生写实主义的特点就在于他的选择能力。他不像得利赛（Theodore Dreiser）先生那样的态度，以堆砌的细腻描写来取得效果；他也许不像多数的写实主义者那样的态度，以为写实主义是尽力集中于生活的生理一面。他的人物写实描绘之成功，是由于巧妙的选择各种不同的事件，显示特种的人物怎样反应各种环境；这样我们就渐渐的完全了解他急于想要放在我们面前的人物。

刘易士先生除去接近写实以外，还有其他文学上的特点，帮助他在现代小说家中建设起卓越地位来。他有一种敏锐的宁说是讥讽的幽默意味；他可以观察到寻常男女的复杂心情；他有辉煌的描写力量。

除去了以上写实和幽默的两种才能以外，刘易士先生还有一种才能——就是敢于选择美国文明的全体当作他小说的题目。这才是刘易士先生之所以伟大的真正原因。他没有如他许多同时代的人所做的那样，浪费他的才能于不值得描写的事件上；他是严肃的尽忠于他的同时代的美国人的全盘研究上。

编者按：以上七段摘自赵景深著《现代欧美作家》，分别载于上海良友图书印刷公司1931年12月11日版第1、1—2、2、4、5、7和8页。该著依次论述刘易士（S. Lewis）、罗伦斯（D. H. Lawrence）、玛耶阔夫斯基（V. Mayakovsky）和凯沛克（K. Capek）四位欧美作家。以上各段均出自论述刘易士的部分。

五四　郑晓沧

（一）

原书著者露薏莎·奥尔珂德女士（Louisa May Alcott，1832—1888）秉悯时的苦志，救世的侠肠，奋亚美利加女子独立的精神，新大陆人民开辟的胆量；本一生艰辛的遭遇，数十年文学的修养，与其所蕴蓄悱恻绵密的心情，发而为文，婉约清新，生动美妙，忽庄忽谐，可歌可泣。

其至情所感动，令人不知涕泗之何从，忽又妙语纷来，诙谐杂出，则又使人破涕为笑，至不可仰视，是兼有喜剧美与悲剧美的家庭小说而又深具教育的意义者。全书缠绵悱恻，哀感顽艳，于旖旎的风光中，常常显出高洁的情味。

"《国风》好色而不淫，《小雅》怨悱而不乱。"本书也庶几兼而有之。至于婚后如何维持爱情于不敝，亦有所述及。而其慈祥恺悌之情流露于字里行间，与生命的波涛起伏相为掩映，至沉痛处每欲令人泣下，宜欧美教育家认此与《小妇人》本集，并为少年极优良的读物矣。

编者按：以上三段摘自奥尔珂德著、郑晓沧译《好妻子》之"译序"，分别载于上海中国科学公司1933年11月版第1、2和3页。此处第二段起首的"其"和第三段第二句起首的"本书"，指的是《好妻子》。郑晓沧生于1892年，卒于1979年，曾留学美国威斯康辛大学和哥伦比亚大学，回国后，主要从事教育工作。教学之余，他也从事翻译。在20世纪30年代，他翻译了美国女小说家奥尔珂德的多部小说。

他翻译小说，主要是为了达到教育青少年的目的。

（二）

  拙译《小妇人》《好妻子》阅者年龄有自六七十岁以至国语程度较好之小学生。此书——《小男儿》——之对象，既多年龄较小之男女孩子，则小学生对之，自必更感兴趣，故予于文字上，亦特别留意，务为浅显，以期通晓而使普及。即在英美，小儿童类多先阅此书，然后再及《小妇人》。吾友浙大心理学教授黄翼博士，邃于儿童心理与变态心理之学者也。前曾读原书数遍，称其颇合于心理健康之旨意。至其对于一般之教育原理，亦多相吻合。故凡有事于教育者——教员、师范生及一般父母——从本书应可得到不少有益的启示，此固区区迻译本书之所切望者。

  编者按：该段摘自奥尔珂德著、郑晓沧译《小男儿》之"译序"，上海中国科学公司1936年6月出版。

（三）

  工作在人生中的重要，父母姊妹间爱情的真挚，新世界女子独立的精神，马家姊妹等纫造的能力（即在游戏里亦可见到），——凡此种种，均跃然于纸上，是固家庭小说中之深具教育的价值者。无怪英美教育家乐以此为青年之读物，而青年也复爱好之而不疲，因其兴味的浓郁，精神的活跃，使人阅了，只觉情事逼真，那纸上几个"小妇人"，直可呼之欲出。我译是书时，心与物化，愉快不可名状。一章一章译下去时，恍如置身电影场中，只见一幕一幕地展过，如闻其声，如见其人，叹为宇宙间不可多得的奇书。现在能以吾国文字迻译出来，使国人也得同读这部奇书，实为生平的一大快事。

  编者按：该段摘自奥尔珂德著、郑晓沧译《小妇人》之"译序"，杭州浙江图书馆1932年9月出版。

五五　钟宪民

德利赛（Theodore Dreiser）是现代美国最伟大的一个写实主义的作家。他以大胆无畏的精神观察整个人生和社会，而且把它忠实地描写出来。他以冷嘲的态度和同情的热心指示出人生的黑暗方面以及社会的病态。他所描写的多半是美国的求财者，他们以求财为人生唯一的目的，一心一意向财富之鹄走去，有如鸷兽之捕捉食物。至于他的写作，全然是以艺术的使命为其目的的，他不愿为一般人的趣味而写作，不愿以艺术赚钱。

编者按：该段摘自德利赛著、钟宪民译《自由》之"译者序言"，载于上海中华书局1934年版第1页。钟宪民生于1910年，主要从事世界语翻译，既对外介绍中国文学，又向国内译介苏俄、东欧和美国的文学作品。在20世纪30年代，他除了翻译德莱塞的小说，还翻译了开尔浮登著的《现代美国文学之趋势》，载于《文艺月刊》第1卷第4期，1930年11月15日出刊。

五六　周立波

（一）

　　John Dos Passos 是美国名著作家，一八九六年生于支加哥，他的作品有《三兵士》《一九一九》《北纬四十二度》《各国游记》等，都没有中译本。看这篇可以知道，他的形式很新奇（标点和段落也是的），但他并不是形式主义者，正因为他有着新的内容，他的新的形式才有存在底价值。

　　编者按：该段摘自 John Dos Passos 著、周立波译《美国计划：它的兴起和衰落》文末的译者"附记"，载于《知识》半月刊第 1 卷第 7 期第 339 页，1936 年 3 月 1 日出刊。周立波生于 1908 年，卒于 1979 年，20 世纪 20 年代末开始写作，曾加入"左联"，30 年代中期非常关注报告文学。

（二）

　　报告文学者的写字间是整个的社会，他应当像社会的新闻记者样的收集他的材料。关于这一点，美国著名报告文学家约翰·斯皮维克（John L. Spivak）的写作过程，我以为最值得我们参考。

　　编者按：该段摘自周立波著《谈谈报告文学》，署名"立波"，载于《读书生活》第 3 卷第 12 期"文学讲话"栏目第 527 页，1936 年 4 月 25 日出刊。

五七　周起应

（一）

辛克来便是一位旗帜鲜明的 Propagandist。他说过："一切的艺术是宣传，普遍地不可避免地是宣传；有时是无意的，而大底是故意的宣传。"我们在他的《林莽》中，便可看出这种艺术的伟大意义，便可看出他显然地是一个大声疾呼的 Muck-raker，是一个社会主义的 Propagandist。

《林莽》（*The Jungle*）是一部轰动了全世界的名著。这本书是在一九〇六年写的。劳动者家庭的苦况，和资产阶级的恶毒的阴谋及联合阵内的丑态，都活活地给这本书暴露无余了。

编者按：以上两段摘自周起应著《辛克来的杰作：〈林莽〉》，署名"起应"，分别载于《北新》第3卷第3号第61和62页，1929年2月1日出刊。周起应生于1908年，卒于1989年，1928年从上海大夏大学毕业后留学日本，1930年回上海后，主要参与领导中国左翼文艺运动，积极译介了美国左翼文人辛克莱、高尔德、佛里门和库尼兹等人的作品。

（二）

作者库尼兹是国际革命文学突击队的一员，对于俄国文学有深邃的研究，著有《俄国文学与犹太人》（*Russian Literature and the Jew*）一书,并译有苏俄短篇小说集《蔚蓝的城》(*Azure Cities*)。在本书中,作者很巧妙地把反映在苏俄文学中的各种典型的人物……一个个地陈列在我们面前,使我们不仅可以得到一个关于苏俄文学的明确的概念,而且可以窥见在内战和在建时期中的革命的光荣和烦恼。……本书是一九三〇年出版的,所以没有提到社会主义建设,这是一个缺点,不,这是社会主义国家的上升的 tempo 太快了!

编者按:该段摘自库尼兹(Joshua Kunitz)著、周起应译《新俄文学中的男女》之"译者附记",上海现代书局1932年出版。库尼兹曾与高尔德(M. Gold)围绕无产阶级文艺的艺术问题,展开过热烈争论。在他看来,无产阶级文艺工作者有必要借鉴资产阶级文艺家的技巧。参见赵景深著《哥尔德与库尼茨的论战》,载于《小说月报》第21卷第10号"现代文坛杂话"栏目,1930年10月10日出刊。

(三)

关于作者佛里门(Joseph Freeman),凡是稍微留意美国新兴文学的人,都知道他是一个有名的文学批评家,在《新群众》《康闵立斯特》等左翼刊物上,可以常常看到他的文章。

编者按:该段摘自佛里门(Joseph Freeman)著、周起应译《苏俄的音乐》之"译后记",上海良友图书印刷公司1932年出版。Freeman是美国著名的左翼批评家,曾公开支持斯大林抵制托洛茨基,但也不无怀疑。他曾任美国著名左翼期刊《新群众》的编辑,与高尔德(M. Gold)等一道为无产阶级文化辩护。

五八　祝秀侠

（一）

　　掌握着世界新兴文学的健将，不能不推到俄国的高尔基，掌握着美国新兴文坛的两大健将，不能不推到甲克·伦敦与辛克莱了。固然在整个的无产阶级运动还没有达到完成之境，因此反映在作品上也不免会充满革命初期的浪漫蒂克气味，然而对旧社会下了竣烈的攻讦和对新社会尽了鼓舞宣传之力的，不能不说是在无产阶级的文化运动这意味上建立着相当的功勋。

　　辛克莱虽然不是一个意识坚强的社会主义者，虽然他的作品里头还是保留住他智识阶级的小有产者的态度，但从他暴露了资本主义社会的丑恶与展露出无产阶级的被压迫和痛苦的情形这一点上说，他是尽了力的。

　　在他的作品整体看来，只能给他一个"暴露"作品的名词。……他的作品，还是带着多少个人主义倾向的，若誉之为无产阶级文学的典型作品，还是太僭越了的。无产阶级是新兴的阶级，是时代的强有力的骄子；若是作为他自己所有的东西，它必然是坚强的，有力量的，对未来含着无限光辉的，正像梅格林所说一样，现在艺术不是含有悲观的，它应当脱离自己所喜欢描写着的贫困的东西，而相信他自己的力量有推翻这世的力量，是具着岩石一般的坚信。在这意味上，一切具有阶级意义的劳动者都是乐观主义者，他充实着喜悦的希望而眺望未来，现代艺术所缺乏而需要的要素，就是那欢喜斗争的要素。

无论读者怎样欢迎他，无论他的作品翻成了各国的文字，他的作品终归不能算作无产阶级文学的典型。

辛克莱的作品，最多也不过在今日能够维持它最后的光辉，若果他不能和时代一同进步，他的作品也只能留作历史上的成绩，甚至成为"落伍"的作品了。

编者按：以上五段摘自祝秀侠著《辛克莱和这个时代》，分别载于《大众文艺》第 2 卷第 4 期第 934、934、935、936 和 936 页。该期是"新兴文学专号（下）"，1930 年 5 月 1 日出刊。祝秀侠生于 1907 年，卒于 1986 年，笔名有秀侠、佛朗、首甲、残月等，"左联"早期成员，在《拓荒者》《大众文学》等刊物发表了诸多文章，积极译介了美国黑人作家休士和其他左翼作家的作品。

（二）

《石炭王》里作者如实的描写出矿山里一般劳动者的惨淡生活。这剧里作者也如实的描写出佩尔、杜莱、毕尔这样可怜无告的无产者。许多人因此也许会说这是充满普罗意识的文学了。然而这是错误的。辛克莱这两篇作品与其说有着普罗的意识，无宁说是充满着小布尔乔亚的意识还好吧！普罗的作品应该是储满，而且是燃起了未来之光的。不单单只是"诉说"，不单单只是铺展着无产者的痛苦与惨淡就算了事的。这些铺展，这些描写，差不多可以称为乞怜！它是要诉之公道呢？还是要乞人的同情呢？充实了普罗意识的作品都应该觉得这是怯懦的，不自坚信着把握着自己阶级底力量的。

我们考察一下辛克莱的作品，他只是如同自然主义的作家们所用的手腕一样的暴露出无产者的生活罢了。它里面是不够充实着具有阶级意识的无产者之力的。

总观这剧，意识虽然不大正确，而部分地展露着下层人们的痛苦生活和少许的较有力量的说话也是有相当的收获的。

编者按：以上三段摘自祝秀侠著《辛克莱的〈潦倒的作家〉》，分别载于《拓荒者》第 2 期的"批评与介绍"栏目第 772—773、773 和 777 页，1930 年 2 月 10 日出刊。该文主要评论辛克莱剧作《潦倒的作家》，兼及对辛克莱其他作品的评价。选文第一段第二句起首和最后一段起首的"这剧"，即指《潦倒的作家》。

（三）

美国黑人作家休士（Langston Hughes）今年曾经来过中国，关于他的生平和作品《文学》二期上伍实先生曾有过详细的介绍。这部小说发表于一九三〇年，在美国文坛上引起了极大的注意，并且在黑人文学发达史中有着不可磨灭的地位。

编者按：该段摘自休士著、祝秀侠与夏征农合译《不是没有笑的》前的"祝秀侠附志"，载于《文艺》创刊号第 74 页，1933 年 10 月 15 日出刊。《不是没有笑的》（*Not Without Laughter*）曾在《文艺》杂志连载多期，后来由上海良友图书印刷公司于 1936 年 10 月出版了单行本。

（四）

以中国农村背境为内容的长篇创作，在今日的文坛上，还不多觏。布克夫人以一个誉为中国通的美国传教师的女儿，写了许多关于中国情形为题材的小说，尤其这本刻画农村面影的《大地》，这自然是使人引为高兴的一件事。但高兴完全是属于感情的，我们要获得作品上的明快的认识，和正确的分析，应该更进一步去检讨其内容的实质方面，是否抓着了所描写的问题的中心？和是否很正确表现了这题材的真实性？

在片面上说起来，《大地》所描写的中国农村的封建性，农人的固执的心理，土地占有欲的强盛和屈伏在封建势力底下的农妇的典型，总算是书中的几个成功之处。但一般上而论，那赋予叙述上所透视的作者的见解与态度和书中的故事的发展方面，都显然是非常之坏而且歪曲了事实的。

我读完了之后所得的结论是：《大地》是写给外国的抽雪茄烟的绅士们，和有慈悲的太太们看的。作过《大地》用力地展露中国民众的丑脸谱，来迎合白种人的骄傲的兴趣。好像这些惰性、残忍、奸淫、劫掠，就是中国民众的一般特性，这缠脚、抽鸦片烟、留辫子就是中国的整个情形的缩影似的。因为，唯有这样，才可以召请有高等文化的白种人来教化改良，才可以让帝国主义站在枪尖上对付落后的农业国家，才可以让资本主义来"繁华"一下。这和电影上所扮演的中国人的龌龊情形，并无二致！更且巧妙地掩饰地为帝国资本主义的侵略行为张目。

《大地》所展开的中国农村情形，并不是近代中国农村的整个状态。依照所描写的情形看来，恐怕是应该在数百年前的光景。因为作者极力要把中国农村写得非常的落后，她只把捉住了农村最阴暗的方面，来代表整个。

作者故意把中国农村和帝国资本主义绝了缘，也把军阀、地主的关系不经意地滑开，只用劲的来抓住旧礼教和一切琐屑的封建习俗来描写，这是不充实的。

虽然作者是一个中国通，而且是生长在中国，但这些条件和她能否深切认识中国农村问题，不很相关。反之正为其是她是一位帝国主义侵略先锋的传道师的女儿，她站在她的基督教徒的立场上，不能对中国的农村问题有正确深入的观察和切实的体验，仅能零碎地平面地去了解一般事物，也零碎地平面地把它诉说出来。乃是真的。

由于作者只想把中国的农民表现落后之故，她极力的不许中国的农民表现了前进的思想。在她的《大地》里的故事的发展上，明明可以开展到前进的时候，却又转折地把它歪曲过来。

我对于《大地》的认识，并没有如一般人狂热地称为"伟大之作"。正因为她没有很客观的去攫取中国农村的一般的真相，她是用着偏见的主观的态度，和基督教徒的主观来说话的。王龙，这农民典型，并不完全是最大多数的中国农民，反之进步的农民在近十年来已有着另一种的面相，作者采取了这最落后的典型，不展开进步农民方而作更深摸触与认识，并不是偶然的。

我之所以反对布克夫人的态度,并不由于浅狭的民族观念,而正是反对她站在统治者的代言人方面来麻醉中国大众,巧妙的来抹煞帝国资本主义侵略中国的残暴的事实!

编者按: 以上九段摘自祝秀侠著《布克夫人的〈大地〉——一本写给高等白种人的绅士太太们看的杰作》,分别载于《文艺》第1卷第2期的"书评"栏目第300、300、300—301、301、301、301—302、303、304—305和305页,1933年11月出刊。

五九　庄心在

中国这民族，因为人种语言地理习惯等等多样的歧异，向来是被误会着，被诬蔑，"神秘之国"简单还不是万恶之薮。外国人写游记，写小说，画画，演电影，只要有中国人，便把许多卑贱龌龊、奸险等坏习惯点缀成一种类型，总是拖发辫（不消说女的是缠小脚），挂鼻涕，佝偻其形，卑污其貌，所作之事，总离不了窃盗、强奸、暗杀、毒谋等等，看了叫人毛骨凛凛的举动。于是历年来，中国人就铸成了一具不良的影响，深印入西方人的脑海里随时会启引厌恶和仇恨，一种不易泯灭的民族的误解，处处阻止了亲善合作的同情。自然这急待着中国文艺作家的努力，炼成深刻有力的作品来一改荒谬错误的旧观，可是一种时间累积的成见，决不是旦夕间轻易所能泯灭，中国伟大的作品，很容易先就被目为主观的夸张的宣传，而减灭了它的真实性，低降了它的感染功能。因此如果有异国的作家诚能以真切的态度，来描画中国的现实相，那便是中国民族的友人。很明显地，他们客观的描写，其力量必然在中国人自己写的作品之上，结果，虽然未必即此能引起西方民族的同情了解甚至尊敬，至少可以剪革过往的谬误而代以较真切写照。在这意义上，我们很热情地替布克夫人作一个详尽的介绍。

布克夫人的作品大都以中国的农村社会为背景，善于裁剪，妙于运用，结构文笔，两臻佳妙，尝被称为有《圣经》的风格。其真切恳挚之处，尤为常人所难及，往往为一个只废几个月写成的小说，搜集材料，却在几年以上，这是不可多得的地方。

布克夫人以其居住中国多年的历史，以及对于中国事物的嗜好，于中国有所论述，每中肯要。尤其是她对于中国民族的尊重以及对孔子思想及中国文化上的理解，更使她对中国有进一步深切的认识。虽然有时也不免有夸张失真之处，但大体上布克夫人至少已做到诚恳客观的态度把中国的情形给予西方以较正确的姿态，这一点，在复兴民族过程中的中国人民，是应当感谢的。

编者按：以上三段摘自庄心在著《布克夫人及其作品》，分别载于《矛盾》第2卷第1期第82—83、84和84—85页，1933年9月1日出刊。该文共包括五部分，前三部分为作者自撰，第四部分翻译了中国学者江亢虎对赛珍珠的批评，第五部分翻译了赛珍珠针对江亢虎批评的答辩。此处选文均出自庄心在自撰部分。庄心在生于1910年，大学毕业后即任职于国民党中央党部。

六十　邹韬奋

（一）

美国以首富闻于天下，科学发达，物质享用日新月异，在常人殆歌舞升平，称颂功德之不暇，而路易斯独用其锐敏眼光作深切之观察，对美国文化作激烈的攻击，对于美国各大学顽旧思想的人物尤明目张胆猛攻不遗余力，其严厉之批评与直率之态度，遂引起国内顽旧派之反感。有的竟说瑞典文学院本届以文学奖金给与路易斯简直是侮辱美国，其所受之反感可以想见，但路易斯并不为之气馁。在本年一月间由美亲赴瑞典参与授奖典礼时，其演辞中仍是充满反抗现实的态度。他在此批评美国思想之落伍，有这几句话："我们大多数人所敬重的时髦杂志的著作家，仍是那些满嘴高唱着一万二千万人口的美国，其简单与仅属村舍的性质，与四千万人口的美国一样，以为现在有了一万工人的工厂，其中工人和经理的关系仍和一八四〇年只有五个工人时候一样的亲近，一样的不复杂；以为现在家人虽住在三十层楼公寓中的一所房屋，下面有三辆汽车等候着应用，书架上只有五本书，下星期也许就有离婚的危机，却说父子间的关系和夫妇间的关系，和一八八四年玫瑰花笼罩五个房间村舍时代完全一样。总而言之，美国虽经过了一种革命的改变，由粗率的殖民地一变而为世界上一大国，他们以为山叔叔的田舍的和清教徒的简单生活仍是一点未曾改变。"美国舆论界对他这样的批评持异议者颇多，但记者译述他这几句话时，想到我国一般国民的思想态度是否能与我们现在所处的时代相应，倒是一个很有研究价值的问题。

著者对于美国现代文化深致不满，虽尽其冷嘲热讽之能事，却具有提高之热诚，使读者发生超脱环境之感想。

编者按：以上两段摘自邹韬奋著《辛克莱·路易斯》，署名"落霞"，载于《生活》周刊第 6 卷第 12 期第 3—4 页，1931 年 3 月 14 日出刊。邹韬奋生于 1895 年，卒于 1944 年，从 1926 年开始主编《生活》周刊，20 世纪 30 年代游历欧美，著有《萍踪寄语》和《萍踪忆语》等。

（二）

他虽曾著小说多种，而使他成为不朽的著作家，却是这本名著——《回顾》。这本书出版后，在十年内，在英美就售出近百万本，在美国除名著 Uncle Tom's Cabin 一书外，没有别的书有它这样深广的力量，此外并被译成德文、法文、俄文、意大利文及其他各国文字多种。他这本书和别的乌托邦理想不同之点，就在他有根据全国通盘筹划的工业计划。自从出了苏俄的五年计划，这本书的理想又引起著作界的注意。我们介绍这本书，不过意在藉此显露压迫榨取的罪恶，并引起对于社会主义研究的兴趣。但讲到策略方面，这本书里所说的并非一定就是我们的主张，这是要附带声明的。

编者按：该段摘自白乐梅（Edward Bellamy）著、曾克熙译《回顾》书前邹韬奋为"译者写给编者的一封信"写的按语，上海生活书店 1935 年 4 月出版。该信和该按语曾发表于《生活》周刊第 7 卷第 26 期。

编者后记

这本文献资料集，是我承担的 2017 年度国家社科基金项目《20 世纪 30 年代中美左翼文学交流文献整理与研究》的阶段性成果之一。尽管这个项目主要涉及的是左翼文学，但为了更好地把握 30 年代中美文学交流的基本状况，我们在整理文献的过程中，大量查阅了左翼文学交流之外的其他文献，觉得很有必要把其中重要的部分编纂到一起。这就促成了这本书的诞生。

做这样的文献整理工作，貌似简单。有人或许会说，你们不就是把现成的资料拼凑到一起了嘛！确实，这不像所谓的著作那么有"原创性"，那么有意义。但是，这其中也蕴含着我们自己的"理想"——以文献汇编的方式部分还原 30 年代中国接受美国文学的整体图景，让大家领略到其中的丰富性和复杂性。至少在目前，学术界尚未出版过聚焦于这一话题的文献资料集。因此，我相信，本书的出版，有一定的意义，至少能给对这一领域感兴趣的研究者和其他读者提供诸多便利。当然，本书所呈现的内容毕竟有限，真正要全面把握和深入理解 30 年代中国如何接受美国文学，还需研究者亲自查找和阅读更为丰富的文献资料，从更多的维度展开考察。好在当下的资讯很发达，真正用心的人，可以去各大图书馆亲自查阅资料，也可利用互联网更为便捷地获取相关文献。

本书在编纂的过程中，我和尹雯主要负责查找相关资料、选定收录素材、校对终稿、撰写"编者按"、"编者绪言"和"编者后记"，马爱媛、马淑杰、唐博琴、谈珍、李金霞和陈辉主要承担文献输入和初步校对工作。另外，何潇潇、许可、程顿、董艳艳、强玉玲、尚小芳、苏倩、丁玉洁、张垭宜等也参与了部分工作。这几位，都是西北师范大学外国语学院英语语言文学专业英美文学方向的在读硕士研究生，平时不大接触繁体字，也对30年代中国接受美国文学的情况非常陌生，因此，刚开展相关工作时，确实遇到了不少麻烦。再加上，30年代的文献，绝大多数是竖版的，阅读起来不太习惯，印刷也比较模糊，导致有些地方辨识起来确实非常困难。好在她们都非常认真严谨，踏实肯干，较好地完成了初步的输入和校对工作，为我校对文稿省去了不少时间和精力。对于她们付出的辛勤劳动，我在此表示感谢。

我们整理文献资料时，虽然尽可能做到了严谨认真，但依然可能存在一些疏漏和不足。敬请各位读者批评指正。

我领着几个学英美文学的学生干这种既枯燥又貌似"意义不大"的事，或许会招致非议。因此，我还得多说几句话。本书稿基本完成之后，有同学跟我开玩笑。大意是说，以前去 KTV 唱歌，看见字幕上那些不认识的繁体字，就胡乱拐过去了，现在呢，基本上都能认识。这或许也算是一点意义吧。另外我想，做这样的一些工作，还是多少可以加深她们对美国文学的认识，开阔一下她们的研究视野。至少像我们这样的学校，培养英美文学专业的研究生时，鼓励学生借用某个现成的理论解释某个固定的文本，已经基本上成了惯例。确实，这样操作起来比较容易。但弊端也显而易见。大家成天喊着学术研究要创新，但要是始终拿理论来"套"文本，这恐怕就成了一句空话。借用各种理论，研究霍桑的《红字》、欧文的《见闻札记》等的国内外学者，已经多的数不清。要想再在这些点上取得突破，恐怕也绝非易事。《红字》《见闻札记》等早在晚清就进入了中国，不仅成了文人言说的对象，而且被当作英语教学的重要素材。但查查 CNKI 等大家经常使用的数据库，又有多少人讨论这些问题呢？我想，考察一下霍桑和欧文及其代表作在中国的接受史，或许也是美国文学研究可以涉猎的话题吧！这至少要比分析那些作品中的人物形象塑造等，显得更有意义。因为诸如这些名作如何塑造人物形象等问题，已几乎被大家谈"滥"了。后来者再怎么谈，也很难谈出多少新意。但从一些新的角度谈论一些大家尚未足够重视的话题，即便谈的不够深入，至少可以避免学术研究中的同水平重复现象。

我自己倾向于从跨文化传播和接受的角度介入文学研究，因此也适当涉及翻译。在工作单位，我除了指导英美文学方向的硕士生，开设相关课程，还纯属"打酱油"，给翻译学方向的研究生开设《文学翻译》课程。无论是在自己学习还是备课、上课的过程中，我发现，翻译研究中有一个有趣的现象。那就是，许多人，尤其是研究生撰写学位论文时，最喜欢找几个译本（往往是两个）展开对比研究，再借用某种理论简单阐释一番。比如，我曾经查过 CNKI，发现从不同维度对比分析傅东华翻译的《乱世佳人》的成果，多的不胜枚举。当然我很愿意承认，这样的研究，旨在解决的无论是翻译内部还是外部的问题，都有其重要意义。"吊诡"的是，研究这一译本的人真是多的扎了堆，但认真梳理傅东华翻译成就的人却寥寥无几。就我自己知道的，傅东华翻译的美国文学就有十几种，其中既有霍桑、杰克·伦敦等的小说，又有卡尔弗登、琉维松等的批评论著。我一直困惑的是，专门从事翻译研究的人为什么不做这方面的研究呢？难道是傅东华作为译者的名声不够响亮、贡献不够大吗？

在本书即将出版之际，我向引领我走上学术道路的邵宁宁教授、赵稀方研究员、郭国昌教授和韩伟教授等表示衷心的感谢。我也感谢长期以来支持和鼓励我的其他诸多师友。

最后，我要感谢本书的责任编辑陈肖静女士。她还承担了我另一本书——《还原与阐释：20 世纪 30 年代中国的美国文学形象构建》——的编辑工作。她细致耐心的工作态度，也将保证本书顺利出版。

张宝林

2018 年夏记于西北师大